I0831764

A. Oskar Klaussmann

Aus dem deutschen Sagenschatz

Die Nibelungen - Lohengrin - König Rother - Gudrun - Wolfdietrich

Salzwasser

A. Oskar Klaussmann

Aus dem deutschen Sagenschatz

Die Nibelungen - Lohengrin - König Rother - Gudrun - Wolfdietrich

1. Auflage | ISBN: 978-3-84606-372-9

Erscheinungsort: Paderborn, Deutschland

Erscheinungsjahr: 2012

Salzwasser Verlag GmbH, Paderborn.

Nachdruck des Originals.

Aus dem

deutschen Sagenschatz.

ꟹ

Aus dem

deutschen Sagenschatz

Die Nibelungen + Lohengrin
König Rother + Gudrun
Wolfdietrich

Für die Jugend neu
erzählt von

A. Oskar Klaussmann

Mit 6 Buntbildern

Vorwort.

Was Jugenderinnerungen dem Einzelnen sind, bedeuten die Sagen dem ganzen Volke. Und wie jeder freudig immer wieder weilt im Zauber dieser Erinnerungen, so drängt es ein Volk, das gesund national zu denken und zu empfinden vermag, immer wieder, den starken Geist und frischen Hauch seiner Sagen auf sich wirken zu lassen. Für die Jugend ist der Sagenschatz ein Gesundbrunnen, der sie kräftigt gegen krankhaftes Grübeln und weichliche Sentimentalität. Der deutschen Jugend kann nicht oft genug unser herrlicher nationaler Sagenschatz in ansprechender Form dargeboten werden.

Inhalts-Übersicht.

I.

II.

Die Nibelungen.

1. Kapitel.

Siegfried.

Im Königspalast zu Santen am Niederrhein saß als Herrscher König Siegmund von Niederland. Er war aus dem Geschlecht der Wolsungen, welches direkt von Odin, dem Vater der Götter und Menschen, abstammt. Seine Gattin war Siegelind. Dem Königspaar ward ein Sohn beschert namens Siegfried, der von frühester Jugend an große Liebe zu den Waffen hegte und dessen Leibesstärke von Tag zu Tag wuchs. Mit Fleiß ward er zum Knappen erzogen wie jeder andre Rittersmann. Nicht besser sollt' er es haben, als jeder Reisige, der durch eignes Verdienst sich Heldentum erwirbt. Als er siebzehn Jahre alt geworden war, rief König Siegmund Gäste und Bekannte herbei, um ein prunkvolles Festspiel auszurüsten. Siegfried und mit ihm vierhundert Altersgenossen sollten zu Rittern geschlagen werden.

Mit großer Feierlichkeit wurde der Ritterschlag vollzogen. Man ging zum Münster, damit die Knappen sich dort Gott weihten. Dann erfolgte der feierliche Ritterschlag, und nach diesem kämpften die jungen Ritter im Turnier miteinander, manche Lanze ward gebrochen und manch Kleinod aus dem Schild gestoßen. Mit Rossen und Gewand bedachte König Siegmund alle die Herren und Ritter, die an dem Fest teilnahmen. Die fahrenden Sänger und Spielleute, die gekommen waren, das Fest zu verherrlichen, gingen so reich beschenkt davon, daß sie es nicht nötig gehabt hätten, noch fürderhin um Geld zu singen und zu spielen. Nach damaliger Zeiten Sitte belehnte König Siegmund seinen Sohn mit Ländern und Burgen, und auch seinen vierhundert Altersgenossen gab er reichliches Land. Sieben Tage währte das Fest. Dann öffnete Königin Siegelind ihre Schatzkammer und gab den Gästen rotes Gold und Geschmeide zum Andenken an die Freudentage.

Kurze Zeit nach dem Ritterschlag trat Siegfried vor seine Eltern und begehrte Urlaub; denn, nachdem er nun ein Ritter geworden war, wollte er in die Welt hinaus, um Abenteuer zu bestehn und seine Kraft zu versuchen. Wohl wünschte der Vater, Siegfried wäre im Land geblieben, wohl bat ihn die Mutter, nicht ohne Begleitung von dannen zu gehn: Siegfried wußte es, daß alle Ritter, die auf Abenteuer ausgezogen, allein und ohne Schutz gegangen waren. Dann aber fühlte er seine Abkunft von Odin, dem Vater der Götter und Menschen, und keine Furcht fand Platz in seinem Herzen. So nahm er eines Tags Abschied von Vater und Mutter und zog hinaus gen Osten. Tagelang durchstreifte er ein Waldgebirge, bis lustiges Klingen ihn auf einen Wiesenplan im Wald lockte, wo eine Schmiede stand. Hier arbeitete ein Schmied mit seinen Gesellen. Mimer war sein Name. Als Siegfried in die Schmiede trat, war es den rußigen Gesellen, die am Amboß arbeiteten, als sei die Sonne aufgegangen; so viel Glanz ging aus von seinen leuchtenden blauen Augen, von dem Gold seiner blonden Haare.

„Was willst du, junger Geselle?“ fragte ihn Meister Mimer.

„Ich möchte wohl ein Schmied werden,“ entgegnete Siegfried.

„Wozu willst du ein Schmied werden?“

„Um Schwerter zu schmieden, zuverlässige, scharfe Schwerter, mit denen man Ungeheuer und Feinde erlegt.“

Über die Worte des Knaben lachten die Gesellen, und Mimer sprach:

„Zum Schmiede gehört Kraft. Siehst du die schweren Hämmer? Kannst du sie heben? Kannst du sie schwingen? Kannst du sie mit Kraft niederfallen lassen auf das schwere Eisen, das glühend aus der Esse kommt?"

Statt aller Antwort ergriff Siegfried den schwersten Hammer mit der rechten Hand, schwang ihn hoch in die Luft und schlug ihn mit solcher Kraft auf den Amboß, daß dieser in die Erde versank. Mit Entsetzen sahen Mimer und seine Gesellen die furchtbare Kraft des Jünglings.

„Ist das Kraft genug für einen Schmied?" fragte Siegfried.

„Mehr als genug," entgegnete Mimer. „Du kannst bei mir als Lehrling bleiben; doch mußt du nicht so stark zuschlagen."

Durch Handschlag verpflichtete sich Siegfried nunmehr, seine Lehrzeit bei Mimer auszuhalten. Bald sollte aber sowohl Meister Mimer und seine Gesellen, als den jungen Siegfried das Abkommen gereuen. Siegfrieds Kraft war zu groß für einen Schmied. Wenn er auf das Eisen losschlug, dann sprang es in Stücke, selbst wenn es noch so zäh und fest war. Den Amboß zerschmetterte er, und mancher Schaden entstand für Mimer. Die Gesellen verhöhnten Siegfried wegen seines allzu starken Zuschlagens, und darob ergrimmte Siegfried und kam in gar großen Zorn. Wenn es ihm die Gesellen zu arg machten, dann schlug er nicht auf den Amboß, sondern auf die Gesellen, und wenn sich auch alle gegen ihn vereinigten, so schlug er sie doch so gewaltig, daß sie keinen Arm mehr rühren konnten und am nächsten Tage Mimer keinen Gehilfen in der Schmiede hatte, außer dem schrecklichen Siegfried, der alles Eisen in Stücke schlug. Die Gesellen drohten Meister Mimer, fortzugehn, und ihn hatte es längst gereut, Siegfried als Lehrling angenommen zu haben. Meister Mimer war hinterlistig und falsch und gedachte, den schrecklichen Lehrling loszuwerden, ohne daß er dessen Zorn zu fürchten brauchte.

„Mein Sohn," sagte er eines Abends, „rüste dich für morgen zu einer weiten Wanderung durch das Gebirge. Tief im Walde wohnt ein Köhler, der uns die Kohlen schafft. Es gebricht uns an solchen, um Eisen glühend zu machen. Du wirst frühzeitig aufbrechen und dem Köhler sagen, daß er Kohlen durch dich senden soll."

„Wohin führt der Weg?" fragte Siegfried.

„Dort in jenes Waldgebirge, wo die Berge noch höher ragen als hier und dunkler Tannenforst in den Schluchten und auf den Höhen sich ausbreitet."

„Das ist der Wald der Unholde!" rief Siegfried.

„Es sollen Lindwürmer in dem Wald sein," beruhigte ihn Mimer hinterlistig. „Aber wenn man ihnen aus dem Wege geht, tun sie nichts. Sie hausen in einem Drachenpfuhl, und aus ihm kommen sie nur heraus, wenn man sie reizt. Doch jenseits des Waldes liegt das Nibelungenland. Dorthin mußt du gehn, mein Sohn, nachdem du das Waldgebirge durchwandert hast; denn dort wohnt der Köhler, der uns die Kohlen liefert."

„Wohlan, ich werde morgen aufbrechen!" entgegnete Siegfried. Dann machte er aber nicht Feierabend in der Schmiede, sondern er fachte das Feuer zu größerer Glut an als bisher, suchte das beste Stück Eisen heraus, das Mimer in seiner Werkstatt hatte, und die Nacht hindurch schmiedete mit fürchterlichen Streichen Siegfried ein Schwert von solcher Festigkeit und Schärfe, wie es noch nie aus Mimers Händen hervorgegangen war. Unablässig dröhnten die Schläge, die Siegfried auf das Eisen führte, durch den Wald. Meister und Gesellen konnten nicht schlafen, und wütend kam Mimer zur Schmiede gelaufen und fragte Siegfried, was das Schmieden bedeuten solle.

„Ich schmiede mir ein gutes Schwert gegen die Unholde im Walde."

„Du wirst es nicht brauchen," sagte Mimer. „Ich will dir einen Weg weisen, durch den du weitab kommst vom Drachenpfuhl, so daß dir keine Gefahr droht. Höre auf mit dem Gedröhne und den Hammerschlägen."

Doch Siegfried ließ sich nicht abhalten, schmiedete bis zum Morgen das Schwert zurecht und legte sich dann erst auf kurze

Zeit zur Ruhe nieder. Als er am Morgen die Schmiede verließ, gab ihm der hinterlistige Mimer einen falschen Weg an, der ihn direkt nach dem Drachenpfuhl führen mußte, in dem die Ungeheuer hausten. Als Siegfried gegangen war, lachten Mimer und seine Gesellen hinter ihm her.

„Der kommt nicht mehr wieder," meinte Mimer. „Wenn er den Unholden im Drachenpfuhl entgeht, so wird er das Opfer des Linddrachen, der den Eingang zum Nibelungenland bewacht."

„Noch nie ist ein Narr fröhlicher in den Tod gegangen als dieser da," sagte einer der Gesellen. „Hört ihr ihn singen und jauchzen?"

In der Tat hörte man den lauten Gesang Siegfrieds, der durch den grünen Wald dahinzog und sich erfreute am Gesang der Vögel, an der Blumen Blühen und bunter Pracht und am herrlichen Grün der Bäume und Sträucher. Unermüdlich schritt er bis zum Abend fürbaß. Dann verzehrte er das mitgenommene Brot, trank von einer Quelle und schlief bis zum frühen Morgen. Gleich nach dem Erwachen ging er weiter durch den taufrischen Wald, durch dessen grüngoldige Zweige die Sonne so herrlich schien. Plötzlich stand er vor einer Felsenschlucht, aus der ein Fauchen und Brüllen zu ihm drang. Er stieg seitwärts am Rande der Schlucht empor und blickte in deren Tiefe hinab. Da wälzten sich im stinkenden Schlamm, zu Knäueln geballt, die scheußlichen Lindwürmer, und mit wütenden und gierigen Glutaugen blickten sie zu Siegfried empor.

„Kommt herauf, ihr Lindwürmer," lachte Siegfried, „kommt, ihr scheußliches Gezücht, daß ich euch das Lebenslicht ausblase."

Wohl verstanden die Lindwürmer die drohenden Worte des Jünglings, und wild fuhren sie zum Rande empor, um ihn hinab zu reißen. Aber mit seinem scharfen Schwert schlug Siegfried sie dermaßen auf Kopf und Leiber, daß sie heulend und schreiend sich im Schlamm verkrochen.

„Recht so," rief Siegfried, „verkriecht euch, damit ihr alle auf einmal meine Beute werdet. Nicht sollt ihr ferner harmlose Wandrer und wehrloses Vieh rauben und zum Fraße hinabschleppen. Nicht sollt ihr mehr der Schrecken dieses Waldgebirges sein." Mit Riesenkraft brach dann Siegfried Bäume ab und schleuderte sie in die Schlucht, bis diese bis zum Rande gefüllt war. So waren die Lindwürmer vorläufig verschüttet und konnten nicht aus der Schlucht herauskommen. In der Ferne sah Siegfried Rauch aufsteigen, und als er diesem nachging, entdeckte er einen Köhler, der an den Meilern arbeitete. Von dem Köhler erbat er einen Feuerbrand, und mit diesem eilte er zur Drachenschlucht zurück.

„Nicht dort hinaus!" rief der Köhler entsetzt, als er sah, daß Siegfried zur Drachenschlucht sich wendete. „Nicht dort hinaus! Dort hausen schreckliche Lindwürmer."

„Sie sollen nicht länger dort hausen," antwortete Siegfried lachend. „Ich werde sie braten, und dazu holte ich mir den Feuerbrand." Dann ging er zurück zur Drachenschlucht und setzte das dürre Holz, mit dem die Schlucht gefüllt war, in Brand. Knisternd fuhren die Flammen durch das Holz, hoch loderten sie auf. Mit Zischen und Heulen drangen sie durch das Geäst des trockenen Holzes bis in die Tiefe. Rasend brüllten die Drachen in der Feuersnot: doch vergeblich peitschten sie mit ihren Schwänzen den Schlamm und versuchten mit ihren scharfen Klauen die Baumstämme fortzuwälzen. Ununterbrochen schleuderte Siegfried mit Riesenkraft neue Baumstämme in die Schlucht hinab. Stundenlang dauerte das entsetzliche Geheul der Drachen; dann wurde es still. Noch bis zum Abend unterhielt Siegfried das Feuer und wendete sich dann dem Ausgange der Schlucht zu. Hier machte ihn ein kräftiger Geruch auf eine Flüssigkeit aufmerksam, die aus dem untersten Teile der Schlucht durch eine Felsenrinne in eine Felsenvertiefung floß. Diese Flüssigkeit war das Fett der Drachen, welches durch das Feuer aus ihren Leibern gebraten war. Zur Probe tauchte Siegfried die Spitze seines rechten Zeigefingers in diese Flüssigkeit und siehe, der Finger überzog sich mit einer Hornhaut. Diese war so fest, daß selbst die Schneide des Schwertes, das Siegfried selbst geschmiedet hatte, das Horn nicht zu durchdringen vermochte.

Da jubelte Siegfried laut auf. „Hier kann ich mir einen

Panzer besorgen, wie ihn besser und fester kein andrer Ritter trägt. Hier will ich mit einer Hornhaut meinen Leib überziehen lassen, damit kein Schwert und kein Speer ihn zu schädigen vermögen." Er warf seine Kleider ab und stieg in die Felsenvertiefung, in der sich das Fett der Drachen angesammelt hatte. Hier badete er sich in dem Drachenfett, und sein Leib überzog sich mit einer undurchdringlichen Hornhaut, die doch weich und schmiegsam war, wie die Haut, die er bisher getragen hatte. Nur zwischen den Schultern blieb eine Stelle ohne Hornhaut. Hier war ein Lindenblatt von einem Baume, dessen Äste über die Felsenvertiefung hingen, auf Siegfrieds Körper gefallen, und dieses Lindenblatt hatte die Berührung der Haut mit dem Drachenfett verhindert.

Nach dem Bade legte Siegfried seine Kleider wieder an und ging zu dem Köhler zurück, der ganz entsetzt war, als er ihn unversehrt wiedersah. Als ihm Siegfried aber erzählte, wie er die Drachen gebraten und vertilgt hatte, da rief der Köhler voll Bewunderung:

„Wahrlich, du bist mir ein gewaltiger Held, obgleich du so wenig Lebensjahre zählst. Ich glaube, dir könnte selbst der große Linddrache nicht widerstehn, der den Eingang zum Nibelungenland bewacht."

„Weiset mir den Weg zum Nibelungenland, und ich will den Drachen bekämpfen," sagte Siegfried.

„Noch nie hat einer von mir begehrt, daß ich ihm den Weg zum Linddrachen zeigen sollte, und auch dich will ich nicht dorthin senden, denn es wäre zu gefahrvoll für dich!"

„Fürchtet nichts," entgegnete Siegfried, „meine Seele kennt keine Furcht, und ich habe ein gutes Schwert. Ich muß zum Nibelungenland, um für meinen Lehrmeister Kohlen bei einem Köhler zu bestellen."

„Wer auch dein Lehrmeister ist," sagte der Köhler, „so heiße ich ihn einen hinterlistigen und verschlagenen Mann. In den Tod wollte er dich schicken. Wisse, im Nibelungenland herrschen Hader und Streit. Zwei Könige leben dort, Schilbung und Nibelung. Unermeßlich sind die Schätze, die sie besitzen. Aber um dieser Schätze willen sind sie miteinander in Fehde geraten. Sie bekriegen sich aufs heftigste, und wer in das Land kommt, muß für einen der Könige Partei nehmen. Hält er zu Nibelung, so suchen Schilbung und seine Leute ihn zu töten, und will er sich Schilbung anschließen, so wird er das Opfer der Rache, die König Nibelung mit seinen Leuten an ihm nimmt. Schon das Eindringen in das Land ist unmöglich, denn ein gewaltiger Linddrache liegt vor dem Eingang und tötet jeden, der ihm naht."

„Weiset mir den Weg!" bat Siegfried den Köhler. „Ich bin von Odins Geschlecht: der Mut der Asen*) lebt in meiner Brust. Ich will die Gegend von dem Linddrachen befreien."

„Wenn Ihr von den Asen abstammt, so ist das etwas andres," meinte der Köhler. „Vielleicht könnt Ihr dann den Kampf mit dem Drachen wagen. Nehmt jenen Weg dort durch das finstere Waldgebirge. Ihr kommt dann in ein Land, welches von so hohen Bergen umgeben ist, daß die Sonne kaum hineinzudringen vermag. Nie gibt es dort hellen Sonnenschein. In halber Finsternis lebt auch bei Tage das Volk der Nibelungen. Doch hütet Euch vor dem Drachen!"

Um sich zu der Reise in das Nibelungenland zu stärken, nahm Siegfried für die Nacht die Gastfreundschaft des Köhlers an, und am frühen Morgen brach er auf. Nach einundeinhalbtägiger Wanderung kam er in eine Schlucht, die sich beständig verengerte, und am Ende dieser Schlucht sah er den gräßlichen Drachen als Wächter des Wegs sitzen. Fester faßte Siegfried sein gutes Schwert! Wütend fuhr der Drache auf ihn los. Doch mit ein paar gewaltigen Streichen traf Siegfried des Drachen Herz, und mit gräßlichem Gebrüll sank, zu Tode getroffen, das Untier nieder. Fürchterlich war sein Schmerzgeheul, so daß ganz Nibelungenland in den Grundfesten bebte und von den Felsengipfeln der Berge Steine und Baumstämme durch die Erschütterung herab-

*) Die alten Götter der Deutschen.

fielen. Nibelung und Schilbung kamen vor Schreck aus dem Innern der Berge mit ihren Mannen gelaufen, um zu sehen, was geschehen war. Fürchteten sie doch, die Berge würden über ihnen zusammenstürzen und sie samt ihrem Volke begraben. Sie fanden Siegfried, der seinen Fuß dem toten Drachen auf den Nacken gesetzt hatte, am Eingang des Nibelungenlandes stehn, und sie entsetzten sich vor seinem Mut und seiner Kraft.

„Wer er auch ist, dieser mag Schiedsrichter sein zwischen uns!“ rief König Nibelung, und Schilbung stimmte ihm zu.

„Seid unser Schiedsrichter, tapferer Held,“ bat König Nibelung, „und richtet gerecht, keinem zuliebe und keinem zuleide. Das beste Schwert, das die Erde kennt, Balmung, soll Euer sein als Lohn für den Richterspruch, den Ihr fällt.“

Siegfried ließ sich das Schwert Balmung erst geben und schwang es zur Probe durch die Luft, daß es pfeifend ihn umsauste. Dann rief er den Königen zu: „Zeigt mir eure Schätze, und ich will nach Recht und Gerechtigkeit dieselben verteilen.“

Aus dem Innern der Berge wurde so viel Gold und Geschmeide heraufgebracht, daß mehr als hundert Lastwagen nicht imstande gewesen wären, den Schatz fortzuschaffen. Mit Ehrlichkeit und Eifer teilte Siegfried diesen Schatz in zwei gleiche und gleich wertvolle Teile. Doch hatte er keinen Dank für seine Mühe. Sowohl Schilbung als Nibelung nannten ihn einen ungerechten Richter und schmähten, daß er jeden von ihnen übervorteilt habe. Ja, sie bedrohten Siegfried, sie riefen ihre Recken herbei und fielen ihn mit gewaffneter Hand an. Da ergrimmte Siegfried und tötete mit dem guten Schwerte Balmung nicht nur beide Könige, sondern auch ihre siebenhundert Recken. Allein stand er auf dem Plan. Niemand war mehr zu sehen, und dennoch fühlte er noch scharfe Hiebe, die auf ihn herniedersausten. Hätte Siegfried nicht die Hornhaut auf seinem Leibe gehabt, so hätte er diesen Hieben erliegen müssen. Wohl merkte er, daß nur durch einen Zauber sich ein Gegner unsichtbar gemacht hatte. Er legte das Schwert zur Seite und griff mit seinen starken Händen in der Luft herum, nach der Gegend fassend, woher die Hiebe kamen. Endlich fühlte er ein zappelndes Etwas in seiner Hand, und als er dieses zappelnde Ding schüttelte, sah er plötzlich einen Zwerg, der unter dem Druck seiner Faust jammerte und wimmerte. Es war Alberich, der getreue Freund der Nibelungenkönige. Eine Tarnkappe, auch Hehlkappe genannt, hatte der Zwerg auf dem Kopfe getragen, und diese hatte ihn unsichtbar gemacht. Mit einem Druck seiner Faust hätte Siegfried den Zwerg vernichten können. Doch dieser bat so sehr um sein Leben, daß Siegfried ihn laufen ließ. Der Zwerg mußte ihm aber die Tarnkappe ausliefern und ihm als Dienstmann unverbrüchliche Treue geloben. Dann rief der siegreiche Jüngling aus dem Innern der Berge die andern Nibelungen heraus, setzte sich die Krone des Landes auf das Haupt und ernannte Alberich zu seinem Schatzmeister, indem er ihm alle Schlüssel zu den ungeheuren Nibelungenschätzen anvertraute. So sicher war er der Treue des Zwergs, daß er es wagen konnte, nach Santen zu seinem Vater, dem König Sigmund von Niederland, und seiner Mutter bald zurückzukehren.

Mit Freudentränen begrüßte Siegelind den Sohn, von dessen Heldentaten man bereits vernommen hatte, und mit Stolz schloß König Siegmund den tapferen Sprößling, den jungen König von Nibelungenland, in seine Arme.

2. Kapitel.

Kriemhild.

Zu Worms am Rhein herrschte König Dankrat von Burgundenland und lebte glücklich mit seiner Frau Ute. Vier Kinder hatte das Königspaar, drei Söhne und eine Tochter. Der älteste der Söhne war Gunther, der zweite Gernot und der dritte Giselher. Die Tochter aber war Kriemhild. Als Dankrat starb, hinterließ er das Reich den drei Söhnen, welche alle gleiche königliche Ehren genossen. Kriemhild erblühte zu einer herrlichen Jungfrau, so daß sich der Ruf ihrer Schönheit weit über die Lande verbreitete. Am Hofe der drei Burgundenkönige aber lebte eine Zahl von hochberühmten Helden. Da war der finstere Hagen von Tronje, einäugig und schwarzhaarig. Doch sein dunkles Auge war scharf wie das eines Adlers. Wer ihn aber zum ersten Male sah, hielt ihn leichtlich für Hödur, den Asen der Finsternis. Gleich tapfer, wenn auch nicht so finster aussehend, war sein Bruder Dankwart. Außer ihnen lebten am Burgundenhofe die beiden Markgrafen Ger und Eckenwart, Herr Ortewein von Metz, Volker, der Spielmann von Alzei, dann Rumolt, der Küchenmeister, Sindolt, der Schenk, Hunold, der Kämmerer.

Einst träumte Kriemhilden, sie habe einen Falken steigen lassen, der ward von zwei Adlern angefallen und gewürgt. Hilflos mußte sie zusehen, und gar großes Leid befiel sie im Schlaf. Am Morgen erzählte sie den Traum ihrer Mutter, der Königin Ute, und diese sagte ihr:

„Der Falke, den du sahest, das ist ein edler Mann. Ihn wolle Gott behüten, sonst ist es bald um ihn getan.“

Doch Kriemhild erklärte ihrer Mutter, daß sie nimmer einen Mann freien würde. Und als ihr die Mutter solche Rede verbot, entgegnete Kriemhild:

„Die Rede lasset bleiben! o liebe Herrin mein,
Es ward an vielen Weibern erseh'n im klaren Schein,
Wie Liebe nur mit Leide zuletzt belohnen kann;
Ich will sie meiden beide, es geht mir nimmer übel dann!“

Bald verbreitete sich neben dem Ruhm von Kriemhildens Schönheit auch allenthalben die Nachricht, daß sie nimmermehr eines Mannes eheliches Gemahl werden wollte. Auch nach Santen am Rhein kam diese Kunde, und Siegfried, der Drachentöter, der soeben in das Elternhaus zurückgekehrt war, vernahm sie. Sangen doch die fahrenden Sänger bei den Festen am Hofe des Königs der Niederlande Lob und Preis der schönen Kriemhild; sie sangen aber auch von ihrer Hartherzigkeit und ihrer Männerfeindschaft. Da regte sich in Siegfrieds Herzen der Wunsch, die wonnigliche Maid kennen zu lernen und ihr Herz zu besiegen. Er trat vor seine Eltern und bat um Urlaub, um nach Worms zu fahren, weil er zu freien gedachte um des Burgundenreichs schönste Frau. Wohl warnten ihn Vater und Mutter, doch war Siegfried nicht zurückzuhalten. Ein ganzes Heer wollte König Siegmund seinem Sohne mitgeben; doch lehnte Siegfried so große Begleitung ab, und nur zwölf ausgewählte Recken nahm er mit sich. Nach siebentägiger Fahrt gen Süden gelangten Siegfried und seine Genossen nach Worms. Kühnlich ritten sie bis in den Burghof und warteten, daß man sie begrüße. Versteckt hinter den vergitterten Fenstern ihrer Kemnate sah Kriemhild Siegfried, und er erschien ihr wie Balder, der leuchtende Gott des Lichts. Auch König Gunther sah Siegfried mit seinen Recken im Burghof und war verwundert über die Schönheit und Kraft des jungen Mannes von königlichem Aussehen. Er rief seine Brüder herbei, um sie zu fragen, ob sie nicht wüßten, wer der Fremdling sei; doch keiner kannte ihn, bis Hagen, der Grimme, gerufen wurde, von dem man rühmte, daß er auf seinen Kreuz- und Querzügen alle Helden kennen gelernt habe. Aber auch Hagen kannte nicht von früher her den herrlichen Jüngling da unten im Burghof. Doch sagte er:

„Wenn mich nicht alles täuscht, so ist das Siegfried, der Drachentöter. Er ist von königlichem Geschlecht; so ziemt es, daß man ihn mit königlichen Ehren empfängt.“

König Gunther begab sich mit seinen Brüdern und allen Helden in den Burghof und rief Siegfried zu: „Bist du der Sohn des Königs Siegmund von Santen, so sei willkommen!“

„Ich bin gekommen,“ sagte Siegfried, „weil ich vernommen habe, daß mehr Helden am Hofe von Burgund zu finden seien, als an jedem andren Orte der Welt. Ich bin gekommen, um die drei Könige von Burgund und ihre Recken kennen zu lernen, und bin erbötig, mit ihnen zu kämpfen um Krone und Reich, wenn sie dessen gewillt sind."

Solche Worte mißfielen den tapferen Degen König Gunthers. Doch Gernot besänftigte die erzürnten Recken, und Giselher, der jüngste der Burgundenkönige und der Lieblingsbruder Kriemhilds, trat zu Siegfried und sagte ihm:

„Wir trachten nicht nach Eurem Reich und Eurer Krone, Held Siegfried; so werdet auch Ihr nicht uns nach Leben, Reich und Krone trachten. Gehet ein als unser Freund in dieses Haus, und seid Ihr gewillt, Eure Kräfte mit uns zu messen, so mag dies im Turnier geschehen."

„Wenn Ihr in friedlicher Absicht kommt," fügte König Gunther hinzu, „so seid willkommen, steiget vom Roß und lasset Euch unsre Gastfreundschaft wohl gefallen."

„Ich danke herzlich für die Gastfreundschaft, die Ihr mir anbietet," entgegnete Siegfried. „Habet Dank für alle Eure Freundlichkeit."

Dann schwang er sich mit seinen Mannen vom Roß und schritt mit den Königen in die Halle der Burg. Finster sah ihm Hagen von Tronje nach. Er haßte diesen herrlichen Mann, wie die Finsternis das Licht haßt. —

Ein volles Jahr verblieb Siegfried als Gast am Hofe der Burgundenkönige. Niemals aber sahen seine Augen die herrliche Kriemhild. Nach damaliger Sitte blieben, solange Fremde im Hause waren, die Frauen eingeschlossen in der Kemnate, und niemals nahmen sie an den Festen der Männer teil. Wenn auch am Tage der Ankunft die Burgundenkönige mit ihren Helden vielleicht Siegfried ein wenig gezürnt hatten wegen der kecken Herausforderung, mit der er sich einführte, so war dieses Zürnen längst ehrlicher Zuneigung und Freundschaft gewichen. Selbst Hagen von Tronje führte freundliche Reden im Munde, wenn auch sein Herz nichts von dieser Freundlichkeit gegen Siegfried wußte.

Schon gedachte Siegfried unverrichteter Sache und ohne Kriemhild auch nur auf einen Augenblick gesehen zu haben, Worms und das Burgundenreich wieder zu verlassen und nach Hause nach Santen zurückzukehren, als kriegerische Kunde zu den Burgundenkönigen kam. Lüdeger, der Sachsenkönig, und Lüdegast, der Dänenherrscher, zogen mit großer Heeresmacht gegen Burgund. Täglich kamen neue Boten zu den Königen nach Worms, die da meldeten, wie groß die Zahl der Feinde sei, und wie immer neue Scharen zu ihnen stießen. Vierzigtausend Sachsen und zwanzigtausend Dänen mit unzählbarem Kriegsgerät waren im Anmarsch. König Gunther ging trübsinnig und sorgenvoll umher. Nicht die Hälfte der Streiter, die gegen ihn und seine Brüder anrückten, konnte er den Feinden entgegenstellen. Da nahte dem sorgenvollen König Siegfried und bot seine Hilfe an.

„Gebt mir tausend Mann," sagte er, „und ich will mich den Feinden entgegenwerfen. Ich will den Sieg erkämpfen und Euch von aller Gefahr und Sorge befreien."

Nun erhellte sich das Gesicht König Gunthers; denn er wußte wohl, daß Siegfrieds Mut und Stärke allein so viel wert waren wie ein ganzes Heer, daß aber der Ruf seiner Tapferkeit die Feinde erschrecken und den Mut der Tapferen stärken würde, die mit ihm zusammen in die Schlacht zogen.

„Wir wollen alle mit dir ziehen, Siegfried," sagte der König, „meine Brüder und ich und alle Helden, die am Burgundenhofe leben."

Schon nach wenigen Tagen zog eine Schar von kühnen Helden, denen tapfere Streiter folgten, den Feinden entgegen. Volker, der Fiedler von Alzei, trug die Fahne, denn besseren Händen konnte sie nicht anvertraut werden. Hagen, der kühne Held, war Scharmeister, und seinen Befehlen unterwarfen sich auch die Könige. Gen Osten ging der Zug an die Marken des Burgundenlandes, wo, zum Einfall bereit, die Sachsen und Dänen standen. Als man in Sicht des Feindes war, ließ Hagen Halt machen und die Lagerzelte errichten. Siegfried aber ritt allein auf Kundschaft aus. Er gewahrte einen prächtig gekleideten Reiter des feindlichen Heeres, der gleich ihm Späherdienste zu tun schien. Den ritt Siegfried an, und es kam zu einem gewaltigen Kampf. Wohl wehrte sich der feindliche Reiter tapfer, doch der Schärfe Balmungs konnte er nicht widerstehn. Schild und Panzer zersplitterten unter den Hieben, die Siegfried mit Balmung führte. Schon floß das rote Blut des Reiters, als dieser rief:

„Gib mir Frieden, wer du auch seiest. Ich bin dein Gefangener.“

„Das Leben will ich dir schenken, doch führe ich dich gefangen nach dem Lager; du brauchst deshalb nicht zu trauern, denn Siegfried, der Drachentöter, hat dich besiegt.“

„Und du, Siegfried von Niederland, brauchst dich nicht zu schämen, den Gefangenen einzubringen, denn ich bin Lüdegast, der Dänenkönig.“

Kaum aber hatte Siegfried sich mit seinem Gefangenen zum Lager der Burgunden gewandt, als dreißig tapfere Dänen herbeieilten, um ihren König zu befreien und mit Ungestüm den Helden Siegfried anritten. Doch vergebens war all ihr Mut! Vergebens der Ansturm mit Speer und Schwert! Der schreckliche Siegfried erschlug neunundzwanzig der Helden, und der letzte entfloh, um die Schreckenskunde nach dem Lager der Dänen zu bringen. Mit seinem Gefangenen aber erreichte Siegfried glücklich das Lager der Burgunden und übergab Lüdegast dem König Gunther. Bald verbreitete sich die Kunde im Lager: Siegfried schlug dreißig Mann und nahm den Dänenkönig gefangen. Die tausend Recken der Burgunden aber mit den Helden von König Gunthers Hofe waren sicher, daß ihnen am nächsten Tage der Sieg zufallen würde. Auch im feindlichen Lager hatte man von den Heldentaten Siegfrieds gehört, und noch in der Nacht hatte der Sachsenkönig Verstärkung an sich gezogen. Bei Morgengrauen zogen die beiden Heere gegeneinander, und als die Sonne blutrot aufging, gleichsam ein Vorzeichen des vielen Blutes, das an diesem Tage vergossen werden sollte, stürzten sich mit Kampfesmut die beiden Heere aufeinander. Klein war das Häuflein der Burgunden gegen die gewaltige Schar der Sachsen. Aber fürchterlich war das Streiten der burgundischen und niederländischen Helden. Breite Gassen hieben sie durch die Schar der Feinde. Tausende der Sachsen und Dänen fielen unter den Schwertstreichen der Helden vom Burgundenhofe. Nach kurzer Zeit wendete sich der Feind zur Flucht; doch König Lüdeger von Sachsenland zwang seine Leute noch einmal in die Schlacht zurück. Da sah sich König Lüdeger selbst von einem Gegner angerannt, der so fürchterlich auf ihn einhieb, daß Lüdeger sein letztes Stündlein gekommen wähnte.

„Da hatte König Lüdger auf jenem Schild erkannt
Gemalet eine Krone von Siegfrieds starker Hand;
Nun wußt' er, jener wäre der kampferprobte Mann, —
Der Held zu seinen Freunden gar laut zu rufen da begann:
‚Laßt ab jetzt von dem Streite, die ihr aus meinem Bann!
Den Sohn des Königs Siegmund sah'n meine Augen an,
Von Niederland den Starken hab' ich allhie erkannt,
Ihn hat der böse Teufel her zu den Sachsen mir gesandt!'
Die Fahne hieß er lassen nun in dem Sturme nieder,
Und Frieden er begehrte, den gab man ihm da wieder:
Doch mußt' er werden Geisel in König Gunthers Land; —
Das hat an ihm erzwungen des Herren Siegfried starke Hand."

Nach der Gefangennahme ihres Königs verließen die Sachsen in wilder Flucht das Schlachtfeld. Als Sieger kehrten die Burgunden mit den Niederländern nach Worms zurück. Boten eilten ihnen voraus, die den herrlichen Sieg verkündeten, und auch Kriemhild erfuhr in ihrer Kemnate, daß der Tapferkeit und dem kühnen Mute Siegfrieds, des Drachentöters, der Sieg zu verdanken war. Diese Nachricht trieb die Röte der Freude in die Wangen Kriemhilds, und die Tränen der Sehnsucht in ihre Augen. Hatte doch während des Jahres, in welchem Siegfried sich am Hofe der Brüder aufhielt, Kriemhild ihn oft genug heimlich vom Fenster ihrer Kemnate aus betrachtet, und immer teurer war ihr der fremde Gast geworden, immer herrlicher Siegfrieds Gestalt erschienen.

Pfingsten war es! Die Feiertagsglocken klangen durch das Land! Herrlich wie zum Brautfest hatte sich die Erde mit Grün und Blumen geschmückt, als die siegreichen Burgunden mit ihren Freunden und mit den gefangenen Königen in Worms einzogen. Da ward ein herrlich Fest gerichtet, um den Sieg zu feiern und die Helden zu ehren, die so Gewaltiges auf dem Schlachtfelde getan. Zum König Gunther trat aber Ortewein, der königliche Truchseß, und sprach:

„Willst du ein Fest geben, König Gunther, wie es würdig ist der Helden, die mit dir und für dich gefochten haben, so vergiß nicht, daß ein Frühlingstag ohne Sonne traurig ist und eine Nacht ohne Mond voll Finsternis und trugvoll."

„Was sollen diese Worte?" fragte König Gunther.

„Sie sollen sagen, daß ein Fest nicht vollkommen ist, wenn die Anwesenheit edler Frauen ihm fehlt. Erst edler Frauen Gegenwart gibt dem Fest die rechte Weihe."

„Dank dir, daß du mich daran gemahnt hast!" sagte König Gunther. „Sende nach dem Frauengemach, damit unsrem Fest durch das Erscheinen edler und minniglicher Frauen die rechte Weihe werde."

Da nahte die Zahl der schönen Frauen:

„Frau Ute, die viel reiche, sah man als erste kommen,
Die hatte zum Gefolge sich schöne Frau'n genommen,
Wohl hundert oder mehr noch, die trugen reiches Kleid;
Auch ihrer Tochter folgte noch manche wonnesame Maid.
Aus einer Kemenate sah man sie alle gehn;
Es ist gar feurig Blicken von Recken da geschehn,
Die den Gedanken hegten, es könne wohl ergehn,
Daß sie die edle Kriemhild voll Frohsinns würden heute seh'n.
Nun kam die Minnigliche, — gleichwie das Morgenrot
Aus trüben Wolken leuchtet! Valet gab da der Not,
Wem sie genagt im Herzen, sei's auch schon lang geschehn;
Er sah die Liebenswerte holdselig nun vor Augen stehn!
Ihr blitzte vom Gewande gar mancher Edelstein,
Kein Rosenpaar konnt' schöner als ihre Wangen sein,
Selbst wenn es jemand wünschte, — er konnte nicht gestehen,
Daß er auf dieser Erde je hätte Schöneres gesehen.
Gleichwie der Mond so lichte vor allen Sternen steht,
Des Schein so hell und lauter hervor aus Wolken geht:
So stand in milder Schöne sie vor den Frauen gut!
Da ward gar stolz erhöhet der zieren Recken edler Mut!"

Als Siegfried Kriemhilden sah, glaubte er, es sei ein Götterbild aus Himmelshöhen herabgeschwebt! Die Schönste der Asinnen, die an Odins Throne weilen, konnte nicht herrlicher sein als Kriemhild.

„Sieh doch den Helden Siegfried,“ rief der Burgundenkönig Gernot seinem Bruder Gunther zu. „Sieh doch, wie er in Sinnen versunken ist. Wir müssen ihm Ehre erweisen mehr als allen andern. Sage unsrer Schwester Kriemhild, daß sie ihn begrüßt nach Landesbrauch und laß ihn während der zwölf Tage, während der wir den Sieg feiern, den Ritter unsrer Schwester sein.“

„So sei es,“ entgegnete König Gunther. „Gehe zu Kriemhild und sage ihr, daß sie nach Landesbrauch unsren Freund und Helfer Siegfried begrüße.“

Soeben hatte noch Siegfried daran gedacht, daß es eitler Wahn wohl von ihm sei, zu glauben, daß jemals dies herrliche Weib sein eigen sein könne. Da stand die Holde vor ihm und reichte ihm ihre Hand. Wohl fühlte Siegfried, wie diese Hand bebte, als er sie mit der seinen umschloß. Nun hob Kriemhild ihr leuchtendes, errötendes Gesicht und bot nach Landessitte dem fremden Gast die Lippen zum Kuß.

„Seid willkommen, Herr Siegfried von Niederland,“ sprach sie mit zitternder Stimme.

Wie im Traum küßte Siegfried Kriemhildens Mund und reichte ihr dann die Hand, um sie zu den Schranken zu führen, die für die Damen errichtet waren, welche dem Kampfspiele zusehen wollten. Als das herrliche Paar durch die Menge dahinschritt, gab es wohl niemand, der sie nicht einander gegönnt hätte. Wie die Sonne und der Frühlingstag gehörten sie zusammen. Nur einer sah mit finsteren Augen dem glücklichen und schönen Paare nach, Hagen von Tronje. Er hatte bisher schon Siegfried gehaßt, von diesem Tage an haßte er auch Kriemhild.

Zwölf Tage verflossen in Freude und Jubel dem Volke, in Glückseligkeit dem schönen Paare Siegfried und Kriemhild. In ihren Herzen erwuchs die Minne treuer Art, die bis über den

Tod hinaus währt. Als aber das Fest vorüber war, verschwand Kriemhild mit den Frauen wieder in der Kemnate, und leer und öde schien die Welt ringsumher Siegfried, der nun Kriemhild nicht mehr sehen und ihre Worte nicht mehr hören konnte. Schon wollte er mit seinen Recken heimreiten nach Santen, als Jung-Giselher zu ihm trat und ihn lächelnd fragte:

„Wollt Ihr so schweres Herzeleid meiner Schwester Kriemhild antun, daß Ihr davonreitet, ohne Urlaub von ihr genommen zu haben? Oder muß ich dem Drachentöter Siegfried sagen, daß in meiner Schwester Herz die Minne für ihn lebt?"

„Sattelt ab! Führt die Rosse fort! Wir bleiben hier!" befahl Siegfried, indem er mit herzlichen Dankesworten die Hände Giselhers schüttelte und ihm Grüße an Kriemhild auftrug.

3. Kapitel.

Brunhild.

Im Isenland (Island) lebte eine Heldenjungfrau, Brunhild. Von ihr kam die Märe auch nach Worms, und wunderbar genug war, was die Märe berichtete. Noch nie hatte es ein Weib gegeben, wie Brunhild; noch nie war solch übermenschliche Kraft in eines Weibes Arm. Im Steinwurf, im Speerschleudern und im Weitsprung kam ihr keiner gleich. Nimmer wollte sie eines Mannes Gattin werden, und deshalb hatte sie geschworen, daß sie nur demjenigen sich verehelichen wolle, der sie im Steinwurf, Speerschleudern und Weitsprung besiege. Viele Helden waren nach Isenland gekommen, um dieses herrliche Weib zu erringen. Sie hatten den Wettkampf nicht bestehn können, und wenn sie besiegt wurden, war ihr Haupt verfallen.

Durch fahrende Sänger kam die Nachricht von Brunhild

und von ihrer überirdischen Schönheit auch zu den Ohren König Gunthers. Es regte sich in seinem Herzen die Sehnsucht, das stolze Weib zu erringen, und er beschloß, gen Isenland zu fahren und um Brunhild zu werben. Hagen von Tronje widerriet es ihm; denn noch nie war bisher jemand lebendig von Isenland zurückgekehrt, der auszog, die schöne Brunhild zu erkämpfen.

Doch König Gunther war nicht abzubringen von seinen Gedanken, und so sagte endlich Hagen von Tronje:

„So du nicht anders willst, Herr, so wollen wir die Fahrt mit dir wagen. Aber veranlasse Siegfried, daß er mit uns zieht. Er ist so stark, daß er dir vielleicht helfen kann."

Da sendete König Gunther nach Siegfried, und als dieser zu ihm kam, fragte er ihn, um welchen Preis er mit nach Isenland fahren wolle, um dem Burgundenkönig bei der Werbung um die schöne Brunhild zu helfen.

„O Burgundenkönig," entgegnete Siegfried, „ich liebe deine Schwester Kriemhild, und auch sie ist mir zugetan. Versprich mir, daß du mir deine Schwester zum Weibe gibst, und ich will mit dir ziehen und dir helfen, Brunhild zu erobern."

„Ich gelobe dir meine Schwester zum Weibe," entgegnete Gunther, „und hafte dir dafür mit meiner königlichen Krone und Ehre."

Schiffe wurden ausgerüstet, köstliche Gewänder und starke Rosse wurden auf dieselben gebracht, mit Wein und Speisevorrat versah man sich reichlich, und schon nach kurzem segelte die Flotte König Gunthers nach dem Isenlande ab.

Den Rhein ging es hinunter bis zum Meere. Dann sah man nach zwölftägiger Fahrt eine hochragende Burg mit sechsundachtzig Türmen. Drei Paläste standen zwischen diesen Türmen. Brunhildens Feste war diese Burg.

Man landete glücklich und begab sich nach der Feste. Bevor sie aber die Feste betraten, mußten die Gäste aus Burgundenland ihre Waffen ablegen, denn nie durfte ein Mann mit Wehr und Waffe die Burg, die nur von Frauen bewohnt war, betreten.

Umgeben von einer Schar herrlicher Jungfrauen, trat Brunhild den Fremden entgegen. Doch ihre Schönheit war so groß, ihre Gestalt so herrlich und königlich anzuschauen, daß unter den hundert schönen Mägden Brunhild sofort von den Burgunden erkannt wurde. Ein schneeweißes Kleid trug sie, und rabenschwarzes Gelock ringelte sich um den stolz getragenen schönen Kopf. Schwarze, brennend tiefe Augen in einem zartweißen Gesicht gaben Brunhild Liebreiz und Anmut, obgleich ein Zug von Härte und Stolz ihr schönes Gesicht ein wenig entstellte.

König Gunther stand wie verzaubert vom Anblick der königlichen Jungfrau. Brunhild aber hatte nur Augen für den blauäugigen und blondhaarigen Recken Siegfried, der ihr wohl schöner dünkte als je ein Mann, den sie gesehen.

Nicht beachtete sie den König Gunther, nicht Hagen von Tronje und die andern gewaltigen Ritter.

„Wer bist du, Fremdling?" fragte sie den blonden schönen Mann.

„Ich bin Siegfried von Niederland und gekommen, um deiner Schönheit zu huldigen."

Es schien ein freudiger Schreck zu sein, der Brunhild durchzuckte, als sie jetzt sprach:

„So bist du Siegfried, der Drachentöter, und du bist gekommen, um mich zu werben?"

Brunhild errötete, als sie die letzten Worte sprach, und man sah wohl, daß ihr noch nie die Werbung eines Mannes weniger unangenehm gewesen war, als die Siegfrieds.

Doch Siegfried schüttelte das Haupt.

„Nicht ich will werben um dich, du schöne Frau!" entgegnete er; „König Gunther vom Burgundenland hofft deiner froh zu werden und dich als sein Weib davonzuführen."

„Dein Herr ist König Gunther?" fragte Brunhild erstaunt. „Bist du nicht selbst ein König und Herr?"

„Wohl bin ich mit meinem Vater Siegmund zusammen Herr von Niederland, doch habe ich mich zum Dienst als Lehnsmann dem König Gunther für diese Fahrt verpflichtet."

„Nimmermehr hätte ich geglaubt, daß sich Siegfried, der Drachentöter, zum Diener eines andren Herrschers hergibt. Mehr Stolz hätte ich von ihm erwartet.“

Man sah wohl der stolzen und schönen Brunhild an, wie sehr sie sich enttäuscht fühlte, daß nicht Siegfried um sie zu werben gedachte, sondern König Gunther.

„Also Ihr wollt den Kampf, der um mich stattfinden muß, mit mir wagen?“ fragte Brunhild den König Gunther, indem sie ihn verächtlich musterte.

„Ich hörte von Eurer Schönheit und Eurem hohen Mut,“ entgegnete Gunther; „doch jetzt, nachdem ich Euch erblickt, will ich den Kampf wagen, und koste es auch sofort mein Leben.“

„Das Leben soll es Euch kosten, und in wenigen Stunden sollt Ihr zur Unterwelt hinabfahren!“ erwiderte zornig Brunhild.

Dann befahl sie, daß der Kampfplatz abgesteckt werde, und daß man die Waffen herbeibringe, mit denen der Wettkampf stattfinden sollte. Aus der Schar der Krieger, welche außerhalb der Burg lagerten, wurden viele hundert in den Burghof hineingerufen und bildeten einen großen Kreis, indem sie sich Schildrand an Schildrand nebeneinander aufstellten. Drei starke Männer trugen einen Speer und zwölf andre einen ungeheuren Stein herbei; beides wurde inmitten des Kampfringes niedergelegt.

„Gebt den Kampf auf!“ sagte ängstlich selbst Hagen von Tronje zu König Gunther; „Ihr seid verloren! Kein Sterblicher kann diesen Stein heben, geschweige denn ihn schleudern.“

Doch gleichzeitig nahte sich Siegfried dem Könige und raunte ihm zu:

„Waget den Kampf; ich werde Euch unsichtbar beistehn. Doch beginnt nicht eher, bis ich Euch am Ärmel zupfe und Euch meine Gegenwart kund tue.“

Dann empfahl sich Siegfried laut dem Könige und Brunhild und sagte, er wolle dem Kampfe seines Herrn nicht beiwohnen, sondern sich zu den Schiffen begeben. Er lief hinunter zum Hafen und zu den Schiffen. Im Innern des Schiffes aber setzte er sich die Tarnkappe auf, die er dem Zwerge Alberich abgenommen hatte, und wurde so unsichtbar. Ungesehen ging er aus dem Schiffe zu Brunhilds Burg und drängte sich in den Ring, wo Brunhild und König Gunther sich bereits gegenüberstanden, und zupfte leise König Gunther am Ärmel.

„Wohlan!" rief Gunther, „laßt uns beginnen mit dem Kampf!"

Vier Dienstleute Brunhildens brachten einen Schild herbei von furchtbarer Stärke und Schwere. Diesen Schild erhielt König Gunther, aber der Burgunde wäre außerstande gewesen, den Schild auch nur zu heben, wenn nicht zugleich mit ihm Siegfrieds starker Arm in die inneren Schildriemen gegriffen und den Schild hochgehoben hätte. Der gleiche Schild ward für Brunhild gebracht, und sie hob ihn spielend auf, als sei es eine Feder. Von ihrem blendend weißen rechten Arm, der nun in voller Schönheit sichtbar wurde, streifte Brunhild den Ärmel des Gewandes auf und ergriff den Speer. Sie wirbelte ihn um ihren Kopf und zielte nach dem Gegner. Mit furchtbarem Pfeifen gleich dem Blitzschlag sauste der Speer durch die Luft und traf den Schild Gunthers mit solcher Gewalt, daß Siegfried, der die ganze Last des Schildes hielt, zu Boden gerissen wurde und ihm das Blut aus Mund und Nase drang.

König Gunther sah das Blut des unsichtbaren Helfers auf seiner linken Hand und sagte:

„Wehe, du bist verwundet!"

„Es ist nichts," flüsterte Siegfried, der sich wieder erholt hatte; „der Streich war gar zu schwer. Geborsten ist der fürchterliche Schild, der uns beide beschützen sollte. Doch nun gilt es, die Stolze zu besiegen."

König Gunthers Hand griff nach dem Speer, der zu seinen Füßen lag. Aber mit ihm zugleich faßte Siegfried zu, und von dessen unsichtbarer Hand geschleudert, flog der Speer mit solcher Wucht gegen Brunhildens Schild, daß die königliche Jungfrau in die Knie sank.

„Sieg, Sieg!" schrieen die Burgunden, aber mit wutentstelltem Gesicht, bleich vor Zorn, erhob sich Brunhild und rief:

„Im Speerkampf hast du gesiegt, König Gunther, doch büßen sollst du diesen Wurf!"

Jede Muskel in ihr zuckte und spannte sich, als sie nach dem ungeheuren Wurfstein griff. Sie hob ihn auf, als sei er der Spielball eines Kindes, schwenkte ihn durch die Luft und warf ihn weit davon, und während der Stein noch flog, sprang sie ihm nach, überholte in fürchterlichem Sprunge den Stein und kam weit jenseits der Stelle auf den Boden nieder, an welcher der Stein herabfiel. Dann sah sie mit höhnischem Lächeln nach König Gunther zurück.

Die Burgunden erbleichten; sie hielten ihren König für verloren. Doch der unsichtbare Siegfried trat mit König Gunther an den Stein heran, hob ihn auf und warf ihn mit solcher Gewalt durch die Luft, daß er viel weiter flog, als Brunhild ihn geschleudert hatte. Aber noch mehr tat Siegfried. Er hob König Gunther auf und wagte mit ihm den Sprung, obgleich er auch noch die Last des Königs zu tragen hatte, und so gewaltig war dieser Sprung, daß er weit über das Ziel hinausging, welches Brunhilde erreicht hatte.

„Heil unsrem siegreichen Könige!" schrieen die Burgunden. Stumm und trotzig standen die Ritter von Isenland da. Blaß, zitternd am ganzen Leibe, überwältigt von Zorn und Scham, blieb Brunhild stehn.

König Gunther nahte ihr und sagte lächelnd:

„Zürne mir nicht, du schöne Jungfrau, daß ich dich besiegt habe. Du hast den Kampf selbst bestimmt, ebenso wie den Preis, und du selbst bist der Preis."

„Du hast gesiegt, König Gunther!" antwortete Brunhild mit tonloser Stimme, „ich muß mein Wort halten und dein Weib werden. Kommt her, ihr Recken, huldigt eurem neuen Könige und meinem Gemahl!"

Knieend schwuren die Ritter von Isenland dem Könige Gunther Treue. Der unsichtbare Siegfried aber entfernte sich wieder nach dem Schiffe, legte hier im Innern des Schiffes seine unsichtbar machende Tarnkappe ab und trat dann wieder an das Land, als wäre er während des ganzen Kampfes nicht anwesend gewesen.

Als er in den Burghof kam und die Isenlander vor König Gunther knien sah, um ihm den Treueid zu leisten, rief er erstaunt:

„Welch freudiges Bild! So hat mein König gesiegt! Heil ihm und Heil der edlen Brunhild, die nunmehr in Worms am Rhein als Königin gebieten wird!“

Zornig blickte Brunhild auf Siegfried. Sie dachte daran, wie es ihr so anders ums Herz gewesen wäre, wenn er sie im Kampfe besiegt hätte. Sein Weib wäre sie gern geworden, denn noch nie hatte auf ihr Herz ein Mann solchen Eindruck gemacht, wie Siegfried. Aber er hatte sie verschmäht, es gefiel ihm nicht, um sie zu werben. Er hatte sich vielmehr selbst zum Dienstmann König Gunthers erniedrigt, um diesen auf der Brautfahrt zu begleiten. Die Liebe für Siegfried, die in Brunhild für einen Augenblick aufgeloht war, verwandelte sich, wie dies so oft geschieht, nunmehr in glühenden Haß. Mit verächtlicher Kälte behandelte von jetzt ab Brunhild den Drachentöter Siegfried.

König Gunther verlangte von seiner Braut, daß sie mit ihm so bald als möglich nach dem Burgundenlande zöge. Wohl sträubte sich Brunhild noch, aber schließlich mußte sie nachgeben. Als Bote, der den Sieg König Gunthers und die Ankunft der bräutlichen Brunhild in Worms verkünden sollte, ward Siegfried abgesendet. König Gunther war seinem Helfer dankbar, denn ohne dessen unsichtbare Hilfe wäre er verloren gewesen. Er schickte ihn voraus, damit Kriemhild erfahre, daß nun auch für sie die Stunde geschlagen hatte, in der sie des geliebten Siegfried Weib werden sollte.

Mit zärtlichen Worten und innigem Kuß empfing Kriemhild Siegfried, der so gute Nachricht brachte. Mit bräutlicher Verschämtheit willigte sie ein, seine Gattin zu werden, nachdem ihr Siegfried gesagt hatte, daß ihr Bruder sie ihm zum Weibe geben wolle, weil er ihm geholfen, Brunhild zu erringen.

Wenige Tage später kam König Gunther mit seiner Braut Brunhild und allen den Helden an, die mit nach dem Isenlande gezogen waren, und in der Stadt Worms rüstete man sich zu einer Hochzeitsfeier, wie sie die Stadt noch nie gesehen.

Kriemhild hatte Brunhild gar freundlich empfangen; war sie doch des Bruders Braut. Mit Zärtlichkeit und Liebe kam sie ihr entgegen, und die Schönheit der blonden Kriemhild tat es auch Brunhild an. Sie freute sich, eine so schöne Schwägerin zu haben, und lohnte die Zärtlichkeit Kriemhilds reichlich durch gute Worte und Küsse.

Zum Hochzeitsmahle war man versammelt, als plötzlich König Gunther befahl, Kriemhild in den Saal zu führen. Giselher, Kriemhilds jüngster Bruder, holte die schöne Maid herbei.

König Gunther erhob sich und rief in den Saal:

„Ein doppeltes Hochzeitsfest feiern wir heute, nicht nur meine Vermählung mit der edlen Brunhild von Isenland, sondern auch die Hochzeit meiner Schwester Kriemhild mit meinem treuen Lehns- und Dienstmann Siegfried. Möge meine Schwester glücklich werden mit dem Drachentöter Siegfried, wie ich es mit der edlen Brunhild zu werden hoffe."

„Wie?" fuhr Brunhild auf, „was höre ich, König Gunther? Der Mann, der mein Gemahl werden soll, wirft seine Schwester fort an einen unfreien Mann, an einen seiner Diener?"

„Wohl hat sich Siegfried selbst zu meinem Diener gemacht, doch tat er es freiwillig," entgegnete König Gunther; „ein mächtiger König ist er, wie ich selbst, und wenn er als mein Diener auszog, als ich um Euch freien wollte, so tat er es aus Freundschaft und aus Liebe zu Kriemhild. Kriemhild liebt ihn, und ich habe sie ihm versprochen, bevor die Fahrt nach Isenland angetreten wurde."

Mit Tränen in den Augen setzte sich Brunhild nieder; die schöne Kriemhild tat ihr leid. Ihr stolzes Herz verstand es nicht, daß Kriemhild einen Lehnsmann heiraten sollte, daß die Königstochter, die selbst auf einen Königsthron Anspruch machen konnte, Siegfrieds, des Unfreien, Weib werden sollte.

Während des Hochzeitsmahles sprach Brunhild kein Wort. Gar merkwürdige Gedanken gingen durch ihren Kopf. Das, was

König Gunther soeben mit der Verlobung seiner Schwester an einen Lehnsmann getan hatte, war so unerhört, daß die kluge Brunhild sich selbst sagte, hier sei irgend ein Geheimnis im Spiele. König Gunther mußte tief in der Schuld seines Lehnsmannes Siegfried stehn, daß er gegen alles Herkommen und gegen alle Sitte ihm die Schwester zur Gemahlin gab. Hatte der König nicht selbst gesagt, er habe die Schwester dem Lehnsmann schon verlobt, bevor noch die Fahrt nach Isenland angetreten wurde?

War da irgend etwas geschehen, was nicht mit rechten Dingen zuging, im Isenland selbst, vielleicht bei dem Kampfe, den König Gunther mit ihr (Brunhild) gehabt hatte?

Zweifel nagten an Brunhildens Herz, sie fühlte sich in Kriemhild beschimpft, weil diese, ihre Schwägerin, sich fortwarf und durch den Bruder zu so unwürdiger Ehe gezwungen wurde. Sie zürnte Siegfried und verachtete ihn, und doch beklagte sie es, daß er nicht der Sieger geworden war und sie als Weib errungen hatte.

So schloß für Brunhild der Tag der Hochzeitsfeier mit Sorgen, Zweifel, Kummer und Zorn.

Als die Hochzeit vorüber war, nahm Siegfried mit seinem jungen Weibe Abschied von den Burgunden, um mit Kriemhild nach Niederland zu fahren. Bis an die Landesgrenzen gaben ihm die Burgundenkönige mit allen ihren Recken das Geleit, und mit Freude und Rührung empfingen König Siegmund und seine Gattin den Heldensohn und seine Gemahlin, die schöne Kriemhild.

Im königlichen Palaste zu Santen lebte Kriemhild mit Siegfried, denn dieser teilte sich mit seinem Vater in die Herrschaft der Niederlande. Ein Söhnlein ward dem jungen Ehepaar geschenkt, das fröhlich emporwuchs, und dem man den Namen Gunther zur Erinnerung an Kriemhilds Bruder gab.

4. Kapitel.

Streit und Verrat.

Lange Jahre hatten in Glück und Freude Siegfried und seine Gattin Kriemhild in Santen gelebt, als Brunhild ihrem Gatten Gunther gegenüber die Verwunderung aussprach, daß sein Vasall Siegfried nicht bei Hofe erscheine, um ihm zu dienen und um den Tribut oder Zins zu zahlen. Immer wieder begann Brunhild von dieser Angelegenheit zu reden, und da auch Gunther den Wunsch hatte, seine Schwester Kriemhild nach langen Jahren wiederzusehen, sandte er tapfere Recken nach Santen, um Schwester und Schwager an den Hof nach Worms einzuladen. So zeigte eines Tags das Horn des Turmwächters von Santen das Nahen von Fremden an, und eine Truppe schön gekleideter Reiter sprengte bald darauf über die Zugbrücke in den Hof der Burg. Siegfried erkannte die Burgunden und rief eiligst Kriemhild herbei, damit auch sie sich an dem Anblick ihrer Landsleute ergötze. Markgraf Ger war der Führer der Reiterschar.

„Mich sendet König Gunther," rief er, als er Siegfried und Kriemhild erblickte, „König Siegfried und seine Gemahlin zum Sonnenwendfeste nach Worms einzuladen. Königin Ute, Gernot und Giselher lassen herzlich grüßen und werden sich freuen, die Tochter und Schwester und deren ritterlichen Gatten wiederzusehen."

„Habet Dank der guten Botschaft!" sagte Siegfried und schüttelte freundlich die Rechte des Markgrafen Ger.

Nach wenigen Tagen schon brachen die Geladenen nach Worms auf. Frau Siegelind war längst gestorben; König Siegmund begleitete seinen Sohn und seine Schwiegertochter nach Worms; der kleine Gunther blieb in Santen zurück. Tausend reich gekleidete Recken gaben dem niederländischen Fürstenpaar das Geleit.

In Worms war große Freude über die Ankunft der Gäste. Die Königin Ute war glücklich, ihre Tochter wieder ans Herz drücken zu können, und die Brüder Kriemhilds, besonders Giselher, waren hoch erfreut über ihre Anwesenheit. Auch das Volk bewunderte nicht nur Siegfried, der zu einem stattlichen Mann herangereift war, sondern auch die Königin Kriemhild, seine Gemahlin, die jetzt noch königlicher und schöner aussah, als in früheren Zeiten. Brunhild hatte ihre Schwägerin freundlich empfangen, Siegfried hatte sie mit kalter Verachtung behandelt.

Kampfspiele fanden täglich statt, und Hagen von Tronje leitete dieselben. Es saßen die beiden Königinnen, Kriemhild und Brunhild, eines Tags auf dem Söller zusammen, als Kriemhild unten im Kampfring ihren Gatten erblickte. Sie selbst war so hingerissen von der Schönheit und Kraft Siegfrieds, der in schimmernder Rüstung soeben in die Bahn sprengte, daß sie zu Brunhild sagte:

„Er ist doch der erste und edelste aller Männer, und er verdiente, König über alle Länder zu sein."

„Leibeigene werden niemals Könige", sagte Brunhild wegwerfend.

„Wie?" fuhr Kriemhild auf, „leibeigen nennst du meinen Mann, ihn, der König ist, königlich denkt und fühlt?"

„Sei nicht so stolz, Kriemhild. Dein Gatte selbst hat mir gesagt, daß er nichts als ein Dienstmann deines Bruders ist. Als sie nach Isenland kamen zur Brautfahrt, habe ich aus dem eignen Munde Siegfrieds gehört, daß er ein Lehnsmann sei, dienstbar und zinspflichtig dem Könige Gunther."

„Das ist nicht wahr!" rief Kriemhild außer sich. „Das lügst du. Ich habe keinen Leibeigenen zum Manne, sondern einen freien König, den stattlichsten und edelsten aller Helden, nenne ich meinen Gemahl."

„Nenne ihn, wie du willst. Für mich ist er ein Leibeigener und du eines Leibeigenen Weib. Und damit dein Stolz sich mäßigt, wirst du, wenn wir heut' zum Münster gehn, nicht mit mir schreiten, nicht neben mir wirst du durch des Münsters Pforte gehn, sondern du wirst mit deinem Ingesinde hinter mir und abseits den Weg nehmen; denn eine Königin geht nicht mit eines Leibeigenen Weibe zusammen."

Zornig verließ Brunhild das Kampfspiel, befahl ihren Dienerinnen, sich zu rüsten, um an des Münsters Pforte, wohin man sich am Nachmittage begeben wollte, die Feindin zu empfangen. Ja, als Feindin betrachtete die stolze Brunhild die Schwägerin Kriemhild, die so sehr den verhaßten Siegfried gerühmt und ihn als den edelsten und besten aller Männer gepriesen hatte.

Auch Kriemhild befahl ihrem Ingesinde, die besten Kleider anzulegen, und so herrlich waren die Dienerinnen geschmückt, daß man glaubte, sie seien Königinnen, als sie durch die Straßen von Worms von der Burg herab nach dem Münster zogen. Vor dem Tor des Münsters stand bereits Brunhild, seit langer Zeit auf Kriemhild wartend, um sie hier zu demütigen. Mit höhnischem und hochmütigem Lächeln erwartete Brunhild die Gegnerin.

„Kommst du, Gattin des niederen Dienstmannes", sagte sie, „um hier Rechte zu beanspruchen? Kommst du, um gedemütigt zu werden nach Gebühr? Siehe, ich bin die Königin von Burgundenland, und du bist meine Hörige; denn du hast Ehre und Rang verloren, als du einem Leibeigenen deine Hand reichtest."

Diese beleidigenden Worte weckten Kriemhilds Zorn.

„Wisse, daß ich die Gattin eines Mannes bin, der zu den siegreichsten Helden und tapfersten Rittern gehört, der mehr wert ist als dein Gemahl, wenn du auch meines Bruders Weib bist. Wisse, daß mein Gemahl mich geehelicht hat aus Liebe, und daß er dich hätte ehelichen können, wenn er dich nicht verachtete über alle Maßen. Wisse, du Erbärmliche, daß nicht Gunther dich besiegt hat, Gunther, der Schwächling, sondern Siegfried, mein Gemahl, und daß Siegfried verzichtet hat auf den Siegespreis, auf dich verzichtet hat, weil er dich verachtete. Mir hat er gesagt, daß du für ihn ein Mannweib wärest, aller edlen Weiblichkeit bar, und daß es ihm nur darauf ankam, dich zu demütigen und dich zu besiegen! Wisse, daß du die Niederlage erlitten hast durch den Mann der Frau, die du schmähest, durch meinen Gatten. Der Leibeigene, wie du ihn nennst, hat dich, die Stolze, Hochmütige, gedemütigt, und mein eigner Bruder hat dich nicht geheiratet aus Liebe oder weil deine Schönheit ihn fesselte: nein, auch er wollte dich demütigen und wollte dir zeigen, daß all dein Hochmut und deine Männerfeindschaft nichts sind. Er hat dich genommen, weil du so schwer zu haben warst, und nicht er hat dich gewonnen, sondern mein Gatte, der seine Dienste meinem Bruder leistete, um mich zu erringen, mich, die Königstochter und Schwester deines Gatten."

„Du lügst! Du lügst!" schrie Brunhild.

„So frage deinen Gatten, meinen Bruder, und wisse, daß ich dich verachte, die du gedemütigt worden bist und meines Bruders Gattin wurdest, um weiter gedemütigt zu werden."

Wie gebannt und versteinert stand Brunhild, und stolz schritt, begleitet von ihrem Ingesinde, Kriemhild an ihr vorüber und ihr voran in den Münster. Mit Zorn und glühendem Rachedurst im Herzen wohnte Brunhild dem Gottesdienst im Münster bei. Nach diesem forderte sie ihren Gemahl auf, öffentlich zu erklären, daß Kriemhild gelogen habe. König Gunther konnte nicht leugnen, daß er nur mit Siegfrieds Hilfe im Wettkampf gesiegt habe. Aber er bestritt, aus einem andren Grunde als aus Liebe Brunhild zu seinem Weibe gemacht zu haben. Siegfried ward herbeigerufen, bestätigte die Worte des Königs und fügte hinzu:

„Niemals habe ich mich verächtlich über Brunhild ausgesprochen, nie habe ich sie geschmäht vor meiner Gattin; nie habe ich gesagt, daß es mir darauf ankäme, sie zu demütigen, weil ich sie hasse und verachte. Nie habe ich gesagt, daß König Gunther sie nur zur Gemahlin genommen habe, um sie weiter zu demütigen und sie zu seiner Sklavin zu machen. Wenn Kriemhild andres gesagt hat, so tat sie es im Zorn, und unrecht war es von ihr. Doch auf das Gezänke und den Streit der Weiber soll man nicht achten."

„Ich weiß, daß du kein Unrecht gesagt hast," erklärte König Gunther.

„Ich bin bereit, einen Eid zu schwören," rief Siegfried, „um mich von jedem Verdacht zu reinigen."

„Das ist nicht nötig," wehrte König Gunther ab; „es wäre Mißtrauen von mir, wollte ich diesen Eid dich schwören lassen. Es ist Weibergeschwätz und Geklatsch; es ist ein Weiberstreit, aus Hochmut begonnen und im Zorn fortgesetzt und übertrieben."

Siegfried verließ Gunther und Brunhild, und die vor Zorn und Rache bleiche Brunhild wendete sich nun an den Gatten.

„Durch Betrug hast du mich gewonnen!" sagte sie, „durch Betrug hast du dir einen Preis angemaßt, der dir nimmermehr zukam! Ich werde dich verlassen. Ich werde nach Isenland zurückkehren, und alle Welt soll es erfahren, daß Gunther, der König von Burgundenland, ein unehrlicher Wicht, ein Betrüger, ein Feigling ist, der ein Weib nur überwältigen konnte durch Betrug und Tücke, der fremder Hilfe sich bediente um eines Vorteils willen, der ihm nicht zukam."

Gunther war ein schwacher Charakter, selbst nicht bösartig, aber nicht widerstandsfähig gegen Einflüsterungen, ergeben seiner Gattin Brunhild, die er wirklich liebte, und jetzt geängstigt durch ihre Drohung, daß sie ihn öffentlich für unehrlich erklären wolle. Hatten die Burgunden nicht das Recht, wenn sie erfuhren, welchen Betrug Gunther begangen, ihren König für unwürdig des Thrones zu erklären und ihn abzusetzen? Konnten sie nicht Gunther zwingen, mit Schimpf und Schande das Land zu verlassen, nachdem sie ihn des Thrones und der Ehre beraubt hatten?

Er bat und beschwor Brunhild, dazubleiben und ihm zu verzeihen.

Mehr als je haßte in diesem Augenblick Brunhild den Mann, der sie besiegt und verschmäht hatte. In Siegfried wollte sie ihre Feindin Kriemhild, die sie so schmählich beleidigt und vor allem Volke gedemütigt hatte, treffen, und deshalb sagte sie zum schwachen Gunther:

„Ich will bei dir bleiben und will schweigen, wenn du mir Sühne verschaffst."

„Fordere, was du willst,“ rief Gunther, „fordere was du willst, ich will es tun.“

„So schwöre mir mit heiligem Eide,“ sagte Brunhild, „daß du meine Wünsche erfüllen willst.“

König Gunther schwur diesen Eid, und Brunhild sprach:

„Es soll alles vergessen sein, wenn Siegfried stirbt.“

Entsetzt fuhr Gunther zurück.

„Wenn Siegfried stirbt?“ fragte er tonlos. „Soll ich mit schwarzem Undank lohnen, was er an mir getan hat? Gegen die Sachsen und Dänen hat er mir geholfen, seine Kraft lieh er mir, um dich zu erwerben, und jetzt soll ich ihm an das Leben?“

„Du brauchst ihn nicht selbst zu töten,“ entgegnete Brunhild, „es werden sich andre Hände finden, die seine Seele nach der Unterwelt senden, oder bist du auch jetzt wieder zu feige, um die Ehre deines Weibes herzustellen, um ihr Sühne zu verschaffen? Wähle zwischen diesem Manne und mir. Doch wisse: wenn nicht in kürzester Frist Siegfried getötet ist, verlasse ich das Land und mache dich ehrlos, soweit eine Menschenzunge Kunde gibt vom Burgundenland.“

Zornbebend verließ Brunhild den Gatten, und dieser blieb entsetzt und erschrocken zurück. Aber seine Seele war schwach und nicht fähig, einem stärkeren Willen Widerstand zu leisten. Schon nach wenigen Stunden hatte er sich eingeredet, es sei wirklich nötig, daß Siegfried sterbe.

Gunther glaubte, den Eid halten zu müssen, den er seiner Frau geschworen hatte, und es kam ihm selbst so vor, als hätte Siegfried dadurch, daß er das Geheimnis von der Tarnkappe und von seiner Teilnahme am Kampfe Gunthers mit Brunhild verriet, ein Unrecht getan, das nur mit dem Tode gesühnt werden könne.

In solcher Stimmung traf Hagen den schwachen König Gunther; Hagen, an den sich auch Brunhild gewendet hatte, weil sie wußte, daß er der beste Held am Burgundenhofe war, und daß er den meisten Einfluß auf Gunther hatte. Auch Hagen hatte die stolze Brunhild gesagt, daß die Schande, die ihr angetan worden sei, nur gesühnt werden könne, wenn Siegfried sterbe. Als Hagen dies hörte, hatte sein falsches Auge aufgeleuchtet in freudigem Zorn. Hatte er doch stets Siegfried gehaßt, und jetzt war der Augenblick gekommen, um diesem Haß Ausdruck zu geben.

So trat er mit gleisnerischen Worten der Teilnahme zu König Gunther und sagte ihm:

„Schwerer Kummer drückt dich, König Gunther, ob der Schmach, die deinem Weibe durch Siegfried angetan worden ist. Gedemütigt und entehrt ist dein Weib. Vor aller Welt wirst auch du, König Gunther, für unehrlich und betrügerisch erklärt werden, wenn deine Gemahlin Brunhild ihre Absicht ausführt und nach dem Isenlande zurückkehrt."

„Was soll ich tun?" fragte Gunther verzweifelt, „und wenn ich selbst Siegfried töten lassen wollte, ich fände keinen, der sich an ihn heranwagte. Jeden hat er bisher überwunden. Wer will mit ihm im offenen Kampfe den Sieg erringen?"

„Im offenen Kampfe tötet man einen solchen Gegner nicht," erwiderte Hagen. „Siegfried ist ein Zauberer. Gegen solche wendet man List an. Solche tötet man nicht Auge in Auge, sondern stößt sie von hinten nieder, wenn man Gelegenheit dazu hat."

„Und wer will und soll den Todesstreich gegen Siegfried führen? Und böte ich alles, was meine Schatzkammer enthält: ich fände niemand, der den Verrat wagte."

„Deine Schatzkammer ist erschöpft," sagte Hagen höhnisch. „Sie ist fast leer. Deine stolze Gemahlin Brunhild hat sie gewaltig geplündert. Wahrlich, König Gunther, deiner Schatzkammer würde der Nibelungenhort Siegfrieds gute Dienste leisten. Siegfrieds Nibelungenhort wäre dein, wenn jener stirbt. Weißt du auch, daß es mehr als hundert vierspännige Lastwagen sind voll kostbarer Schätze, die Siegfried in seinem Nibelungenhort hat?"

So weckte Hagen auch die Habgier Gunthers. Schon sah sich Gunther, dessen Schätze in der Tat in letzter Zeit immer mehr abgenommen hatten, im Besitz des Nibelungenhorts von unermeßlichem Werte.

„Wo finde ich den Mann," fragte er, „der die Tat an Siegfried vollbringt?"

„Ich bin der Mann," sagte Hagen, „und keine Belohnung sollst du mir geben."

„Du, mein getreuer Hagen?" rief König Gunther, „du selbst willst den schändlichen Siegfried beseitigen? Glaube nur nicht, daß das so leicht ist. Er hat sich im Drachenblute gebadet, und sein Leib ist mit einer Hornhaut überzogen. Nicht eine Stelle gibt es, wo ein Speer oder Schwert, und sei es noch so scharf und mit noch so großer Kraft geführt, in das Innere seines Leibes eindringen könnte."

„Eine Stelle hat er," bemerkte Hagen finster, „eine Stelle zwischen den Schulterblättern, wo ein Lindenblatt sich an der Haut festgeklebt hatte, als er das Bad im Drachenblute nahm."

„Diese Stelle ist nicht von außen zu sehen und zu erkennen. Wie willst du gerade diese Stelle treffen?"

„Laß mich nur machen," tröstete Hagen. „Ich werde sie schon zu finden wissen und Kriemhild, Siegfrieds Weib, das deine Gemahlin Brunhild öffentlich geschmäht und beschimpft hat, soll mir selbst diese Stelle angeben. Höre meinen Plan: Wir werden falsche Boten kommen lassen, als seien Lüdeger und Lüdegast, die aus Anlaß deiner Hochzeit mit Brunhild ohne Lösegeld freigelassen wurden, gegen dich wieder im Anmarsch. Siegfried wird dir seine Dienste anbieten, und Kriemhild wird fürchten, daß ihm etwas in der Schlacht geschieht, wenn er mit dir auszieht. Ich werde Kriemhild veranlassen, daß sie mir auf Siegfrieds Kleidung unauffällig die Stelle bezeichnet, wo er ohne Hornhaut und ungeschützt ist. Ich bin der Onkel Kriemhilds und wenn ich ihr verspreche, daß ich in der Schlacht über diese Stelle meinen Schild halten will, auf daß Siegfried unbeschädigt bleibe, so wird sie mir die Stelle verraten und bezeichnen, ohne daß Siegfried etwas ahnt. Hat sie solches getan, so wollen wir die Nachricht aussprengen, daß

Lüdeger und Lüdegast sich eines Besseren besonnen hätten und es nicht wagten, uns anzugreifen. Dann wollen wir Siegfried einladen, mit uns zur Jagd zu gehn, und dort wird die Tat vollbracht werden."

„O, du kluger und getreuer Hagen," rief Gunther, „wie viel verdanke ich dir, und was willst du alles für mich und Brunhild tun?"

„Ich tue es auch um meinetwillen," sagte Hagen finster. „Ich habe Siegfried gehaßt von der ersten Stunde an, in der er hierher kam und trotzig dich und alle Helden deines Hofes zum Kampfe herausforderte. Jetzt soll er den Lohn für seine Anmaßungen und seinen Stolz erhalten. Ich eile fort, um die Boten zu senden, die fälschlich den Anmarsch von Lüdeger und Lüdegast dir melden. Dann aber gehe ich heimlich zu Kriemhild, um sie für meinen Plan zu gewinnen."

5. Kapitel.

Siegfrieds Tod.

Alles geschah nach dem Plane Hagens. Die falschen Boten kamen, welche Krieg ankündigten, und Kriemhild glaubte den listigen Worten Hagens, als er zu ihr kam und ihr sagte, er wolle König Siegfried gern in der Schlacht beschützen, wenn er nur die Stelle wüßte, wo die Hornhaut des Helden eine Lücke habe. Frau Kriemhild versprach dem falschen Hagen die Stelle auf allen Kleidungsstücken des Gatten mit einem kleinen Sternchen von gelber Seide zu bezeichnen, und schon am nächsten Tage bemerkte Hagen, als er Siegfried begegnete, das unauffällige Zeichen auf dem Rücken des Kleidungsstücks, das Siegfried trug.

Nach wenigen Tagen ward die Nachricht verbreitet, daß

Lüdeger und Lüdegast keinen Krieg beginnen würden, sondern ihr Heer von den Grenzen Burgunds zurückgeführt hätten. König Gunther lud Siegfried ein, mit zur Jagd nach dem Gebirge zu reiten. Man wollte dort Wildschweine, Bären und Auerochsen jagen. Freudig sagte Siegfried zu, denn er war ein gewaltiger Jäger und seiner Kraft und Schnelligkeit konnte kein Wild entgehn.

Kriemhild war voll böser Ahnung. Als Siegfried von ihr Abschied nahm, umschlangen ihre Arme den geliebten Mann und weinend bat sie ihn:

„Laß das Jagen sein, bleibe hier, denn mich haben Träume in den letzten Nächten geängstigt. Ich sah, wie zwei wilde Eber dich auf grüner Heide jagten, und plötzlich alle Blumen rot wurden."

„Du liebe Traute," antwortete Siegfried, „was soll mir auf der Jagd geschehen? Dem Schwerte Balmung widersteht kein Wild. Habe ich nicht meinen Speer, den ich zu werfen weiß und gegen den kein Wild geschützt ist? Habe ich nicht meinen Bogen und meine vortrefflichen Pfeile mit der handbreiten Spitze, mit denen ich Löwen erlegt habe mit einem einzigen Schuß? Elch und Auer, Eber und Löwe können mir nichts antun."

„Aber böse Menschen gibt es. O bleibe hier, Siegfried, laß das Jagen! Mir träumte, daß zwei gewaltige Berge zusammenfielen und dich verschütteten."

„Wer soll mir etwas tun? Alle deine Anverwandten sind mir hold, alle die Recken am Burghofe sind meine Freunde."

„Du solltest nicht allen trauen," sagte Kriemhild ängstlich; „es gibt der bösen Menschen mehr als man glaubt, und man findet sie überall, auch unter den eignen Freunden."

Doch lachend küßte Siegfried sein holdes Weib und zog davon. Auf Saumtiere ward das Jagdgerät verladen, ebenso Speisen und Wein. Zelte nahm man mit, und so setzte sich der große Jagdzug über den Rhein hin in Bewegung. Die Zelte wurden im Walde aufgeschlagen, als man abends den Lagerplatz erreicht hatte. Dann begab man sich baldigst zur Ruhe.

Am Morgen sollten sich die Jäger nach verschiedenen Richtungen hin verteilen, um zu zweien oder zu dreien zu jagen. Hagen und Gunther wollten mit Siegfried zusammen ausziehen; denn wenn sie allein mit ihm waren, konnte Hagen den Mord um so leichter vollbringen. Doch Siegfried erklärte:

„Am liebsten jage ich allein. Gebt mir nur einen tüchtigen Bracken (einen starken Spürhund), der die Fährte der Tiere kennt und sich auch vor dem großen Wild nicht fürchtet. Mag ein Jägermeister ihn führen und begleiten. Des Abends wollen wir sehen, wer am meisten Wild erlegt hat."

Gegen diesen Wunsch Siegfrieds konnten Gunther und Hagen nichts einwenden, sie mußten auf eine bessere Gelegenheit zum Meuchelmorde warten. Siegfried zog mit dem Jägermeister, der den Bracken führte, aus und es folgten ihm nur einige Leute, die das erlegte Wild fortschaffen sollten.

Der Bracke war vorzüglich; er spürte das Wild auf und zu Roß verfolgte es Siegfried. Seinem Speer und seinem treuen Schwerte Balmung konnte nichts entgehn, und wenn Speer und Schwert nicht ausreichten, dann halfen Bogen und Pfeil. Der Bogen war so gewaltig, daß andre Jäger ihn nur mit der Winde spannen konnten, und daß niemand außer Siegfried die Kraft besaß, ihn nur mit der Hand aufzuziehen. Wildschweine, Wisente, ein Elch, vier große Auerochsen und ein Schelch (Riesenhirsch) wurden binnen kurzem von Siegfrieds Hand erlegt.

Lachend sprach der Jägermeister:

„Herr Siegfried, lasset noch einen Teil des Wildes leben, sonst leeret Ihr Berg und Wald."

Siegfried lächelte ob des Lobes, das in den Worten des kundigen Jägers lag, und antwortete:

„Nicht mehr will ich töten, als wir heut' abend am Lagerfeuer verzehren können. Doch siehe, dort ist ein Bär; der soll uns zur Kurzweil dienen."

Der Bracke ward losgelassen und stellte den Bären, als aber Siegfried auf seinem Rosse herbeigejagt kam, ergriff der Bär die Flucht. So sehr das Roß lief, es konnte den Bären nicht einholen. Man kam an einen Windbruch, wo der Sturm die gewaltigen Riesenstämme des Waldes geknickt und kreuz und quer durcheinander geworfen hatte. In diesen Windbruch verkroch sich der Bär. Doch Siegfried sprang vom Roß, nahm einige gute Stricke mit sich, suchte den Bären zwischen dem Geäst und den umgefallenen Stämmen auf, schlug ihn mit der Faust zu Boden, würgte ihn, und band ihn mit den Stricken so fest, daß der Bär trotz allem Gebrumme sich nicht mehr rühren konnte. Die Schnauze und die Tatzen schnürte Siegfried dem lebenden Bären zusammen, dann trug er ihn auf seinem Rücken aus dem Dickicht heraus.

Mit lautem Heilruf begrüßten die Diener, die Siegfried gefolgt waren, die Heldentat, die kein andrer als Siegfried hätte verrichten können.

Man hörte von weitem die Töne eines Jagdhorns, dem viele andre Hörner antworteten. Das war König Gunthers Horn, das zur Versammlung im Lager und zum Essen rief.

Siegfried antwortete auch auf seinem Jagdhorn, dann band er, trotzdem das Pferd schnaubte und sich sträubte, den Bären am Sattel fest und jagte mit ihm in das Lager.

Sobald Siegfried dort angekommen war, löste er dem Bären die Fesseln und Meister Petz, dem es unheimlich im Lager war, suchte zu entrinnen. All die zahlreichen Jagdhunde, die hier versammelt waren, stürzten sich auf den Bären. Der aber schlug ein halbes Dutzend von ihnen tot, und nahm dann seinen Weg direkt nach der Küche, weil er sich anders nicht mehr zu helfen wußte.

Das gab ein Hallo und einen Schreck unter den Küchenknechten! Eilend und schreiend flüchteten sie. Der Bär aber geriet unter die Kessel, warf sie um, trat in das Feuer und wurde, weil er sich verbrannte, ganz rasend. Er verließ die Küche und eilte dem Waldesdickicht zu, und selbst die Hunde konnten ihm nicht folgen. Doch mit einigen Sprüngen hatte ihn Siegfried eingeholt, und mit einem einzigen Hiebe des Schwertes Balmung tötete er den Bären.

Von allen Seiten riefen die Weidmänner Siegfried Beifall zu, und lautes Gelächter herrschte über die Angst der Küchenknechte und über deren eilige und törichte Flucht.

Trotz der Verwirrung, die der Bär in der Küche angerichtet hatte, waren noch Speisen genug da, und so setzte man sich denn zum Essen nieder. Den ganzen Vormittag war Siegfried in der Sonnenglut hinter dem Wilde hergejagt, der Spaß mit dem Bären hatte ihn auch heiß und durstig gemacht, und als er jetzt seinen Hunger stillte und mit den andern Helden auf dem grünen Rasen saß, auf dem das Tischtuch ausgebreitet war, quälte den Helden der Durst.

König Gunther und Hagen wechselten einen Blick des Einverständnisses, als sie sahen, daß Siegfried sich forschend nach Wein umblickte.

Siegfried rief die Schenken und befahl ihnen Wein zu bringen. Doch die Schenken waren von Hagen unterrichtet; sie zuckten die Achseln und antworteten: es sei kein Wein da.

„Verzeihet, Held Siegfried," sagte Hagen, „und verzeihet vor allem Ihr, König Gunther, daß kein Wein hier ist. Aber die Schuld trifft mich. Ich glaubte, wir würden im Spessart jagen, und dorthin habe ich sieben Lasten Meths und Weines bringen lassen. Vor dem morgigen Tage können die Boten, die ich den Wagen mit Wein nachgeschickt habe, nicht die Diener erreicht haben, und so werden wir uns denn ohne Wein behelfen müssen."

„Mein Durst ist groß," klagte Siegfried, „nicht kann ich mehr Speise genießen, bevor mein brennendes Verlangen nach Getränk gestillt wird."

„Wohl weiß ich einen köstlichen Bronnen hier in der Nähe," sagte Hagen leise zu König Gunther und Siegfried; „wenn ich aber laut ausrufe, wo dieser Bronnen ist, dann werden alle Teilnehmer der Jagd hineilen und das Wasser trüben. Laßt uns drei allein zu dem Bronnen eilen, der ein köstliches Naß enthält."

„Ist es weit?" fragte Siegfried, „ich fürchte sonst, ich komme nicht bis zu dem Wasserborn."

„Dort in jener Richtung führt der Weg," sagte der falsche Hagen,

„und ich halte es für besser, wenn wir die Waffen ablegen, damit wir auf dem Wege zum Bronnen nicht unnützerweise beschwert sind. Schwert und Schild werden wir hier lassen und nur die Speere wollen wir mitnehmen, wenn uns ein Wild unterwegs begegnen sollte.“

„Mich drückt nicht meine Waffenlast,“ sprach Siegfried. „Wir wollen einen Wettlauf machen. Eilet nach dem Bronnen und zeiget mir den Weg. Ich lege mich hier ins Gras und erst nach einiger Zeit folge ich euch.“

Gunther und Hagen sagten den andern Jägern und Dienern, daß niemand sie begleiten solle, da sie einen kleinen Wettlauf mit Siegfried machen wollten. Dann eilten sie, so rasch es ging, davon. Einen großen Vorsprung gewährte ihnen Siegfried; dann sprang er auf, holte sie in wenigen Sätzen ein, und war lange vor ihnen an dem Bronnen, der aus der Felswand sprudelte und in einem kleinen Becken sein köstliches, erfrischendes Naß sammelte.

Wohl war der Durst Siegfrieds fast unerträglich, aber er wußte wohl, was ihm, dem Gaste, ziemte. Erst sollte der Gastgeber, König Gunther, trinken, und deshalb wartete Siegfried. Helm und Panzer, Schild und Schwert legte er ab und stellte alles an einen Baum.

Endlich nahten König Gunther und Hagen. König Gunther legte sich auf Siegfrieds Bitte zuerst auf den Boden und schlürfte in langen Zügen den köstlichen Trank. Schnell und leise trug Hagen, während sich Siegfried nun zum Wasser herabbeugte, dessen Schwert und Armbrust beiseite. Dann nahm er den Jagdspeer zur Hand und trat hinter den am Boden liegenden und Wasser schlürfenden Siegfried. Mit sicherem Blick fand Hagen das Kreuzzeichen von gelber Seide, das Kriemhild auf das Jagdgewand Siegfrieds genäht hatte. Zielend wog Hagen den Speer und dann stieß er ihn durch die Lücke in der Hornhaut in den Körper des Helden, so daß der Speer mit furchtbarer Gewalt durch das Herz fuhr und selbst noch die Hornhaut auf der Brust durchdrang.

Mit einem furchtbaren Schrei sprang Siegfried auf und blickte entsetzt nach dem Täter. Zur Seite gesprungen war Hagen, und mit niedergeschlagenen Augen stand Gunther in einiger Entfernung da. Vergebens sah sich Siegfried nach seinem Schwert und nach seiner Armbrust um. Seinen Schild fand er aber. Mit letzter Kraft ergriff er diesen, stürzte auf Hagen zu und schlug ihn mit dem Schilde zu Boden. Er hätte den falschen Meuchelmörder mit seinem Schilde zerschmettert, wenn nicht Siegfried selbst von Schwäche überwältigt zu Boden gesunken wäre.

Rot färbten sich die Blumen mit dem Blute Siegfrieds, wie es Kriemhild im Traume gesehen hatte. Noch hatte Siegfried die Kraft, König Gunther und Hagen zu fluchen und dem Könige, seinem Schwager, zu sagen, daß er auch ihn schuldig des Meuchelmords halte:

„Es sprach der Todeswunde: ‚Ihr bösen, feigen Zagen,
Was hilft mir nun mein Dienen, da ihr mich habt erschlagen?
Ich half euch immer treulich; seht meinen Lohn nun an!
Ihr habet euern Freunden gar bösen Dienst jetzund getan!
Denn hierdurch ist bescholten, was ihrer wird gebor'n
In allen spätern Zeiten! Ihr habet euern Zorn
Gerochen allzu bitter an diesem Leibe mein!
Drum sollt mit Schmach geschieden ihr stets von guten Recken sein!‘
Nun liefen alle Leute, wo er erschlagen lag,
Es war für ihrer viele ein freudeloser Tag;
Die irgend Treue hegten, die haben ihn beklagt,
Das hat um alle Leute verdient der Recke unverzagt!
Der König der Burgunden klagt' auch um seinen Tod,
Da sprach der Todeswunde: ‚Das ist ganz ohne Not,
Daß der nach Schaden weinet, der ihn zuvor ersann:
Nur Schelte er verdienet; er hätt' es besser nicht getan!‘
Da sprach der grimme Hagen: ‚Ich weiß nicht, was Ihr klagt;
All unserer Angst und Sorge ist nun ein End' gemacht!
Wir finden nur noch wenig, die uns noch fechten an:
Wohl mir, daß seiner Herrschaft zu Rate ich jetzo getan!‘
‚Ihr mögt Euch leicht jetzt rühmen,‘ beschied Herr Siegfried ihn,
‚Hätt' ich an Euch erkundet solch mörderischen Sinn,
So hätt' ich unverletzet erhalten meinen Leib;

Jetzt schmerzt mich nichts so bitter, als Frau Kriemhild, mein Weib!
Nun mag sich Gott erbarmen, daß ich den Sohn gewann,
Dem man für alle Zeiten den Vorwurf machen kann,
Daß seine Blutsverwandten mit Mord jemand erschlagen!
Wenn ich es könnt' vollenden, — das müßte billig ich beklagen!
Man konnte auf der Welt nicht noch größern Mord begehn,'
So sprach er zu dem König, ‚als heut' es mir geschehen,
Der ich Euch Leib und Ehre bewahrt in jeder Not:
Nun hab' ich es entgolten, daß ich es je so wohl Euch bot!'
Es sprach voll Jammers weiter der todeswunde Mann:
‚Wollt Ihr, o edler König, noch Treue wenden an,
Und jemand Güt' erweisen, — laßt Euch befohlen sein
Zu allen Zeiten gnädig die traute Herzgeliebte mein.
Laßt sie des inne werden, daß ihr Geschwister seid!
Bei aller Fürstentugend beschützt sie jeder Zeit!
Mein müssen lang nun warten mein Vater und mein Bann:
Noch nie ward Frauen übler an liebem Freunde je getan!'
Er krümmte sich in Schmerzen, wie ihm die Not gebot,
Und sprach voll Jammer weiter: ‚Mein mörderischer Tod
Wird Euch noch sehr gereuen dereinst nach diesen Tagen;
Glaubt mir in rechter Treue: Ihr habt in mir Euch selbst erschlagen!'
Die Blumen allenthalben vom Blute waren naß,
Nun rang er mit dem Tode, — nicht lange tat er das,
Dieweil des Todes Waffe verletzt ihn allzusehr:
Es mußte bald ersterben der kühne Recke stolz und hehr."

Allen denjenigen, die Zeugen von Siegfrieds Tod gewesen waren, befahl König Gunther, übereinstimmend auszusagen, daß sie gesehen hätten, wie Räuber den Helden Siegfried überfielen und töteten. Dann wurde die Leiche Siegfrieds auf den Schild des Helden gelegt und so nach dem Lager zurückgebracht. Dort aber erhob sich ein gewaltig Jammern, denn unter den Burgunden war wohl niemand, mit Ausnahme des falschen Hagen und des feigen Königs Gunther, die nicht den Tod des herrlichen Helden Siegfried beklagt hätten.

In der Nacht noch brachen die Träger mit der Leiche Siegfrieds gen Worms auf. In stummem Schmerz folgte die Jagdgesellschaft. Nur in Hagens Brust lebte das Gefühl der

Zufriedenheit und der gelungenen Rache, während König Gunther, geplagt von Gewissensbissen, am Ende des Zugs ritt, der durch Nacht und Finsternis mit der Leiche des Helden Siegfried dahinzog.

„Wenn ihr den Bronnen suchet, wo Siegfried man erschlagen,
Sollt ihr die rechte Kunde mich auch noch hören sagen:
Dort vor dem Odenwalde ein Dorf liegt Odenhain,
Dort fließet noch der Bronnen — darüber kann kein Zweifel sein!"

6. Kapitel.

Kriemhilds Trauer.

„Von großem Übermute müßt ihr nun hören sagen
Und von gar starker Rache! — — Es hieß Herr Hagen tragen
Den toten König Siegfried von Nibelungen-Land
Vor eine Kemenate, wo Frau Kriemhilde sich befand.
Er ließ ihn dorten legen entseelet an die Tür,
Daß sie ihn finden sollte, wenn sie nun schritt herfür
Zur ersten Morgenstunde, eh' es geworden Tag,
Da Frau Kriemhilde selten der Messen eine je verlag.
Und als nun lud zum Münster, wie üblich, das Geläut',
Da weckte Frau Kriemhilde, die Herrin, manche Maid:
Sie bat, ein Licht zu bringen und heischte ihr Gewand;
Da kam der Kämmrer einer hin, wo er Siegfried liegend fand."

Er sah den Erschlagenen und schlug Lärm. Er eilte zu Kriemhild und rief:

„O, Frau, es liegt vor dem Gemache ein Ritter erschlagen."

Außer sich vor Schreck eilte Kriemhild herbei. Sagte ihr doch eine Ahnung, daß der Erschlagene Siegfried sein könne. Man brachte Licht, und Kriemhild erkannte in dem Toten den Gemahl. Sie hob sein schönes Haupt empor und wischte ihm das Blut aus dem Gesicht.

„Siegfried!“ schrie sie, „mein vielgeliebter Mann!“

Das Blut drang aus ihrem Munde und das Herz drohte ihr zu brechen. Ohnmächtig sank Kriemhild neben der Leiche des Gatten zu Boden. Ein Jammern und Klagen erhob sich im Haus. Das Ingesinde schrie vor Schreck, und Boten eilten hin nach der Herberge, wo die tausend Recken aus den Niederlanden, die im Gefolge Siegfrieds gekommen waren, lagen; andre Boten eilten nach dem Teil der Burg, in welchem Siegmund, der Vater Siegfrieds, mit seinen hundert Edlen schlief. Schrecklich war der Jammer des greisen Siegmund, als er die Nachricht von dem Tode seines Sohnes empfing. Nicht wollte er es glauben, daß Siegfried tot sei. Doch als er nach dem Hause kam, in dem Siegfried wohnte, fand er die Leiche des Sohnes und daneben die bewußtlose Kriemhild. Mit kundigem Blick prüfte König Siegmund die Wunde des Sohnes und schrie:

„Er ist ermordet! Der Meuchelmord hat ihn besiegt, und nicht in ehrlichem Kampfe ist er gefallen!“

Da erhoben die tausend Recken von Niederland ein Wutgeschrei und wollten über die Burgunden herfallen.

„Tod den Burgunden! Tod den Mördern und Verrätern!“ schrieen die elfhundert Niederländer und schlugen drohend mit ihren Schwertern an die Schilde.

Seinen Arm hatte König Siegmund unter das Haupt des erschlagenen Sohnes gebettet, und zärtliche Worte hatte er zu dem Toten gesprochen. Doch das Dröhnen der Schilde da draußen weckte ihn, und er eilte hinaus zu seinen Recken. Auch in dieser schrecklichen Stunde des Schmerzes vergaß König Siegmund nicht seine Pflicht als König und Anführer.

„Auf die Burgunden! Auf die Burgunden!“ schrieen die Niederländer. „Führe uns König Siegmund zur Rache! zur Rache!“

„Was wollt ihr beginnen?“ rief König Siegmund. „Wen wollt ihr verantwortlich machen für den Tod meines Sohnes? Man weiß nicht, wer es gewesen ist, der den Meuchelmord an ihm begangen.“

„König Gunther und seine Brüder! Alle Burgunden müssen sterben!“ schrieen außer sich die Niederländer. „Sie alle tragen schuld! Sie hätten ihn besser schützen sollen, ihn, dem sie die Erhaltung des Reichs, dem sie alles verdanken.“

„Wie?“ rief König Siegmund, „Unschuldige wollt ihr ermorden, um die Schuldigen mit zu treffen? Die Familie der Burgundenkönige wollt ihr niedermetzeln? Wißt ihr nicht, daß auch die Gattin meines ermordeten Sohnes ein Mitglied dieser Königsfamilie ist? Wollt ihr der Frau Kriemhild die Brüder erschlagen und die Mutter, nachdem sie den Gatten verloren hat?“

„So soll das schreckliche Verbrechen ungerochen bleiben?“ fragten die Niederländer. „So soll niemand zur Rechenschaft gezogen werden, nicht geforscht werden nach dem Mörder? Fließt denn Wasser in unsren Adern und nicht Blut?“

„Haltet ein!“ rief König Siegmund. „Die Pflicht, nach dem Mörder zu forschen, hat König Gunther und haben seine Helden. Sie haben meinem toten Sohne Gastfreundschaft gewährt. Sie haben zu sühnen, wenn die Gastfreundschaft verletzt ist. Sie haben zu forschen nach dem, der so ungeheuren Verrat an einem ehrlichen, edlen Manne begangen. Sucht nicht mit Gewalt euer Recht! Nicht klug ist es, was ihr tun wollt. Ihr seid elfhundert, was wollt ihr gegen die Burgunden ausrichten? Ein Ruf des Königs Gunther bringt gegen jeden von euch zwanzig Krieger auf die Beine. Was nützt es, wenn ihr jetzt in der Übermacht seid und eine Anzahl der burgundischen Helden erschlagt? Ihr würdet von der Übermacht, die dann gegen euch zieht, vernichtet werden. Helft mir meinen Sohn begraben! Dann wollen wir dieses schreckliche Land verlassen, in dem uns so viel Leid getan worden ist, in dem so schwarzer Verrat und solche meuchelmörderische Niedertracht wohnen.“

Da erhoben die Niederländer den Klageruf, und die starken Männer traten weinend an die Leiche ihres Königs und Herrn.

Mühsam hatten die Frauen Kriemhilds diese wieder ins Leben zurückgerufen. Die ersten Worte, die Kriemhild ausrief, als sie Siegmund, den Vater des toten Siegfried, sah, waren:

„Der falsche Hagen hat's getan. Brunhild hat's geraten, und Gunther hat's bewilligt."

„Meine Tochter," sagte König Siegmund, „hast du auch die Beweise für die schwere Schuld, deren du deine nächsten Angehörigen zeihst?"

Unter Jammern und Klagen erzählte Kriemhild dem Vater des toten Gatten, wie sie selbst, ohne zu wissen, Helferin bei dem Meuchelmorde geworden war, wie Hagen sie umgarnt, und wie er sie veranlaßt, die Stelle auf der Kleidung Siegfrieds zu bezeichnen, unter welcher sich keine Hornhaut befand, die den Leib des Helden deckte.

Da schlug auch König Siegmund die Hände vor sein Gesicht und weinte bitterlich.

„O, mein Sohn," rief er, „daß du fallen mußtest durch solchen Verrat, durch solch schnöde List, durch solchen Meuchelmord! Fließet hin, ihr Tränen, nicht nur aus Trauer um den Sohn, sondern darüber, daß Helden von Ruf, daß Männer von Ehre, daß Fürsten, die eine Königskrone tragen, in solchen Verrat, in solche Ehrlosigkeit willigen konnten."

Vom Königsschlosse drang die Nachricht von Siegfrieds Tode auch in die Stadt, und es war ein Klagen und Jammern in Worms, als sei in jedem Hause ein lieber Verwandter gestorben. Als die Nacht hereinbrach, wurde Siegfrieds Leiche nach dem Münster getragen, wo sie ruhen sollte, bis der Sarg vollendet war, der aus Marmelsteinen mit Eisenspangen zusammengefügt wurde, um den Leib des Toten zur Verwesung aufzunehmen. Dumpf und klagend klangen die Glocken des Münsters, als die Leiche Siegfrieds feierlich in das Gotteshaus getragen wurde. Traurig klangen die Totengesänge, welche die Priester und die Chorknaben anstimmten, und in langem Zuge folgten alle die Edlen des Hofes von Worms der Leiche in den Münster. Mit zu Boden gesenktem Blick schritt König Gunther unter den Leidtragenden. Bis zu dem Katafalk ging er, auf welchem Siegfrieds Leiche aufgebahrt wurde, und mit Trostesworten wendete er sich an Kriemhild, die neben der Leiche des Gatten kniete.

„Niemand von meinen Leuten hat die Tat verübt,“ sagte König Gunther, um seine Schwester zu trösten. „Sicher bin ich, daß in meiner Umgebung sich keiner befindet, der dies getan.“

Da nahte sich Hagen finsteren Angesichts, und in demselben Augenblick begannen die Wunden Siegfrieds aufs neue zu bluten.

„Das ist ein großes Wunder, was oftmals noch geschieht,
Wenn man den Mordbefleckten bei dem Erschlagnen sieht,
So bluten dem die Wunden, wie es auch dort geschah,
So daß man ohne Zweifel den Mord verübt von Hagen sah.
Die Wunden flossen heftig, wie sie getan vorher,
Und die vorher schon klagten, die weinten nun noch mehr.
Da sprach der König Gunther: ‚Hört meine Worte an!
Ihn schlugen wilde Räuber, doch Hagen hat es nicht getan!‘
‚Es sind mir diese Räuber,‘ sprach sie,*) ‚gar wohl bekannt!
Gott lasse es noch rächen durch seiner Freunde Hand!
Ihr, Gunther, habt mit Hagen es ganz allein getan!‘
Jetzt, wähnten Siegfrieds Recken, jetzt höbe grimmer Streit sich an!
Doch sprach Kriemhilde wieder: ‚Ertragt mit mir die Not!‘
Da kamen auch die beiden, wo sie ihn fanden tot,
Herr Gernot, ihr Bruder, und Giselher, das Kind,
Die klagten mit den andern um ihn, von Herzen treu gesinnt.“

Am nächsten Tage war der Sarg bereit. In reiche seidene Stoffe wickelte man den Leib des Toten und legte ihn dann in den Sarg. Seelenmessen wurden gelesen, und drei Tage und drei Nächte saß Kriemhild noch neben dem Sarge des Gatten tränenlos, ohne ein Wort zu sprechen. Nicht Speise und Trank nahm sie zu sich. Alles, was sie von Schätzen und Geschmeide an sich trug, hatte sie verkauft und verschenkt, den Armen hatte sie es gegeben und den Priestern, damit sie für die Seele des verstorbenen Siegfried beteten.

Was in jenen drei Tagen und Nächten in der Seele Kriemhilds vorgegangen ist, wer weiß es? Aber, wie es sich später erwies, war in ihr alles erstorben, was in ihrem Herzen gelebt von Bruderliebe, von Mitleid, von Lebensfreude und Lebensglück. Die

*) Kriemhild.

Rache lebte nur noch in ihrem Herzen, eine fürchterliche, unendliche Rache, welche Befriedigung heischte, und die auch zu schweigen verstand, bis der Tag der großen Sühne gekommen war.

Die dritte Nacht der Totenwache, die zusammen mit Kriemhild die Edlen aus dem Niederland an der Leiche Siegfrieds gehalten hatten, war vergangen. Beendet waren die Seelenmessen der Priester. Schon kamen die Männer, die den Marmorsarg Siegfrieds auf den Kirchhof, der den Münster umgab, hinaustragen wollten, um ihn dort der Erde zu übergeben. Da schrie seit vielen Tagen zum ersten Male wieder die gequälte Kriemhild auf. Mit übermenschlicher Kraft riß sie den Deckel von dem Marmorsarge, nahm noch einmal das Haupt Siegfrieds in ihre Arme, küßte und herzte es, dann sank sie wie leblos zu Boden. Man dachte, sie sei gestorben; doch fühlte man, daß ihr Herz noch schlug, und daß nur der Jammer sie von Sinnen gebracht hatte. Man trug die Bewußtlose fort nach ihrer Kemnate und Siegfrieds Sarg hinaus nach dem Kirchhof, um ihn dort zu begraben. Als man den Sarg in die Erde gesenkt hatte, brach auch der greise König Siegmund ohnmächtig zusammen, und man trug ihn nach seiner Herberge als einen bewußtlosen, gramgebrochenen Mann. —

Nach zwei Tagen erst erwachte Kriemhild aus ihrer Ohnmacht, und fortab hörte man keine Klage mehr von ihr. Sie verschloß den Schmerz in ihrer Brust; sie ließ den Tränen nicht mehr freien Lauf. Aber alles, was von Menschlichkeit in ihr war, wurde ausgelöscht, wurde vernichtet durch den brennenden Schmerz, durch die Gluten der Rache. Alle ihre Pflege widmete Kriemhild dem erkrankten König Siegmund; denn der Greis schien den Tod des Sohnes nicht überleben zu sollen. Doch unter Kriemhilds Fürsorge besserte sich sein Zustand, und nach einigen Wochen war er so weit wiederhergestellt, daß er an die Rückkehr nach Niederland denken konnte. Nicht nahm er, wie es Sitte ist, Urlaub, bevor er wegritt, von Gunther und seinen Recken. Nur zu Kriemhild kam er und bat sie, mit nach Niederland zu kommen, weil sie dort gehalten werden solle, wie die Königin und als sei Siegfried noch am Leben. Die Niederländer hatten zugestimmt, daß nach Siegmunds Tode Kriemhild als unbeschränkte Herrscherin über Niederland anerkannt werden solle, gleichsam, als wäre ihr Gemahl noch unter den Lebenden.

„Gern zöge ich mit Euch, Vater Siegmund," entgegnete Kriemhild, „doch kann ich den toten Siegfried nicht verlassen. Bei ihm will ich weilen, auch wenn er nicht mehr lebt. An seinem Grabe will ich beten."

Da traten auch Gernot und Giselher, die Brüder Kriemhilds zu ihr. Wohl wußte Kriemhild, daß diese beiden unfähig eines Verrats und unschuldig an dem Meuchelmorde waren.

„Denke an unsre Mutter, vielliebe Schwester," sprach Giselher. „Gehst du von unsrer Mutter Ute, wer soll bei ihr bleiben? Wer soll sie trösten in ihrem Schmerz?"

„Was willst du in dem fremden Lande?" fügte Gernot hinzu. „Hier bist du bei den Deinen. Hier bist du bei deinen Freunden. Dort in Niederland hast du keinen Freund, hast du keine Angehörigen. Fremd ist dir jedermann, und wenn König Siegmund stirbt, wirst du allein unter den Niederländern leben, ohne Angehörige, ohne Verwandte."

„Kommt mit uns, meine Tochter," mahnte König Siegmund. „Denkt daran, daß Euer Kindlein, daß der kleine Gunther in Santen lebt und nach seiner Mutter fragen wird."

Noch einen schweren Kampf hatte Kriemhild zu bestehn als sie ihres Kindes gedachte. Noch einmal erwachte die Mutterliebe in ihrer Brust; aber sie ward erstickt von dem Gefühl der Rache, die alles in ihr ertötet hatte.

„Mein Kindlein sei Euch empfohlen, Vater Siegmund," antwortete sie, „Ihr und die niederländischen Recken werden es aufziehen, weil es Siegfrieds Sohn ist. Mein Platz ist hier am Grabe meines Gatten."

Traurig küßte Siegmund Kriemhild und sagte:

„Wir werden uns nicht wiedersehen. Wenig Zeit habe ich noch zu leben. Doch solange ein Atem in mir ist, findest du bei mir Hilfe und freundlichen Empfang, wenn du zu mir kommen willst."

Stumm ging der König dann hinunter zum Hofe, bestieg sein Roß, und stumm zogen mit ihm, ungeleitet, die elfhundert Niederländer von Worms zum Rhein.

Als Giselher diesen traurigen Zug sah, der einst mit so viel Freundschaft und Freundlichkeit empfangen worden und nun in stummem Jammer vom Burghof ritt, sprach er zu Gernot:

„Sollen wirklich die fremden Männer, denen so viel Leid geschehen ist, ohne Gruß von dannen ziehen? Auf! laß uns beide ihnen das Geleit geben, damit sie fühlen, daß hier noch Herzen sind, die mit ihnen klagen und die unschuldig sind an Siegfrieds Ermordung."

Gernot und Giselher bestiegen ihre Rosse und eilten den Niederländern nach, um sie zu begleiten. Mit freundlichem Dank reichte ihnen an der Grenze Siegmund die Hände zum Abschied und trug ihnen Grüße auf an Kriemhild, die in Burgundenland zurückgeblieben.

7. Kapitel.

Der Nibelungenhort.

Kriemhild widmete sich ganz und gar der Trauer um den Gatten.

„Zu ihres Trauten Grabe, mit Harm und Herzeleid, —
Sie unterließ es selten — ging sie zu jeder Zeit,
Und bat dort Gott den reichen, der Seele sein zu pflegen.
Gar oft ward dort geweinet mit großer Trauer um den Degen.
Ute und ihr Gesinde bot Trost zu jeder Stund',
Doch war Kriemhildens Herze von Jammer also wund,
Daß nicht verfahen konnte, was man ihr Trostes bot:

Sie fühlte nach dem Freunde der Sehnsucht unermess'ne Not,
Die je nach liebem Manne ein treues Weib gewann!
Man konnt' ihr trefflich Wesen erschauen wohl daran:
Sie klagt' bis an ihr Ende, solang ihr währt der Leib;
Selbst in der Rache Stärke zeigt' Treue noch des Helden Weib.
So saß in ihrem Leide — und das ist alles wahr —
Nach ihres Mannes Tode sie bis ins vierte Jahr.
Mit ihrem Bruder Gunther sprach sie nicht einen Laut,
Nach ihrem Feinde Hagen hat sie mit keinem Blick geschaut."

Im Nibelungenlande aber lag immer noch der Schatz, zu dessen Hüter Siegfried dereinst den Zwerg Alberich gesetzt hatte. Um dieses Schatzes willen hatte sich Gunther dazu entschlossen, die Ermordung Siegfrieds zu gestatten.

Wiederum war es Hagen, der sich dem Könige nahte und ihn daran erinnerte, wie wohl seiner Schatzkammer der Nibelungenhort tun würde. König Gunther folgte den Einflüsterungen Hagens und beschloß, sich mit seiner Schwester zu versöhnen. Selbst wagte Gunther nicht, die Schwester um Verzeihung zu bitten; aber er entsendete seine jüngeren Brüder Gernot und Giselher. Diese gingen zu Kriemhild und sagten ihr:

„O Schwester, du klagst zu lange um Siegfrieds Tod. Auch beschuldigst du unsren Bruder, daß er deinen Gatten ermordet habe, und doch ist das nicht wahr."

„Nie," entgegnete Kriemhild, „habe ich Gunther des Mordes geziehen; Hagen hat ihn erschlagen und Gunther hat es zugegeben und hat nichts getan, um Siegfried zu retten."

„Es ist dein Bruder, gleich uns, und deiner Mutter Kind, gleich uns. Warum willst du dem Bruder zürnen, warum willst du unversöhnlich sein? Schlimmeres ist vergeben worden."

Auf die unablässigen Bitten der Brüder entgegnete endlich Kriemhild:

„Weil ihr es denn nicht anders wollt, so will ich mich mit Gunther versöhnen. Doch sage ich euch, daß große Sünde dadurch geschieht, denn nur mein Mund wird ihm Verzeihung aussprechen; mein Herz wird niemals sich mit ihm versöhnen."

„Versuche nur, ihm auch mit dem Herzen zu verzeihen," erwiderten die Brüder, „verkehre wieder brüderlich mit ihm, wie mit uns, und dein Leid wird sich legen."

„Tut, was ihr wollt," sagte Kriemhild; „ich will euch gefällig sein."

Gunther war hocherfreut, als er erfuhr, daß Kriemhild sich wieder mit ihm versöhnen wollte. Er kam zu ihr in das prächtige Haus, das ihr nach dem Tode Siegfrieds in der Nähe des Münsters erbaut worden war. Reichlich flossen die Tränen Gunthers, dem es nicht darum ging, Kriemhild zu versöhnen, sondern den Nibelungenhort zu erwerben.

Kriemhild verzieh ihm und sagte, sie wolle niemand den Tod Siegfrieds nachtragen. Nur einem Manne könne sie nicht verzeihen, das sei Hagen. Nie dürfe dieser Mann vor ihr Antlitz kommen, denn er habe Siegfried erschlagen.

Es wurde bestimmt, daß Hagen niemals ihr Haus betreten solle, und dann ward unter vielen lieben Worten und Tränen die Versöhnung Gunthers mit Kriemhild zustande gebracht.

König Gunther verkehrte jetzt öfter bei Kriemhild; er besuchte sie, um sie zu trösten, und bei diesen Besuchen erwähnte er auch des reichen Schatzes, der noch im Nibelungenlande lag.

„Du hast Anspruch auf diesen Schatz," sagte König Gunther, „denn er war dir von Siegfried als Morgengabe zugedacht. Du bist die Erbin Siegfrieds, dir muß der Schatz ausgeliefert werden. Denke, wie viele Seelenmessen du für Siegfried lesen lassen kannst, wie viel des roten Goldes du an die Armen geben kannst, damit auch diese für Siegfrieds Seelenheil beten."

Diese Worte wirkten auf Kriemhild; um Siegfrieds Seelenheil wollte sie gern den Schatz haben. Da sie niemand mehr vertraute, als ihren beiden jüngeren Brüdern, so wurden Gernot und Giselher nach dem Nibelungenlande gesendet, um den Kämmerer, den Siegfried als Hüter des Schatzes eingesetzt hatte, den Zwerg Alberich, um den Schatz anzusprechen. Zwölfhundert auserwählte tapfere Männer begleiteten die beiden jungen Burgundenkönige auf ihrer Fahrt.

Als die königlichen Boten in das Nibelungenland kamen, suchten sie den Zwerg Alberich auf und begehrten von ihm den Schatz.

„Unsre Schwester sendet uns, um ihre Morgengabe zu holen.“

Da ward der Zwerg Alberich traurig und sagte:

„Wenn unsre Königin die Morgengabe, die ihr der Held Siegfried zugesagt hat, begehrt, so müssen wir sie ausliefern. Sonst wäre nimmermehr der unermeßliche Schatz aus dem Nibelungenlande herausgekommen. O, warum hat Siegfried mich an jenem Unglückstage der Tarnkappe beraubt! Sie hat ihm nichts als Unglück gebracht; sie hat, ohne daß er es wußte, seinen Tod herbeigeführt; denn ohne die Tarnkappe wäre es ihm unmöglich gewesen, den Betrug an Brunhild mit König Gunther auszuführen. Besäßen wir die Tarnkappe noch, ihr solltet nicht des Nibelungenhortes froh werden, und selbst wenn die Königin Kriemhild ihn forderte.“

Traurig nahm der Zwerg Alberich die Schlüssel zu dem Schatzgewölbe und übergab den Brüdern Kriemhilds den unermeßlichen Schatz.

„Nun mögt ihr von dem Horte groß Wunder hören sagen,
Was Lastwagen zwölfe beladen mochten tragen
In vollen vier Tagen vom Berge bis ins Tal,
Und jeder mußte fahren in eines Tages Zeit neun Mal!
Der Schatz enthielt nichts anders, als nur Gestein und Gold,
Und hätt' der ganzen Welt man gegeben reichen Sold,
Er würde doch nicht minder nur eine Mark an Wert:
Sein hatte ohne Ursach' der falsche Hagen nicht begehrt!“

Bei diesem Schatze befand sich auch eine Wünschelrute, die demjenigen, der sie besaß, unbeschränkte Kraft über Menschen und Dinge gab. Diese Wünschelrute benützten Gernot und Giselher, um sich in wenigen Tagen zu Herren des Nibelungenlandes zu machen und sich alle Burgen und alle Recken zu unterwerfen.

In Kriemhildens Haus war nicht Platz, um den ungeheuren Schatz aufzunehmen. Nur ein kleiner Teil konnte hier in Truhen und Schränken untergebracht werden. Selbst die gewaltige Schatzkammer König Gunthers war kaum imstande, die Menge der Kostbarkeiten aufzunehmen. Die Schlüssel zur Schatzkammer König Gunthers hingen fortab im Hause der Königin Kriemhild.

Jetzt begann Kriemhild den Schatz zu verteilen. Sie war nicht nur auf das Seelenheil Siegfrieds bedacht, sondern auch darauf, sich Freunde zu werben. Burgundische Recken, tapfere Männer, aber auch Helden, die nicht aus dem Burgundenlande waren, traten in ihre Dienste. Mit den unermeßlichen Vorräten an Gold konnte sie mehr und mehr tapfere Degen um sich versammeln.

Da trat wiederum Hagen zu König Gunther und sagte ihm:

„Wenn das so weiter geht, König Gunther, so wirst du nicht lange mehr Herr im Lande sein. Kriemhild hat bald mehr tapfere Männer in ihrem Dienste, als du selbst, und wenn es ihr eines Tags gefällt, sich der früheren Feindschaft gegen dich zu erinnern, so wird sie sich zur Königin von Burgund machen und wir alle werden eines schmählichen Todes sterben."

„Was soll ich tun?" fragte König Gunther; „der Schatz ist ihr Eigentum und sie kann damit schalten und walten, wie sie will."

„Ein kluger Mann vertraut einem Weibe nicht so große Schätze an," versetzte Hagen, „besonders nicht, wenn dieses Weib Rache in seinem Herzen trägt, unauslöschliche Rache und wilden Haß. Du wirst es bereuen, König Gunther, wenn du jetzt nicht bald den Geschenken Einhalt tust, mit denen Kriemhild um sich wirft."

„Ich habe ihr bei der Versöhnung einen Eid geschworen, daß von mir ihr nimmer Leid widerfahren soll."

Hagen lachte wild auf und sagte:

„Du sollst ihr das Leid nicht zufügen; ich will es gern tun."

Doch Gunther war nicht gleich geneigt, auf Hagens Wunsch einzugehn. Er berief seine Brüder Gernot und Giselher, um zu fragen, was zu geschehen habe und ob man mit Gewalt Kriemhild den Nibelungenhort wegnehmen solle.

„Den Rat gab Hagen!“ rief Gernot; „Schmach über ihn, der der armen Witwe nun auch den Schatz nehmen will, nachdem er ihr den Gatten genommen!“

Noch zorniger war König Giselher. Er zog das Schwert und wollte Hagen damit zu Leibe gehn.

„Wahrlich!“ schrie er, als ihn die Brüder zurückgehalten hatten, „wärest du nicht mein Onkel und mir nahe verwandt, du solltest sterben durch mein Schwert! Hast du nicht genug des Unglücks über unsre Schwester gebracht, willst du sie jetzt auch noch der Armut preisgeben, nachdem du sie dem Jammer und der Schmach ausgeliefert hast?“

Hagen ging hinweg, und Gernot, sowie Giselher drangen in Gunther, sich nicht aufs neue an Kriemhild zu versündigen und sie nicht ihres Schatzes zu berauben.

Doch in den nächsten Tagen begann Hagen wieder bei König Gunther zu reden und ihn auf die Gefahren aufmerksam zu machen, die Kriemhild für die Burgunden durch ihren Schatz heraufzubeschwören schien.

„Deine Brüder, König Gunther, sind unerfahrene, junge Leute; unternimm mit ihnen eine Kriegsfahrt in die Ferne, und in der Zwischenzeit werde ich mich des Schatzes bemächtigen. Ich werde ihn beiseite bringen, und niemals soll außer dir und mir jemand wissen, wo der Schatz geblieben ist. Wenn deinen Brüdern die Kunde davon würde, wären sie imstande, den Schatz heimlich zu holen und ihn Kriemhild zurückzugeben.“

Wie immer, so folgte auch diesmal Gunther den nichtswürdigen Vorschlägen Hagens. Ein Kriegszug wurde unternommen, an welchem nicht nur König Gunther, sondern auch seine jüngeren Brüder teilnahmen.

Kriemhild war zu ihrer Mutter gefahren, die zu Lorse (Lorsch am rechten Rheinufer) von ihrem Witwengut ein Kloster errichtet hatte, in dem sie in Zurückgezogenheit lebte. In Abwesenheit Kriemhilds drang Hagen in ihr Haus ein, ließ durch seine Leute die Diener Kriemhilds fesseln und unschädlich machen,

und dann bemächtigte er sich der Schlüssel zur Schatzkammer. Den ganzen Schatz stahl er und versenkte ihn in den Rhein.

Bei Loche (Lorchheim im Rheingau) soll der Hort versenkt worden sein, den nie wieder eines Sterblichen Auge sehen sollte. Wohl haben in späteren Jahrhunderten Schiffer hin und wieder mit ihren Ankern oder Fischer mit ihren Netzen einzelne Stücke Geschmeides in jener Gegend heraufgebracht; doch niemals sind größere Teile des unermeßlichen Nibelungenhortes wieder gesehen worden.

Nachdem Hagen aber den Diebstahl verübt hatte, floh er nach seiner Burg und schloß sich dort ein.

Mit neuem Leide war Kriemhild nun beschwert. Nichts als das, was sie in ihrem Hause behalten und was sie an ihre getreuen Dienerinnen verschenkt hatte, war von dem Nibelungenhort noch übrig.

Wohl zürnten Gernot und Giselher, nachdem sie von dem Kriegszuge zurückgekehrt waren, als sie den Jammer der Schwester sahen. Doch Hagen konnten sie nicht an den Leib, da er sich in seiner Burg eingeschlossen hielt, und Gunther tat nichts, um den Dieb zu bestrafen. War er doch mit ihm im Einverständnis, und Gunther allein erfuhr von Hagen, wo der Schatz versenkt sei.

Das neue Unrecht, das man Kriemhild antat, verleidete ihr den Aufenthalt in Worms. Ihre Mutter Ute bat sie, mit nach dem Kloster Lorse zu ziehen, und gern wäre Kriemhild dieser Bitte gefolgt; sie konnte sich aber von dem Grabe Siegfrieds nicht trennen, das sich in Worms neben dem Münster befand. Königin Ute riet ihr nun, den marmornen Sarg König Siegfrieds aus der Erde nehmen zu lassen, ihn nach Lorse zu bringen und ihn dort in der Klosterkirche beizusetzen. So geschah es. Zum zweiten Male wurden Siegfrieds Gebeine beerdigt, und Kriemhild, die mit des Lebens Glück und Freuden abgeschlossen hatte, lebte nun mit ihrer Mutter in der Abgeschiedenheit und Ruhe des Klosters Lorse.

8. Kapitel.

Kriemhild wird Hunnenkönigin.

Zu jener Zeit herrschte in Wien der gewaltige und mächtige König Ezel, dem das Hunnenreich und dreißig andre Fürsten untertan waren. In Glück und Freude hatte er mit seiner schönen Frau Helche lange Jahre verlebt. Sein Reichtum und seine Macht waren überaus groß geworden, als Helche plötzlich starb.

Tiefer Kummer ergriff König Ezel, und seine getreuen Hunnen fürchteten, das Herzeleid könne das Leben des Königs verkürzen. So traten seine nächsten Vertrauten zu ihm und sagten:

„König Ezel, du hast dich lange genug deinem Kummer hingegeben. Suche ein treues Weib als Ersatz für Königin Helche. Noch gibt es edle Frauen genug, die dich den Verlust deiner Gattin vergessen machen werden."

„Nimmermehr kann der Verlust der tugendhaften und schönen Helche ersetzt werden," entgegnete König Ezel.

Als aber seine Getreuen immer wieder in ihn drangen, zum zweiten Male eine Gemahlin zu freien, fragte er endlich, wen er denn freien sollte.

„König Ezel, der mächtigste Herrscher, muß das edelste und schönste Weib freien, das es gibt. Kriemhild, die Witwe Siegfrieds, des Drachentöters, wäre allein würdig, auf dem Throne neben Ezel zu sitzen."

„Wie ginge das wohl an?" meinte Ezel; „ich bin ein Heide und sie ist Christin. Leichthin wird sie sich nicht dazu entschließen, mich zum Gemahl zu nehmen."

Doch auch diese Bedenken überwanden die Getreuen. Sie schilderten ihm immer wieder die Schönheit und Tugend Kriemhildens und ihre Treue gegen den verstorbenen Gemahl, bis endlich

Ezel sich entschloß, wenigstens den Versuch einer Werbung zu machen.

Vor langen Zeiten war nach einem furchtbaren Kriege zwischen den Hunnen und Burgunden Friede geschlossen worden, und beide kriegführende Parteien hatten Geiseln gestellt. Unter den Geiseln, die an König Ezels Hof sich befunden hatten, war Hagen, damals noch ein Jüngling, und unter den Geiseln, die zu Worms als Pfand der Hunnen sich aufhielten, war Rüdeger, damals noch ein Knabe, und jetzt der Markgraf von Pöchlarn (an der Donau).

Diesen ließ Ezel nach Wien kommen und fragte ihn, ob er noch Bekanntschaften am Hofe zu Worms habe.

„Gewiß," entgegnete Rüdeger, „König Gunther, Gernot und Giselher sind meine Freunde gewesen. Auch unter den Recken, die am Hofe zu Worms leben, sind mir viele bekannt. So ist auch Hagen, der beste Freund König Gunthers, mein Freund geworden, als wir noch in jungen Jahren zusammenkamen."

„Kennst du auch Kriemhild?"

„Sie ist schöner als alle Frauen, die auf der Welt jetzt leben."

„Möchtest du nach Worms gehn und um Kriemhild für mich werben? Nimm dir so viel an Kleidern und Rossen, an Dienern und Helden, an Gut und Geld, an Schiffen und Wagen, als du nur willst, meine Schatzkammer sei dir geöffnet, meine Vorratshäuser stehn zu deiner Verfügung."

„Mit Freuden will ich für meinen Lehnsherrn," versetzte Markgraf Rüdeger, „nach Worms fahren, um dort um Kriemhild zu werben. Keine Frau ist würdiger, Ezels Thron zu teilen, als die schöne und tugendhafte Kriemhild. Es ist mir Ernst, meinen Auftrag auszurichten, und deshalb gestatte du, König Ezel, daß ich von deinem Gut und Geld nichts mit mir nehme, sondern daß ich aus meinen Schätzen und Vorräten die Gesandtschaft ausrüste, mit der ich gen Worms ziehen will."

„Du bist ein guter und getreuer Lehnsmann," sagte König Ezel, „und wenn du Kriemhild für mich erwirbst, will ich dir danken mein Leben lang. Wann willst du nach dem Burgundenlande ziehen?"

„Ich sende heute noch Boten nach Pöchlarn an meine Gattin Gotelinde, daß sie uns köstliche Gewänder und Sättel rüsten läßt, daß Waffen und Schilde in meinen Waffenkammern zur Fahrt bereitet werden, und dann will ich aus meinem Bann die besten Leute aufbieten, um mit ihnen in das Burgundenland zu reiten."

Als Markgraf Rüdeger heimkam und seiner Gattin Gotelinde mitteilte, was er vorhabe, sprach die Markgräfin:

„Gebe Gott, daß es dir gelingt, Kriemhild zu bewegen, König Ezels Werbung anzunehmen. Wohl beweine ich heut' noch unsre Herrin Helche um ihrer hohen Tugenden, um ihrer Milde und Schönheit willen. Wenn aber eine fähig ist, sie dem Könige zu ersetzen, dem Herrscher zum Trost und dem Lande zum Heil, so ist es Kriemhild, die Witwe König Siegfrieds."

In sieben Tagen hatte Gotelinde alles in Bereitschaft gestellt, was nötig war, um die Gesandtschaft König Ezels aufs stattlichste auszurüsten. Dann zog Rüdeger mit den Edeln, die er ausgesucht hatte, und einem stattlichen Gefolge Bewaffneter davon, und glücklich kamen sie trotz ihrer mit Reichtümern beladenen Saumtiere durch das Bayernland, das damals für sehr räuberisch und unsicher galt. Mit solchem Eifer zogen sie dahin, daß sie schon zwölf Tage nach der Abreise von Pöchlarn die Türme von Worms erblickten.

Gewaltiges Aufsehen erregte hier die Pracht der Boten König Ezels. Sie gingen zur Herberge, kleideten sich in prunkvolle Gewänder und ritten zu Hofe. Hagen erkannte vom Fenster aus Rüdeger und eilte mit seinen besten Freunden hinunter in den Hof, um den Jugendgenossen zu empfangen.

„Heil dem Vogt von Pöchlarn mit seinen Mannen!" rief Hagen, und des Grüßens war kein Ende.

Auch zu König Gunther hatte Hagen einen Boten gesendet, und der König kam mit seinen Brüdern und brachte die Gäste vom Hof hinauf nach dem Bankettsaal. Mit einem Willkommstrunk wurden sie begrüßt. Nachdem man den ersten Umtrunk getan hatte, erhob sich Markgraf Rüdeger und sprach:

„Wollet es verstatten, o König Gunther, Euch zu sagen, weshalb ich hergekommen bin. Ein Bote meines Lehnsherrn, des Königs Ezel, des Herrschers vom Hunnenlande, bin ich, und er befahl mir, in der Burgunden Land zu ziehen."

„Tut Eure Botschaft kund!" rief König Gunther. „Wenn Markgraf Rüdeger von Pöchlarn selbst der Bote ist, dann wird es eine ehrenvolle und gute Botschaft sein."

Markgraf Rüdeger teilte darauf mit, wie Königin Helche verstorben, und König Ezel in tiefer Trauer sei, wie die Hunnen begehrten, daß ihr König wieder eine Gemahlin eheliche, und wie die Wahl des Königs auf Kriemhild, die Witwe Siegfrieds, gefallen sei. König Gunther antwortete:

„Habet Dank für die Botschaft, edler Markgraf, die Ihr uns von Eurem König Ezel, dem Schirmherrn des Donaureichs, gebracht habt. Nicht unwillkommen scheint uns diese Botschaft. Doch müssen wir uns erst mit unsren Verwandten und unsrer Schwester beraten. Und so wollt Ihr Euch denn nach sieben Tagen die Antwort von uns holen."

Rüdeger und seine fünfhundert edlen Begleiter wurden als Gäste des Königs aufs beste verpflegt, und der König berief seine Verwandten, um mit ihnen sich über die Werbung zu beraten. Die Brüder Kriemhilds rieten, daß der Werbung stattgegeben werde. Auch alle andern Verwandten meinten, es sei ein großes Glück für Kriemhild und eine Ehre für die Burgunden. Hagen aber war es wieder, der seine warnende Stimme erhob.

„Wenn ihr recht bei Sinnen seid," sagte er, „so duldet diese Heirat nicht. Noch immer trägt Kriemhild Haß und Rache gegen uns alle in ihrem Herzen. Wenn sie König Ezels Weib ist, wird sie Herrin über Tausende von tapferen Kriegern. Des Leides, das euch dann geschieht, werdet ihr euch nicht erfreuen."

„Was soll uns geschehen?" fragte König Gunther, „das Hunnenreich ist weit von uns und wir werden nicht zum Hunnenreiche ziehen. Mit König Ezel sind wir befreundet; ein ewiger Friede ist zwischen Burgunden und Hunnen geschlossen, und um des toten, längst vergessenen Siegfrieds willen, werden die Hunnen mit uns keinen Krieg beginnen."

„Denke daran, was ich sage," sprach Hagen. „Wenn Frau Kriemhild erst der Frau Helche Krone trägt, wird sie ihre Rache ins Werk setzen, selbst wenn sie noch so fern ist."

Mit Zorn und Ungeduld widersprachen Gernot und Giselher, die Brüder Kriemhilds, dem warnenden Hagen. Es ward beschlossen, daß dem Abgesandten König Ezels eine günstige Antwort zuteil werden sollte, und daß es ihm gestattet sein würde, selbst bei Frau Kriemhilde seine Werbung anzubringen. Bevor aber Rüdeger zu Kriemhilde kam, eilten Gernot und Giselher zu ihr, um ihr mitzuteilen, welches Glück ihr winke. Doch Kriemhilde widersetzte sich den Wünschen ihrer Brüder und ward zornig, als diese in sie drangen, sie möge die Werbung König Ezels annehmen.

„Es ist ein Spott, der mit mir armen Frau getrieben wird," rief sie. „Alt und unansehnlich bin ich durch zwölfjährige Trauer geworden. Nicht würdig mehr, eines Königs Weib zu sein, und niemals werde ich das Grab meines geliebten Gatten verlassen."

Nach langen Bitten bewilligte endlich Kriemhild, den Abgesandten König Ezels zu empfangen. Sie kam dazu nach Worms und nahm in ihrem Hause Aufenthalt. Zum Empfang des Markgrafen Rüdeger kleidete sie die Mägde, die sie umgaben und die sie erzog, aufs prächtigste, während sie ihr einfaches Witwengewand behielt. Die beiden vornehmen Herren, die ihr seit dem Tode des Gatten dienten, die Markgrafen Ger und Eckewart, halfen ihr beim Empfang Rüdegers. Sie gingen dem Markgrafen entgegen und führten ihn bis zu Kriemhild. Markgraf Rüdeger und die zwölf Gefährten, die ihm folgten, waren in herrlichste Gewänder gehüllt, und Gold und Edelsteine waren an ihren Kleidungsstücken nicht gespart. Rüdeger sowohl wie seine Genossen waren erstaunt über Kriemhilds Schönheit, die trotz des Kummers und der Jahre noch immer vorhanden war.

Markgraf Rüdeger brachte seine Werbung vor, und bat Kriemhild im Namen des Hunnenlandes, die Stelle der milden Königin Helche zu übernehmen. Mit beredten Worten wies er darauf hin, daß Hunderte von edlen Mägdlein, welche Königin Helche erzogen hatte, jetzt gleichsam ohne Mutter seien, und daß keine Würdigere als Kriemhild diesen Mägdlein die Mutter ersetzen könne. Er sprach von der Liebe des Königs Ezel; er sprach von der Pracht und Macht, die Kriemhild beschieden sein sollten. Zwölf Kronen sollten ihr als Königin zu teil werden, und das Land von dreißig Fürsten wollte ihr zu eignem Besitz König Ezel geben.

Kriemhild dankte für die Werbung; aber sie lehnte sie ab. Vergebens bat Markgraf Rüdeger, vergebens baten seine zwölf Gefährten. Auch Gernot und Giselher kamen dazu und vereinten ihre Bitten mit denen der Hunnen. Sie konnten nichts erreichen, als daß Kriemhild versprach, an diesem Tage noch keine bestimmte Antwort geben zu können, sondern nach vier Tagen noch einmal die Abgesandten König Ezels zu empfangen.

Markgraf Rüdeger war keineswegs durch die bisherige Antwort Kriemhilds abgeschreckt. Er schickte Boten zu ihr und bat sie um eine heimliche Unterredung. Er habe ihr etwas mitzuteilen, was ihren Sinn wohl ändern würde.

Kriemhild empfing ihn in ihrer Kemnate und fragte, was er begehre.

„Euch ist schweres Leid widerfahren," sagte Rüdeger, „unsägliches Unrecht ist Euch geschehen hier im Burgundenlande, ohne daß sich eine Hand für Euch erhoben hat. Wenn Ihr nun Königin der Hunnen und Ezels Gemahlin wäret, dann stünden Tausende von tapferen Degen zu Eurer Verfügung; dann sollte keiner wagen, Euch zu beleidigen und zu kränken. Dann wäret Ihr imstande, auch längst geschehenes Unrecht, das man Euch zugefügt, zu rächen."

Kriemhild begriff, was Markgraf Rüdeger meinte. Sie dachte daran, wie sie mächtig werden, wie sie sich an den Mördern

Siegfrieds und an all den Menschen, die ihr Unrecht getan hatten, rächen könnte, wenn sie Königin der Hunnen würde, und deshalb sagte sie zu Rüdeger:

„Man hat mir mitgeteilt, daß Ihr der mächtigste Lehnsmann König Ezels seid und viel bei ihm vermöget. Schon wenn man Euch zum Freunde hat, ist man stark und braucht kein Unrecht mehr zu leiden. Schwöret mir, daß Ihr und alle Eure Mannen und all die Freunde, die, wie Ihr sagt, mich im Ungarlande erwarten, mir dienstbar seid, wenn ich will, daß Ihr alles Leid, das man mir zugefügt hat, rächen wollt, und ich will Eure Werbung anhören."

„Mit allen seinen Mannen schwur ihr da Rüdeger,
In Treue ihr zu dienen, und daß die Recken hehr
Ihr nie etwas versagten aus König Ezels Land
Von dem, was Ehre heische. — Drauf gab ihr Rüdeger die Hand.
Da dachte die Getreue: ‚Nun, Freunde ich gewann
In solcher reichen Anzahl, was ficht mich weiter an
Der Leute Wort und Rede, — mich jammerhaftes Weib!
Vielleicht, daß noch gerochen wird meines lieben Mannes Leib!'
Sie dachte: ‚Da Herr Ezel der Recken hat so viel,
Gebiete ich erst denen, so tu' ich, was ich will.
Er hat auch so viel Gut wohl, daß ich verschenken kann:
Mir hat der Mörder Hagen geraubt, was ich an Gold gewann!'"

Noch einmal durfte öffentlich Rüdeger dann die Werbung vorbringen, und Kriemhild hatte nur noch einzuwenden, daß Ezel Heide und sie Christin sei.

„Laßt Euch das nicht anfechten," beruhigte sie Markgraf Rüdeger. „Der König Ezel lebt längst nach Christenbrauch und denkt wie ein Christ. Die Taufe hat er um seines Volkes willen, das heidnisch ist, noch nicht empfangen. Aber vielleicht würdet Ihr ihn dazu bewegen, Christ zu werden. Denkt, welch ein himmlisches Verdienst es für Euch sein wird, König Ezel dem Christentum gewonnen zu haben."

Darauf sagte Kriemhild dem Markgraf Rüdeger zu, daß sie

das Weib Ezels werden wolle, und bat ihn, mit allen seinen Mannen zu ihr zu kommen und sich die Antwort zu holen.

Jubelnd riefen die fünfhundert Recken am nächsten Tage ihrer zukünftigen Königin Heil und Glück zu, und das bewies Kriemhild, daß ihre Furcht unberechtigt war, wenn sie annahm, sie sei nicht mehr schön genug für eine Königin.

Gernot und Giselher freuten sich am meisten, daß ihre Schwester die Werbung angenommen hatte. Sie forderten von Gunther und Hagen, daß Kriemhild der Nibelungenhort ausgeliefert werde, damit sie nicht arm zu König Ezel komme. Aber Hagen und Gunther verweigerten es, zu sagen, wo sich der Nibelungenhort befände. Noch dreißig Schränke voll roten Goldes hatte Kriemhild in ihrem Hause neben dem Münster zu Worms. Diese Schränke öffnete sie jetzt und kaufte für die hundert Mägdlein, die sie begleiteten, herrliche Kleidung, spendete Rüdeger und seinen Mannen Geschenke und gab reichlich noch den Armen. Dann nahm Kriemhild Abschied von ihren Brüdern, verabschiedete sich von allen Helden am Burgundenhofe mit Ausnahme Hagens, der sich für diesen Tag entfernt hatte, und zog mit der Gesandtschaft der Hunnen davon. Giselher und Gernot begleiteten sie bis an die Grenze Bayerns. Dann trennten sie sich zärtlich von ihrer Schwester. In Passau traf Kriemhild ihren Oheim Pilgerin, der dort Bischof war, und dieser ließ es sich nicht entgehn, seine Nichte aufs beste aufzunehmen und zu verpflegen. Er begleitete sie bis zur Enns, wo die Grenze Ungarns und die Markgrafschaft Rüdegers begann. Auf Rüdegers Burg Pöchlarn hatte Kriemhild ihre erste frohe Stunde, als voll Zärtlichkeit und Freundschaft Rüdegers Gemahlin Gotelinde und sein junges Töchterlein Dietelinde sie begrüßten und ihr als Königin der Hunnen huldigten. Dann zog man eiligst bis in die Nähe von Wien, wo König Ezel seine Braut, der er entgegengeeilt war, empfing.

„Vor König Ezels Rosse viel stolze Recken ritten
In hohem Mute fröhlich, mit feinen Hofessitten,
Wohl vierundzwanzig Fürsten und alle reich und hehr:

Die Herrin nur zu sehen, und sonst begehrten sie nichts mehr.
Da war der Herzog Ramung aus der Walachen Land:
Mit siebenhundert Mannen kam er vor sie gerannt;
Den wilden Vögeln ähnlich sah man einher sie fahren;
Auch Gibeche, der Fürst, kam mit seinen stolzen Reiterscharen.
Der schnelle Horneboge ritt her mit tausend Mann
Von seines Königs Seite zu seiner Herrin dann
Mit lautem Schall und Rufen nach seines Landes Sitten,
Auch von der Heunen Magen*) ward eifrig im Turnier geritten.
Es kam vom Dänenlande der kühne Hawart
Und Iring, der viel Starke, vor Falschheit wohl bewahrt;
Von Thüringen kam Irnfried, ein Fürst gar lobesam,
Kriemhilden zu empfangen, die solche Ehre billig nahm,
Mit zwölfmalhundert Mannen, die zählte ihre Schar.
Es kam der Degen Blödel mit tausend Helden dar,
Des Königs Ezels Bruder aus fernem Heunenland:
Er eilte mit den Seinen, wo er die hohe Fürstin fand.
Da kam der König Ezel und auch Herr Dieterich
Mit allen seinen Degen. Zu schauen löbelich
War mancher edle Ritter, der bieder war und gut:
Der Königstochter wurde ein wenig sanfter da zumut'."

Siebzehn Tage währte die Hochzeit, die zu Wien gehalten wurde. Jeden Tag gab es Turniere, Schmausereien und Trinkgelage. Sänger und fahrendes Volk unterhielten die Hochzeitsgesellschaft. Unter den Sängern und Musikern waren es zwei, Swämmelein und Werbel, die Fiedler König Ezels, die sich besonders auszeichneten und so reichlich beschenkt wurden, daß sie zeit ihres Lebens nicht mehr hätten Not zu leiden brauchen. Als die Hochzeit beendet war, fuhr Kriemhild mit ihrem Gatten Ezel gen Ezelburg (Gran oder Ofen). Durch das ganze Land aber verbreitete sich die Kunde, daß Kriemhild, die jetzige Königin des Hunnenlandes, eine würdige Nachfolgerin der schönen und tugendhaften Königin Helche wäre, und es gab keinen Fürsten und keinen Knecht unter den Hunnen, den nicht durch Schönheit, züchtiges Gebahren, Freundlichkeit und Milde die Königin Kriemhild für sich gewonnen hätte.

*) Verwandten.

9. Kapitel.

Wie die Burgunden zu den Hunnen kamen.

Sieben Jahre hatte Kriemhild mit König Ezel glücklich gelebt. Ein Sohn war ihnen geschenkt, der auf Wunsch der Mutter getauft wurde und den Namen Ortlieb erhielt. Alle Tugenden, die Frau Helche, die ehemalige Königin, geübt, alle Wohltaten, die sie erwiesen hatte, betätigte auch Kriemhild.

„So Fremde, wie Bekannte, die sagten unverwandt,
Daß keine Frau besessen je eines Königs Land
So mild und doch so herrlich; das sagte man fürwahr;
So schuf sie bei den Hunnen sich Lob bis in das zwölfte Jahr.
Sie wußte nun, daß alle ihr gütevoll gesinnt,
Wie eines Königs Recken noch heut' der Fürstin sind,
Und daß sie alle Zeiten zwölf Fürsten vor sich sah.
Da dacht' sie manches Leides, das ihr zuvor daheim geschah.
Sie dacht' auch mancher Ehren in Nibelungenland,
Die sie dereinst genossen und die ihr Hagens Hand
Mit Siegfrieds jähem Tode für alle Zeit benommen.
Und dachte, ob ihm das noch zu Leide möchte jemals kommen."

Kriemhild teilte dem Könige Ezel, der sie von Herzen liebte, mit, daß sie Sehnsucht nach ihren Verwandten habe. Es täte ihr weh, daß sie so lange niemand von ihren Angehörigen gesehen habe.

„Geliebte Traute mein," antwortete König Ezel, „wenn es dir gefällt, so lade ich alle deine Verwandten zu uns hier in das Land. Gern will ich ihnen Boten senden, um sie zum nächsten Sonnwendfest zu uns zu bitten!"

Kriemhild dankte dem Gemahl, und König Ezel berief seine beiden Fiedelleute Swämmelein und Werbel. Sie beauftragte er, mit einem Gefolge von vierundzwanzig Mann nach Worms zu fahren, und dort die Könige der Burgunden mit ihren Helden in das Hunnenland einzuladen. Gar köstlich und prachtvoll stattete König Ezel die beiden Boten aus, damit sie Ehre für ihn einlegten und auch die Verwandten seiner Frau in Worms sehen sollten, wie sehr König Ezel sie ehrte.

Bevor die Boten abreisten, rief Kriemhild sie zu sich.

„Sie sprach zu beiden Boten: ‚Ihr schafft euch großes Gut,
Im Fall ihr meinen Willen ganz im geheimen tut!
Sagt ihr, was ich entbiete durch euch in unser Land,
So mach' ich euch an Gut reich und geb' euch herrliches Gewand!
Wie viel' von meinen Freunden ihr immer möget sehn
Zu Wormes bei dem Rheine, denen sollt ihr nicht gestehn,
Daß jemals ihr gesehen betrübet meinen Mut:
Entbietet meinen Dienst nur den Helden allen kühn und gut!
Und bittet, daß sie tuen, was Ezel jetzt entbot,
Damit sie so mich scheiden von aller meiner Not:
Die Heunen möchten wähnen, daß ohne Freund' ich bin.
Wenn ich ein Ritter hieße, gekommen wär' ich oft schon hin!
Und saget Gerenot auch, dem lieben Bruder mein,
Daß niemand auf der Erde ihm könnte holder sein,
Und bittet, daß er führe mit sich in dieses Land
Die allerbesten Freunde, daß es zur Ehre sei gewandt.
Und sagt auch Giselheren, er möchte denken dran,
Wie ich durch sein Verschulden nie Leides je gewann:
Drum sähen ihn gar gerne allhier die Augen mein,
Ich wollte ihm zu Diensten in Zukunft immer mehr noch sein!
Dann sagt auch meiner Mutter die Ehre, die mir ward, —
Und wenn von Tronje Hagen fern bleibe von der Fahrt,
Wer sie dann weisen solle hieher durch alle Land'?
Dem ist der Weg von Kind auf zum Hunnenvolke wohl bekannt!'"

Eilends machten sich nun die Boten auf die Fahrt. Sie besuchten den Markgrafen Rüdeger und seine Gattin Gotelinde und wurden von ihnen sehr wohl aufgenommen. In Passau waren sie Gäste des Oheims Kriemhilds, des Bischofs Pilgerin, und auch dieser bat die Boten recht sehr, sie möchten die Burgundenkönige bestimmen, nach dem Hunnenlande zu ziehen, da auf der Reise auch der Bischof seine Neffen begrüßen möchte. Er hätte sie lange nicht gesehen und könne selbst nicht zu ihnen kommen.

Glücklich langten die Boten König Ezels in Worms an. Sie richteten bei König Gunther ihren Auftrag aus, wurden gar wohl beherbergt und verpflegt, und sollten in sieben Tagen Antwort bekommen. Auch zu Königin Ute gingen sie, um ihr Grüße und die Einladung ihrer Tochter Kriemhild zu überbringen.

Sie berichteten der Königin Ute, daß es ihrer Tochter über alle Maßen gut gehe, daß sie glücklich und zufrieden sei, und daß sie sich sehr freuen würde, ihre Mutter bei sich zu sehen.

„Das kann nicht geschehen," antwortete die Fürstin; „wohl möchte ich oft und gern die liebe Tochter sehen, aber ich bin zu alt, um die weite Reise anzutreten. Doch gehet nicht von hier, bevor ihr euch von mir verabschiedet habt, auf daß ich euch Grüße für meine Tochter auftrage."

Gerenot und Giselher, die meisten der Recken und auch König Gunther waren wohl bereit, die ehrende Einladung des gewaltigen Königs Ezel anzunehmen. Aber Hagen trat heimlich zum Könige und sagte ihm:

„Ihr wisset, daß Kriemhild uns zürnt. Niemals hat sie die Rache aufgegeben, die sie in ihrem Herzen trägt. Ob auch die Jahre dahingegangen sind, sie zürnt uns und diese Einladung hat sie nur erlassen, um uns ihrer Rache zu opfern. Wenn wir es wagen, zu König Ezel in das Hunnenland zu reiten, so wird das unser Tod sein."

„Das fürchte ich nicht," entgegnete König Gunther; „König Ezel hat uns eingeladen, seine Gäste sind wir, und er wird nicht dulden, daß seinen Gastfreunden etwas Übles geschieht. Viele Jahre sind hingegangen, seitdem Siegfried getötet wurde. Meine Schwester hat längst vergessen; sie hat sich mit mir versöhnt und hat verziehen."

Doch Hagen drang in König Gunther, nicht eine Zusage auf die Einladung zu geben, ohne daß Gunther seine Brüder und Helden zu einer Beratung zusammenrief. Gerenot und Giselher sprachen sich entschieden für die Reise aus; auch die meisten der Helden waren dafür. Als Hagen aber darauf aufmerksam machte, daß die Einladung vielleicht nur eine List sein könne, wurde ihm von allen Seiten widersprochen.

„Wir haben nichts zu fürchten!“ sagte Gerenot, „wir haben unsrer Schwester nichts Übles getan. Wir werden fahren und auch unser Bruder Gunther kann mit uns kommen, denn auch er hat den ersten Gatten unsrer Schwester nicht erschlagen.“

Giselher aber fügte noch hinzu:

„Wer sich fürchtet, kann hier bleiben. Wenn Hagen wohl nicht mit Unrecht glaubt, daß unsre Schwester an ihm den Mord rächen könnte, den er an ihrem ersten Gatten begangen, so mag Hagen ruhig hier bleiben.“

Wütend fuhr Hagen auf und schrie:

„Ich bin kein Feigling! Wohin mein König Gunther geht, dorthin begleite ich ihn, denn ich bin sein getreuer Lehnsmann, und niemand soll mir vorwerfen, daß ich vor einer Gefahr zurückgeschreckt bin. Gehet ihr alle in den Tod, nun, so will ich mit euch sein. Wer soll euch führen durch das Hunnenland, wenn nicht ich, der ich seit meiner Jugend und seit der Zeit, als ich Geisel an König Ezels Hofe war, im Hunnenland Bescheid weiß. Wenn ihr euch denn aber schon in das Verderben stürzen wollet, so gehet wenigstens nicht ungerüstet. Es ziemt sich für den König der Burgunden, mit einer stattlichen Schar von Kriegern dem mächtigen König Ezel einen Besuch abzustatten. Laß einen Aufruf ergehn im Lande, König Gunther, und rufe die besten deiner Leute zusammen. Tausend Krieger will ich auswählen, von denen jeder ein bewährter Kämpfer ist, und neuntausend Troßknechte sollen uns begleiten.“

„Deine Bitte sei gewährt,“ entgegnete König Gunther; „wir wollen mit großem Gefolge nach dem Hunnenlande ziehen, und niemand wird es wagen, uns anzugreifen.“

Noch einmal warnte Rumolt, der Küchenmeister König Gunthers, nach dem Hunnenlande zu ziehen. Auch er fürchtete die Rache Kriemhildens für den König.

„Was wollt Ihr dort, mein königlicher Herr?“ sagte er zu Gunther, „was können Euch die Hunnen bieten? Kampfspiele, herrliche Weine, Rosse, Burgen, gute Speisen habt Ihr hier im Lande. Hier habt Ihr treue Diener, hier könnt Ihr sicher schlafen. Wozu wollt Ihr in ein fremdes Land ziehen, wozu die Strapazen und Gefahren der Reise auf Euch nehmen? Besseres wird Euch im Hunnenlande auch von dem mächtigen Könige Ezel nicht geboten werden, als Euch das eigne Burgundenland bietet.“

„Eben weil König Ezel ein mächtiger Herrscher ist, wird es unsre Pflicht, seiner Einladung Folge zu leisten. Seine Einladung ehrt uns, er ist unser Freund um unsrer Schwester willen. Wie könnten wir seine Einladung ablehnen, ohne ihn zu beleidigen?“

„Tut, was Ihr wollt,“ sagte Rumolt, „nur mir gestattet jenseits des Rheins zu bleiben. Mich treibt die Sehnsucht nach fremden Ländern und nach König Ezels Ehren nicht fort.“

„So bleibe hier,“ sagte König Gunther, „und sei du Verwalter des Reichs, während ich mit meinen Brüdern fort bin.“

Alle streitbaren Männer wurden aufgerufen, die tausend besten unter ihnen ausgewählt, und dann wurde den Boten König Ezels der Bescheid, daß die Burgunden nach dem Hunnenlande kommen, und pünktlich zur Zeit der Sommersonnenwende bei König Ezel eintreffen wollten. Wohl waren die Fiedler König Ezels nicht ganz zufrieden, daß die Burgunden mit solcher Heeresmacht in ihres Herrschers Land ziehen wollten. Doch nahmen sie Abschied von den Burgundenkönigen und der Königin Ute. Überreiche Geschenke gab man ihnen und wenn sie sich auch sehr sträubten, sie anzunehmen, mußten sie sie doch schließlich mit sich führen.

Auf Hagens Veranlassung hatte man die Boten absichtlich so lange zurückgehalten, bis die Vorbereitungen der Burgunden zur Reise fast vollendet waren. Hagen meinte, wenn die Burgunden den Fiedelleuten König Ezels unmittelbar folgten, würde Kriemhild keine Zeit haben, Pläne ins Werk zu setzen, durch welche schon auf dem Wege zum Hofe Ezels den Burgunden Gefahren und Untergang drohten.

Brunhild weinte gar sehr, daß ihr Gemahl eine so weite und gefährliche Reise antreten sollte, und Königin Ute ließ einen Tag vor dem Aufbruch ihren Söhnen sagen, sie sollten zu Hause bleiben, sie habe gar böse Träume gehabt. Sie hätte geträumt, alle Vögel im Lande wären tot. Doch Bitten und Warnungen konnten die Burgundenkönige und ihre Begleiter nicht abhalten, ihre Reise anzutreten. Ein Gottesdienst wurde zum Abschied abgehalten und der Kaplan, der die Messe las, wurde um des Seelenheils der Reisenden willen mitgenommen. Dann ging die Fahrt nach dem Main durch Oberfranken nach Bayern zu Bischof Pilgerin und dann endlich zur Donau.

Der gewaltige Fluß war angeschwollen und breiter als je. Nirgends fanden die Burgunden eine Furt, durch welche sie den Fluß hätten überschreiten können. Hagen, der den Weg zum Hunnenlande kannte, sollte Rat schaffen.

„Verlasset euch auf mich," sagte er, „ich werde eine Furt oder einen Fergen (Fährmann) finden."

Dann ritt er am Ufer entlang eine weite Strecke. Er erblickte plötzlich in der Donau zwei badende Wassernixen und nahm ihnen die Kleider fort. Da bat die eine dieser Wassernixen, namens Hadburg:

„Gib uns die Kleider zurück, tapferer Rittersmann, und ich will dir die Zukunft sagen, deine Zukunft und die deiner Begleiter."

„Sag mir erst die Zukunft!" rief Hagen, und Hadburg entgegnete:

„Ihr werdet glücklich die Reise vollenden, und an Ehren und Geschenken reich in das Land der Burgunden zurückkehren."

Kaum aber hatte Hagen den Wassernixen ihre Kleider wiedergegeben, als Hadburg laut auflachte und verschwand. Die andre der Nixen, Winelind, aber rief Hagen zu:

„Wisse, daß meine Muhme dich betrogen hat, nur um die Kleider von dir zu erlangen. Große Gefahr droht dir und deinen Begleitern. Ihr gehet in den Tod; keiner von euch wird jemals die Heimat wiedersehen. Nur einem ist es beschieden, glücklich nach dem Burgundenlande und nach Worms zurückzukommen, und das ist der Kaplan, der euch begleitet."

„Ich fürchte deine Prophezeiung nicht," sprach Hagen zu der Nixe, „du tätest besser, mir zu sagen, wie ich den Weg über das Wasser finde."

„Reite weiter stromab am Ufer entlang," rief Winelind, „und du wirst an eine Stelle kommen, wo jenseits am andren Ufer die Hütte eines Fergen steht. Er ist der Dienstmann des Königs Else, der mit seinem Bruder Gelferat zusammen in diesen Marken herrscht. Hüte dich den Fergen zu beleidigen, denn er ist ein Freund der Könige. Er setzt nicht leichtlich jemand in das Land seiner Herren über. Rufe ihm aber zu, du seiest Amalrich, ein Dienstmann des Königs Else, der auf weite Reisen gegangen ist, und den er gern übersetzen würde, wenn dieser von der Reise zurückkehrte. Der Ferge ist ein reicher Mann, er giert nicht nach Geld und Gut; nur durch Freundlichkeit und Bitten kannst du ihn zum Dienst veranlassen."

Die Nixe verschwand und Hagen ritt am Ufer entlang, bis er jenseits desselben das stattliche Haus des Fergen sah. Umsonst aber rief er zuerst, daß der Ferge mit seinem Fahrzeug kommen solle. Erst als er schrie, er sei Amalrich, der heimkehre, machte der Ferge seine breite Fähre los und kam mit ihr über die Donau. Als er aber Hagen erblickte, wurde er zornig.

„Du bist nicht Amalrich," sagte er, „du ähnelst ihm weder an Gestalt noch an Alter. Du bist ein Betrüger, der mich hieher-gelockt hat."

Wütend schlug er mit dem Ruder Hagen so auf den Helm, daß dieser in die Knie sank. Bevor aber der Ferge zum zweiten-mal zum Schlage ausholte, hatte Hagen sein Schwert aus der Scheide gerissen, und mit einem einzigen Hiebe schlug er dem Fergen das Haupt ab. Den Körper warf er in den Strom und überließ ihn den Wellen. Dann ergriff Hagen selbst das Ruder und leitete die Fähre bis zu der Stelle, wo König Gunther mit seinem Heere lagerte. Von frühester Jugend auf war Hagen ein kühner und tüchtiger Fährmann, und allein setzte er in den nächsten Stunden Rosse und Reiter, Saumtiere und Knechte über die Donau. Je vierhundert Männer nahm die Fähre auf einmal auf. Die Troß-knechte mußten rudern, während Hagen das Schiff lenkte, und so kamen bald die Burgunden am jenseitigen Ufer an.

Als Hagen zum letztenmal die Fähre über den angeschwollenen Fluß lenkte, sah er den Kaplan inmitten der Fähre stehn. Da fiel dem grimmen Hagen die Prophezeiung der Nixe Winelind ein und rasch trat er auf den Kaplan zu, faßte ihn, hob ihn empor und schleuderte ihn in die Fluten. Es erhob sich lautes Geschrei, doch wagte niemand Hagen anzugreifen. Als der Kaplan auftauchte, drückte ihn Hagen mit dem Ruder nieder, um ihn zu ertränken; aber durch Gottes Hilfe gelang es dem Kaplan, fortzuschwimmen, und trotzdem ihm die Wellen entgegen waren, kam er glücklich an dem Ufer an, von dem aus die Burgunden über die Donau gesetzt waren. Hier blieb er stehn und schalt auf Hagen; er nannte ihn einen Mörder und Pfaffenfeind.

König Gunther rief ihm noch zu: „Grüß meine Gattin Brunhild und alle Freunde in Worms!"

Hagen blickte finster vor sich. Jetzt sah er, daß die Prophezeiung der Nixe sich bestätigen würde. Der Einzige, der am jenseitigen Ufer zurückblieb und nach Worms zurückkehrte, war der Kaplan.

Als der letzte Mann die Fähre verlassen hatte, schlug sie Hagen in Trümmer und ließ diese den Fluß hinabtreiben.

„Was tust du?" rief König Gunther; „wie sollen wir auf dem Rückweg nach dem Burgundenland wieder über den Fluß kommen, wenn du die Fähre vernichtest?"

Doch Hagen lachte wild auf und sagte:

„Wisset, daß keiner von uns lebend über diesen Fluß zurückkommt! Die Nixe hat es mir prophezeit. Niemand von uns sieht das Burgundenland wieder, außer dem Kaplan. Wie durch ein Wunder ist er am Leben geblieben und dem Tod in den Wellen entgangen. So wird sich auch an uns die Prophezeiung erfüllen. Es bleibt uns nichts übrig als zu sterben, wie es tapferen Helden geziemt. Ich habe euch gewarnt, diese Reise anzutreten; doch nun, da wir in der Gefahr sind, will ich treu dienen, bis zum letzten Augenblick."

Dann ließ Hagen die Burgundenkönige mit ihrem Heere voranziehen, während er selbst den Nachtrab bildete. Nur seinen Bruder Dankwart und sechzig auserwählte Degen behielt er bei sich; denn er wußte wohl, daß die Könige Else und Gelferat ihnen nachjagen würden, um den Tod des Fergen zu rächen.

Am nächsten Tage sah auch Hagen von rechts und links die Krieger Elses und Gelferats, geführt von ihren Herren, auf sich zukommen. Es erhob sich ein heftiger Kampf. Hagen und Gelferat rannten zusammen. Als der Speer Gelferats Hagen traf, sprang dem Rosse Hagens der Sattelgurt, so daß der Sattel abrutschte und Hagen zu Boden stürzte. Im Schwertkampfe aber besiegte Hagen den König Gelferat und tötete ihn. Dankwart verletzte Else schwer und dieser floh.

Erst am nächsten Morgen erfuhren König Gunther und seine Brüder, daß beim Nachtrab des Heeres ein blutiger Kampf stattgefunden hatte.

Boten Markgraf Rüdegers empfingen die Burgunden an der Grenze seiner Gemarkung und geleiteten sie nach der Burg Pöchlarn. Hier wurden die Reisenden gar wohl aufgenommen und Dietelinde, die Tochter Rüdegers, gewann so Giselhers Herz, daß dieser Rüdeger bat, ihm die Tochter zu verloben. Rüdeger stimmte zu, und nach alter Sitte und mit großer Feierlichkeit wurden Giselher und Dietelinde verlobt. Wenn die Burgunden von Ezels Hofe wiederkehrten, sollte die Hochzeit in Pöchlarn sein. Rüdeger versprach seiner Tochter einen Brautschatz von so viel Gold, daß zweihundert Pferde ihn kaum tragen könnten. Der Braut Giselhers aber wurden Burgen und Städte im Burgundenlande zugesprochen.

Vierzehn Tage blieben die Helden bei dem reichen Rüdeger, und niemals gebrach es der großen Menge der Burgunden in dieser

Zeit an köstlicher Speise und gutem Trank. Dann aber machte sich Rüdeger mit den Burgunden auf, um sie selbst an den Hof König Ezels zu bringen. Bald näherte man sich dem Hofe Ezels und Rüdeger gab Kunde seinem Herrn, daß die Burgunden nahten.

„Die Boten eilten hurtig, zu künden diese Mären,
Daß nah die Nibelungen dem Hunnenlande wären:
‚Du sollst sie wohl empfahen, Kriemhild, o Herrin mein!
Nach großen Ehren kommen hieher die stolzen Brüder dein!‘
Sobald die hehre Fürstin vernommen dieses Wort,
War auch mit einem Male ein Teil des Kummers fort.
Aus ihrem Vaterlande kam zu ihr mancher Mann,
Von dem der König Ezel gar argen Jammer bald gewann.
Sie dachte im geheimen: ‚Noch kann es werden Rat!
Ihm, der mich meiner Freuden so schnöd' beraubet hat, —
Wenn ich es nur mag fügen, — ihm soll es schlecht ergehn
In dieses Festes Freuden! Des soll man meinen Willen seh'n!
Ich will es wohl noch schaffen, daß meine Rach' ergeht
In dieser Festzeit Freuden, — wie es danach auch steht, —
An seinem argen Leibe, ihm, der mir hat benommen
Des Herzens höchste Wonne! Des will ich nun Ersatz bekommen!‘“

10. Kapitel.

Kriemhilds Feindschaft gegen die Burgunden.

Bei Ezel lebten in der Verbannung Theodorich der Große, der König der Ostgoten oder, wie er genannt wurde, König von Amelungenland. Er hatte früher zu Verona gewohnt, und man nannte ihn abgekürzt Dietrich von Berne. Hildebrand, der Meister der Fechtkunst, der ihn unterrichtet hatte, als Dietrich noch ein Jüngling war, teilte mit ihm die Verbannung am Hofe des Königs Ezel. Dietrich von Berne traf zuerst die Boten, die dem Könige

Etzel die Ankunft der Burgunden meldeten. Da ward es ihm grimmig leid, solche Märe zu vernehmen; denn er wußte wohl, welche Gefahr den Burgunden drohte. Doch ritt er mit seinen Helden und Knechten den Burgunden eilig entgegen und begrüßte den ihm bekannten Helden Hagen von Tronje, der ihn wiederum den Burgundenkönigen als seinen Freund und Kampfgenossen aus alten Zeiten bezeichnete.

„Wie kommt ihr hierher nach dem Hunnenland?" fragte Dietrich. „Wißt ihr nicht, daß Kriemhild noch jetzt Siegfrieds Tod bejammert und daß sie euch übel will?"

„Uns ist von ihrem Jammer nichts bekannt. König Etzel hat uns Boten gesendet," so sprach König Gunther, „die uns mitteilten, Kriemhild habe ihr Leid vergessen und lebe in Freude und Glück."

„Mitnichten," antwortete Dietrich von Berne. „Ich höre sie allmorgendlich weinen und klagen um Siegfrieds Tod. Ich weiß, daß sie euch übel will, vor allem aber Euch, Hagen, der Ihr Siegfried getötet haben sollt."

„Laßt sie jammern," versetzte Hagen höhnisch. „Siegfried steht so bald nicht wieder auf. Zeit genug hat sie gehabt, ihn zu vergessen. Wohl weiß ich, welche Gefahr mir droht. Wohl weiß ich, daß auch meinen Königen von ihrer eignen Schwester Schlimmes geschehen kann. Doch jetzt gilt es, als Männer zu handeln und ohne Furcht vor König Etzel und seine Gemahlin zu treten."

Dietrich von Berne schüttelte Hagen ob dieser mutigen Worte die Hand. Dann ritt er mit den Helden zur Etzelburg. Hier kamen ihnen Boten entgegen und teilten mit, daß die neuntausend Mann vom Troß in einem besonderen Quartier untergebracht werden sollten. Als Hagen dies vernahm, band er den Sturmriemen seines Helms fester, denn er wußte, daß dies nichts Gutes bedeute. Man wollte die neuntausend Troßknechte und Diener von den tausendundsechzig Recken, die mit König Gunther gezogen kamen, trennen. Dankwart, Hagens

Bruder, ward als Marschall über die Troßleute gesetzt und ihm riet Hagen Vorsicht an.

Im Burghof trat Königin Kriemhilde ihren Brüdern entgegen. Doch nur ihren Bruder Giselher küßte sie, die andern schien sie nicht zu sehen.

„‚Seid dem willkommen,‘ sprach sie, ‚den euer Anblick letzt!
Um eurer Freundschaft willen mein Gruß euch nicht ergetzt!
Nun sagt, was ihr mir bringet von Worms her übern Rhein,
Warum ihr mir so herzlich allhier willkommen solltet sein?‘
‚Hätt' ich gewußt die Märe,‘ sprach Hagen dem entgegen,
‚Daß Euch begrüßen sollten mit Gabe diese Degen, —
Soviel an Gute hab' ich, wenn besser ich's bedacht,
Daß ich Euch meine Gabe hätt' zu den Heunen hergebracht!‘
‚Nun saget mir die Kunde ausführlicher noch an:
Den Hort der Nibelungen, wohin ihr den getan?
Er war doch wohl mein eigen, das ist euch selbst bekannt:
Den mußtet ihr mir führen hieher in König Ezels Land!‘
‚In Treuen, Frau Kriemhilde, her ist es manchen Tag,
Daß ich des teuern Hortes der Nibelungen pflag:
Den hießen meine Herren versenken in den Rhein;
Vermutlich muß er dorten bis zu dem jüngsten Tage sein!‘
Zur Antwort gab die Fürstin: ‚Das hab' ich mir gedacht;
Mir ist von ihm gar wenig hieher ins Land gebracht,
Wiewohl er war mein eigen und ich zuvor sein pflag;
Nach ihm und seinem Herren hatt' ich manch kummervollen Tag!‘
‚Die Mühsal ist verloren,‘ erwiderte da Hagen;
‚Was könnte ich Euch bringen? Ich hab' zu viel zu tragen
Am Halsblech und am Schilde, an meinem Helme licht,
Am Schwert in meinen Händen! Und deshalb bringe ich ihn nicht!‘
‚Das Wort ward nicht gesprochen, weil ich mehr Gold begehre, —
So viel hab' ich zu geben, daß ich eure Gab' entbehre, —
Ein Mord und Raub gedoppelt, die man an mir begangen, —
Für diese möcht' ich Arme die Buße doch einmal erlangen!‘
Da hieß die Herrin künden den Recken allzumal,
Daß niemand tragen solle die Waffen in den Saal:
‚Vertrauet sie mir, Helden, zur Aufbewahrung an!‘
‚In Wahrheit‘, sprach da Hagen, ‚das wird wohl nimmermehr getan!
Nicht nach der Ehre tracht' ich, du Fürstengattin mild,
Daß Ihr mir zum Quartiere hin trüget meinen Schild

Und meine andern Waffen; Ihr seid 'ne Königin!
Es lehrte mich mein Vater, daß ich mein eigner Kämmrer bin!'
‚O wehe mir des Leides!' so rief darauf Kriemhild;
‚Warum will denn mein Bruder und Hagen seinen Schild
Hinweg nicht tragen lassen? Gewiß, — sie sind gewarnt!
Ja, wüßt' ich, wer getan es, — ihn hielte schon der Tod umgarnt!'
Zur Antwort gab ihr Dietrich und ward vor Zorne bleich:
‚Ich bin es, der gewarnet die edlen Fürsten reich
Und Hagen auch, den Starken, Burgundens Lehensmann!
Sieh zu, du böse Teuflin, ob ich es dir entgelten kann!'
Da schämte sich gewaltig des König Ezels Weib:
Sie fürchtete von Herzen Herrn Dietrichs starken Leib;
Sie ging von ihnen dannen und sprach kein Wörtlein mehr,
Doch schoß sie grimme Blicke zu ihren Feinden schnell daher."

Dietrich von Berne aber reichte dem tapferen Hagen die Rechte, und als Dritter zu ihnen trat Volker, der tapfere Spielmann, und schüttelte ihm ebenwohl die Hand.

„König Ezel weiß nicht, wie feindlich gesinnt Euch seine Gemahlin ist," sprach Dietrich, „und ich glaube, von ihm habt Ihr nichts zu befürchten."

König Ezel hatte das ganze Jahr hindurch Besuch von fremden Helden, und oft waren zwölf Könige mit ihrem Gefolge bei ihm zu Gast. Ein eignes großes Haus hatte er für die Gäste errichten lassen, in dem sich eine Menge Zimmer und vor allem ein großer Saal befanden. Dieses Haus war den Burgunden zur Wohnung angewiesen worden. Hagen und Volker setzten sich vor der Tür des Hauses nieder, um den Eingang zu bewachen. In gleißender Rüstung nahm an der einen Seite der Tür Hagen Platz, und auf seinen Knien schaukelte er Balmung, das Schwert, das er einst Siegfried geraubt hatte. Unheimlich leuchtete der grüne Smaragd, der an dem Knauf des Schwertes befestigt war. An der andren Seite der Tür saß in nachlässiger Haltung Volker, der Spielmann. Vom Fenster ihrer Kemnate aus sah Königin Kriemhild die beiden Burgunden sitzen. Sie sah Balmung auf dem Schoße Hagens und sie begann zu weinen.

„Was hat unsre Herrin?“ fragten die Hunnen. „Soeben war sie noch fröhlich über die Ankunft ihrer Verwandten und Landsleute, und nun weint sie.“

Doch die Königin sprach zu den Getreuen, die stets ihre Gefolgschaft bildeten: „Sehet diesen Mann dort drüben in der gleißenden Rüstung, mit dem Schwert in der Hand, an dessen Knauf ein Smaragd strahlt. Das ist Hagen, der mir den Gatten erschlagen, der unsägliches Herzeleid über mich gebracht hat. Dieses Schwert hat er meinem Gatten geraubt, und dorthin hat er sich gesetzt, und mit dem Schwerte spielt seine Hand, um mich zu verhöhnen.“

„Wie?“ sprachen die Hunnen, „sollte es jemand wagen, unsre Herrin zu verhöhnen? Vergelten wollen wir es ihm und den Tod soll er empfangen.“

„Ich falle euch zu Füßen,“ rief Kriemhild. „Rächet mich an Hagen! Das Leben muß er verlieren!“

Die Hunnen eilten davon und bald kamen sechzig von ihnen gewappnet zurück.

„Wehe! Welch kleine Zahl!“ rief Kriemhild. „Glaubet mir, sechzig Recken genügen nicht, um Hagen zu töten; denn unmenschlich stark und gewaltig ist er.“

Da gingen die Recken fort und suchten Genossen, und nach kurzer Zeit kamen dreihundert von ihnen und boten sich der Königin zu Diensten an.

„Wartet eine Weile,“ sagte die Königin. „Die Krone will ich auf das Haupt mir setzen, und an eurer Spitze will ich zu den Feinden gehn.“

„Heda! Sieh, Hagen!“ rief Volker nach einiger Zeit, „dort schreitet von der breiten Treppe hinab Kriemhild in königlichem Gewande, auf dem Haupte die Krone, und viele Recken folgen ihr. Wir müssen uns erheben, wenn sie vorbeikommt, um ihr die gebührende Ehre zu erweisen. Ist sie doch Ezels Gemahlin und wir die Gäste des Hunnenkönigs.“

„Ich werde ihr keine Ehre antun,“ murrte Hagen. „Sie

würde glauben, es sei Furcht von mir, und vermuten, ich wollte sie durch Ehrung mild stimmen. Fern sei es von mir, daß sie mich für feig halten soll."

„So bleibe auch ich sitzen," rief Volker aus, „wir wollen treu zusammenstehn. Wehe demjenigen, der uns anzugreifen wagt."

Daß Hagen und Volker nicht vor ihr aufstanden, erzürnte Kriemhild noch mehr. Vor die beiden Feinde trat sie und

„Sie sprach: ‚Nun sagt mir, Hagen, wer hat nach Euch gesandt,
Daß Ihr gewagt, zu reiten hieher in dieses Land,
Trotz also starken Leides, das Ihr mir angetan?
Wenn Ihr Euch recht besonnen, Ihr hättet Euch's nicht unterfahn!'
‚Nach mir', sprach Hagen, ‚wurde von niemand ausgesandt!
Man ladete drei Degen hieher in dieses Land,
Die heißen meine Herren, — ich bin ihr Lehensmann:
Man trat bei Hofe selten ohn' mich der Fahrten eine an!'
Sie sprach: ‚Nun sagt mir weiter, warum getan Ihr das,
Daß Ihr Euch zugezogen von mir so großen Haß?
Ihr habt erschlagen Siegfried, der war mein lieber Mann;
Davon ich bis ans Ende der Herzenstrauer viel gewann!'
‚Wozu noch mehr der Worte?' sprach er; ‚es sind genug!
Jawohl, ich bin der Hagen, der Siegfried einst erschlug,
Den Helden stark von Händen. Wie sehr er es entgalt,
Daß einst die Frau Kriemhilde die schöne Brunhild zornig schalt!
Wahr ist es ohne Leugnen, o Fürstentochter reich,
Ich hab' allein verschuldet den Schaden ohnegleich'!
Sei Rächer, wer da wolle, sei Weib es oder Mann:
Ich würde lügen müssen, — ich hab' Euch Leides viel getan!'
Sie sprach: ‚Ihr hört es, Recken, wie er mir leugnet nicht
Die Schwere meines Leides! Was ihm dafür geschicht,
Das soll mich wenig rühren! Vernimm es, Etzels Bann!'
Da sahen diese Degen sich stolz und fest einander an."

Doch keiner der hunnischen Degen wagte es, die beiden Männer anzugreifen. Der Mut und die Kühnheit Hagens und Volkers erregten die Bewunderung der dreihundert Krieger. Unwürdig schien es ihnen, diese Tapferen durch Übermacht zu über=

wältigen. Vergeblich wartete Kriemhild, daß die dreihundert Recken Hagen und Volker in Stücke hauen würden. Als sie sah, daß keine Hand sich rührte, schritt sie zu ihrem Gemach zurück; aber unsäglicher Zorn entbrannte in ihrem Herzen. Bisher hatte die Rache dort jahrelang nur geglommen, die jetzt zur lichten Flamme entfacht war. Dazu kam noch der neu erwachte Haß, der Zorn über die Niederlage, die sie erfahren hatte, und Kriemhildens Sinne begannen sich zu umnachten. Nicht mehr empfand sie irgend etwas für ihre Brüder. Nicht konnte sie mehr den Gedanken fassen, daß sie Gastfreundschaft schulde den Männern, die ihr Gemahl in das Land geladen. Wahnsinn umfing ihren Geist, und Rache! Rache! schrie es nur noch in ihr. Blut wollte sie sehen! Über Leichen wollte sie schreiten, um ihrer Rache zu genügen!

Noch hatte König Ezel die Burgunden nicht empfangen; doch erwartete er sie zum Mittagsmahl und Festgelage im Königssaal der Burg, die er bewohnte. Die Burgundenkönige und ihre Mannen wollten sich herrlich schmücken; doch Hagen warnte sie:

„Wir sind von Feinden umgeben," sagte er, „und jeden Augenblick kann das Schwert gegen uns gezogen werden. Den Helm auf dem Haupte, gekleidet in die eiserne Rüstung, mit dem Schwert an der Seite und dem Schild am Arm, so werden wir zum Festmahle König Ezels gehn oder wir sind verloren."

Wohl war König Ezel erstaunt, die Gastfreunde in voller Waffenrüstung in den Saal treten zu sehen, als gingen sie nicht zu einem Festgelage, sondern zur Schlacht. Doch Hagen sagte ihm:

„Es ist so Brauch im Burgundenland, daß man am fremden Orte drei Tage lang in Waffen geht und dann erst ein friedliches Gewand anlegt. Zu Ehren des Gastgebers geschieht es, daß man gewappnet erscheint, um ihm gleichsam anzuzeigen, daß man stets in voller Rüstung zu seinen Diensten bereit sei."

Wohl hätte Hagen Ezel die Wahrheit sagen können, und Ezel hätte erfahren, daß seine Gattin den eignen Landsleuten Unheil anzutun gedenke. Doch Hagen war zu stolz, um Kriemhild bei Ezel zu verklagen, und Kriemhild selbst schwieg, als sie von dem sonderbaren Brauch, der im Burgundenland üblich sein sollte, erfuhr. Sie hätte ihren Gemahl Ezel darüber aufklären können, daß es niemals solchen Brauch gegeben. Doch auch sie schwieg, weil es so zu ihrem Plane paßte. Aus Vorsicht waren die Helden auch nicht einzeln zum Festmahl geschritten, sondern paarweise. Hagen ging mit Hildebrand, Dietrich von Berne mit Gunther. Die Könige Irenfried, Hawart und Iring, die sich gleichzeitig als Gäste bei Ezel aufhielten, begleiteten die andern Recken.

Ein köstliches Mahl ward bereitet und Moraß, ein Getränk aus Maulbeersaft gegoren, wurde in weiten goldenen Schalen den Helden kredenzt. Doch heimlich hatte Hagen die Kunde von Ohr zu Ohr gehn lassen, daß niemand zu viel des Weines zu sich nehmen dürfe. Wer sich betrank und in tiefen Schlaf fiel, mußte gewärtigen, des Nachts meuchlerisch getötet zu werden. Bevor noch das Zechgelage ordentlich begonnen hatte, erhob sich König Gunther auf Hagens Rat und bat König Ezel um Urlaub:

„Einen gar weiten Weg sind wir gekommen; wir sind ermüdet und wollen zur Ruhe gehn. Morgen stehn wir Euch gern wieder zu Diensten.“

Verwundert und ein wenig gekränkt gab König Ezel den Burgunden die Erlaubnis, sich zum Schlafen zurückzuziehen.

11. Kapitel.

Der Kampf beginnt.

In dem großen Saale des Hauses, das man den Burgunden zur Wohnung angewiesen, war das Nachtlager für die Gäste hergerichtet. Herrliche Felle und weiche Polster, linnene Laken und seidene Decken sah man für die Burgundenkönige und ihre Mannen bereit.

„Wehe uns des Quartieres!“ rief Giselher; „wer weiß, wer von uns morgen noch erwacht! Wie ist unsre Schwester uns doch so feind, die uns so gütevoll hierher entbot!“

„Laßt alle eure Sorgen!“ sprach Hagen, „ich werde für euch wachen diese Nacht. Dort an der Tür werde ich sitzen, und wisset, daß keines Mannes Fuß ohne mein Wissen die Treppe, die von außen zum Saale führt, beschreiten wird.“

„Und ich werde mit dir zusammen wachen, Hagen!“ bat der Fiedelmann Volker; „verschmähe meinen Beistand nicht.“

In voller Rüstung traten Hagen und Volker unter das Vordach der Tür, die vom Hofe zum Saale im ersten Stock des Hauses führte, und hier setzten sie sich zur Wache nieder. Volker nahm seine Fiedel zur Hand und begann zu spielen. Burgundische Weisen ließ er ertönen, daß es durch das Haus und die Burghöfe drang. Dann wurden die Melodien sanfter und leiser, bis er seine Könige und die Landsleute in den Schlaf gespielt hatte. Darauf legte er die Fiedel weg, ergriff Schild und Speer und stand unbeweglich im Schatten der Halle, hinausblickend auf den weiten Hof, der im Mondesglanze vor ihm lag.

In Kriemhildens Kemnate aber sammelten sich die Hunnen, die sich Sold und goldenen Lohn von ihrer Königin zu verdienen gedachten. Im Schlafe wollten sie die Burgunden überfallen.

„Um Gott seid ermahnt,“ sprach Kriemhild, „daß ihr keinen erschlaget, als den ungetreuen Hagen. Die andern rühret nicht an.“

„Sie werden Hagen zu rächen suchen und sich verteidigen.“

„Dann ist es ihre Schuld,“ versetzte Kriemhild; „doch ihr sollt nicht zuerst irgendeinen von den Burgunden erschlagen, ausgenommen den ungetreuen Hagen.“

Leise schlichen die hunnischen Meuchelmörder durch den Burghof, sich im tiefen Schatten der Gebäude haltend. Doch Volker sah das Blinken eines Helms und rief Hagen laut zu:

„Sieh doch, Hagen, dort nahen Leute in Waffen!“

„Schweige!“ antwortete Hagen, „damit sie noch näher herankommen. Keiner von ihnen soll zu seiner Herrin zurückkehren, um ihr gute Botschaft zu bringen."

Volker wollte hinaus und den Hunnen zurufen; doch Hagen sagte ihm:

„Lasset sie näher heran, sie sollen innewerden, welche Wacht wir halten."

Da bemerkte einer der Hunnen den Glanz der silbernen Rüstung Hagens im Mondlicht und tat einen halblauten Warnruf. Wie gebannt stand die im Schatten schleichende Menge der Meuchelmörder.

Volker wollte hinunter und ihnen an den Leib; doch Hagen hielt ihn zurück.

„Bleib hier," sagte er, „geh nicht zu ihnen. Sie umringen dich, und wenn ich dir zu Hilfe eile, ist niemand da, der die Treppe bewacht. Nachdem sie uns gesehen haben, werden sie abziehen."

Volker konnte sich nicht enthalten, den Hunnen zuzurufen: „Wir haben euch wohl gesehen, euch feige Meuchelmörder! Im Schlafe die Gäste zu ermorden, das dünket euch gut!"

Beschämt schlichen die Hunnen davon.

Bis zum Morgengrauen und bis vom Morgentau die Rüstung auf dem Leibe der Recken kalt wurde, hielten sie getreulich Wache vor dem Saal. Dann gingen sie hinein und weckten die Recken, daß sie sich bereit machten, in den Münster zur Messe zu gehn.

„Auf dem Kirchhofe sind wir sicher, und niemand wird wagen, den Gottesfrieden zu verletzen," sprach Hagen zu König Gunther.

So wurden die tausendundsechzig Helden auf dem Kirchhofe um das Münster aufgestellt. Doch Volker und Hagen stellten sich an die Tür der Kirche so eng nebeneinander, daß, wer hineinging, sich zwischen ihnen hindurchdrängen mußte.

König Ezel erschien und war erstaunt, daß auch für den Besuch des Gotteshauses die Helden ihre Rüstung angelegt hatten. Doch dachte er wohl daran, daß man ihm gesagt habe, drei Tage lang sei es bei den Burgunden Brauch, in fremdem Land die Waffen zu tragen.

Dann nahte im vollen königlichen Schmuck Kriemhild, begleitet von Hunderten von schönen Mädchen und Helden. Doch nicht um Haares Breite wichen Hagen und Volker von der Türe des Münsters. Zwischen ihnen hindurch mußte sich mühsam Kriemhild drängen, und erst als sie hineingegangen war, machten die Recken Platz für das Gefolge. Mit Tränen in den Augen über die ihr angetane Schmach betrat Kriemhild das Gotteshaus.

Nach der Messe versammelte man sich im Hofe von Ezels Burg, und es wurde ritterlich im Turnier gekämpft. Doch schon nach kurzer Zeit begann Blut zu fließen. König Ezel bemerkte zu seinem Erstaunen, daß die Hunnen und die Burgunden nicht mehr aufeinander losstachen um des Kampfspieles willen, sondern um sich zu töten. Immer mehr Burgunden und Hunnen jagten in die Schranken und gingen aufeinander los.

Da eilte König Ezel hinunter in den Hof, zog sein Schwert und trat vor die Hunnen.

„Zurück!“ rief er, „daß keiner von euch es wagt, meine Gäste zu beleidigen!“

„Es ist Blut geflossen!“ schrie man ihm zu, „Hunnenblut ist vergossen worden!“

„Sie taten's nicht mit Absicht!“ sagte König Ezel. „Wehe dem, der es wagt, seine Hand zu erheben! Sein Haupt ist mir verfallen! Gehet nach den Quartieren!“

Murrend zogen sich die Hunnen zurück. Einer von ihnen, ein Geck und geckenhaft gekleidet, ließ sein Roß mitten im Burghofe tänzeln, wohl um den hunnischen Mädchen zu gefallen, die auf den hohen Tribünen saßen.

„Diesem Gecken,“ schrie Volker, „muß ich eine Lehre geben!“ dann sprengte er ihn an und durchstach ihn mit dem Speere, daß er tot zu Boden sank.

Ein fürchterliches Geschrei der Hunnen erhob sich. Alle die Freunde und Anverwandten des Erschlagenen zogen die Schwerter.

Doch noch einmal warf sich König Ezel seinen eignen Mannen entgegen und verbot ihnen, den Gästen etwas zu tun.

Nach dem Festsaal lud König Ezel die Gäste. Doch so eilig drängten die Hunnen nach, daß es fast noch vor dem Eingange des Saales zum Kampfe gekommen wäre. Bewaffnet setzten sich die Burgunden zu Tisch und trotz der Aufforderung König Ezels legten sie ihre Waffen nicht ab.

„Bis sich die Herren setzten, das währte lange Zeit,
Kriemhilden drückte nieder der Sorge schweres Leid;
Sie sprach: ‚An Euch, Herr Dietrich, nun meine Bitt' ergeht,
Um Hilfe, Rat und Gnade, weil es um mich so ängstlich steht!'
Da sprach für seinen Herren der Recke Hildebrand:
‚Der Tat laßt fern mich bleiben! Wer mag mit seiner Hand
Um Goldes willen schlagen der Nibelungen Bann?
Es sind so starke Degen, daß niemand sie bezwingen kann!'
Sie sprach: ‚Es hat mir Hagen so schweres Leid getan:
Er schlug durch Mord mir Siegfried, der war mein lieber Mann!
Wer den von hinnen schiede, dem wär' mein Gold bereit!
Entgält' es anders jemand, es wäre mir selbst innig leid!'
Da sprach der alte Meister: ‚Wie könnte das gescheh'n,
Bei jenen den zu schlagen? Ich ließe Euch das seh'n!
Bestünde man den Helden, dann gäb' es eine Not,
Daß Arme sowie Reiche darüber träfe bittrer Tod!'
Da sprach in seinen Züchten dazu Herr Dieterich:
‚Mit solcher Bitte wendet Euch, Fürstin, nicht an mich!
Mir ist von deiner Sippe solch Leides nicht gescheh'n,
Daß ich die edlen Degen darob im Streite wollt' besteh'n!
Die Bitte ehrt dich wenig, du edles Fürstenweib,
Daß du den eignen Freunden so trachtest nach dem Leib:
In Hoffnung deiner Gnade betraten sie dies Land,
Drum bleibet ungerochen Siegfried von meiner Dietrichshand!'
Als sie bei dem von Berne nicht guten Willen fand,
Versprach mit einem Handschlag sie es in Blödels Hand,
Zu geben ihm die Marke*), die Nuodung eh' besaß:
Bald schlug ihn Dankwart nieder, daß er der Gabe ganz vergaß.
Sie sprach: ‚Du sollst mir helfen, mein hehrer Blödelein,
Es sind in diesem Hause die grimmen Feinde mein,

*) Die Markgrafschaft, die Nuodung Rüdegers Sohn hatte, als er noch lebte.

Die Siegfrieden erschlugen, der war mein lieber Mann!
Hilft mir das jemand rächen, — dem bin ich immer untertan!'
Zur Antwort gab ihr Blödel, als neben ihr er saß:
‚Nicht darf ich deiner Sippe erregen irgend Haß;
Ihr wißt, es sieht mein Bruder sie gern und ehret sie:
Wollt' ich den Angriff wagen, — der König mir wohl nie verzieh'!'
‚O, nicht doch, hehrer Blödel, ich bin dir immer hold;
Ich gebe dir zum Lohne mein Silber und mein Gold
Und eine schöne Jungfrau, einst Nuodungs holde Braut:
Dann magst du gerne herzen die Wonnesame, süß und traut!
Das Land mitsamt den Burgen gehört zu eigen dir!
Mein teuerwerter Recke, das sollst du glauben mir;
Daß ich ohn' alle Falschheit dir alles das gewähre,
Was ich dir jetzt benannte, wenn du mir tust, was ich begehre!'
Als nun der hehre Blödel den reichen Sold vernahm,
Zu dem noch, ihn zu ehren, die schöne Jungfrau kam,
Da wähnt' er zu gewinnen im Streit das holde Weib:
Darüber mußten Recken mit ihm verlieren ihren Leib."

In der Herberge, in welcher die neuntausend Knechte und Knappen untergebracht waren, saß Dankwart, der Marschall der Knappen, mit vierzig Recken und den neuntausend Mann beim Mahle, als plötzlich die Tür aufging und Blödel, begleitet von tausend Hunnen, vor dieser erschien.

Eilfertig erhob sich Dankwart, ging Blödel entgegen und begrüßte ihn. Er bat Blödel, näher zu kommen und sich mit zu Tisch zu setzen.

„Wir sind nicht gekommen, um zu speisen und zu trinken," sagte Blödel, „sondern um euch daran zu erinnern, daß dein Bruder Hagen einst den Recken Siegfried erschlug. Das sollt ihr bei den Hunnen jetzt büßen."

„Nicht doch, Freund Blödel," antwortete Dankwart, „wir sind die Gäste des Hunnenkönigs. Wir tragen keine Schuld an Siegfrieds Tod, ich war noch ein Knabe, als er starb."

„Und hast du es nicht getan, so taten's deine Angehörigen, König Gunther und Herr Hagen. Drum wahrt euch, denn euer Tod soll Sühne sein für Frau Kriemhild!"

„Wie!“ rief Dankwart, „so ist es auf unsren Tod abgesehen?“

Dann zog er sein Schwert und mit einem einzigen Streiche schlug er Blödel das Haupt ab.

Laut auf schrieen die Hunnen und stürmten in den Saal. Nur wenige der Knappen Dankwarts waren bewaffnet; doch ergriffen sie die Schemel und Bänke und schlugen in blinder Wut auf die Hunnen los. So mancher Helm ward zerschlagen und Blut floß bald in Strömen. Ein fürchterlicher Kampf wogte in dem Saal hin und her. Nicht konnte Hunnenfalschheit vor Burgundenmut bestehn. Es gelang Dankwart und seinen Helden sowie den Knappen, die Hunnen aus dem Saale hinauszuschlagen. Doch schon eilten dreitausend andre Hunnen herbei und warfen sich auf die erschöpften und ermüdeten Troßknechte der Burgunden.

Im Festsaale bei König Ezel hatte unterdes dumpfes Schweigen geherrscht. Nicht berührten die Hunnen Speise und Trank und vergebens suchte König Ezel seine Gäste zu erheitern. Da befahl er, daß man seinen und Kriemhildens Sohn Ortlieb hereinbrächte und den Gästen zeige. Es war ein schwächliches, kränklich aussehendes Kind.

„Diesen Knaben,“ sprach König Ezel, „empfehle ich meinen Freunden im Burgundenland. Wenn er älter geworden ist, werde ich ihn zu euch senden, damit er am Hofe zu Worms erzogen wird. Ich bitte euch herzlich, meine Freunde, daß ihr auch dem Kinde Freunde seid, auch wenn ich nicht mehr leben sollte.“

„Wohl würden die Burgunden ihm Freunde sein!“ rief Hagen höhnisch durch den Saal, „wenn dies schwächliche Kind zum Manne heranreifen würde. Doch dies wird niemals geschehen, denn der kränkliche Knabe hat nicht mehr lange zu leben.“

Finster blickte Ezel auf den Sprecher. Ein drohendes Murmeln der Hunnen entstand, denn sie wußten wohl, Hagen hatte diese Worte nur gesagt, um den Hunnenkönig zu beleidigen.

Da plötzlich gab es ein Drängen an der Saaltür; ein Rufen und Schreien hörte man von draußen her.

Mit angehaltenem Atem lauschte alles dorthin. Da hörte man den Klang eines Schwertes auf Schilde und Helme, ein Drängen gab es, und plötzlich stand im Saale Dankwart in der Rüstung, blutbespritzt vom Haupte bis zur Ferse.

„Verrat!" schrie er, „Verrat, ihr Burgunden! Eure neuntausend Knechte und die vierzig Ritter, die bei mir waren, sind erschlagen, meuchlerisch getötet von den Hunnen, die uns in der Herberge überfallen haben! Gerächt ist Kriemhild und nicht einer eurer Diener lebt mehr. Ich bin der einzige, der sich durch die Feinde geschlagen hat und dem es gelang sich zu retten, um euch die Kunde zu bringen! Noch an der Tür zu diesem Saal versuchte man meinen Eintritt zu verhindern, damit ihr nicht gewarnt würdet."

Auf fuhren die Burgunden von ihren Sitzen, die Schwerter flogen aus den Scheiden. Hagen sprang in die Mitte des Saales und schrie:

„Sind unsre Knechte getötet, König Ezel, so soll dein Sohn das erste Opfer sein!" und mit einem Streich seines Schwertes hieb er dem Knaben Ortlieb das Haupt ab, daß es dem König Ezel in den Schoß fiel.

12. Kapitel.

Der Burgunden Tod.

Die rasche Tat Hagens war natürlich das Zeichen zu einem allgemeinen Angriff der Hunnen auf die Burgunden, und fürchterlich begannen die im Saale Versammelten aufeinander loszuschlagen. Wie ein Mäher mit der Sense das Gras, so schlug Hagen mit dem Schwerte die Hunnen nieder. Auf einen Streich fiel das Haupt des Hofmeisters, der bisher den Knaben Ortlieb gehegt und gepflegt hatte. Mit einem zweiten Streiche schlug Hagen dem Spielmann Werbel, der vor König Ezels Tische stand, den rechten Arm mitsamt der Geige vom Leibe. Auch Volker war vom Tische aufgesprungen und hieb wütend um sich und seine Streiche streckten Mann auf Mann zu Boden.

Vergebens suchte König Gunther noch im letzten Augenblick dem schrecklichen Morden Einhalt zu tun. Umsonst war sein Bemühen. Seine Stimme vermochte das Kampfgetöse kaum zu durchdringen, und Hagen sowie Volker waren von solch rasender Wut erfaßt, daß die Stimme ihres Königs ungehört für sie verklang. König Gunther selbst mußte gegen die andringenden Hunnen sein Schwert ziehen und mit Gernot und Giselher sich der Angreifer erwehren.

Die Hunnen, die draußen vor dem Saal standen, wollten hinein, um ihren Genossen Hilfe zu bringen. Die gedrängt in der Nähe der Saaltür stehenden Hunnen wollten hinaus aus dem Innern des Raumes, um sich zu retten. Zwischen beiden Parteien stand Dankwart, der Bruder Hagens, und wehrte sich so gut er konnte, um die Tür für seine Genossen frei zu halten. Seine große Not sah Hagen und rief Volker zu:

„Hilf meinem Bruder, damit die Tür uns nicht verloren geht!"

Mit einigen kühnen Sprüngen, rechts und links niedermähend, was ihm in den Weg treten wollte, schlug sich Volker bis zu Dankwart durch, und nun war die Tür verschlossen, als seien tausend Riegel davor. Volker schlug die Hunnen nieder, die den Saal verlassen wollten, und Dankwart mähte unter den andringenden Feinden, die von außen in den Saal hineinwollten.

Nicht kamen die Hunnen gegen die Tapferkeit und Raserei der um ihr Leben kämpfenden Burgunden auf. Hunderte von ihnen lagen bereits als Leichen auf dem Boden des Saales. Immer geringer wurde die Schar, die sich um König Ezel und Kriemhild schützend gedrängt hatte.

„Wir sind verloren!" rief Kriemhild, „König Dietrich von Berne, helft uns! Bringt uns aus diesem Saal!"

„Wie soll ich euch helfen," sprach Dietrich, „wer kann diese zürnenden Helden aus Gunthers Bann bestehn? Ich selbst kann mich nicht gegen sie auflehnen. Meine Leute und ich sind zu wenig, um den Kampf mit ihnen aufzunehmen."

„Helft, helft uns aus großen Ängsten, mir und dem Könige Ezel, dessen Freund Ihr seid!" bat und flehte Kriemhild.

„Wohlan, ich will versuchen, was ich tun kann!" rief Dietrich von Berne und sprang auf einen Tisch. Mit solch mächtiger Stimme, daß ihm fast die Brust zersprang, schrie er in das Getobe und Gewühl der Kämpfenden, in das Klingen der Schwerter und Schilder hinein. Sie überklang den entsetzlichen Lärm, das Klingen und Klirren, das Stöhnen und Ächzen, das wilde Kampfgeschrei im Saal.

König Gunther vernahm die Stimme und rief laut:

„Unsrem Freunde Dietrich von Berne ist von einem der Unsern Leides getan worden! Haltet ein im Kampf!"

All seine Kräfte nahm Gunther zusammen, Gernot und Giselher unterstützten ihn im Schreien, und plötzlich wurde es still im Saale und alle Schwerter senkten sich.

„Was ist Euch geschehen, Freund Dietrich?" rief Gunther, „wer hat Euch verletzt?"

„Mir ist noch nichts geschehen!" schrie Dietrich, „doch laßt mich mit meinem Gesinde aus diesem Saale heraus. Wir wollen am Kampfe nicht teilnehmen, wir sind Eure Freunde und König Ezels Freunde. Laßt uns hinaus!"

„Machet die Tür frei für Dietrich von Berne und seine Freunde, sowie für sein Ingesinde!"

Da trat rasch Dietrich von Berne zu dem Königspaar und nahm König Ezel an den rechten Arm und Kriemhild an den linken. Seine sechshundert Mann schlossen einen Knäuel um ihn und so schritten sie zur Tür.

Hätten die Burgunden geahnt, wie leid es ihnen werden sollte,

König Ezel und Kriemhild noch jetzt aus ihren Händen zu geben, sie hätten sich wohl gehütet, sie von Dietrich von Berne hinwegführen zu lassen. So aber hatte König Gunther sein Wort gegeben und da er nicht den Tod Ezels und seiner Schwester wollte, ließ man sie hinaus. Die Hunnen, die nachdrängen wollten, schlug Dankwart sofort nieder.

Auch Graf Rüdeger rief laut:

„Wir waren stets Freunde der Burgunden. Nicht will ich das Schwert gegen euch erheben und nicht sollt ihr meine Kämpfer töten. Laßt auch mich aus dem Saale!"

Giselher, der mit Rüdegers Tochter verlobt war, rief:

„Es sei ferne von uns, dir und deinen Mannen etwas zu tun. In fester Treue habt ihr stets zu uns gehalten; so sollt auch ihr unbelästigt diesen Saal verlassen."

So ging auch Rüdeger mit fünfhundert Mann aus der weiten Halle, und nachdem sie die Tür erreicht hatten, begann der Kampf aufs neue. Noch eine Stunde währte er; dann lagen sämtliche Hunnen erschlagen im Saale. Wohl hatten auch viele der Burgunden ihr Leben verloren; doch waren sie Sieger geblieben.

Auf einen Augenblick setzten sich die Burgunden zur Ruhe nieder, doch Giselher rief:

„Noch ist es nicht Zeit zu ruhen; der Kampf ist noch lange nicht zu Ende! Bald wird er wieder aufgenommen werden. Werft die Leichen aus dem Saal, denn sie hindern uns am Kampfe!"

„Wohl gesprochen!" meinte Hagen, „so spricht ein erfahrener Kriegsmann!"

Dann packten sie die Hunnen, sowohl die toten als die verwundeten, und warfen sie von der hohen Stiege hinab in den Hof, so daß mancher der Verwundeten durch den Sturz seinen Tod fand. Wohl jammerten die Hunnen, als sie sahen, wie die Verwundeten herabgestürzt wurden; doch wagten sie sich nicht mehr heran. Zu fürchterlich hatte sich die Tapferkeit der Burgunden gezeigt. Ein einziger hunnischer Edler kam heran, um seinen Bruder, der von der Treppe gestürzt war, in seinen Armen aufzufangen. Ihn warf Volker, der Spielmann, mit einem Wurfspieß, den er vom Boden aufraffte, zu Tode. Da erhob sich ein gewaltiges Jammern bei den Hunnen und Königin Kriemhild schrie:

„Wer mir das Haupt Hagens von Tronje bringt, dem fülle ich Ezels Schild bis zum Rande mit rotem Gold!"

Von der Stiege herab, auf welcher Hagen stand, klang sein höhnisches Gelächter.

„Nun, ihr Hunnen, heran!" rief er, „wenn ihr Mut habt. Hört ihr nicht das verlockende Angebot, das eure Königin für den Mord zahlen will? Heran, wer ein treuer Diener der Königin Kriemhild ist!"

„Feige Hunde sind die Hunnen!" schrie Volker, „dort stehn sie und heulen wie die alten Weiber! Im Weinen sind sie groß, auch im Essen und Trinken, wie ich gesehen habe; doch zum Kampfe sind sie nicht zu gebrauchen!"

König Ezel hörte solche schlimmen Reden und war des Zornes voll über die Beleidigungen, die gegen die Hunnen ausgestoßen wurden. Er ergriff Schild und Schwert und wollte sich auf Volker und Hagen, welche die Treppe schirmten, stürzen. Doch mit Gewalt hielten ihn seine Leute zurück und duldeten nicht, daß der König sein Leben opferte. Aber auch ihn verhöhnten und beschimpften Volker und Hagen, und in diesem Augenblick schwur sich König Ezel, daß keiner der schlimmen Gäste, die zu ihm in das Hunnenland gekommen waren, lebendig dasselbe wieder verlassen solle.

Iring von Dänemark trat gewappnet aus dem Haufen der Hunnen hervor.

„Lange genug," drohte er, „habt ihr jetzt den Hunnen, deren Freunde wir sind, Schaden getan. Über alle Maßen habt ihr eure Gastfreunde beschimpft. Jetzt sollt ihr den Kampf mit mir bestehn!"

„Du Narr!“ antwortete Hagen, „laß deine Großsprecherei! Wenn du es wagst, hierher zu kommen, wirst du dein Leben verlieren.“

Hawart und Irmfried, die Freunde Irings, wollten ihm beistehn; doch bat er sie dringend, zurückzubleiben. Er allein wollte den Kampf bestehn. Seinen Schild hob Iring empor, die Lanze legte er in die Seite und so stürmte er Hagen an.

Furchtbar war der Zusammenstoß beider Helden. Bald warfen sie die Lanzen fort und schlugen mit den Schwertern aufeinander los. Doch beide trugen gar gute Waffen. War auch der Schildrand zerhauen, so wich doch nicht der Panzer, so konnten sie doch die Helme einander nicht zerschlagen. Nachdem sie mit gewaltigem Getöse miteinander gerungen hatten, ließ Iring plötzlich von Hagen ab und warf sich auf Volker. Doch traf diesen nicht unvorbereitet des Dänen Schlag; er wehrte sich gar tapfer, so daß Iring sich rasch hintereinander auf Gunther, Gernot und Giselher warf. Des jüngsten der Burgundenkönige glaubte er leicht Herr zu werden; doch ward er sehr rasch eines Besseren belehrt. So furchtbar schlug Giselher auf den Helm Irings, daß Druck, Schall und Schlag den Dänen betäubten und dieser zu Boden sank. Die Burgunden stimmten ein Siegesgeschrei an, weil sie Iring tot glaubten. Doch plötzlich sprang er auf und eilte die Treppe hinunter. Hagen schlug nach ihm, aber Iring hielt den Schild hoch über sein Haupt, und glücklich kam er zu den Hunnen zurück.

„Gott lohne dir's, du wackerer Held,“ rief Kriemhild, „was du getan hast! Blut sehe ich auf Hagens Streitgewand!“

Bei der Verteidigung hatte Iring im letzten Augenblick den Panzer Hagens durchstoßen, und aus der Wunde floß das rote Blut. Doch Hagen rief der Königin zu:

„Triumphiert nicht zu früh, nicht von Bedeutung ist die Wunde, die Euer Recke mir schlug. Wenn er Manns genug ist und Mut hat, so komme er noch einmal heran!“

Diese Worte reizten Iring und das Lob Kriemhildens nahm

ihm die ruhige Überlegung. Aufs neue ließ er sich rüsten, frische Waffen nahm er zur Hand, und dann stürzte er wieder auf die Treppe los. Doch bevor er dieselbe erreicht hatte, entsendete Hagen mit furchtbarer Kraft einen Wurfspieß, der durch den Helm in das Haupt Irings drang, so daß der Ger weit aus dem Haupte herausragte. Zu Boden stürzte Iring und gab bald darauf seinen Geist auf.

Um ihn zu rächen, sprangen Irmfried und Hawart vor und tausend Dänen folgten ihnen. Es gelang den Angreifenden, die Treppe bis zum Saale hinaufzukommen; aber hier fiel Irmfried von der Hand Volkers und Hawart wurde von Hagen getötet. Doch so gewaltig war das Nachdrängen der Thüringer und Dänen jetzt, die in hellem Zorn den Tod ihrer Führer zu rächen gedachten, daß nur eine List die Burgunden aus ihrer Bedrängnis retten konnte. Hagen und Volker verstanden sich gar gut, auch wenn sie sich nur mit den Augen zuwinkten, und so gaben sie plötzlich die Türe frei. Herein stürzten Hunderte von Dänen und Thüringern. Dann, als der Andrang und Ansturm auf der Treppe zu Ende war, schlossen Hagen und Volker die Tür, und die Burgunden im Saale machten die Eingedrungenen, trotzdem sich diese verzweifelt wehrten, nieder.

Draußen hörten die Hunnen und der Überrest der Dänen und Thüringer das Jammergeschrei der Sterbenden. Aus der Tür und über die Treppe hinab sahen sie das Blut der Erschlagenen rieseln. Jammern und Wehklagen bei den Frauen, aber auch bei den Hunnen erhob sich.

Ruhe wurde jetzt im Saal und draußen; niemand wagte sich mehr an die Burgunden heran. Aus den Fenstern warfen sie die erschlagenen Dänen und Thüringer, und als König Gunther selbst, um Luft zu schöpfen, an eins der Fenster trat, sah er gegenüber auf einem Söller König Ezel und seine Schwester Kriemhild stehn.

„Das also ist die Gastfreundschaft,“ rief Gunther voll Groll zu König Ezel hinüber, „das also ist die Gastfreundschaft, die du

uns beweisest! Darum hast du uns aus Burgundenland hierherkommen lassen, um uns, die Heimatfernen, hier sämtlich zu töten! Was habe ich dir getan, daß du die Gastfreundschaft so aufs schwerste verletzest?"

„Du fragst noch?" rief König Ezel; „welches Leid habt ihr über mich gebracht! Mein Kind habt ihr getötet und tausende meiner besten Männer liegen erschlagen!"

„Nicht tötete ich dein Kind und was geschehen ist, mußte geschehen aus Notwehr. Das erste Blut ist von den Hunnen vergossen worden. Meine neuntausend Knechte habt ihr in der Herberge überfallen und erschlagen. Wenn wir uns wehrten und deine Leute töteten, war es nicht unser gutes Recht?"

Giselher, der jüngste der Burgundenkönige, rief seiner Schwester zu:

„Deiner Güte verdanken wir also dieses Leid, um deiner Güte willen müssen wir sterben! Im Vertrauen auf dein Wort, auf die Freundschaft, die du uns versprachst, sind wir hierhergekommen, und nun müssen wir weitab von der Heimat schmählichen Tod finden durch dich, die du gleicher Mutter Kind bist, wie wir!"

„Nicht eueren Tod wollte ich," rief Kriemhild zurück, „und auch jetzt noch gedenke ich euch nicht das Leben zu nehmen. Gebet Hagen heraus, und ich will König Ezel bitten, daß er euch freien Abzug gewährt, trotzdem ihr unser Kind getötet und so vielen Hunnen Leides getan habt."

„So soll es sein!" rief König Ezel, „freien Abzug will ich euch gewähren, wenn ihr Hagen herausgebt. Hagen hat mein Kind getötet. Hagen führte den ersten feindlichen Streich. Gebt ihn heraus und ziehet unbehindert von dannen!"

Schon bildeten die Hunnen, Dänen und Thüringer eine breite Gasse im Burghofe, um die Burgunden unbehindert abziehen zu lassen, wenn sie Hagen herausgegeben hätten. Doch König Gunther rief:

„Das Leben können wir verlieren, die Ehre nicht!" Nie

verläßt ein burgundischer Recke den andren! Mit uns hat Hagen gekämpft und gestritten; mit ihm werden wir weiter kämpfen und streiten und müßten wir mit ihm sterben und verderben. Ein Burgundenkönig verläßt nicht seinen Verwandten und seinen getreuen Diener!"

So riefen auch Gernot und Giselher, und mit lautem Geschrei bestätigten die Burgunden diese Meinung ihrer Könige, indem sie riefen:

„Man kann uns das Leben nehmen, doch die Treue nicht!"

Kriemhild und Ezel verließen darauf den Söller und Ruhe trat für einige Zeit ein.

Doch Kriemhild rastete nicht, sondern zum letzten, schrecklichen Kampf rief sie die Hunnen auf. Plötzlich warfen sich diese, die Dänen und Thüringer auf die Stiege, die zum Saal emporführte. So dicht kamen die Wurfspieße geflogen, daß die Burgunden die Treppe räumen und in das Innere des Saales zurückgehn mußten. Selbst an die Fenster konnte keiner mehr treten, weil er sonst von den Wurfspeeren, die hereinflogen, getötet wurde.

Plötzlich kräuselte sich Rauch vor den Fenstern, Brandgeruch erfüllte den Saal und dann schlugen die Flammen an allen Seiten des Hauses, in dem sich die Burgunden befanden, empor — Kriemhild hatte den Befehl gegeben, das Haus an allen Ecken in Brand zu stecken!

Bald leckte die rote Glut höher und höher hinauf in den Saal, der Wind fachte die Flammen an und wie in einem Feuermeere standen jetzt die Burgunden.

„Da riefen viele drinnen: ‚O weh uns dieser Not!
Wir möchten alle lieber im Sturme liegen tot!
Das müsse Gott erbarmen, wie lassen wir den Leib,
Nun rächet ungefüge an uns den Zorn des Königs Weib!‘
Da sprach darinnen einer: ‚Wir müssen liegen tot
Vor Rauch hier und vor Feuer! Wie ist so grimm die Not!
Mir tut vor starker Hitze der Durst so furchtbar wehe!

Ich wähne, daß mein Leben in diesen Sorgen bald vergehe!'
Drauf sprach von Tronje Hagen: ,Ihr edeln Ritter gut,
Wen nun der Durst bezwinget, der trinke hier das Blut;
Das ist in solchen Nöten erquickender als Wein!
Zum Trinken und zum Essen kann nun nichts andres hier mehr sein!'
Da ging der Recken einer, wo tot er einen fand,
Und kniete hin zur Wunde, — den Helm er ab sich band, —
Drauf fing er an zu trinken das fließende rote Blut:
Wie ungewohnt solch Trank ihm — er deuchte herrlich ihn und gut!
,Nun lohn' Euch Gott im Himmel,' so sprach der müde Mann,
,Daß ich von Euerm Rate so guten Trank gewann!
Mir wurde noch gar selten geschenkt ein bess'rer Wein!
Leb' ich noch eine Weile, will ich zu Dienst Euch immer sein!'
Als nun die andern hörten, daß es ihn deuchte gut,
Da fanden ihrer mehr sich, die tranken auch das Blut.
Davon ward stark an Kräften der guten Recken Leib,
Das büßt' an ihren Freunden seitdem gar manches schöne Weib.
Das Feuer fiel in Massen zu ihnen in den Saal,
Da wandten mit den Schilden sie's von sich ab zu Tal.
Es schmerzte Rauch und Hitze die Recken allzusehr:
Ich wähne, solchen Jammer erlitten Helden nimmermehr."

Es war ein Glück, daß der Saal eine starke Wölbung hatte, so daß brennende Balken auf die Burgunden von oben nicht herabfallen konnten. Nur in der Nähe der Fenster litten die Burgunden schwer, weil von außen die Flammen hereinschlugen und die Hitze hier unerträglich wurde.

Der Morgen kam herauf und beleuchtete die rauchenden Trümmer des Hauses, in dem sich die Burgunden befanden. Jeden Augenblick eines neuen Überfalls gewärtig, hatten die Helden gewacht. Nun saßen sie auf den Leichen und nur einzelne Posten an den Fenstern und an der Tür spähten aus.

Kriemhild hoffte, die Burgunden wären sämtlich tot; doch es wurde ihr schon am frühen Morgen gemeldet, daß man in dem großen Saale noch immer Lebendige sich bewegen sehe.

„Ich hatte gehofft, daß sie tot sind!" rief Kriemhild; „dann wäre alles vorbei gewesen!"

Noch einmal bot Kriemhild ihrem Ingesinde reiche Schätze, wenn sie Hagen und seine Begleiter tot oder lebendig in ihre Gewalt brächten. Doch als der erste Versuch zum Sturme auf die Treppe gemacht wurde, kamen Volker und Hagen wieder hervor und schlugen alle Andringenden zu Tode. Diese Treppe, die vom Burghofe bis zur Höhe des ersten Stockwerks emporführte, war so bedeckt mit Hunnenleichen, daß diese selbst ein Bollwerk für die im Hause Eingeschlossenen wurden.

Die Sonne ging auf, — zum letzten Male für die Helden von Burgund, die, Kriemhildens Einladung vertrauend, an König Ezels Hof gekommen waren.

Rüdeger, der Freund der Burgunden, kam in früher Morgenstunde in den Burghof, und als er die rauchenden Trümmer sah, die Haufen von Toten, die rings um das Haus lagen, die dicht übereinander liegenden Leichen auf und neben der Treppe, das Blut, das an den Wänden herabgeflossen war, die geschwärzten Fensterhöhlen, ergriff ihn solches Weh, daß er laut zu weinen anfing. Eilig sendete Rüdeger Boten zu König Dietrich, um ihn zu fragen, ob nicht die Burgunden noch gerettet werden könnten. Doch Dietrich ließ sagen, er könne nichts tun, König Ezel habe beschlossen, daß der letzte der Burgunden fallen müsse.

Die Hunnen aber begannen den Markgrafen Rüdeger zu verhöhnen.

„Das ist der treue Lehnsmann," sagten sie, „der von König Ezel so viel Gutes genossen hat und der jetzt um die Feinde König Ezels weint!"

Der frechste der Hunnen trat vor und schrie es Rüdeger ins Gesicht:

„Ihr seid ein Feigling! An keinem der Stürme, die wir auf jene Ehrlosen im Hasse unternommen, habt Ihr Euch beteiligt! Abseits habt Ihr gestanden, da, wo es ungefährlich war!"

Voll Wut und Trauer hob Rüdeger seine Faust und schlug den Hunnen mit solcher Kraft zwischen die Augen, daß er zu Boden stürzte.

Doch nun mischte sich König Ezel in den Streit und rief vom Fenster aus:

„Nennt Ihr das helfen, edler Rüdeger? Haben wir nicht genug der Toten im Hause, daß Ihr noch meine Leute erschlagen müßt?"

„Wohl ist es mir zu verzeihen," versetzte Rüdeger, „wenn ich diesen Elenden durch einen Faustschlag betäubte. Er beschuldigt mich der Feigheit und der Untreue. Ich bin Euer treuer Lehnsmann, aber ich habe auch den Unglücklichen dort im Saale Treue geschworen. Wie kann ich das Schwert gegen sie erheben, die in meinem Geleit an diesen Hof gekommen sind?"

Kriemhild mischte sich jetzt in das Gespräch.

„Als Ihr nach Worms kamt, um in König Ezels Namen um mich zu freien, habt Ihr mir den Schwur geleistet, daß Ihr mir helfen würdet in jeder Stunde der Not und der Gefahr.. Wohl, diese Stunde ist gekommen! Tausende unsrer Recken liegen erschlagen, niemand von uns kann es wagen, die Burg zu verlassen. Haltet Ihr so Euren Schwur, Markgraf Rüdeger?"

„Wohl habe ich Euch geschworen, Ehre und Leib an Euch zu wagen; doch die Seele kann ich nicht verlieren. Eure Brüder habe ich selbst an diesen Hof geleitet, unter meinem Schutze stehn sie."

„So gehet doch hin!" rief Kriemhild höhnisch, „gehet doch hin mit Euren Mannen und unterstützt die Meuchelmörder, die unsren Sohn erschlagen, die unsre besten Männer getötet haben!"

„Gedenkt Eures Eides, Eures Lehnseides, Markgraf Rüdeger!" setzte König Ezel hinzu.

„Herr König, nehmt alles wieder, was Ihr mir einst gabt. Nehmt das Land und die Burgen! Als Bettler will ich mit Weib und Tochter in die Fremde gehn, doch laßt mich einen ehrlichen Mann bleiben!"

„Der ehrliche Mann," versetzte König Ezel, „hält seinen Eid!"

„Nur der Feigling bricht den Eid!“ rief Kriemhild, und die Hunnen höhnten mit schmählichen Zurufen den Markgrafen Rüdeger, als sei es nur Furcht, die ihn verhindere, seine Pflicht als Lehnsmann zu tun.

„Gott sei es geklagt!“ sagte wehmutsvoll Rüdeger, „daß ich in solch schlimme Lage komme! Was ich auch tue, die Ehre ist verloren. Gehe ich meinen Freunden dort im Saale zu Leibe, so bin ich ehrlos, denn ich breche die Freundschaft. Tue ich es aber nicht, so schilt man mich ehrlos, weil ich feig bin und meinen Lehnseid breche. O Gott im Himmel, was soll ich tun?“

„Tut Eure Pflicht!“ schrie Kriemhild.

„Ja, Eure Pflicht!“ fügte König Ezel hinzu und mit lautem höhnischen Zuruf forderten die Hunnen Rüdeger auf, er solle auch einmal etwas für seinen König tun.

Mit schwerem Herzen befahl Rüdeger seinen fünfhundert Mann sich zu wappnen und zum Kampfe fertig zu machen. Dann trat er zu Ezel und Kriemhild und sagte ihnen:

„Ich gehe in den Tod. Auf Erden ist für mich kein Platz mehr, denn was ich auch tue, die Ehre ist verloren und ehrlos leben kann ich nicht. Nehmt euch meines Weibes und meiner Tochter an. Ich sterbe einen schmählichen Tod. Ich werde sterben durch das Schwert der Männer, deren Freundschaft ich verraten habe.“

Mit seinen fünfhundert Mann nahte sich Rüdeger der Treppe, die zum Saale emporführte. Giselher trat ihm oben entgegen und rief:

„Wie, du, der Vater meiner Verlobten, willst gegen uns kämpfen? Du, der du uns Treue geschworen hast? O wehe, ist denn alles in der Welt verkehrt worden, daß Freundschaft zu Feindschaft, daß Treue zu Verrat wird?“

„Mein Sohn Giselher, du weißt nicht, wie sehr du mir das Herz zerreißest!“ entgegnete Rüdeger. „Gegen meinen Willen komme ich hierher. Auf König Ezels Befehl, der mein Lehnsherr ist, komme ich zu euch, um den Tod zu finden.“

Da traten Gunther und Hagen aus dem Saal in die Vorhalle vor der Treppe und Gunther rief herab:

„Wie, Markgraf Rüdeger, ist das wirklich jetzt die Zeit, uns Eure Freundschaft zu kündigen? Viel Liebe und Treue habt Ihr uns bewiesen, aber alles das habt Ihr wett gemacht dadurch, daß Ihr uns in diesem Augenblick nicht nur verlasset, sondern Euch zu unsren Feinden gesellt!"

„‚Laßt ab, mein edler Rüdeger,' sprach drauf Herr Gernot,
‚Es lebt kein Wirt auf Erden, der Gästen jemals bot
So große Lieb' und Treue, als uns bei Euch gescheh'n:
Ihr sollt es wohl genießen, wenn wir das Leben länger seh'n!'
‚O wollte Gott,' sprach Rüdeger, ‚vieledler Gernot,
Daß Ihr am Rheine wäret, und ich — ich wäre tot,
Und meine Ehr' gewahret, da ich Euch soll bestehn:
Es ist noch nie an Degen von Freunden also schlimm gescheh'n!'
‚Nun lohn' Euch Gott, Herr Rüdeger,' sprach drauf Herr Gernot,
‚Die reichen Gaben alle! Mich schmerzet Euer Tod,
Daß an Euch soll verderben so wackrer Sinn und Mut!
Hier trag' ich Euer Waffen, das Ihr mir gabet, Degen gut!
Das hat mir nie versaget in aller dieser Not,
Und unter seinen Schlägen liegt mancher Ritter tot!
Es ist gar fest und lauter, so herrlich und so gut, —
Ich wähn', so reiche Gabe gab sonst kein Ritter hochgemut!
Doch wollt Ihr es nicht lassen und wollt Ihr uns bestehn —
Erschlagt Ihr einen Freund mir von denen, die hier stehn,
Mit Eurem eignen Schwerte nehm' ich Euch dann den Leib:
Wie sehr Ihr mich auch dauert und Euer tugendhaftes Weib!'
‚O wollte Gott, Herr Gernot, und möchte es ergehn,
Daß Euer ganzer Wille schon wäre hier gescheh'n,
Und daß genesen wäre all Eurer Freunde Leib.'"

„Hier ist der Schild," rief Hagen, „den mir, als wir in Pöchlarn auf der Fahrt hierher waren, Eure Gattin schenkte, Markgraf Rüdeger. Seht, wie er zerhauen ist! Kaum kann ich mich damit noch gegen Feinde decken. Doch hätt' ich einen neuen Schild, weiß Gott, ich fürchtete auch Euren Angriff nicht!"

Da steckte Rüdeger das Schwert in die Scheide, eilte die Treppe hinauf und gab Hagen seinen Schild mit den Worten:

„Hier nimm, edler Hagen! Mag Kriemhild, die Schreckliche, auch sehen, was ich tue. Lebendig trete ich nicht wieder vor sie. Nimm den Schild und decke dich mit ihm. Gebe es Gott, du brächtest ihn glücklich in deine burgundische Heimat!"

Dann eilte Rüdeger die Treppe hinunter und ließ sich von einem seiner Mannen einen andren Schild geben.

„Habet Dank!" rief Volker dem Markgrafen Rüdeger zu, „solange man von Euch sprechen wird, soll unvergessen sein, was Ihr in dieser Stunde getan. Seht, meine Tränen fließen, die Tränen der Rührung, daß solche Freundschaft, wie Ihr sie uns bewiesen, in Stücke gehn muß. Doch nun mag der Kampf beginnen. Aber mein Schwert soll Euch nicht berühren, edler Rüdeger."

„Auch mein Schwert soll nicht gegen Euch erhoben werden!" rief Hagen.

Wiederum höhnten aus weiter Entfernung die Hunnen, weil Rüdeger mit dem Angriff zögerte. Da warf er den Schild vor sich und stürmte die Treppe hinauf, gefolgt von seinen Mannen. Volker und Hagen traten zurück, um Rüdeger Platz zu machen. Hinter ihm aber stürmten die Recken in den Saal und erst auf diese schlugen die beiden Burgundenhelden los. Auch Giselher und Gunther wichen Rüdeger aus, um nicht mit ihm fechten zu müssen.

Tief drang Rüdeger in den Saal und streckte mit seinen Hieben tapfere Burgunden nieder. Nicht länger konnte Gernot sehen, wie seine Leute getötet wurden. Er warf sich dem Markgrafen Rüdeger entgegen und kreuzte mit ihm das Schwert. Mit furchtbarem Hiebe zerschlug Markgraf Rüdeger Gernots Helm, daß der Kopf verletzt wurde und das Blut über Gernots Gesicht floß. Wund zu Tode war Gernot, doch mit letzter Kraft hob er das herrliche Schwert, das Frau Gotelinde, Rüdegers Weib, ihm geschenkt hatte, und traf den Markgrafen mit solcher Gewalt, daß er tot zu Boden fiel. Bald nach ihm stürzte Gernot und ihr Blut mischte sich auf dem Boden des Saales.

Nachdem Markgraf Rüdeger getötet war und die burgundischen

Helden keine Rücksicht mehr darauf zu nehmen hatten, wohin ihre Streiche fielen, ward auf Tod und Leben im Saale weiter gekämpft. Wohl drangen die Mannen Rüdegers in den Saal ein, um den Tod ihres Führers zu rächen, aber sie fielen alle von der Burgunden Hand, doch mit ihnen auch der Burgunden so viele, daß am Ende des Kampfes nur noch sechzig von ihnen übrig waren.

Voll Hohn trat nun Volker an das Fenster des Saals und schrie König Ezel zu:

„Hier liegen Rüdegers Mannen erschlagen und er selbst. Schicke noch mehr von deinen Leuten hierher, damit wir sie dir alle töten! Das ist die Sühne, die Kriemhild, die Wölfin, haben wollte!"

„Da ward der Jammer Ezels so stark und also voll —
Wie eines Löwen Stimme des Königs Klage scholl,
Mit herzeleidem Rufe, es tat auch so sein Weib:
Sie klagten ohne Maßen um des guten Rüdegers Leib."

Dietrich von Berne war in derselben schlimmen Lage wie Markgraf Rüdeger. Auch er war Freund Hagens und dessen Genosse, und doch war er König Ezel, an dessen Hofe er eine Freistatt und Zuflucht seit Jahren gefunden hatte, ebenso zu Danke verpflichtet. Bis zu ihm drang das furchtbare Jammern König Ezels und er sprach zu seinem Freund und Lehrmeister Hildebrand:

„Was ist geschehen, daß König Ezel so fürchterlich klagt? Sind die Helden von Burgund aus dem Saale herausgedrungen und haben sie König Ezel selbst angegriffen? Gehet und sehet, ob wir ihm Hilfe bringen können!"

Nach kurzer Zeit kam Hildebrand zurück und meldete:

„O König Dietrich, Rüdeger ist erschlagen!"

Tränen drangen aus Hildebrands Augen und das Schluchzen ließ ihn nicht weiter sprechen.

„Rüdeger, mein bester Freund?" rief König Dietrich; „wer hat ihn erschlagen? Wolle Gott nicht, daß es die Burgunden getan haben. Er war ihr Freund, er hatte tausendfältig Gutes an ihnen getan. Ihre Hand kann sich nicht gegen Rüdeger erhoben haben."

„Wenn die Burgunden ihren Freund, den Markgrafen Rüdeger, erschlagen haben, so verdienen sie kein besseres Los, als er. Niemand braucht ihnen mehr die Treue zu halten!" so riefen die Mannen Dietrichs von Berne.

„Gehet zu den Burgunden und fraget, ob sie wirklich Rüdeger erschlagen haben. Ich kann es nicht glauben," befahl König Dietrich seinem Meister Hildebrand.

„Ihr dürft nicht allein gehn!" riefen die Recken Dietrichs, als Hildebrand sich anschickte, fortzugehn, „wir müssen Euch begleiten, denn sonst werdet Ihr von den Burgunden verhöhnt."

Vergeblich versuchte König Dietrich seine Mannen zurückzuhalten. Er fürchtete, es könne zum Streit zwischen seinen Leuten und den Burgunden kommen, wenn so viele Bewaffnete sich der letzten Zuflucht der Heimatfernen nahten.

Als Hildebrand mit den Goten zur Treppe kam, rief ihm Volker entgegen:

„Kommst du als Freund oder als Feind? Was nahest du dich mit bewaffneten Männern? Was willst du von uns? Wir haben dir nichts getan!"

„Mich schickt mein König Dietrich, um euch zu fragen, ob wirklich einer von euch den edlen Markgrafen Rüdeger erschlagen hat."

„Wohl wünschte ich, daß die Nachricht falsch wäre!" rief Hagen; „doch sie ist leider wahr. Rüdeger liegt tot hier im Saale, gefällt von burgundischem Schwert."

„Wehe uns allen!" rief Meister Hildebrand, „daß es so weit mit der Freundschaft gekommen ist! So gebt uns wenigstens die Leiche heraus, damit wir sie in Ehren bestatten. Unser Freund ist er gewesen, Gutes hat er uns getan im Leben und wenigstens damit wollen wir es ihm vergelten, daß wir ihm ein ehrliches, feierliches Begräbnis veranstalten."

„Holt ihn euch selbst!“ versetzte Volker, „wir geben die Leiche nicht heraus. Wenn ihr Mut habt, so holt ihn euch. Er liegt im Blute hier unter Leichenhaufen.“

„Wehe uns, daß wir euch nicht an den Leib dürfen!“ zürnte Wolfhart, der Neffe Hildebrands; „wir würden uns sonst mit Gewalt die Leiche holen.“

„Wer sich fürchtet,“ schrie von der Treppe herunter Volker, „findet leicht einen Grund, vom Kampfe zu lassen. Wer feige ist, versteckt sich gern hinter dem Befehle seines Herrn.“

Solch schmähliche Rede reizte Wolfhart aufs äußerste. Er warf den Schild vor sich und rannte Volker an. Gleich ihm waren aber auch die andern Mannen Dietrichs empört, und zornentbrannt warfen sie sich dicht hinter Wolfhart auf die Burgunden.

Schartig waren die Schwerter der letzteren, erschöpft ihre Kräfte von der furchtbaren Blutarbeit. Speise und Trank hatten sie seit langer Zeit nicht genossen, mit Ausnahme des Blutes der Erschlagenen. Hitze und Rauch hatten sie ausgestanden, die Nachtwache hatte ihre Kräfte erschüttert.

Frisch, ausgeruht, vortrefflich bewaffnet, wohlgeübt in der Führung des Speeres und des Schwertes, erzürnt über Volkers schmähliche Worte, waren die Helden Dietrichs von Berne.

Dankwart war der erste der Burgunden, die den Streichen der Männer von Berne erlagen. Dann fiel Wolfhart. Volker fiel schwerverwundet zu Boden und ertrank im Blute, das im Saal den Kämpfenden bis an die Knie ging.

Als nach Stunden der Kampf dem Ende nahte, war nur noch Hildebrand auf der einen Seite, Gunther und Hagen auf der andren Seite am Leben; alle andern waren gefallen und tot oder in den letzten Zügen. Mit der letzten Kraft, die sie besaßen, wendeten sich Gunther und Hagen gegen Hildebrand, und schmählich mußte der alte bewährte Held vor ihrem Angriff fliehen. Blutüberströmt trat er vor König Dietrich.

„Wo kommst du her, blutig und mit zerhauener Rüstung?“ rief Dietrich.

„Mit Mühe und Not habe ich mich gerettet aus den Händen der Burgunden," klagte Hildebrand.

„Wo waren meine Leute, daß sie dir nicht geholfen haben?"

„Eure Leute sind tot."

„Meine Leute sind tot? Wie viele von ihnen?"

„Ich bin der Einzige, der am Leben geblieben ist."

Der Schmerz über diese Nachricht beraubte König Dietrich fast seiner Sinne. Doch faßte er sich, rief nach seiner Rüstung und dann eilte er aus dem Hause, das er bewohnte.

„Wohin wollt Ihr?" fragte Hildebrand.

„Zu den Burgunden, um von ihnen Sühne zu heischen für den Tod meiner Leute."

„Ich gehe mit Euch!" rief Hildebrand; „nur noch Hagen und König Gunther leben. Sie sind erschöpft vom Kampfe, kaum noch fähig, das Schwert zu heben. Doch wenn Verzweiflung sie packt, werdet auch Ihr gefährdet sein."

Ungehindert kam Dietrich, gefolgt von Hildebrand, die Stiege zum Saale hinauf, in dem König Gunther und Hagen ermattet an der Wand lehnten.

„Ergebt euch!" rief Dietrich, „legt die Waffen nieder. Ich will versuchen, euch bei König Ezel das Leben zu retten. Schreckliches habt ihr an mir getan, alle meine Leute habt ihr mir getötet. Doch haben sie gegen meinen Willen euch angegriffen, wie Hildebrand mir sagte. Legt die Waffen nieder!"

„Niemals," rief Hagen, „werden sich zwei Helden, wie wir, ergeben. Fallen können wir wohl, doch nicht feige die Waffen strecken."

„Was wollt ihr noch kämpfen mit uns!" mahnte Dietrich; „zu viele sind schon gefallen, rettet euer Leben!"

„Wir wollen nicht leben!" rief Hagen, „nachdem all unsre Freunde und Genossen gefallen sind. Wahre dich, König Dietrich!" und mit dem Schwerte Balmung, das er dem ermordeten Siegfried geraubt hatte, drang Hagen auf Dietrich ein. Doch mit dem Schilde fing Dietrich den Hieb auf und unterlief Hagen. Zu

Boden warf er ihn mit voller Kraft und der Geschwächte vermochte sich nicht mehr zu verteidigen. Es gelang Dietrich, Hagen zu fesseln, und Gunther, der Hagen zu Hilfe eilen wollte, wurde von Hildebrand zurückgehalten. Dann warfen sich Dietrich und Hildebrand vereint auf König Gunther und fesselten auch ihn.

Die beiden Gefangenen brachten Dietrich und Hildebrand vor König Ezel und Kriemhild.

„Hier liegen die letzten deiner Feinde," sprach Dietrich zu Kriemhild; „dein Bruder ist es und Hagen. Gefochten haben sie um ihr Leben heldenhaft und jeder von ihnen verdient Milde und Verzeihung. Vertrauend auf deine Einladung und auf dein Wort, o Königin Kriemhild, sind sie in das Land gekommen. Der erste Angriff ist nicht von ihnen ausgegangen. Du, König Ezel, und du, Kriemhild, lasset nun beide Gnade walten für diese Gefangenen."

„Eure Bitte soll gewährt werden, wenn es geht," sprach Kriemhild listig, damit nur Dietrich von Berne fortging und nicht weiter mit Bitten in sie drang. Dann ließ sie die gefesselten Gefangenen jeden in ein besonderes Gemach bringen und trat zuerst zu König Gunther.

„Sei mir willkommen, lieber Bruder!" sprach höhnisch Kriemhild.

„Nicht ziemt dir Hohn, du Teufelin," sagte Gunther; „nicht wie eine Schwester, sondern wie eine Mörderin hast du an uns gehandelt. Verrat hast du geübt an deinem eignen Blute. Hierher gelockt hast du uns mit gleisnerischen Worten, nur um uns in den Tod zu jagen!"

„Wohl, ihr habt erhalten, was ihr verdientet," entgegnete Kriemhild. „Erinnerst du dich des Tags, an dem du daneben standest, tatenlos, als mein lieber Mann Siegfried von jenem schurkischen Hagen ermordet wurde? Erinnerst du dich des Tags? Wohl, auf diesen Tag ist ein andrer gefolgt, der heutige, und das ist das Ende."

Dann verließ sie ihren Bruder und ging in das Gemach, auf dessen Boden Hagen, aus vielen Wunden blutend, gefesselt lag. Lange betrachtete Kriemhild mit feindlichen Blicken den wehrlosen Mann.

„Wo ist der Nibelungenhort," fragte sie, „den Ihr mir geraubt habt?"

„Niemals wird es mein Mund verraten, solange König Gunther lebt," antwortete Hagen.

Kriemhild ging hinaus und befahl ihren Leuten, König Gunther das Haupt abzuschlagen. Als man es ihr brachte, ergriff sie ihres Bruders Haupt bei den Haaren und trat damit zu Hagen.

„Hier ist Gunthers Haupt!" sagte sie; „er lebt nicht mehr. Nun sage mir, wo der Nibelungenhort verborgen ist."

„Nun sollst du niemals erfahren, wo sich der Schatz befindet," versetzte Hagen. „Jetzt bin ich der einzige, der um seinen Ort weiß, und meine Lippen sollen dir, Teufelsweib, niemals die rechte Kunde geben, auch wenn du mich in Stücke haust!"

„Dein Wille soll geschehen!" zürnte Kriemhild. „Hier ist Balmung, das gute Schwert meines Siegfrieds, das du ihm raubtest, als du ihn meuchlerisch von hinten durchbohrtest. Nun hilf, Balmung, den Tod deines Herrn rächen!"

Mit eigner Hand schlug sie Hagen das Haupt ab. Dann trat sie hinaus zu König Ezel, der mit Hildebrand vor der Tür stand, zeigte ihnen Hagens Haupt und sprach:

„Der letzte der Burgunden ist tot. So räche ich, was an mir getan worden ist!"

„O wehe," rief König Ezel, „daß ein Held wie Hagen von eines Weibes Hand sterben mußte!"

Hildebrand war fast in die Knie gesunken, als er Hagens Haupt sah. Dann aber übermannte ihn der Zorn; er zog sein Schwert und mit ein paar furchtbaren Streichen schlug er Kriemhild nieder.

„All die dem Tod verfallen, die ließen so den Leib,
In Stücke lag zerhauen auch da das edle Weib,
Und Dieterich mit Ezel zu weinen laut begann,
Sie klagten voll von Leide, daß beide tot: so Freund wie Bann.

Ich kann euch nicht bescheiden, was später dort geschah,
Nur daß man mit den Heiden die Christen weinen sah,
Die Frauen und die Knappen und manche schöne Maid, —
Die fühlten nach den Freunden der ungestillten Sehnsucht Leid.
Doch mögen die Erschlagenen dort liegen bleiben tot, —
Ich künde euch nicht weiter, wie groß war jener Not,
Noch was dem Volk der Hunnen der Zukunft Los beschied:
Hier hat die Mär' ein Ende: das ist der Nibelungen Lied!"

Das Nibelungenlied, dem die vorstehende Erzählung in ihrem größeren Teile entnommen ist, hat man vielfach als die „Krone der mittelalterlichen, volksmäßigen Poesie und die einzige epische Dichtung der Welt, welche an Bedeutung den Homerischen Epen einigermaßen vergleichbar ist", bezeichnet.

In der Tat ist dieses „Lied" voll dichterischer Kraft, voll plastischer Darstellung und Schwung, ein Schatz der deutschen National-Literatur. Und doch war dieses herrliche Gedicht im Laufe des 16. und 17. Jahrhunderts vollständig in Vergessenheit geraten, es war verschollen. Erst vor ungefähr 150 Jahren wurde es in einer alten Handschrift des Schlosses Hohenems wieder entdeckt und dem deutschen Volke zurückgegeben.

Es wird unsre jugendlichen Leser interessieren zu erfahren, daß das Nibelungenlied einen historischen Kern hat. Zur Zeit der Völkerwanderung war es, als die Burgunden im Jahre 437 unter ihrem Könige Gundikar (Gunther) eine vernichtende Niederlage durch die Heunen oder Hunnen erlitten. Geschichtlich ist Attila, der Hunnenkönig, der die Burgunden in jenem Kampfe schlug; gelebt haben in Wirklichkeit Ezels (Attilas) Bruder Blödelin und Dietrich von Berne. Umhüllt ist dieser historische Kern von einer Menge verschiedenartiger deutscher Sagen, wie sie wohl in Deutschland bis zum 12. Jahrhundert im Schwang waren.

Entstanden ist das Nibelungenlied wohl zwischen 1120 bis 1140, aber wahrscheinlich ist es in den folgenden Jahrhunderten mehrfach umgearbeitet worden. Wer der Verfasser ist, hat sich nicht mit Sicherheit ermitteln lassen. Die Annahme, daß es ein aus ritterlichem Geschlecht stammender Dichter namens Der von Kürenberg oder Der Kürenberger gewesen sei, hat sich nicht als haltbar erwiesen. Wer aber auch dieses herrliche Lied gedichtet hat, er sang das Hohelied von der Treue. Die Treue wird im Nibelungenliede gepriesen und über alles hochgehalten.

Siegfried hält als Lehnsmann dem König Gunther die Treue, wie sie ihm Kriemhild, als Gattin, weit über das Grab hinaus wahrt. Mag der Schluß des Liedes mit seinem nicht enden wollenden Hinschlachten und Morden das Gefühl des heutigen Lesers unangenehm berühren, ja vielleicht verletzen, so wird doch auch dieser Schluß durch zwei Züge von Treue verschönt: Die Burgunden wahren Hagen die Treue der Kameradschaft, trotzdem sie durch seine Auslieferung sich leicht retten könnten, und Markgraf Rüdeger zeigt seine Treue, indem er freiwillig in den Tod geht, da er keinen Ausweg aus den Verhältnissen sieht, in die er geraten ist. Er hat als Lehnsmann König Ezel die Treue zu wahren und als Freund den Burgunden. Er weiß sich nicht anders zu helfen, als indem er kämpfend stirbt.

Lohengrin.

Im Lande Salvaterre in Biskaya auf dem Berge Montsalvage stand in alten Zeiten der Tempel des Heiligen Gral. Der Gral ist eine Schüssel, gearbeitet aus einem Steine von wunderbarem Glanz. Auf diesem Gefäß reichte der Herr in der Nacht, da er verraten wurde, das Abendmahl seinen Jüngern; in diesem Gefäß fing Joseph von Arimathia, als dem am Kreuz gestorbenen Erlöser durch den Soldaten Longinus die Seite mit dem Speer geöffnet worden war, das Blut auf, das aus dieser Wunde floß. Joseph wurde gefangen gesetzt, aber im Kerker erschien ihm Christus und brachte ihm das köstliche Gefäß, den Heiligen Gral, wieder und teilte ihm mit, daß dieses Gefäß wunderbare Kräfte enthalte. Wer es anblickte, der starb in den nächsten acht Tagen nicht, und wer diesem Gefäß diente, wurde des Paradieses auf Erden teilhaftig.

Nicht würdig aber zeigten sich die Menschen des heiligen Gefäßes. Es wurde deshalb ihrem Besitze entrückt und von Engeln schwebend in der Luft gehalten, bis Titurel, ein Ritter von Artus' Tafelrunde, vom Himmel erwählt wurde, des Heiligen Grals Hüter zu sein. Auf dem Berge Montsalvage, der aus reinem Onyx bestand, bildete sich eine glatte Fläche, die wie geschliffen aussah, und wie der Mond leuchtete. Durch die Kraft des Grals entstand auf dieser leuchtenden Fläche in einer Nacht der Grundriß des Tempels und einer Burg. Der Tempel war rund und hatte hundert Klafter im Durchmesser. An seinem Umring standen zweiundsiebzig Chöre oder Kapellen von achteckiger Form. Auf zwei Kapellen stand ein Turm, so daß sechsunddreißig Türme entstanden, jeder von ihnen mit sechs Stockwerken, jedes Stockwerk mit drei Fenstern, und um jeden Turm führte außen herum bis zur höchsten Spitze eine steinerne Spindeltreppe. Über der Mitte des Tempel-Rundbaues aber erhob sich ein doppelbreiter und zwölf Stockwerke hoher Turm. Auf seiner Spitze trug er einen Karfunkel von riesenhafter Größe, der auch bei Nacht weithin in das Land hinausleuchtete und denjenigen Führer und Leitstern war, die dem Tempel des Heiligen Grals sich näherten. Der Bau der Türme und des Tempels war auf eisernen Säulen gewölbt. Die Gewölbe waren blauer Saphir und die Mitte jedes Gewölbes bildete eine Scheibe von Smaragd. Alle Altarsteine bestanden aus blauem Saphir und waren mit grünen Samtdecken belegt. Über dem Altare und an den Säulen fanden sich alle Edelsteine zu den Bildern der Sonne und des Mondes vereinigt. Das ganze Innere des Tempels funkelte von Diamanten, Topasen und rotem Gold. Die Fenster waren nicht von Glas, sondern von Kristall, Beryll und andern Edelsteinen, und um ihren Glanz zu mildern, waren Gemälde auf diesen Steinen entworfen. Der Fußboden des Tempels bestand aus wasserhellem Kristall und in diesen eingelassen waren die Abbildungen aller Tiere der See, als ob sie lebten. In der Mitte des Tempels stand seine Nachbildung in verkleinertem Maßstab als Schrein, der das Allerheiligste, nämlich den Heiligen Gral selbst enthielt.

Wunderbare Kunde gab der Heilige Gral. In leuchtenden Buchstaben erschienen auf ihm die Nachrichten, die vom Himmel an die Templeisen, an die Ritter kamen, die den Heiligen Gral bewachten und ihm ihr Leben geweiht hatten. An jedem Karfreitag aber kam eine leuchtende weiße Taube vom Himmel und legte eine Hostie auf den Heiligen Gral, um seine Kraft zu erneuern. Um den Gral-Tempel herum lag eine Burg mit weitläufigen Plätzen, mit Mauern und zahllosen Türmen verwahrt, die Gebäulichkeiten enthielt für die Ritter, die unter einem Könige dem Gral dienten. Jenseits der Mauern der Burg aber erstreckte sich nach allen Richtungen hin, in einer Ausdehnung von sechzig Tagereisen, ein dichter Wald von Ebenholzbäumen, Zypressen und Zedern, den niemand durchschreiten konnte, der nicht berufen war, zur Gralsburg zu kommen. Wem es aber erst gelungen war, einzudringen in den Wald, der sah aus weiter Entfernung den großen Karfunkel auf dem Hauptturme leuchten, selbst in der finstersten Nacht.

Zur Zeit, als König Heinrich I., der Städtegründer, in Deutschland regierte (919—936), war der Hüter des Heiligen Grals der König Parzival. Da geschah etwas Seltsames, den König und seine Ritter Erschreckendes. Lauter Glockenton klang um Tempel und Burg des Heiligen Grals. Aus den Lüften kam der dröhnende Schall der Glocken und doch war eine Glocke nicht zu sehen. Von Tag zu Tag, von Stunde zu Stunde wurde das Dröhnen der Glocken mächtiger, bis es unerträglich wurde für die Bewohner der Burg und selbst der kühnen Ritter Herzen mit Schrecken und Furcht erfüllte. Mit zwölf Priestern zog der König Parzival, gefolgt von sämtlichen Rittern, zu dem Schreine des Heiligen Grals und öffnete ihn. Keine Schrift zeigte sich auf der heiligen Schüssel, die Glocken aber klangen fort. Die Königin, Parzivals Gemahlin, mit den edlen Frauen machte sich dann auf, um vor dem Heiligen Gral zu beten und Gott um ein Zeichen anzuflehen, doch der Heilige Gral schwieg. Die Jungfrauen der Gralsburg, an ihrer Spitze des Königs Tochter Elyse, taten einen Bittgang zum Heiligen Gral; doch ohne Erfolg. Da wurden auf des weisen Hofmarschalls Rat die Kinder der Burg zu einem Bittgang veranlaßt, und als sie vor den Heiligen Gral traten,

„Da sieh! des Grales Schrift besagt
Den Kindern, in Brabant sei eine reine Magd,
Die trage Weltenlohn um Gottes Minne;
Ein Edler, ihres Vaters Rat,
Der Sorgenvollen vor Gericht entgegentrat,
Und Artus*) soll ihr einen Schutz gewinnen,

*) Das Lohengrinlied nennt irrtümlich den König Artus, statt des Königs Parzival, den Hüter des Grals.

Daß er und all die Fürsten sein beteuerten mit Eiden,
Sie hätten keinen wertern Degen;
Wenn das geschicht, wird sich die Glocke nicht mehr regen,
Doch soll an diesem Tage er noch scheiden."

Da gab es unter den Rittern, die sich zum Dienst des Heiligen Grals verpflichtet hatten, ein gewaltig Streiten, wer von ihnen würdig sei, hinauszugehn, der reinen Magd in Brabant Hilfe zu leisten. Doch als der Streit am heftigsten war, erschien auf dem Rande des Heiligen Grals von neuem eine Schrift und sie lautete: „Lohengrin". Dieses aber war der Name des ältesten Sohnes des Königs Parzival. Er also war auserwählt vom Heiligen Gral, der bedrängten Unschuld Hilfe zu bringen.

Abschied nahm Lohengrin von seinem Vater, seiner Mutter und seiner weinenden Schwester Elyse. Ein herrliches Streitroß führte man vor, und eben wollte er es besteigen, als auf dem Gewässer, das in der Nähe des Berges vorüberfloß, ein Nachen erschien, der von einem Schwan gezogen wurde. Zum Gestade schwamm der Schwan, den Nachen hier anlegend. Die Templeisen aber sahen dieses Wunder vom Himmel, und Lohengrin trat mit seinen Waffen in den Nachen, um davonzufahren. Nicht nahm er irdische Speise mit sich, denn er wußte, daß der Herr, der diesen Nachen ihm gesendet, ihn speisen würde, wohin auch der Schwan ihn führte.

Bald war den Augen der Templeisen der Nachen mit dem Schwan und dem herrlichen Jüngling Lohengrin entschwunden. Als aber die Ritter und Frauen zum Tempel des Grals zurückschritten, um für die glückliche Fahrt Lohengrins zu beten, bemerkten sie, daß die Glocke nicht mehr klang, die so viele Tage lang die Bewohner der Gralsburg mit ihrem Dröhnen erschreckt hatte.

Zu Antwerpen lebte in jener Zeit eine junge Fürstin, Elsa von Brabant. Nach dem Tode ihres Vaters, der sie als Waise zurückgelassen, hatte sie sich die Krone aufs Haupt gesetzt und die

Getreuen von Brabant und Limburg zur Huldigung berufen. Im großen Saale der Burg von Antwerpen saß auf dem Throne Elsa im Glanze der Königsabzeichen, und alle Mannen beugten vor ihr das Knie. Doch einer zog an ihr vorüber, ohne das Knie zu beugen und ohne ihr zu huldigen, der beste Mann des Landes, Friedrich von Telramund. Kein Mächtigerer wurde gefunden unter all den tausend Getreuen von Ritterschaft und Bürgern, die zur Huldigung gekommen waren. Kein Tadel war an Friedrich von Telramund, kein Flecken auf seinem Ehrenschild. Mann, Frau und Kind wußten es, daß kein besserer und edlerer Mann gefunden werde, als Friedrich von Telramund, der Drachensieger. Bei Stockholm hatte ein Drache gehaust, der das ganze Schwedenland in Furcht und Schrecken hielt. Diesen zu töten, war Friedrich von Telramund von Antwerpen ausgezogen, und als Sieger war er zurückgekehrt. Überwunden war der Drache, befreit das Schwedenland von seinem Schrecken.

Als nun all die getreuen Vasallen Elsa von Brabant gehuldigt hatten, trat noch einmal Friedrich von Telramund vor ihren Thron und sagte:

„Ihr glaubtet, auch ich würde Euch huldigen. Doch nicht ziemt mir Huldigung vor Euch, denn ich bin Euer Herr.“

„Wie?“ entgegnete Elsa von Brabant, „war nicht mein Vater Euer Herzog? Bin ich nicht meines Vaters Tochter und Erbin, hat nicht mein Vater in der Sterbestunde mich und mein Schicksal Euch ans Herz gelegt?“

Doch Telramund schüttelte das Haupt und erwiderte:

„Euer Vater hat mir in der Sterbestunde aufgetragen, Euch zu meinem Weibe zu machen. Nicht habe ich mein Knie vor dem Throne zu beugen. Ihr sollt mein Weib sein und mit mir die Krone teilen. Ich werde zu Eurer Rechten auf dem Throne sitzen und des Landes und Euer Herr sein. Denket daran, daß es Eures toten Vaters Wille ist, den Ihr erfüllen sollt.“

„Des Vaters Wille soll geehrt sein!“ rief Elsa von Brabant, „doch Eure Gattin werde ich nicht. Nicht hat mein Vater mich

Euch verlobt in seiner Sterbestunde. Ihr lügt, Friedrich von Telramund, auf dessen Ehre sonst kein Makel ruht."

„So mag der Kaiser denn unsren Streit schlichten!" rief drohend Friedrich von Telramund und fuhr mit großem Gefolge seiner Verwandten und Freunde nach Mainz, wo König Heinrich sein Hoflager aufgeschlagen hatte.

Von Mainz kam die Nachricht, daß König Heinrich ein Gottesurteil stattfinden lassen wollte über das, was recht und unrecht war. Keinen Zeugen hatte Friedrich von Telramund für die Worte, welche der sterbende Vater Elsas ihm gesagt hatte, und für die Gegenrede Elsas waren weder Zeugen noch Beweis zur Stelle. So sollte Friedrich von Telramund kämpfen um sein Recht, wenn Elsa einen Ritter fand, der für sie in die Schranken treten wollte. Wer besiegt wurde, gab nicht nur alle Rechte auf, sondern war dem Henker verfallen, wenn nicht des Gegners Schwert ihn tötete.

Herolde riefen diesen königlichen Richterspruch aus in den Ländern Brabant und Limburg und forderten die Ritter auf, einzutreten für das Recht der jungen Herrin, die allein das Land beherrschen wollte. Doch niemand meldete sich, der es unternommen hätte, dem Drachentöter Telramund entgegenzutreten. Wer wollte es wagen, ihm im Kampfe zu begegnen, der den entsetzlichen Lindwurm besiegt hatte, dem noch nie ein ebenbürtiger Gegner erstanden war. Wenn aber Friedrich von Telramund um des Gottesurteils willen in den Kampfring trat und keinen Gegner fand, für Elsa von Brabant zu kämpfen, so waren Krone, Ehre und Leben für Elsa dahin; sie galt für besiegt und ihr Haupt verfiel dem Henker.

Aus tiefer Not betete Elsa von Brabant zu Gott dem Herrn, wie es ihr Albian, der fromme Kaplan, geraten hatte. Wenn im Münster von Antwerpen Albian die Messe las, kniete Elsa am Altare und betete zu Gott um Rettung. Eifrig ließ sie die Perlen des Rosenkranzes durch ihre Finger gleiten, dessen goldenes Glöckchen durch den Eifer ihres Gebets zitterte und tönte. Ein verwundeter Falke, dessen Klaue lahm war, hatte sich einst auf Elsas Schultern geflüchtet. Wie alle edlen Falken jener Zeit, trug auch dieses Tier ein Glöcklein am Fuße befestigt, auf daß man es, wenn es sich verflogen hatte, leichter wiederfinden könne. Aus purem Golde war das Glöcklein, das der Falke an einer seidenen Schnur an seiner linken Klaue trug. Als aber die mitleidige Elsa dem Tiere Hilfe gebracht und ihm seinen Fuß geheilt hatte, streifte zum Dank der Falke das Glöcklein mit der Schnur von seiner Klaue und ließ es Elsa zurück. Dieses Glöcklein befestigte Elsa an ihrem Rosenkranz, um durch seinen Klang zu immer neuem Gebete gemahnt zu werden.

Am zweiten Tage, als Albian die Messe las und seine Hände im Gebet zur Wölbung des Münsters emporhob, hörte er, wie der Klang des Glöckleins immer stärker und mächtiger ward, wie er mit dröhnendem Schalle die ganze Wölbung des Münsters erfüllte, und es war ihm, als dringe dieses Läuten und Dröhnen hinaus durch das Dach des Münsters und fliege über die Lande weithin, als müsse es Hilfe herbeirufen. Das war das Dröhnen, das um den Tempel und die Burg des Heiligen Grals getönt hatte, den Templeisen zum Schreck, bis der Heilige Gral Kunde gab, was dieses Dröhnen bedeute.

Noch vier Wochen waren Zeit, daß Elsa von Brabant gen Mainz ziehen sollte, weil in der Nähe der Stadt König Heinrich auf freiem Felde die Kampfschranken errichten ließ, innerhalb deren das Gottesurteil sich vollziehen sollte. Schon rüsteten sich Ritterschaft und Bürger von Brabant und Limburg mit Roß und Wagen, mit Wehr und Waffen, mit Speise und Trank zur Fahrt nach dem kaiserlichen Hoflager. Von Lothringen kam der Onkel Elsas, von England kam Gundemar, der fromme Abt. Bei Saarbrücken sammelte sich eine Schar von Edlen und Getreuen, die für Elsa eintreten wollten und die auf ihren Wink zum königlichen Hoflager zu eilen gedachten. Aber noch hatte sich kein Ritter gefunden, der es wagen konnte, für Elsa von Brabant zu fechten.

Am Gestade wandelte der fromme Albian, als er einen Nachen ankommen sah, von einem Schwan gezogen. Im Nachen aber schlief in strahlender Rüstung ein junger Ritter, auf seinen Schild hingestreckt.

Voll Freude eilte der fromme Kaplan zu Elsa von Brabant und rief ihr zu:

„Kommet heraus und sehet das Wunder, das sich begibt! Euer Retter kommt, der Retter, den der Himmel Euch gesendet!"

Da eilten die Ritter wie die Frauen hinaus an das Gestade, und als sie den Nachen mit dem schlafenden Ritter erblickten, riefen sie laut, daß das ein großes Wunder wäre. Von diesem Rufe aber erwachte Lohengrin aus seinem Schlafe. Hoch richtete er sich im Nachen auf und blickte hinüber nach dem Gestade, an dem auf den Knien die Männer und Frauen lagen. Gundemar nur sah das Wunder deutlicher. Er entdeckte in dem Schwan einen Engel des Himmels. Abt Gundemar begann laut zu beten und den Engel anzuflehen, daß er zum Ufer das Schifflein lenke. Und siehe, der Schwan zog den Nachen zum Lande!

Frischen Muts entstieg ihm Lohengrin, und als die Kämmerer herbeieilten, um Schwert und Schild, Helm und Panzer aus dem Nachen ans Land zu heben, konnten sie vor der Schwere der herrlichen Rüstung und der Waffen kaum das Werk verrichten. Als aber die Waffen gelandet waren, wendete der Schwan mit dem Nachen sich vom Ufer ab, und entschwand den Augen der Anwesenden.

Der Herzog von Lothringen und der Abt Gundemar nahten Lohengrin und boten ihm ihre Hände. Er aber schüttelte den Kopf und wendete sich zu Elsa, und erst als diese ihm die Hände reichte, da leuchtete sein Angesicht, da strahlten seine Augen Blitze und errötend senkte Elsa vor ihm den Blick.

Hand in Hand folgten sie dem Geistlichen zum Münster, um vor dem Altare ein Dankgebet für die glückliche Ankunft Lohengrins zu verrichten. Dann aber lud der Lothringer Lohengrin zum Feste in die Burg von Antwerpen. Als zu dieser Feier am Abend Lohengrin im Prachtgewande erschien, leuchtete sein Gesicht von überirdischer Schönheit, zeigte sich sein Leib in herrlichster Kraft und Gewandtheit. An einem Tische saß er mit Elsa, doch nicht wurden die beiden des Essens froh, so viel hatten sie sich zu er=

zählen, so voll waren die Herzen von den Gefühlen, die sie in dieser Stunde bewegten.

Genau ließ Lohengrin sich den Rechtsstreit schildern, den Elsa mit Friedrich von Telramund hatte. Sorgfältig erwog er, auf wessen Seite das Recht sein könne, und dann sagte er:

„Fürwahr, jetzt weiß ich, daß Ihr im Rechte seid. Und nun vernehmt meinen Schwur auf Gott und meine Ehre, daß ich Euch Helfer sein will, daß ich für Euch kämpfen werde, und ich hoffe, Euren Feind wohl zu bezwingen.“

Was er aber der Jungfrau gesagt, wurde alsbald im Saale durch den Lothringer verkündet, und durch das Land Brabant und Limburg gingen die Herolde, um zu verkünden, daß der Ritter gefunden sei, der für Elsa von Brabant im Gottesurteil zu kämpfen gedächte. Auch an das Hoflager König Heinrichs sandte man die Boten mit der Meldung, der Ritter Elsas von Brabant sei nun bereit, mit Friedrich von Telramund zu streiten.

Zum bestimmten Tage befahl der Kaiser den streitenden Parteien, sich an der Stelle zu versammeln, die er zu einem öffentlichen Lager in der Nähe von Mainz bestimmt hatte. So zog man denn wohlgemut aus, lagerte in der Ebene, wo die Kampfschranken errichtet waren, und Gezelt sah man an Gezelt, geschmückt mit Wappen und Fahnen, denn Tausende von Rittern und wehrfähigen Bürgern waren mit Elsa gekommen und nach Tausenden zählte die Sippe der Verwandten und Freunde, die mit dem mächtigen und bisher unbesiegten Friedrich von Telramund erschienen.

Zu Ehren der Königin wurden große Kampfspiele abgehalten. Bald kämpften im Buhurd scharenweise tapfere Ritter miteinander, oder im Einzelkampf, im Tjost, maß ein Paar von Rittern seine Kraft im Speerkampf.

Endlich, nachdem mehrere Tage lang diese Kampfspiele gewährt hatten, setzte der König den Tag fest, an dem das Gottesurteil zwischen Friedrich von Telramund und Elsa von Brabant statthaben sollte. In früher Stunde las Bischof Wiprecht die Messe und betend wohnte ihr Lohengrin bei. Heimlich war Elsa von

Brabant mit ihrer Muhme, der Herzogin von Lothringen, anwesend. Auch Friedrich von Telramund mit seinem großen Gefolge ließ für sich die Messe lesen, und der König suchte ihn auf, um ihn noch einmal nach der Messe zu fragen, ob er auf seinem Willen bestände und Gott das Urteil überlassen wolle.

„Wisset, Herr," antwortete Friedrich von Telramund, „daß ich meines Sieges sicher bin, und noch heute die Maid von Burgund mir als Gemahl zuteil wird, nach der mein Herz schon so lange begehrt."

„Hast du dessen Gewähr," entgegnete der Kaiser, „so magst du es zählen zu deinem Heile."

Telramund aber erwiderte:

„Ich selbst und mein Schwert, sowie mein Speer sind mir Gewähr, daß die Fahrt jenen fremden Ritter bitterlich gereuen wird."

„Gott gebe dir Heil," sprach der Kaiser, und um unparteiisch zu sein, ritt er auch hinüber zu den Gezelten Elsas von Brabant und Lohengrins. Als der König Lohengrin in seiner ganzen Schönheit und Kraft vor sich stehn sah, dachte er: „Wärest du Friedrich bekannt in deiner Mannheit, er würde wohl verlegen."

Demütig nahten Lohengrin und Elsa von Brabant dem Kaiser und baten ihn, er möge sie in seinen Schutz nehmen.

„Mit meiner Ehre schütze ich Euch," versprach König Heinrich, „und niemand darf Euch mit Gewalt oder Unrecht bedräuen."

Tausend Mann hatte der Kaiser bewaffnet, die den Frieden der beiden Kämpfer schützen sollten. Was auch geschehen mochte, und wer auch fiel, der Gegner und seine Anhänger sollten nicht das Recht haben, an ihm Rache zu nehmen. Freier Weg stand dem Sieger offen und wer den Frieden brechen sollte, verlor die Hand, wenn es ein Ritter war, das Haupt, wenn ein Knecht der Friedensbrecher sein sollte.

Innerhalb der Kampfschranken war ein zweiter Ring errichtet, in dem die Ritter und Knappen stehn konnten, und es war ein solch Gedränge in diesem inneren Ringe, daß von der Hitze schier die tapferen Ritter ohnmächtig werden mochten.

Zuerst ritt Friedrich von Telramund in die Schranken. Seine Waffenkleidung war herrlich. Mit Decken behängt war das Streitroß, die bis zur Erde reichten. Schild und Helm prangten von Kleinodien. Doch auch der fremde Ritter sah gar herrlich aus in seiner glänzenden Rüstung, die gleißte, wie spiegelndes Glas. Auch sein gepanzertes Roß war mit kostbaren Decken behängt, die das Gras des Turnierplatzes streiften. Noch war sein Helm aufgebunden und sein Visier emporgeschlagen, und aller Frauen Hände falteten sich zum Gebet, als sie den schönen Jüngling sahen, damit Gott ihn schütze vor dem Tod durch die Hand des Gegners und vor dem noch schrecklicheren Tode durch die Hand des Henkers, wenn er unterlag.

Mit aufgebundenen Helmen und hocherhobenen Speeren nahten die beiden Kämpfer auf ihren Streitrossen der Stelle der Schranken, wo der König mit der Königin saß. Hier verneigten sie sich und baten den König noch einmal, das Gottesurteil zwischen ihnen stattfinden zu lassen. Der König nickte Gewähr; die Trompeten schmetterten, die Ritter banden die Helme zu und sprengten jeder an ein Ende des weiten Platzes, um auf das gegebene Zeichen der Kampfrichter aufeinander loszustürzen.

„Die Speere nahmen sie zur Hand,
So stark und neu, daß man sie zäher nirgend fand;
Die Rosse wurden feurig angesprenget.
Dann hinterm Schild zurückgezogen
Die Füße beide über die Stegreife bogen;
Den Rossen war der Zügel wohl verhänget.
Den Tjost sie also ritterlich und ohne Fehl dann maßen,
Daß beide Speer' in Stücke gingen
In ihrer Hand; vor Zähe nur sie ganz nicht springen:
Die Rosse nieder auf die Hachsen*) saßen."

Sofort aber sprangen die Rosse auf. Die Trümmer der Turnierspeere warfen die beiden Kämpen von sich; dann wendeten sie die Rosse zurück bis an das Ende der Schranken, zogen die

*) Die Fersengelenke der Hinterbeine.

Schwerter und in wildem Anprall stürmten sie aufeinander los. Furchtbare Hiebe führten die beiden Kämpen gegeneinander. Von den Schilden rasselten die abgeschlagenen Nieten und Nägel zu Boden; doch wußten die Gegner gar gut die Hiebe mit den Schilden abzufangen. Immer wieder rannten sie einander an, daß den Streitrossen der Eisenpanzer auf der Brust zerbrach, und die eisernen Beinschienen der beiden Ritter von dem Zusammenprall sprangen. Ins Lötwerk, da, wo die Rüstung zusammengefügt und gelötet ist, suchten sie einander zu treffen, um durch das Eisen hindurch ins lebende Fleisch die Wunde zu schlagen. Von den Rossen ging ein Dunst, wie der Rauch, der sich erhebt von einer Feuersbrunst. Keuchend folgten sie dem Schenkel- und Zügeldruck der Reiter. Aber die Kraft der Tiere erlahmte; nicht mehr konnten sie dem Willen der Reiter rasch genug gehorchen, mühsam nur noch sprangen sie gegeneinander. Da schwangen sich die beiden Kämpen aus dem Sattel und gingen nun mit Schild und Schwert einander zu Leibe. Fürchterlicher war der Kampf auf dem festen Boden, als er bisher im Sattel auf der Rosse Rücken gewesen. Jetzt klangen lauter die Hiebe, jetzt dröhnten Schild und Schwert:

„Die klagende Jungfrau von Brabant
Im stillen ihre weißen Hände weinend wand:
Die Freude war geflohʼn aus ihrem Herzen.
Der stolze Fritz von Telramund
Schlug so den Gast — er mußte straucheln zu der Stundʼ.
Da füllten ihre Brust erst bittre Schmerzen!
Wie lang noch, Sohn von Parzival, ist sie durch dich geborgen?
Auf, wende nun der Jungfrau Leid!
Bedenkʼ, wie dein Geschlecht sich stark erwies im Streit.
Nun sah er, daß sie um ihn war in Sorgen.

Und neue Kraft auch er empfand.
Das Schwert schwang hoch und ritterlich er in der Hand:
Vom Schlag auf Schild und Helm sich Spangen löſten.
Von Telramund Graf Friederich
Gedachte doch: mein wird die Jungfrau sicherlich!

Dergleichen Hoffnung mochten sie sich trösten.
Es brannte Lieb in beider Brust, wie heller Kerzen Flammen,
Davon das Feuer dichte stob
Aus ihren Helmen, daß es rings die Luft durchwob;
So trieb die Minne heiße Glut zusammen."

Wie Donnerskrach trafen Lohengrins Hiebe den Helm Telramunds und betäubten den Kämpen, daß es dunkel vor seinen Augen wurde.

„Wie lange fechten wir schon? Es ist Nacht!" rief Telramund; „warum läßt der König uns zur Nacht fechten?"

„Was wollt Ihr doch!" rief Lohengrin dem Gegner zu; „die Sonne umgibt uns mit ihrem Schein."

Telramund murmelte: „Es ist so dunkel um mich her, gebt einen Augenblick mir Frieden, weil ich nicht sehen kann. Es schwirrt mir vor den Augen ein Gefunkel."

„Um jener Maid willen, die Ihr mit Falschheit habt begehrt, sei Euch eine Kampfespause jetzt vergönnt!" rief Lohengrin, und auf seinen Schild gelehnt, wartete er, bis der Gegner, der sich niedergesetzt hatte, sich erholte. Die Tausende von Rittern und Knappen, von Fürsten und Herren, die ringsherum saßen, flüsterten von Mund zu Ohr das Lob Lohengrins, der so ritterlich seinem Gegner Zeit ließ, sich zu kräftigen. Bleich saß Friedrich von Telramund da; das Haupt hatte er entblößt und mit kühlendem Wasser netzte man ihm die Stirn.

Kurze Zeit war vergangen und die Betäubung war bei Friedrich von Telramund verflogen. Er erhob sich, band den Helm fest aufs Haupt, nahm seinen Schild und der zweite Kampf begann.

Noch war Telramunds Kraft unerschüttert. Mit furchtbarer Wucht und mit Donnergedröhn klangen seine Hiebe auf dem Schild und auf dem Helm Lohengrins. Zu gewaltigem Streich, in dem all seine letzte Kraft lag, hob Telramund das Schwert. Da unterlief ihn Lohengrin, umfing ihn mit starken Armen und drückte ihn an seine Brust, daß dem Gegner Rippen und Rücken krachten.

Wie einen Ball hob er Telramund auf und stieß ihn zu Boden nieder, daß es dröhnte und des Niedergeworfenen Rüstung klirrte.

„Gib Sicherheit und sage die Wahrheit!" schrie Lohengrin, doch Telramund entgegnete:

„Solche Ehre dir und mir solche Schande soll nicht geschehen, eher will ich von deiner Kraft ersterben."

Doch als Lohengrin jetzt den Sträubenden, der sich immer noch vom Boden zu erheben trachtete, so drückte, daß ihm das Blut aus dem Munde schoß, erlahmte die Kraft Telramunds. Den Helm zerrte ihm Lohengrin vom Haupt, das Harsenier, das unter dem Helm sitzt und den Kopf schützt, zerbrach Lohengrins Kraft und schon war der Dolch, die sogenannte Misericorde, die Lohengrin wie jeder Ritter an seinem Gürtel trug, zum tödlichen Streich über dem Gesicht des besiegten Feindes gezückt, als Telramund mit letzter Kraft ausrief:

„Ich biete Sicherheit! Ich habe gelogen und ich verzichte auf Elsa von Brabant!"

Edelmütig hob Lohengrin den Gegner, den er jetzt töten konnte, auf, ging mit aufgebundenem Helme zum Kaiser und bat ihn, Recht und Urteil zu sprechen.

„Nennt einen Mann, der Bürgschaft leistet für den Besiegten!" rief der König, und Johann von Lützelburg erbot sich, der Bürge für Telramund zu sein.

Die Trompeten der Herolde schmetterten und verkündeten, daß Gott das Urteil selbst gesprochen habe, daß Elsa von Brabant Herrin von Limburg und Brabant sei, daß sie frei sei und nicht verpflichtet, Telramunds Gemahl zu werden, daß aber Telramund, der nach seinem eigenen Geständnisse gelogen und Gottes Urteil freventlich herausgefordert habe, bestraft werden solle

„mit Schlägel und mit Barte".

Da erhob sich ein Weinen und Wehklagen ringsum. Wohl gönnte jeder dem jungen Paare Lohengrin und Elsa den Sieg, denn ihnen wurde nur Gerechtigkeit; aber Tausende von Männer- und Frauenherzen schlugen auch für Friedrich von Telramund, der ohne Schuld und Fehl gewesen war, bis er aus Liebe zu Elsa von Brabant zum Lügner und Frevler geworden. Aber nichts half der Jammer der Freunde Telramunds. Beiseite ward er gebracht, mit dem Schlägel wurden bei lebendigem Leibe seine Glieder zerschmettert und mit der „Barte“, dem Beile, wurde ihm das Haupt abgeschlagen.

Vor dem Könige stand glühenden Gesichts, erhitzt vom Kampfe, unbedeckten Hauptes Lohengrin und begehrte Urlaub, dorthin zurückzukehren, woher er gekommen sei.

„Vollendet ist mein Werk, zu dem ich hier erschien,“ sagte Lohengrin; „besiegt ist Friedrich von Telramund, das Recht geworden ist der keuschen Maid von Brabant!“ Errötend von bräutlicher Scham trat Elsa von Brabant vor den König und rief:

„Herr, er ist mein, laßt ihn nicht fortziehen; Ehre, Leben und Reich hat er mir erworben; nur billig ist, daß er alles mit mir teilt. Gebt mir ihn zum Gemahl, laßt ihn mit mir zusammen den Herrn von Brabant und Limburg sein!“

Zärtlichen Blicks und doch traurig reichte Lohengrin Elsa die Hand und sagte:

„Ich darf nicht Euer, noch jemandes andern sein. Laßt mich ziehen, denn es wird nicht zu unsrem Glücke ausgehn.“

Doch Elsa sank auf die Knie vor dem Kaiser und rief: „Herr, richtet zwischen diesem Helden und mir!“

„Wohlan, so mag der König sprechen, und seinem Spruch will ich mich fügen,“ sagte Lohengrin. —

Zum Zuge gegen die Ungarn, die wieder in Deutschland eingefallen waren, rüstete der König mit aller Macht. Wohl bedurfte er solcher Recken, wie Lohengrin war, wohl wußte er, daß alle die Mannen, die aus Limburg und Brabant mit Elsa gekommen waren, zehnfach mehr im Kampfe wert waren, wenn ein Held wie Lohengrin sie führte. So sprach denn der Kaiser:

„Da Ihr mit Edelmut und Ritterschaft gekämpft und gesiegt, habt Ihr es wohl verdient, das, was Ihr dieser keuschen Maid gerettet habt an Ehre, Leben und Reich, mit ihr zu teilen.

Die Jungfrau liebt Euch und Euren Augen sehe ich es an, daß Liebe in Eurer Brust für Elsa wohnt. Reicht Euch vor dem Altare die Hände und seid meiner königlichen Gunst gewiß!"

„Herr, laßt mich zuvor mit der Jungfrau sprechen," bat Lohengrin, und der Kaiser antwortete:

„Da sie nach Eurem Willen jetzt soll leben, habt Ihr ein Recht wohl, vorher Euch mit ihr auszusprechen. Tretet beiseite und sagt ihr, was Euch not tut."

Ein Gralsritter war Lohengrin, der auf Befehl des Grals ausgezogen war, dem Unrecht zu wehren, dem Recht zu helfen. Ohne Lohn und ohne Entgelt mußte der Ritter des Grals die Werke der Liebe, der Barmherzigkeit und der Gerechtigkeit vollführen. Nicht seine Person durfte die Ehren auf sich nehmen, die er errungen hatte auf Befehl des Grals und durch die Kraft, die der Heilige Gral ihm mit auf den Weg gab. So durfte niemals einer der Gralsritter sagen, wer er war und woher er kam, und wenn man mit Fragen in ihn drang, so mußte er zurückkehren zum Heiligen Gral, wenn ihn auch Bande gefesselt hielten von übermenschlicher Kraft und Stärke.

„Ich liebe Euch, Elsa von Brabant," sprach Lohengrin und drückte Elsas weiße Hände an seine Brust, „ich liebe Euch von ganzem Herzen und mit allen Kräften meiner Seele. Ein treuer Gemahl, ein Hüter und Schützer will ich Euch sein, ich will Euch halten, wie meinen kostbarsten Schatz, aber eins müßt Ihr mir versprechen, müßt Ihr mir mit Eurem Eide geloben. Nie dürft Ihr fragen mich, woher ich bin, nie sollt Ihr forschen, wer ich sei, nie sollt Ihr Antwort haben wollen auf die Frage, wes meine Art. Brecht Ihr den Schwur, so wißt, ich muß Euch lassen, und wenn Jahrzehnte auch des Glücks an Eurer Seite mir verstrichen wären, — ich müßte fort von Euch, von allem, was mir lieb und teuer ist. Denn eine höhere Macht hat mich entsendet und diese Macht ruft mich in jenem Augenblick wieder zurück!"

Da hob Elsa von Brabant ihre tränenfeuchten Augen empor und Liebe leuchtete aus ihnen, wie sanfter Mondenschein.

„Ihr seid von Gott gesendet, mich zu retten, und aus Gottes Hand will ich Euch als Herrn und Gatten empfangen. Nie will ich Euch ausforschen, nie will ich mit Fragen in Euch dringen.“

Da trat Lohengrin mit der Jungfrau vor König Heinrich und erbat sich Urlaub, um mit der Braut nach Antwerpen zu fahren und dort die Hochzeit vorzubereiten. Den König aber und all die Fürsten und Herren, die mit beim Gottesurteil gewesen waren, bat er als Gäste auf der Hochzeit zu erscheinen.

„Auf nach Antwerpen!“ befahl König Heinrich, das hohe Paar zu ehren.

Zum Rhein zog das königliche Hoflager und auf Barken und Nachen ging die Fahrt den Rhein hinunter bis Antwerpen, während die Rosse und Wagen zu Land zum Heiligen Köln geleitet wurden.

Mit großer Pracht wurde das Hochzeitsfest gefeiert. Rennen fanden statt und am zweiten Tage der Festlichkeiten erschien in den Schranken ein gar prächtig gekleideter Ritter.

„Sehet den Frauendiener!“ rief spöttisch der Herr von Kleve; denn einen „Frauendiener“ nannte man einen Ritter, der prächtig gekleidet war, dem es aber an Kraft und Tapferkeit fehlte. Doch schon hob der prächtig gekleidete Ritter den Speer zum Zeichen, daß er den Tjost mit dem Herrn von Kleve reiten wollte. Gewaltig war der Zusammenprall der beiden Kämpen. Der Herr von Kleve sank vom Roß und durch den Speer des Ritters ward ihm also der linke Arm getroffen, daß er sein Leben lang gelähmt blieb. Der Sieger verschwand, nachdem er nur dem Marschall seinen Namen genannt hatte.

Und abermals erschien ein fremder Ritter in einem Kleide grün wie Gras, das mit Goldgespinst durchwoben war. Der Herr von Brandenburg stellte sich ihm zum Tjost und ward gar schnell hinter das Roß gesetzt. Wiederum verschwand der fremde Ritter.

Noch zwei solcher unbesiegbarer Kämpen, die aller Welt unbekannt waren, erschienen und fällten die besten Ritter des Königs. Nun befahl dieser dem Marschall, es solle der Name der Ritter bekannt gemacht werden, die solche Siege erfochten hatten. Da verkündeten die Herolde unter Trompetengetön, daß ein und derselbe Ritter unter der Verkleidung gefochten habe, der Herr von Brabant, Elsas junger Gemahl.

Tanz und Reigen folgten auf die Kampfspiele und das Fest sollte kein Ende nehmen.

Nachdem aber vierzehn der festlichen Tage vergangen waren, berief König Heinrich die Fürsten und Heerführer zu einem Rat; denn Kunde war ihm gekommen, daß die Ungarn im Anmarsch gegen das Land seien.

„Ihr wisset es, Edle und Getreue," sprach der König, „wie die Ungarn vor neun Jahren in unser Land gefallen sind, und wie es uns gelungen ist, sie bei Merseburg aufs Haupt zu schlagen. Doch kamen sie bald wieder, berannten das feste Augsburg, wo der tapfere Bischof Ulrich stritt. Vergeblich war der Kampf der tapferen Augsburger; genommen ward die Stadt von den Ungarn, erschlagen wurde Bischof Ulrich mit all seinen tapferen Mannen, und wenige Menschen blieben in Augsburg am Leben. Schon hatte ich in Sachsen ein starkes Heer gesammelt. Doch waren schlimme Zeiten und im Lande selbst war Krieg zu führen. Da nahm man einen ungarischen Grafen gefangen und brachte ihn zu mir. Er bot Gold und Silber, um sich zu lösen aus der Gefangenschaft. Ich aber entsendete ihn an den König von Ungarn, um Frieden zwischen uns zu stiften. So wurde wiederum auf neun Jahre ein Friede geschlossen, und Deutschland mußte mit Gold und Zins Ehre und Glauben retten. Unterdes ist es mir durch Gottes Gnade gelungen, die Wenden in der Mark Brandenburg zu bezwingen, und dort eine Mark zum Schutze des Reichs gegen Osten zu schaffen. Die Böhmen unter Wenzeslaus sind ebenso wie die Mähren durch die heilige Taufe zu Gliedern des Reichs geworden, und frei ist Deutschlands Kraft gegen einen auswärtigen

Feind. Vor kurzem hat nun der König von Ungarland aufs neue zu mir gesendet, auf daß ich Gold und Zins ihm zahle. Da habe ich mich mit den Fürsten beraten, und habe ihm einen Hofewart (Hofhund) als Antwort gesendet, einen Hofewart, dem die Ohren abgeschnitten waren. Den Hunnen aber, die der Ungar gesendet, sagte ich, sie sollten ihm den Gruß bestellen, daß er mit dem Schwerte sich Zins und Tribut selber holen solle. Durch Boten wird mir gemeldet, daß die Hunnen im Anmarsch sind, die Schmach, die ihnen angetan worden, zu rächen. Nun gilt es, ihr deutschen Fürsten, mir eure Hilfe zu leihen, und Ihr, Fürst von Brabant, sollt als erster mir Eure Meinung kundtun."

„Hier ist nicht lange zu reden, Herr," entgegnete Lohengrin; „es gilt, dem Glauben eine Wehr zu schaffen. Ich komme Euch zu Hilfe mit allen meinen Mannen."

Auch den Herzog Gieselbrecht von Lothringen bat der König, ihm Hilfe mit seinen Rittern zu leisten. Doch tat Gieselbrecht mit Züchten Bescheid, er wolle in sein Herzogtum zurück, um dort nach dem Rechten zu sehen. Die Königin Mechthildis aber wußte mit Klugheit den Lothringer zurückzuhalten. Sie versprach ihm ihre Tochter zum Gemahl. Sofort erklärte sich der Herzog bereit, nun mit in den Krieg gegen die Ungarn zu ziehen.

Während man aber noch über den Abmarsch gegen die Hunnen verhandelte, kam ein eilender Bote von Bayernland, welcher meldete, die Ungarn lägen schon an der Enns zu Felde. Da beschwor der König die Fürsten, eiligst mit der Hilfe heranzuziehen und nahm selbst Abschied, um sich den Ungarn entgegenzuwerfen.

Tränenden Auges sah Elsa von Brabant den Gemahl scheiden, der so kurze Zeit an ihrer Seite gelebt hatte.

Hunderttausend Mann stark war das Heer der Hunnen. Durch Bayern zogen sie, einem schrecklichen Unwetter gleich. Mit Brand und Mord brachten sie unsäglichen Jammer über Mann, Weib, Greis und Kind. Durch Franken fegten sie gleich einer Wetterwolke und zogen gen Thüringen. Hier trafen sie auf die

Feste Jettelburg. Dort blieben fünfzigtausend Mann zur Belagerung zurück; eine gleiche Zahl der Ungarn aber zog bis an die Elbe und lagerte sich dort, den Feind erwartend.

Zwölftausend Mann war das Heer des Königs Heinrich stark. Es waren allerdings ausnahmslos Ritter oder Knappen, die des Ritterschlags harrten und die im heißen Kampfe gegen die Ungarn sich die Ritterwürde verdienen wollten. Bei den Ungarn trug kaum der zehnte Mann eine Rüstung, und so waren sie schwächer gegenüber den gepanzerten und mit vortrefflichen Waffen versehenen Rittern. Doch waren die Ungarn Meister in der Führung des Bogens, und die Feinde, die sich ihnen nahten, überschütteten sie mit einem Hagel von Geschossen.

Als nun die Späher dem Könige und den Fürsten die Nachricht brachten, daß fünfzigtausend Mann ihnen gegenüberständen,

„Da geschah, was ich dem deutschen Volk verzeih'n nicht kann,
Und was ich stets als Missetat betrachtet,"

wie uns der Dichter meldet. Fast sämtliche deutsche Fürsten und Heerführer wollten, daß man sich in feste Städte zurückziehe und hier den Angriff der Ungarn erwarte. Doch König Heinrich war andrer Meinung.

„Seid sicher," sagte er, „wenn wir die Hunnen im offenen Felde überwinden, so weichen sie von selbst von den belagerten Städten. Doch wenn wir feig den Kampf aufgeben, ist es um uns geschehen."

Er bat und flehte, doch sagten trotzig die Fürsten, sie seien zum Dienst im freien Felde nicht verpflichtet.

Da trat der Fürst von Brabant vor die Scharen und rief diejenigen auf, die den Gottesfeind um des Glaubens willen bekriegen wollten, die Tapferen, welche die Christenheit erretten und Deutschland bewahren wollten vor weiterem schrecklichen Jammer. Mächtig wirkten seine Worte und viertausend tapfere Mannen traten zu ihm über, während achttausend zurückblieben.

Noch in der Nacht zogen die Bayern und Franken dem Brabanter nach. Als der Morgen anbrach, wallte Nebel über der Erde. Dicht war man am Lager der Hunnen, die in Sorglosigkeit schliefen, weil sie nicht glaubten, daß die wenigen Deutschen es wagen würden, sie anzugreifen. Der Nebel machte die Sehnen an den Bogen der Hunnen feucht und nahm ihnen dadurch die Spannkraft, so daß ihre beste Waffe unbrauchbar wurde. Der Fürst von Brabant bat König Heinrich, den Angriff zu gestatten, und mit furchtbarem Geschrei, durch den Nebel hindurch, stürmten die Deutschen unter Lohengrins Führung auf die Hunnen. Man drang ins Lager der Hunnen ein und überraschte die Feinde zum Teil im Schlafe. Doch ballte sich ihre furchtbare Menge zu einem Heerhaufen zusammen und warf sich nun ihrerseits auf die Deutschen. Herzog Ludewein führte die Ungarn und stürzte sich an ihrer Spitze auf den schwächeren Flügel der Deutschen. Ludewein selbst erlegte mit Hieben rechts und links der Deutschen viele, bis er auf Lohengrin stieß, der ihn mit einem einzigen Schlage tötete. Auch der Herzog Gelpter Uerwalt, ebenfalls ein Führer der Ungarn, mußte Lohengrins Streichen erliegen. Pomyslaw, der Herzog vom Polenreich, fiel durch König Heinrichs Hand.

Der Fall der Führer brachte die Ungarn in Verwirrung. Zu Tausenden sanken die ungepanzerten Ungarn unter den Streichen der siegreichen Ritter nieder. Endlich wandten sie sich zur Flucht. Jetzt entschlossen sich auch die achttausend Deutschen, die bisher müßig in der Nähe des Schlachtfelds gestanden hatten, vorzurücken und den Fliehenden nachzusetzen. Auf Jettelburg zogen sich die flüchtigen Ungarn zurück, aber fast gleichzeitig mit ihnen kamen vor der Feste die verfolgenden Deutschen an. Noch einmal stellte sich König Pelan von Ungarland dem König Heinrich entgegen. Doch umgangen von den Deutschen unter der Führung des Fürsten von Brabant, gedrängt von den Bayern und Franken, machte auch das Belagerungsheer König Pelans kehrt und flüchtete der Heimat zu.

Schrecklich war das Schicksal der Ungarn. Wo sie sich zur Verteidigung setzten, wie an den Furten der Flüsse, wurden sie von den Rittern niedergestochen und niedergehauen. Wer aber verwundet oder flüchtig vom großen Haufen abkam, wurde von den rachesüchtigen Bauern und Städtern erschlagen, die den Mord und Brand, der an ihnen verübt worden war, nun mit erbarmungsloser Hand rächten.

Bis zur Donau, bis Passau an dem Inn, jagte König Heinrich die Ungarn und kaum der vierte Teil von ihnen kam in ihr Land zurück.

Der beste Heerführer war Lohengrin, der Fürst von Brabant, gewesen. Mit reichen Ehren bedachte ihn der Kaiser. Zusammen mit ihm zog er nach Regensburg, wo der Bayernherzog Arenthold sie empfing. Boten sandte von hier aus König Heinrich an seine Gemahlin Mechthildis, aber auch an Elsa von Brabant, daß der Krieg siegreich beendet, und daß der Tapferste von allen der Fürst von Brabant gewesen sei. Zu Köln am Rhein sollten die Frauen sich versammeln, um die siegreich zurückkehrenden Kämpen zu empfangen. Langsam zog der siegreiche König nach Köln hinauf. In Würzburg blieb er längere Zeit, um im Frankenlande allenthalben Städte und Burgen erstehn zu lassen, auf daß feste Bollwerke vorhanden seien, wenn die Ungarn je wieder es wagen würden, in Deutschland einzufallen. Über Frankfurt und Mainz kam er alsdann bis Köln, wo die Königin, umgeben von allen Fürstinnen, die Sieger erwartete. Das Wiedersehen der Frauen mit den Siegern ward gefeiert durch eine Messe und durch Feste, die nur eine Unterbrechung durch den Tod des Bischofs von Köln erlitten.

Die deutschen Fürsten aber traten hier zusammen und beschlossen, der König solle von jetzt ab Kaiser von Deutschland sein und solle nach Rom ziehen, um sich dort vom Papste krönen zu lassen. So sollte aus dem Herzog von Sachsenland Heinrich, den man auch den Vogler nannte, weil die Boten, die ihm die Nachricht von der Wahl zum Könige brachten, ihn beim Vogelfang in Quedlinburg trafen, des deutschen Reiches Kaiser werden. An Stelle des verstorbenen Bischofs von Köln wollte der Kaiser seinen Sohn Bruno gewählt wissen, und dann gedachte er mit ihm zusammen nach Rom zu gehn, damit sie dort beide die Weihe empfingen.

Doch noch während der Feste in Köln erschienen die päpstlichen Legaten, um Hilfe von den Deutschen zu erbitten. Die Sarazenen waren von Afrika her in Italien eingefallen, Apulien und Kalabrien hatten sie verwüstet und erobert. Sie standen in der Nähe von Rom, wo sie den Berg Galerianus in eine Burg umgewandelt hatten, von der aus sie beständig die heilige Stadt bedrohten.

Wohl war Kaiser Heinrich bereit, Rom zu befreien und dem Papste Hilfe zu leisten, doch hielten ihn im Norden noch wichtige Dinge zurück. Der Papst ließ durch seine Boten dem Kaiser sagen, wenn er ihm nur den tapfern Fürsten von Brabant als Heerführer senden wolle, so würden die Sarazenen wohl geschlagen werden. Doch nicht allein wollte Lohengrin zur Befreiung Roms ausziehen. Er besprach sich mit dem Lothringer und dieser fuhr zu König Karl von Frankreich, brachte auch den Herzog von Arl mit sich, und Lohengrin gelang es, zwischen diesem und dem König Heinrich Frieden zu machen, so daß König Heinrich das Land verlassen konnte, ohne befürchten zu müssen, daß der König von Frankreich in das deutsche Reich einfalle. Der Herzog von Arl versprach, selbst mit gegen die Sarazenen zu ziehen, und so verließ zum zweiten Male Lohengrin Elsa von Brabant und seinen kleinen Sohn Johann, welcher geboren worden war, während Lohengrin im Ungarkriege focht.

Auch gegen die Sarazenen verrichtete Lohengrin Wunder der Tapferkeit. In einer großen Schlacht, die vor den Toren Roms ausgefochten wurde, tötete Lohengrin sechs Könige der Sarazenen und ebenso viele nahm er gefangen. Nicht nur seine kluge Führung in der Schlacht, sondern noch mehr seine Tapferkeit erfochten den Sieg.

Papst und Kaiser dankten ihm und wollten ihn mit Ehren überhäufen; doch Lohengrin lehnte alles ab, denn er hatte nur um des Glaubens und um der Ehre willen gekämpft. So entließ er ohne Lösegeld die sarazenischen Könige, die er gefangen genommen hatte, und ließ sie nur schwören, nicht mehr gegen Rom und das Christentum zu fechten.

In Italien traf Lohengrin die Nachricht, daß ein zweiter Sohn ihm geboren war, und er ließ Kunde heimwärts gehn, daß er gesund sei und bald zurückzukehren gedenke. Der Kaiser aber sandte Boten, die durch ganz Limburg und Brabant verkünden mußten, daß durch die Tapferkeit des Fürsten dieser Länder die ganze Christenheit von den Sarazenen befreit worden sei.

Nach langer Zeit der Trennung kamen endlich in Köln Lohengrin und Elsa von Brabant wieder zusammen. Die Kaiserin Mechthildis selbst hatte Elsa aus ihrem Lande abgeholt, um ihr hohe Ehre zu erweisen, und vereint mit ihr trat sie dem Kaiser und dessen bestem Ritter Lohengrin entgegen.

Zur Feier des Siegs und der Wiederkehr in die Heimat veranstaltete Kaiser Heinrich Kampfspiele und Turniere. Ein groß Gestühl war aufgeschlagen, auf dem die Damen saßen, und auf dem Ehrensitz des Damensöllers fand man die Kaiserin und zu ihrer Rechten Elsa von Brabant. Auch die Gattin des Ritters von Kleve, den beim Turnier, das zu der Hochzeit Ehren in Antwerpen stattgefunden, Lohengrin gefällt hatte und der von der Verwundung einen lahmen Arm behalten, war erschienen. Neid und Rachedurst erfüllten die Gattin des Besiegten. Sie drängte sich auf den Platz hinter die Kaiserin und Elsa von Brabant.

Das war ein Schreien und Rufen, als der siegreiche Held Lohengrin in die Schranken ritt, herrlich gekleidet und den Helm geziert mit dem weißen Schwan in der roten Barke. Allenthalben an des Rosses Wappendecken und Zier erblickte man den weißen Schwan im rotem Felde, und als mit offenem Visier Lohengrin die Schranken umritt, um sich dem Volke zu zeigen, priesen Männer und Frauen seine Schönheit und Tapferkeit.

Dieses Lob ließ in der Frau von Kleve Brust den Neid noch mehr aufflammen, und so sprach sie denn so laut, daß es die vor ihr sitzende Elsa von Brabant hören mußte:

„‚Ich konnte warten kaum,
Bis ich den Degen auch geseh'n,
Dem alles Volk so reiches Lob kann zugestehn,
Und der im schlimmsten Streite schaffte Raum!‘
Sie sprach: ‚Er ehrt die Christenheit;
Fürwahr, wie uns von Euch, o Herrin, ward Bescheid,
So hat der Christen Glaube sein genossen.
Wär' er nur auch also geboren,
Daß nicht etwa des Adels halb sein Lob verloren!
Doch so ist er, Gott weiß, woher geflossen,
Daß niemand wissen kann, welch End' sein Adel noch erreiche!‘
Die Herzogin das Wort vernahm;
Das drang ihr bis ins Herz; die Wange glüht vor Scham
Und zeigt dann plötzlich eine fahle Bleiche.“

Auch die Kaiserin hatte diese nichtswürdigen Worte vernommen, durch welche Zweifel in Elsas Herz geweckt wurden. Mit ernsten Worten verwies sie der Frau von Kleve solch Gerede.

„Die Kais'rin sprach: ‚Nun laßt das sein!
Wie möcht' unadlig Wesen haben solchen Schein,
Und ein Herz, das solcher Mannheit könnte walten!
Er muß von Adel sein geboren,
Und hat dein Mann von seiner Tjost den Arm verloren,
So daß du nun gelähmt ihn mußt behalten,
So bleibt doch jener drum ein Held und hat wohl solch Gebaren,
Wie es unadlig, nie gewonnen!
Du hast dir eine wunderliche Rach' ersonnen,
Aus der dir nimmer Lob kann widerfahren!‘
Drauf jene: ‚Nicht mit Mißgunst tragt,
O Herrin, wenn die Wahrheit wird vor Euch gesagt!‘
Die Kaiserin dacht' ihrer Frauenehre
Und ging von dannen ohne Wort,
Doch sah sie deutlich an der Herzogin sofort,
Wie sehr bekümmert die im Herzen wäre.
Mit Scherzesworten hätt' sie gern die Schwermut ihr entführet;
Und Elsa hört mit sanften Sitten
Sie züchtig, wenn das Wort ihr Innres auch zerschnitten,
Und ihr das Herz gar unsanft hat berühret.“

Die Saat des Zweifels, welche die rachsüchtige Frau von Kleve in Elsas Brust gelegt, ging auf und trug Früchte. Der Fürst von Brabant bemerkte, daß seine Gattin traurig sei und anders ihm gegenüber als sonst. Er ahnte, daß der Treugefährtin seines Lebens eine Frage auf den Lippen schwebte. Er bangte vor der Stunde, in der die Frage an ihn gerichtet werden würde.

In Elsa von Brabant kämpften Liebe und Zweifel. Wenn sie ihn vor sich sah, den stattlichen Helden, dem alles Volk zujubelte, den Kaiser und Fürsten priesen wegen seiner Ritterlichkeit und Tapferkeit, dann schien ihr aller Zweifel Torheit. Doch wenn sie allein war in ihrer Kemnate und der hämischen Worte der Frau von Kleve gedachte, wenn sie ihre Kinder um sich spielen sah, dann kam ihr der Gedanke, wie schrecklich es wäre, wenn diese Kinder nicht von einem Adligen abstammten, sondern vielleicht von einem Knechte, einem Unfreien. Woher stammte ihr Gatte, der Vater ihrer Kinder? Wo kam er her, wie war sein wirklicher Name, wie war seine Art und Sippe, wo lebte sein Stamm, wo wohnten seine Magen (Verwandte)? Wehe, wenn eines Tags die Wahrheit an das Licht käme, und der Fürst von Brabant ein Unfreier, ein Leibeigener wäre! Wehe, wenn ihre Kinder dann nicht nur den Anspruch auf den Thron, sondern auch das Recht verloren, unter den Freien, unter den Adligen einherzugehn erhobenen Hauptes, wenn man ihnen die Haare schnitt und sie als Leibeigene zum Gesinde stieß, und die jetzigen Fürstenkinder vielleicht zu Wärtern des Viehs und der Hunde machte!

Trübe wurden Elsas Augen und vom Weinen gerötet. Ihre Wangen waren blaß, und wie eine Kranke ging sie einher. Da hielt ihr Gatte nicht länger an sich und fragte sie mit zärtlichen Worten, was ihr sei. Jetzt war der Augenblick gekommen, in dem Elsa von Brabant ihren Zweifeln ein Ende machen mußte, wollte sie sich nicht töten lassen von Sorge und Zwiespalt im eignen Herzen, und so sprach sie denn:

„Laßt's Euch nicht mißbehagen,
Und wollt es hören ohne Zorn,
Ich wüßte, Herr, das gern, von wannen Ihr gebor'n?
Um unsrer Kinder willen muß ich's fragen!

Sagt mir mein Herze doch, daß Ihr an Adel keinem weichet,
Und daß Ihr Euch nicht braucht zu schämen;
Ihr nennt mir Euern Stamm und Namen sonder Grämen:
Ich wähne, drob kein Kind vor Scham erbleichet!"

Traurigkeit zog in das Herz Lohengrins. Was er gefürchtet hatte, war geschehen; die Frage, die ihn zwang, zum Gral zurückzukehren, sein Weib und seine Kinder für immer zu verlassen, war von Elsa getan worden. Doch faßte er sich und sagte:

„Mein Ritterwort geb' ich zum Pfande, daß Ihr daheim, meine geliebte Gattin, erfahren sollt, welches mein Name, Stand und Geschlecht. Heute bereits kann ich Euch sagen, daß sich meine Magen zu den höchsten Geschlechtern zählen dürfen."

Zufrieden war Elsa mit dieser Antwort und geduldig wollte sie harren, bis die Heimkehr vollbracht war.

Am nächsten Morgen aber trat der Fürst von Brabant vor den Kaiser und begehrte ihn zu sprechen. Freundlich und herzlich empfing ihn der Kaiser.

„Was ist Euer Begehr, Fürst von Brabant?" fragte er, „daß Ihr zu ungewohnter Stunde und plötzlich mich zu sprechen wünscht?"

„Herr," entgegnete Lohengrin, „eine Bitte habe ich Euch vorzutragen, und um aller Freundlichkeit willen, die Ihr mir erwiesen, bitte ich Euch im voraus, meine Bitte zu gewähren."

„Ich weiß nicht, was Ihr begehrt," entgegnete der Kaiser ernst, „doch sonderbar ist die Art, Eure Bitte vorzutragen. Aber da Ihr Großes an mir und an dem Reiche getan habt, so will ich schwören, daß ich Eure Bitte gewähre, wenn es in meinen Kräften steht."

„So bitte ich Euch, Herr, und auch die Kaiserin, mit mir zu fahren gen Brabant, und morgen bitte ich die Fahrt sich gefallen zu lassen."

„Muß es so rasch sein?" fragte der Kaiser.

„Es muß sein," entgegnete Lohengrin, „und ich bitte, daß Ihr den Fürsten, die hier versammelt sind, saget, daß sie des gleichen Wegs mit Euch fahren mögen, denn an sie alle habe ich, wenn ich in Antwerpen bin, eine große Bitte zu richten."

Noch einmal versprachen Kaiser und Kaiserin Gewähr, und der Fürst von Brabant nahm Urlaub vom Kaiserpaar, um seiner Gattin vorauszueilen nach Antwerpen, und hier die Vorbereitungen zum Empfang der hohen Gäste zu treffen.

Am nächsten Morgen machten sich der Kaiser und die Fürsten auf die Reise nach Brabant und trafen hier glücklich ein. Reiche Feste hatte der Fürst von Brabant vorbereitet; doch am dritten Tage bat er den Kaiser und die Kaiserin, den Herzog Gieselbrecht von Lothringen, den Bischof Wiprecht von Lüttich und die deutschen Fürsten zu sich und trat vor sie mit folgender Rede:

„Als mir Gott den Sieg über Telramund verlieh, als ich für Elsa von Brabant gekämpft, um Thron und Leben ihr zu retten, gabt Ihr, Herr Kaiser, mir die Fürstin von Brabant zur Ehe. Bevor ich mich entschloß, den Bund mit ihr zu schließen, nahm ich sie, wie Euch in der Erinnerung sein wird, beiseite und sagte ihr, daß ich in jener Stunde sie verlassen müßte, in der sie fragen würde, wes Stammes ich sei, und von wannen ich gekommen."

Ohnmächtig sank bei diesen Worten Elsa von Brabant zu Boden. Mit Erfrischungen brachte man sie zu sich und der Fürst von Brabant sprach weiter:

„‚Nun hat die Frage sie an mich getan, —
Wie ungern scheid' ich von der Liebsten hinnen!
O Frau, wie ich zuvor gesagt, ich bin gar hochgeboren:
Mein Urgroßvater hieß Gandein;
Des Sohn war Gamuret, genannt der Antschouwein,
Den mußt' vor Bagdad jäh ein Speer durchbohren.
Des Sohn man nannte Parzival:
Der ist mein Vater und ist König dort zum Gral.
Meine Ahnfrau Herzeloide ist genannt,
Meine Mutter ist von Pelragier,
So hab' ich mein Geschlecht zum Teil genannt euch hier,
Und König Artus ist mir nah verwandt,
Ich selber heiße Lohengrin und Gahardeiß mein Bruder.
Dem wurden alle uns're Land'.
Doch Vater, Mutter und ich sind nach dem Gral benannt,
Und ich bin hergefahren ohne Ruder.

Mein Bruder leihet manches Land,
Das reicher ist, als Euer Herzogtum Brabant;
Ich sagte Euch, ich wär' Euch wohl gemäße,
Hättet Ihr es damit lassen sein,
So müßte ich nicht scheiden von den Kindern mein!'
Ich wähn', ob jemand stünde oder säße,
Ihn müßte rühren dieses Wort, und mancher darob weinet.
Er sprach: ‚Noch ist euch unbekannt,
Wie von dem Grale mich hat Gott daher gesandt;
Ich künd' es Ritter, sowie Knecht' vereinet!'"

Darauf berichtete Lohengrin den Versammelten, wie der Glockenklang in dem Tempel und um die Burg des Heiligen Grals das erste Zeichen von der Not Elsas von Brabant gegeben, wie die Inschrift auf dem Rand der heiligen Gralsschüssel ihn, den Sohn des Königs Parzival, zum Ritter Elsas von Brabant bestimmt, wie ihn ein Schwan in einem Nachen bis nach Antwerpen gebracht habe.

Dann wendete sich Lohengrin mit Tränen in den Augen an die Kaiserin und sagte:

„O edle Frau, seid meinem Weib und meinen Kindern Schutz und Schirm. Du, Schwager Gieselbrecht von Lothringen, wahre die Treue der Verwandtschaft meinem Weib und meinen Kindern. Sage dem Schwager, dem Könige von Engelland, daß er Beistand sei, wenn meine Kinder dessen bedürfen. Ihr, ehrwürdiger Bischof von Lüttich, seid treuer Helfer meinem Weib und meinen Kindern. Und Ihr, Herr Kaiser, lasset nicht zu Schanden werden, die ich hier zurücklassen muß; denn die Stunde des Abschieds ist gekommen."

Vom Ufer her tönte ein Schreien und gellendes Rufen. Dort drängte sich das Volk neugierig und entsetzt, als es auf den Fluten einen Schwan daherschwimmen sah, der einen Nachen hinter sich zog.

„Bringet meine Kinder her!" rief Lohengrin, „daß ich von ihnen Abschied nehme."

Die Kinder wurden herbeigebracht. Zärtlich küßte sie Lohengrin und sagte: „Lebt wohl, ich muß nun auf die Fahrt."

Da sank Elsa von Brabant vor ihm nieder und umfaßte seine Knie:

„Bleibt bei uns!“ flehte sie, „denket an die Kinder, denen der Vater genommen werden soll, denkt an mich, die Euch treu geliebt hat, und die der böse Zweifel ihr Wort brechen ließ. Habt Erbarmen mit mir und meinem Schmerz!“

„Es kann nicht sein!“ entgegnete Lohengrin traurig. Zärtlich hob er Elsa auf und küßte ihren bleichen Mund.

„Leb wohl, mein Herzenslieb!“ sprach er. „Gott schütze dich, Gott segne unsre Kinder! Der Fingerreif, den ich dir gab am Tage, da man uns vermählte, sei dir Erinnerung an mich. Die Mutter gab mir ihn, als ich von der Gralsburg fortzog. Mein Horn und Schwert gab mir der Vater Parzival mit auf die Fahrt. Ich lasse Horn und Schwert den beiden Knaben zum Erbteil und Gedächtnis.“

Vergeblich warf noch einmal sich Elsa von Brabant dem Gemahl zu Füßen. Ohnmacht umfing sie; sie ward fortgetragen, und Lohengrin reichte zum Abschied den Anwesenden die Hände.

Dann wendete er sich zum Ufer, stieg in den Nachen, und unter dem lauten Jammern des Volks fuhr der Schwan mit ihm davon. Bald war er den Augen der Anwesenden entschwunden.

Vergeblich bemühte man sich in den nächsten Stunden, Elsa zum Bewußtsein zu bringen; sie war wie tot. Als sie erwachte, war ihr Jammer so groß, daß sie keinen Trost annehmen wollte. Der Kaiser und die Kaiserin, der Herzog von Lothringen und alle Fürsten schwuren ihr Treue und Hilfe. Der Bischof Wiprecht nahm Johann, den älteren Knaben, die Kaiserin nahm den jüngeren Knaben, der Lohengrin nach seinem Vater heißen sollte, um ihn zu erziehen und als eignes Kind zu halten. Dann fuhren der Kaiser und die Fürsten davon und ließen Elsa zurück in Verzweiflung und unsäglichem Schmerz.

König Rother.

I.

Der Kaiser Konstantin von Konstenopel war ein griesgrämiger und bärbeißiger Tyrann. Die Kaiserin, seine Gemahlin, und seine schöne Tochter Oda hatten viel unter den üblen Launen und unter dem Zorn des bösen Kaisers zu leiden. Wenn etwas nicht nach seinem Willen ging, dann ergrimmte Kaiser Konstantin und brüllte in seinem Zorn fast ebenso wie der zahme Löwe, den er immer als Wächter bei sich hatte. Wehe, wenn der Zorn des Königs erst bis zum Gebrüll gekommen war, und der Löwe mitbrüllte! Dann brauchte Kaiser Konstantin von Konstenopel dem Löwen nur noch einen Wink zu geben, und er stürzte sich auf denjenigen, der den Zorn des Königs erregt hatte, und zerriß ihn.

Die Prinzessin Oda war von solchem Liebreiz und von solcher Schönheit, daß man sich nicht denken konnte, der wüste Kaiser Konstantin sei ihr Vater; denn an ihm war nichts von Liebreiz und Schönheit zu bemerken. Aber er liebte seine Tochter nicht nur zärtlich, sondern auch unvernünftig, und so hatte er beschlossen, daß sie niemals ihn verlassen dürfe. Wohl waren viele der Freier gekommen, wohl waren Sendboten von fremden Herrschern erschienen, die um die Hand der schönen Oda von Konstenopel warben, aber Kaiser Konstantin wies sie alle ab, und als die Freier immer wiederkamen, hetzte er seinen Löwen auf sie, tat ihnen alles Unrecht an und schwur schließlich, er würde jeden sofort hinrichten lassen, der noch einmal wage, um die schöne Oda zu freien.

Anders dachte die kluge Kaiserin über die Verheiratung Odas. Wohl wußte sie, daß Oda mit den zunehmenden Jahren nicht jünger, sondern älter und nicht schöner, sondern häßlicher würde, und wenn schließlich Kaiser Konstantin starb, dann fand sich gewiß keiner mehr, der die alte und häßliche Oda heiratete. Aber was wollte die Kaiserin gegen den zornwütigen und übellaunigen Gatten machen? Sie wartete, bis sich eine Gelegenheit bieten würde, durch List den Sinn des Kaisers zu ändern. Doch diese Gelegenheit wollte nicht kommen. Kaiser Konstantin war stets des Morgens schon ungnädig und zornig, dann hielt er gewöhnlich bis zum Mittag einen gewaltigen Trunk und nach diesem schlief er. Wie alle Tyrannen fürchtete Kaiser Konstantin für sein Leben. Wußte er doch, daß er vielen Tausenden Unrecht getan hatte, und daß ihm die Rache dieser schlecht Behandelten drohte. Wenn er sich nach einem reichlichen Mittagsmahl zur Ruhe niederlegte, dann mußte der Löwe bei ihm wachen, und wenn jemand nur an die Tür des Zimmers klopfte, in dem Kaiser Konstantin schlief, so erhob der Löwe ein drohendes Gebrüll. Am Nachmittag war der Kaiser wiederum zornig und übellaunig, und dann trank er bis zum späten Abend, um dann, bewacht von seinem Löwen, zu schlafen und übel gelaunt wieder aufzustehn. Es war ein Jammer mit Kaiser Konstantin, und die Kaiserin und die schöne Oda waren wohl zu bedauern!

Zu jener Zeit lebte in Bari am Adriatischen Meer König Rother, der Herrscher des Lampartenlandes (Lombardenlandes). König Rother war jung, schön, kühn und ritterlich. Gewaltige Recken dienten ihm und Herzog Berchter, der greise Held, war sein Berater. König Rother dachte daran, sich eine Gattin zu nehmen, aber so viel er auch nach einer passenden Gemahlin in den benachbarten Ländern suchte, er fand keine. Da drang zu ihm der Ruf von Odas Schönheit, und er beschloß, um die Tochter des Kaisers Konstantin von Konstenopel zu werben. Doch Herzog Berchter riet ihm ab, sein Leben bei dieser Werbung aufs Spiel zu setzen. Der Herzog erbot sich, seine Söhne, deren er sieben hatte, mit einigen andern Helden auszusenden, um für König Rother die schöne Oda zu holen. Graf Lupold von Meran war der älteste dieser Söhne und Erwin, der siebte, der jüngste, ein Jüngling, halb noch ein Kind. Außer diesen sieben Recken wurden noch fünf andre auserwählt. Mit silbernen Schilden und Helmen, und mit eisernen, goldverzierten Rüstungen, wurden sie von König Rother ausgestattet, prächtige Schiffe wurden für sie ausgerüstet, und zum Abschiedstrunk versammelte König Rother die zwölf Recken, die begleitet von einer Schar reisiger Knechte, nach Konstenopel fahren sollten. Nach dem Abschiedsmahl, als man den Becher kreisen ließ, um auf ein fröhliches Wiedersehen zu trinken, ergriff König Rother die Harfe, die er meisterhaft zu spielen verstand, und entlockte ihr eine Weise.

„Merkt euch diese Melodie!" sagte er den Helden, die abfahren wollten. „Es ist meine eigne Weise, die Königsweise, und wenn ihr sie jemals höret, so wisset, daß ich in der Nähe bin. Solltet ihr in Gefahren und Ungelegenheiten in Konstenopel kommen, so fürchtet nichts. Habt nur Geduld, denn ich erscheine, wenn es sein muß, mit einem ganzen Heere, um euch zu befreien."

So zogen die Boten des Königs Rother frohen Muts nach Konstenopel. —

Es war an einem Nachmittag, und der wüste Konstantin von Konstenopel schlief gerade wieder seinen Rausch vom Vormittag aus, als die glänzende Schar der Boten des Königs Rother in den Burghof zu Konstenopel einzog. Die Kaiserin und die Prinzessin Oda sahen mit Wohlgefallen auf die herrlichen Männer in ihren glänzenden Rüstungen, und die liebliche Oda errötete, als sie die vielen schönen Helden sah, denn sie ahnte wohl, daß sie gekommen waren, ihren Vater um ihre Hand anzusprechen. Lange hatten sich keine Werber in die Kaiserburg von Konstenopel gewagt. Die Kaiserin war deshalb hocherfreut, daß solch glänzende Helden als Gäste erschienen.

Sie eilte an die Tür des Gemachs, in dem Kaiser Konstantin schlief. Wild brüllte der Löwe, als die Kaiserin an die Tür klopfte, und Konstantin erwachte in sehr übler Laune aus tiefem Schlaf.

„Was gibt es?" fragte er zornig.

„Erhebe dich aus deinem Schlummer!" rief die Kaiserin, „es sind vornehme Recken angekommen, die du würdig empfangen mußt. Sie scheinen Sendboten eines gewaltigen Königs zu sein."

„Werft die vermaledeiten Störenfriede aus der Burg hinaus!" schrie der Kaiser. Aber die Kaiserin rief durch die Tür:

„Das geht nicht an, mein erhabener Herr. Soll man sagen, der Kaiser Konstantin von Konstenopel habe alle Pflichten der Gastfreundschaft vergessen? Schaut doch nur durchs Fenster, mein Gemahl, um zu sehen, welch vornehme Helden das sind. Wenn sie nun Sendboten eines mächtigen Königs sind, der beleidigt ist, wenn Ihr sie abweist, und Euch mit Krieg überzieht?"

Brummend und schimpfend erhob sich der Kaiser von seinem Lager und trat an das Fenster. Sorgfältig prüfte er die glänzende Versammlung da unten im Burghof und sagte halblaut:

„Lumpen sind das nicht. Müssen die Kerle aber jetzt kommen, um mich im Schlafe zu stören!"

Dann schrie er nach seinen Dienern, befahl den Thronsaal herzurichten, legte den Purpurmantel um, nahm Krone und Zepter, schlang sich die goldene Ehrenkette um den Hals und ging nach dem Thronsaal, um dort den Thron zu besteigen. Angetan mit allen Abzeichen der kaiserlichen Würde, nahm die Kaiserin auf dem Throne neben ihm Platz. Die vornehmsten Recken und die schönsten Frauen des Hofes umgaben den Thron. Nur die Prinzessin Oda wurde, wie es der Brauch erheischte, in ihrer Kemnate zurückgehalten.

Nachdem alles zum Empfang vorbereitet war, befahl der Kaiser, die Fremdlinge hereinzulassen. Diese betraten stolz den Saal, warfen wohl einen etwas vorsichtigen Blick auf den zahmen Löwen, der zu den Füßen des Kaisers Konstantin saß, dann aber verbeugten sie sich mit Anstand und Würde und harrten der Anrede des Kaisers.

„Seid willkommen!" rief dieser, „woher seid ihr? und was führt euch nach Konstenopel und vor mein Angesicht?"

Lupold von Meran verbeugte sich wiederum und sprach:

„Wir sind Sendboten des Königs Rother von Lampartenland und entbieten Eurer kaiserlichen Majestät Grüße unsres Königs."

„Das freut mich," entgegnete der Kaiser Konstantin, „ich weiß wohl, euer Herr ist ein gewaltiger König im Abendland."

„Keinen mächtigeren gibt es in der Welt!“ rief der junge Erwin.

Sofort verfinsterte sich das Gesicht Kaiser Konstantins und er schrie ergrimmt:

„Wer ist der naseweise Fant? wer wagt es hier in dem Kaiserschloß des mächtigsten Herrn der Welt davon zu reden, daß es noch einen andren gleich mächtigen Herrscher gibt?“

„Verzeiht, kaiserliche Majestät,“ entschuldigte Lupold von Meran seinen Bruder, „die Voreiligkeit dieses Knaben. Die leidenschaftliche Verehrung, die er für seinen König empfindet, veranlaßte ihn zu solch unbedachten Worten.“

„Er soll seine Zunge wahren!“ schrie Kaiser Konstantin, „es ist keine feine Art, in eine fremde Burg zu kommen und dort den Herrn zu beleidigen. Was wollt ihr nun? Seid ihr nur gekommen, um mir Beleidigungen zu sagen?“

„Das sei ferne von uns!“ entgegnete Lupold von Meran. „Wir sind gekommen, um Eurer kaiserlichen Majestät Freundschaft und ein Bündnis mit König Rother anzubieten, und zum Zeichen dessen, daß König Rother Euer getreuer Freund sein will, bittet er durch uns um die Hand Eurer Tochter Oda.“

„Bei meinem Barte!“ brüllte Kaiser Konstantin und der Löwe brüllte mit, daß der Thronsaal erklang, „solche Frechheit ist mir lange nicht vorgekommen! Werfet die dreisten Gesellen in das Verlies!“

Von allen Seiten stürzten sich die Trabanten des Kaisers auf die Sendboten König Rothers, überwältigten sie, schleppten sie hinaus, und warfen sie in das tiefste Verlies des festesten Turmes.

Kaiser Konstantin raste und tobte; er schwur, er würde die frechen Fremdlinge noch desselbigen Abends an den Galgen hängen lassen. Aber die Königin wußte ihn endlich milde zu stimmen, wußte ihn zu bewegen, daß er wenigstens den Fremdlingen, die doch nur im Auftrage ihres Herrn gehandelt hatten, das Leben schenkte und sie nur zu ewiger Gefangenschaft verdammte. In dem feuchten Burgverlies bei Kröten und Molchen sollten die Fremdlinge verfaulen und nimmer wieder sollten sie das Licht der Sonne sehen.

II.

Ein Jahr lang wartete König Rother auf die Rückkehr seiner Boten. Da trat eines Tags Herzog Berchter, dessen sieben Söhne sich ja unter den Boten befunden hatten, vor den König und fragte ihn, was er zu tun gedenke.

„Mit meiner ganzen Heeresmacht will ich nach Konstenopel ziehen und meine Helden befreien!“ rief König Rother.

„Das nenne ich wohl gesprochen,“ meinte Herzog Berchter, „und ich werde mit Euch ziehen, mein König. Gilt es doch die Befreiung meiner sieben Söhne, wenn sie noch am Leben sind.“

Darauf ließ König Rother Herolde durch das ganze Lampartenland gehn, um alles streitbare Volk zu einem Heerzug gegen Konstenopel zu entbieten. Herzog Berchter aber schickte reiche Geschenke an den König Asprian, der jenseits des Gebirges wohnte. Dieser König war ein Riese, und eine Schar fürchterlich anzusehender Riesen von übermenschlichen Körperkräften dienten ihm. Angelockt durch die Aussicht auf reiche Beute, auf Ehre und Ruhm entschloß sich König Asprian, an der Heerfahrt teilzunehmen. —

Wenige Wochen später hallte Schreckensgeschrei durch die Straßen von Bari, der Königsstadt des Lampartenlandes. Eine Schar turmhoher Riesen, geführt von Asprian, kam angezogen, um sich auf dem Königsschlosse dem König Rother zu Diensten zu stellen. Unter den Riesen befand sich ein gar schlimmer Wüterich, der noch größer und stärker war als die andern Riesen, und der so leicht zu reizen, der so furchtbar war, wenn er zornig wurde, daß man diesen Riesen in Ketten gefesselt mit sich führen mußte. Wenn man ihm aber die Ketten löste, und er sich auf die Feinde stürzte, dann richtete er ein fürchterliches Blutbad an. Dieser Riese führte eine Eisenstange mit sich, so hoch wie ein Haus, und wo er mit der hinschlug, da wuchs niemals mehr ein Grashälmchen. „Widolt mit der Stange“ hieß dieser Wüterich, welcher schon beim Einmarsch in Bari derartig brüllte, daß sich selbst tapfere Männer vor Schreck und Grausen verkrochen.

Dem Könige waren diese Hilfstruppen Asprians natürlich hochwillkommen. Feierlich wurden sie empfangen, gastlich wurden sie bewirtet, reichlich wurden sie beschenkt und preislich wurden sie geehrt. Aber nachdem einige Tage Festlichkeiten zu ihren Ehren stattgefunden hatten, ging König Rother mit Asprian und allen Mannen, die an der Heerfahrt teilnehmen wollten, zu Schiffe und in langwieriger Fahrt zog die Flotte gen Konstenopel.

Als sie dort landete, war das Volk erst erstaunt über den Glanz und die Pracht König Rothers und seiner Helden. Aber dann war es entsetzt über die Größe und das schreckliche Aussehen König Asprians und seiner Leute. Wie einst in Bari, so schallten jetzt Schreckensrufe durch die Gassen von Konstenopel. Bis zum Kaiserschlosse drang die Kunde von den fürchterlichen Fremdlingen, die erschienen waren.

Kaiser Konstantin war feig, wie alle Tyrannen, und er zitterte, als er Kunde erhielt von den Riesen, die in die Stadt gekommen waren. Dann aber raffte er allen Mut zusammen, schmückte sich mit den Abzeichen seiner kaiserlichen Würde, ließ dreimal soviel Trabanten als sonst in den Thronsaal treten, damit diese ihn gegen etwaige Angriffe der Fremdlinge schützen sollten, und als die absonderlichen Besucher vor dem Kaiserschlosse erschienen, wurden sie sofort eingelassen und in den Thronsaal geführt.

Als die Riesen im Gefolge König Rothers den Thronsaal betraten, zog sogar der zahme Löwe ängstlich seinen Schweif ein, und Kaiser Konstantin wurde ganz blaß. Er zwang sich aber zu einem freundlichen Lächeln und sagte:

„Wer ihr auch seid, Fremdlinge, woher ihr auch stammt, ihr seid willkommen. Seid versichert der Gastfreundschaft des Kaisers Konstantin von Konstenopel!“

König Rother verbeugte sich und sprach:

„Ich bin der Herzog Dietrich aus dem Lampartenlande. Der hochgebietende König Rother, mein Lehnsherr, ist in Zorn gegen mich entbraunt und hat mich aus dem Lande vertrieben. Mit allen meinen Recken mußte ich den Boden der Heimat verlassen und irre nun umher, nicht wissend, wo ich mein Haupt hinlegen soll. Wollt Ihr, kaiserliche Majestät, mir gastliche Herberge gewähren, so will ich Euch dankbar sein und mit allen meinen Mannen zu Euren Diensten stehn."

Solche Rede gefiel dem Kaiser Konstantin wohl.

„Wisset, Herzog Dietrich," sagte er, „der König Rother, Euer Herr, ist mein Feind. Seine Sendboten schmachten, ihm zur Schande, bei mir in ewiger Gefangenschaft und werden das Licht der Sonne niemals wiedersehen."

Bei diesen Worten des Kaisers brüllte Widolt laut auf und rasselte so mit seinen Ketten, daß Kaiser Konstantin ganz blaß wurde. Aber König Asprian befahl mit rauhen Worten Widolt Ruhe zu halten, und Kaiser Konstantin fuhr dann fort:

„Wie gesagt, König Rother ist mein Feind. Aber er ist auch ein Esel, daß er solche Helden und Recken, wie ihr seid, aus seinem Lande weist. Seid mir willkommen! Wollt ihr in meine Dienste treten, so seid meiner kaiserlichen Gnade und aller Ehren versichert. Wer weiß, wie lange es dauert, bis ich eure guten Dienste gebrauchen kann."

„Wir wollen Euch gern dienen," sagte König Rother.

„So gebt mir darauf Eure Hand," entgegnete Kaiser Konstantin, und König Rother legte seine Hand zur Bekräftigung in die des Kaisers.

Die Empfangsfeierlichkeit war nun zu Ende. Der König ging mit den Helden in den großen Speisesaal, wo eine gewaltige Mahlzeit bereit war, bei welcher auch der feurige Griechenwein nicht fehlte. Die Königin aber ging zu ihrer Tochter Oda und sagte ihr:

„Welch ein gewaltiger Herr muß doch König Rother sein, daß es ihm keinen Nachteil bringt, solche Riesen und Recken aus seinem Lande zu verweisen. Wie viele Helden muß er noch haben, wenn er solche Leute fortschicken kann, ohne daß ihm daraus Schaden entsteht!"

Die Prinzessin Oda hatte wohl die prächtig gekleideten Lampartenritter und die Riesen gesehen, und auch sie hatte schon daran gedacht, welch ein gewaltiger Held doch König Rother sein müsse.

Im Speisesaal aber spielte sich unterdessen eine unerwartete Szene ab. Am oberen Ende einer langen Festtafel saß Kaiser Konstantin und zu seiner Rechten der angebliche Herzog Dietrich, der König Rother. An einer andren langen Tafel saßen die Riesen, bei denen König Asprian den Vorsitz führte. Kaiser Konstantins zahmer Löwe ging nach Belieben im Saale umher und betrug sich ungebührlich und frech, wie es so seine Art war. Wagte doch sonst niemand dem Tiere etwas zu sagen oder zu tun, nicht nur aus Furcht vor seiner Stärke und Wildheit, sondern auch aus Angst vor dem Zorn seines Herrn, des Kaisers Konstantin. So war der Löwe gewöhnt, die besten Bissen Fleisches, die auf die Tafel kamen, sich herabzuholen und zu verzehren. Soeben hatte König Asprian einen gewaltigen Braten, eine große Rinderkeule, vor sich auf den Platz gelegt und wollte sie verzehren, als der Löwe herbeikam, ohne weiteres die Rinderkeule ergriff und zu fressen begann. Da ergrimmte König Asprian, sprang auf, faßte den Löwen an der Mähne und am Schwanz und warf ihn derartig gegen die Wand, daß das Tier mit zerschmettertem Kopfe niederfiel und keinen Laut mehr von sich gab.

Wütend fuhr Kaiser Konstantin auf, aber er besann sich im nächsten Augenblick. Er lächelte sauersüß und sagte zu dem angeblichen Herzog Dietrich:

„Ich glaube, der Löwe war etwas ungebührlich, wir haben ihn ein wenig verwöhnt.“

Im Innersten seines Herzens aber zürnte Kaiser Konstantin den Fremdlingen, und hätte er gekonnt, wie er wollte, so hätte er sie ohne weiteres sämtlich zu den Sendboten König Rothers in den Turm werfen lassen. So aber ertränkte er, da ihm nichts andres übrig blieb, seinen Zorn im feurigen Griechenwein.

Der angebliche Herzog Dietrich mit seinen Mannen erhielt gute Herberge, holte aus seinen Schiffen die mitgebrachten Schätze und bedachte damit alle die Leute, die er sich zu Freunden machen wollte. Fremde Ritter, die sich in Konstenopel aufhielten und noch nicht in die Dienste des Kaisers getreten waren, nahm er gegen hohes Entgelt in seine Dienste, doch in aller Heimlichkeit. Es lebte auch ein Graf Arnold in der Stadt, dem der launenhafte und ungerechte Kaiser Konstantin all sein Hab und Gut genommen hatte. Diesem schenkte König Rother so viel Geld, daß er sich wieder Güter erwerben und all die tapferen Dienstmannen um sich sammeln konnte, die er vorher entlassen hatte, als er selbst kaum noch genug zum Leben besaß.

III.

Auch in die Kemnate der schönen Oda drang der Ruf von Herzog Dietrichs Freigebigkeit, von seiner Mildtätigkeit und von seinem Wohlwollen gegen alle Hilfsbedürftigen. Wie wohltätig mußte erst König Rother sein, der um Oda, wie sie erfahren hatte, einst freite und dessen Boten noch immer im Turmverlies schmachteten und einem schrecklichen Tode entgegengingen.

Ihren Gedanken über den König Rother, den Herzog Dietrich und die im Turme schmachtenden Edlen, welche um sie gefreit hatten, gab die Prinzessin in Gesprächen Ausdruck, die sie mit ihrer vertrauten Zofe Herlind führte. Dieses Mädchen war gar schlau und entdeckte bald, daß die Prinzessin ein großes Interesse an König Rother und dem Herzog Dietrich nehme.

„Es wäre gut," sagte Herlind listig, „wenn Ihr einmal mit Herzog Dietrich sprechen könntet. Vielleicht würde er etwas tun, um seine unglücklichen Landsleute aus dem Turmverlies zu befreien."

„Gewiß täte ich das gern," entgegnete Oda, „aber wie soll ich dazu kommen, mit ihm eine Unterredung zu haben?"

„Ich werde ihn heimlich hierherführen," sprach Herlind.

Aber Oda wollte von solchem Tun nichts wissen. Sie ahnte, der Zorn ihres Vaters würde fürchterlich sein, wenn er davon hörte, daß sie heimlich mit dem Herzog Dietrich Gespräche führe und wegen der Gefangenen unterhandle.

„So will ich selbst heimlich zum Herzog Dietrich gehn," schlug die kluge Herlind vor, und da Oda nicht widersprach, führte sie ihren Plan aus. Sie schmückte sich nach besten Kräften, ging in die Herberge, in der Herzog Dietrich Aufenthalt genommen hatte und entbot ihm in aller Heimlichkeit einen Gruß von der schönen Prinzessin Oda.

„Meine Herrin," sagte Herlind, „hat Erbarmen mit den Sendboten König Rothers, die im Turmverlies schmachten. Sie kann ihnen aber nicht helfen, denn eine Fürbitte bei Kaiser Konstantin, ihrem Vater, würde den Gefangenen noch größeres Ungemach bringen. Sie läßt aber bei Euch anfragen, ob Ihr nicht bereit wäret, etwas für die Gefangenen zu tun, und wenn Ihr dazu der Hilfe bedürfet, so wäre die Prinzessin Oda gern bereit, Euch dieselbe, so weit dies in ihren Kräften, zu gewähren."

König Rother, der angebliche Herzog Dietrich, war hoch erfreut über das Interesse, welches die Prinzessin Oda an ihm und an seinen Mannen nahm.

„Danket der Prinzessin in meinem Namen," sagte er zu Herlind, „saget ihr, König Rother würde die Hilfe, die sie seinen Getreuen erweisen will, niemals vergessen. Saget ihr, daß König Rother glücklich sein würde, wenn er wüßte, wie freundlich die Prinzessin ihm und seinen Leuten gesonnen ist. Ich werde darüber nachdenken, wie ich meinen Landsleuten helfen kann, und dann werde ich der Prinzessin Mitteilung machen. Dein Botengang aber verdient Lohn. Nimm als ein kleines Zeichen meines Dankes diese beiden Schuhe."

Herlind traute ihren Augen kaum. Die beiden Schuhe waren aus purem Edelmetall, der eine aus Gold, der andre aus Silber. Freudestrahlend kehrte Herlind zu ihrer Herrin zurück. Die Schuhe gefielen der Prinzessin so, daß sie ihrer Zofe sagte:

„Ich will sie dir abkaufen. Ich will dir jeden Schuh mit Goldstücken füllen und dir außerdem den Wert des Metalls bezahlen, wenn du mir diese Schuhe überläßest."

Herlind ging darauf ein. Oda, die über die Schätze ihres Vaters nach Belieben verfügte, ließ ihr so viel Goldstücke reichen, daß die Schürze Herlinds vollkommen damit gefüllt war, ja, die goldene Last war so schwer, daß die Schürze zerriß, und die Goldstücke in der Stube umherrollten. Fröhlich lachend aber raffte sie Herlind wieder zusammen und sagte:

„Nun kann ich einen Ritter heiraten, nun kann ich eine Burg kaufen, und einen Mann nach meiner Liebe wählen, um ihn zum Burgherrn und zu meinem Gemahl zu machen.“

Da begann die Kaisertochter zu weinen und sagte:

„Du kannst heiraten, wen du willst und wann du magst. Aber ich bin durch den Eigensinn meines Vaters verurteilt, als alte Jungfer zu sterben.“

Doch Herlind erwiderte schlagfertig:

„Das habt Ihr ganz und gar nicht nötig, edle Prinzessin! Ihr könnt die Gemahlin des Königs Rother vom Lampartenland werden, denn, wie mir Herzog Dietrich sagte, wird der König glücklich sein, wenn er von Eurem Wohlwollen für seine Leute hört.“

Als die Prinzessin Oda aber die Schuhe anprobierte, bemerkte sie zu ihrem Leidwesen, daß beide für den rechten Fuß gemacht waren. Noch trauriger über diesen Umstand aber war Herlind, denn sie fürchtete, die Prinzessin würde das Geschäft mit ihr rückgängig machen, und sie müsse die Goldstücke, über deren Besitz sie sich so sehr gefreut hatte, wieder herausgeben.

Doch Herlind war kurz entschlossen. Am nächsten Abend schlich sie sich mit dem silbernen Schuh wiederum nach der Herberge des angeblichen Herzogs Dietrich und erzählte ihm, welches Unglück ihr mit den Schuhen begegnet sei.

„Das ist meine Schuld,“ sagte König Rother, „aber ich kann den Schaden leicht wieder gut machen. Hier nehmet einen zweiten goldenen Schuh, und zwar für den linken Fuß. Doch müßt Ihr ihn erst anprobieren, damit Ihr sehet, ob er Euch paßt.“

Herlind wurde verlegen.

„Ich habe die Schuhe der Prinzessin Oda verkauft, die sie so gern haben wollte.“

„So, so!“ lächelte Rother, „also die Prinzessin wollte gern diese Schuhe haben.“

„Ja, sie hat sie mir für viele Goldstücke abgekauft, und das

Geschäft soll jetzt rückgängig gemacht werden, weil die beiden Schuhe für den rechten Fuß sind," entgegnete Herlind.

„So will ich dir etwas sagen," erklärte König Rother, „nimm als Botenlohn einen zweiten silbernen Schuh, und zwar den für den linken Fuß. Dann hast du silberne Schuhe und deine Prinzessin soll auch den linken goldenen Schuh haben. Aber ich mache mir aus, daß du mich heimlich zu ihr führest, damit ich ihr den Schuh selbst anprobieren und mit ihr sprechen kann. Doch denke daran, daß der Zorn des Kaisers nicht nur mich und dich, sondern auch die holde Prinzessin Oda trifft, wenn wir entdeckt werden."

„Fürchtet nichts," sagte Herlind, „die List der Frauen ist größer, als der Zorn eines Kaisers sein kann. Harret hier nur noch wenige Stunden, und ich werde Euch in die Kemnate der Prinzessin führen."

So geschah es. Unbemerkt kam König Rother mit Herlind in die Kemnate der Prinzessin und probierte ihr hier den goldenen Schuh an, der auch gleich vortrefflich paßte. Natürlich aber benützte König Rother vor allem die Gelegenheit, sich die schöne Oda einmal selbst anzusehen und mit ihr in ein Gespräch zu kommen. Er war so entzückt von ihrer Schönheit und ihrem Liebreiz, daß er beschloß, sich ihr zu entdecken.

Gelegenheit dazu sollte er bald haben, denn Oda, die ein gewaltiges Interesse für König Rother hatte, der sie zur Gemahlin begehrte, fing von selbst an:

„Euer Herr, König Rother, ist gewiß ein gewaltiger Herrscher."

„Das ist er," entgegnete der angebliche Herzog Dietrich.

„Nach dem, was ich von ihm gehört habe, muß er auch ein gar gütiger und liebenswerter Mann sein," sagte die Prinzessin Oda; „wie kommt es, daß Ihr seinen Zorn so erregt habt, daß er Euch aus seinem Lande wies?"

Da konnte sich König Rother nicht mehr halten, denn als er erfuhr, daß die Prinzessin Oda ihm jetzt schon zugetan sei, obgleich sie ihn noch nicht kannte, ging ihm das Herz auf. Er kniete vor der Prinzessin nieder und flüsterte:

„Ich habe Euch getäuscht, ich bin der König Rother selber.

Da meine Sendboten in den Turm geworfen worden sind, als sie kamen, in meinem Namen um Eure Hand zu bitten, bin ich selbst mit Gefahr meines Lebens und Leibes hierher gekommen, um Euch zu sehen und um mir Eure Liebe zu erwerben. Sagt mir ein Wort der Hoffnung, und ich will alles tun, was in den Kräften eines Königs steht, um Euch zu meinem Gemahl zu machen. Wenn Ihr mir aber befehlet, fortzugehn, so werde ich traurigen Herzens von dannen ziehen und mein ferneres Leben in Kummer und Jammer verbringen."

Die schöne Oda war errötet, als sie diese Worte hörte, und lange schwieg sie. Dann neigte sie sich aber freundlich zu dem Knieenden herab und sagte:

„Bleibet hier und sehet, daß Ihr den Sinn meines Vaters ändert."

Da sprang König Rother auf, zog die schöne Oda an seine Brust und küßte sie.

Aber die Prinzessin Oda war nicht nur schön, sondern auch klug, und so wand sie sich aus den Armen des Königs Rother und sagte:

„Ihr seid ein schlimmer Mann, Ihr liebt die Verkleidungen. Bald seid Ihr der Herzog Dietrich, bald seid Ihr der König Rother. Ihr habt meinen Vater getäuscht, und vielleicht täuscht Ihr auch mich. Womit wollt Ihr beweisen, daß Ihr wirklich der König Rother seid?"

„Der Beweis ist sehr einfach," sagte König Rother. „Stellt mich Angesicht zu Angesicht meinen Sendboten gegenüber, die im Turmverlies schmachten, und sie werden Euch sagen, daß ich der König Rother bin."

„Wohlan," erklärte die Prinzessin Oda, „so wollen wir zusammen unser möglichstes tun, daß die Sendboten, wenn auch nur für kurze Zeit, aus ihrem schrecklichen Verlies herauskommen, und wenn diese Zeugen sagen, daß Ihr König Rother seid, dann —"

Die schöne Oda schwieg und errötete aufs neue heftig.

Aber König Rother rief jubelnd: „Dann wirst du meine Gemahlin, Oda!" und die Prinzessin nickte Gewährung.

In diesem Augenblick kam Herlind und bat König Rother dringend, fortzugehn, da Gefahr der Entdeckung vorhanden sei.

IV.

Frauenlist geht über Macht, und sei es selbst die Macht eines launischen Tyrannen und so gewaltigen Herrschers, wie es der König Konstantin von Konstenopel war. Wenige Tage nach der geheimen Unterredung, welche die schöne Oda mit König Rother gehabt hatte, trat sie eines Nachmittags, als ihr Vater gerade seinen Schlaf gehalten hatte und infolgedessen sehr guter Laune war, zu ihm in sein Gemach, um über gleichgültige Dinge zu plaudern. Oda hatte aber künstlich ihr Gesicht so verändert, daß es ihrem Vater wohl auffallen mußte. Es lag tiefe Traurigkeit auf diesem Gesicht, die Augen waren vom Weinen gerötet, kurzum, die Prinzessin Oda sah so unglücklich und elend aus, daß der Vater, der sie zärtlich liebte, geradezu erschreckt war.

„Was hast du, mein Liebling?“ fragte er, „was ist mit dir geschehen? Wer hat es gewagt, dich zu betrüben, wer darf sich unterstehn, meiner Tochter solches Herzeleid zuzufügen?“

Als der Kaiser so gesprochen hatte, wurde das Gesicht Odas noch trauriger und sie sagte:

„O, wer mir helfen könnte!“

„Wie? dein eigner Vater kann dir nicht helfen? Was ist geschehen? Sprich, jetzt will ich's wissen!“ rief Kaiser Konstantin, dessen Zorn schon wieder erwachte.

„Ich würde es Euch gern sagen, mein lieber Vater,“ entgegnete Oda, „aber ich müßte fürchten, Euren Zorn zu erregen, und doch droht uns allen fürchterliches Unheil.“

„So sprich!“ rief Kaiser Konstantin, „ich verspreche dir, daß ich dir nicht zürnen will, wenn du mir die Wahrheit sagst.“

Da warf sich Oda schluchzend an die Brust ihres Vaters und erzählte folgendes:

„O mein Vater, uns droht schreckliches Unheil! Fürchterliche Träume quälen und beängstigen mich. Drei Nächte hintereinander habe ich geträumt, daß unsrem Hause schweres Unheil droht, weil die unschuldigen Sendboten König Rothers im Turmverlies verschmachten. Ihre Seelen werden als Ankläger vor Gottes Thron treten, und schreckliches Unglück wird über uns alle kommen. In der heutigen Nacht hat mir geträumt, daß alles Unheil abgewendet werden kann, wenn die Sendboten König Rothers noch einmal das Tageslicht sehen, noch einmal durch mich mit Speise und Trank erquickt werden. Ich weiß wohl, daß Ihr das niemals gestattet, und ich wage Euch nicht darum zu bitten; aber schreckliches Unheil droht unsrem ganzen Hause."

Kaiser Konstantin war, wie alle Tyrannen, furchtsam und abergläubisch. Er glaubte das, was ihm die Tochter sagte, und so erklärte er denn bereitwilligst:

„Träume haben immer etwas zu bedeuten, und wenn dir geträumt hat, daß das Unheil abgewendet werden kann, indem wir die Kerle da im Burgverlies wieder einmal herauslassen und ordentlich füttern, so läßt sich über die Sache reden. Aber ich müßte einen Bürgen für die Gefangenen haben, damit sie mir nicht entwischen."

„Ich meine, ein solcher Bürge würde sich leicht finden lassen," sagte die schöne Oda, „und wenn du heute abend mit den fremden Gästen aus dem Lampartenlande beim Trunk sitzest und Umfrage hältst, wird sich gewiß ein mutiger und reicher Mann melden, der die Bürgschaft für die Gefangenen übernimmt."

„Wenn das der Fall ist," meinte Kaiser Konstantin, „so soll dein Wunsch erfüllt werden. Morgen findet ein großes Pferderennen statt, das ich zu Ehren der fremden Gäste angeordnet habe. Auch will ich dem Volke den Anblick der Riesen gewähren, die sich in Herzog Dietrichs Gefolge befinden. Hinter den Mauern der Rennbahn kann ein kleines Zelt errichtet werden, in welches die Gefangenen geführt werden sollen, und dort kannst du sie nach der Vorschrift deines Traumes mit Speise und Trank erquicken. Dann aber müssen sie in das Burgverlies zurück!"

Im Innersten ihres Herzens jubelte Oda, daß ihr Plan so gut geglückt war, und sofort eilte sie zu ihrer Mutter, um ihr zu verkünden, daß die Gefangenen, denen die Kaiserin niemals ihr Mitleid entzogen hatte, wenigstens für einige Stunden befreit werden sollten.

Aber auch die Kaiserin, die Mutter Odas, war ein Weib und sie durchschaute sofort die List der Tochter.

„Du liebst den König Rother," sagte sie, und als Oda verwirrt wurde und nicht gleich die Antwort fand, fuhr die Kaiserin fort:

„Und ich bin überzeugt, dieser Herzog Dietrich ist niemand anders, als König Rother selbst und du bist längst einig mit ihm."

Da gestand Oda ihrer gütigen Mutter das Geheimnis König Rothers, und daß sie den herrlichen Mann liebe, ebenso, daß die Boten nur an das Tageslicht gebracht werden sollten, um zu bestätigen, daß dieser Fremde wirklich König Rother sei.

Die Königin freute sich, ihrem launenhaften Gatten auch einmal ein Schnippchen schlagen zu können. Sie küßte ihre Tochter zärtlich und sagte:

„Sei du meiner Hilfe gewiß, ebenso wie ich dein und König Rothers Geheimnis wahren werde."

Am Abend aber fragte beim Trunk Kaiser Konstantin, ob einer der anwesenden Lamparten Bürge werden wolle für die Landsleute König Rothers.

„Sie sind zwar eure Feinde, denn sie sind die Freunde König Rothers; aber sie sind doch eure Landsleute und meine Tochter hat für die Gefangenen gebeten."

Sofort erhob sich der angebliche Herzog Dietrich und erbot sich, Bürge für die Gefangenen zu sein.

„Wohlan," sagte Kaiser Konstantin, „so sollen die Gefangenen wieder auf sechs Stunden an das Tageslicht. Aber dann sollen sie zurück in das Burgverlies und dort verfaulen!"

Als er die letzten Worte gesagt hatte, ließ Widolt mit der Stange wieder sein furchtbares Wutgebrüll hören und schlug mit seiner eisernen Keule so auf den steinernen Boden des Saales, daß die Kaiserburg bis in ihre Grundfesten erbebte. Mit Gewalt mußte König Asprian den Riesen Widolt hinausführen, denn er war nahe daran, sich auf Kaiser Konstantin zu stürzen. —

Am nächsten Tage herrschte im Poderameshofe (Rennbahn) lauter Freudenschall. Auf den terrassenförmig aufsteigenden steinernen

Sitzen, welche die länglichrunde Rennbahn umgaben, saßen die Tausende der Zuschauer, welche sich daran ergötzten, wie die Pferde ohne Reiter durch die Rennbahn jagten, um möglichst rasch die Bahn zu umkreisen und am Ziele anzulangen. Es war als ob die edlen Tiere wohl wüßten, um was es sich handle. Eins wollte dem andren zuvorkommen, und manche Rosse suchten sich wohl mit den Zähnen zurückzuhalten und bissen und schlugen einander, um sich die Siegespalme streitig zu machen. Solche Belustigung liebte der Kaiser und sein Volk in Konstenopel, und wenn die Pferde unter sich am heftigsten kämpften, dann vergaßen die Zuschauer alles, was um sie her vorging.

Während eines solchen heftigen Kampfes der Pferde schlich sich König Rother von seinem Sitz. Er trat hinter das Gezelt, in welchem die aus dem Turmverlies heraufgezogenen Helden saßen. Wie sahen die Unglücklichen aus! Abgemagert, mit bleichen, verhärmten Gesichtern, die Augen tief in den Höhlen liegend, mit zitternden Händen, kaum fähig zu gehn, waren sie aus dem Turmverlies heraufgebracht worden. Die Kaiserin hatte ihnen, ohne daß ihr Gemahl davon wußte, köstliche Bäder zubereiten lassen, hatte sie mit Festgewändern versehen, und nun saßen Graf Lupold und seine Gefährten im Zelt und wurden von der schönen Oda und Herlind aufs beste mit kräftigen Speisen und griechischen Weinen bewirtet. Es war den Helden nach so viel Herzeleid wie ein Traum.

Da erklang hinter dem Gezelt der Ton einer Harfe; erst leise, dann lauter, und nachdem der Harfenspieler auf dem Instrument prüfend verschiedene Melodien angefangen hatte, ging er plötzlich mit lautem Getön in die Königsweise über, die König Rother seinen Getreuen vorgespielt hatte, als sie von Bari nach Konstenopel abreisten.

Erstaunt lauschten die armen Gefangenen auf diese Weise. War auch sie ein Traum, wie alles andre, was sie hier umgab?

Doch immer voller und mächtiger erklangen die Akkorde, und jetzt erhob sich draußen eine Stimme, die den Text des Königsliedes sang.

Das konnte keine andre Stimme sein, als die des Königs Rother!

Jung-Erwin, der jüngste der Brüder Lupolds von Meran, sprang auf und schrie:

„Das ist König Rother, das ist unser Retter!“

Er eilte auf den Vorhang zu und riß ihn auseinander. Da stand König Rother, und mit einem Jubelgeschrei warfen sich seine getreuen Sendboten ihm zu Füßen. Er aber hob sie auf, trat in das Zelt, umarmte und küßte sie, und als dann noch unmittelbar nach dem König der greise Herzog Berchter eintrat und sich zärtlich mit seinen Söhnen und deren Genossen begrüßte, da vergossen Oda und Herlind Tränen der Rührung.

Die schöne Oda aber trat zu König Rother, sah ihm strahlenden Blicks in die Augen und reichte ihm ihre beiden Hände mit den Worten:

„Du sprachst die Wahrheit und ich bin dein!“

Noch standen die Liebenden Hand in Hand, noch herzte und küßte Herzog Berchter seine wiedergefundenen Söhne, als der laute Schall von Kriegsdrommeten in das Zelt drang. Bewaffnete mit blasenden Herolden hielten vor der Mauer des Poderameshofes, und die kriegerischen Klänge der Drommeten verkündeten den in der Rennbahn versammelten Festteilnehmern, daß etwas Schlimmes geschehen sei.

König Imelot von Wüstenbabylon hatte die Grenzen des Reichs überschritten und bedrohte den Kaiser Konstantin von Konstenopel und sein Volk mit Krieg und Vernichtung. Eiligste Hilfe tat not, wenn nicht in wenigen Tagen schon König Imelot vor Konstenopel stehn sollte.

Grimm und Rachedurst trieben König Imelot von Wüstenbabylon zum Kriegszug. Er besaß einen überaus häßlichen Sohn Basilistium, für den er ebenfalls um die Hand der schönen Oda geworben hatte. Doch seine Sendboten waren vor langer Zeit schon mit Spott und Hohn von Kaiser Konstantin heimgesandt worden. So hatte König Imelot im stillen gerüstet und jetzt nahte er sich mit einem gewaltigen Heere.

Kaiser Konstantin erblaßte, als er die Nachricht hörte. Sein Heer war nicht kriegsbereit und die Herolde verkündeten ihm, daß die Scharen des Königs Imelot so zahlreich seien, wie der Sand am Meere.

Doch in diesem Augenblick trat der angebliche Herzog Dietrich zu dem Kaiser und sagte ihm:

„Ich höre, daß ein fremder Herrscher in Euer Land eingefallen ist. Wollt Ihr meine Hilfe annehmen, so stehe ich Euch mit allen meinen Mannen und mit den Riesen zur Verfügung."

Da atmete Kaiser Konstantin wieder auf und rief:

„Die Riesen allein sind ein ganzes Heer wert, denn vor ihnen werden die Scharen des Königs Imelot erschrecken. Habt herzlichen Dank für Eure Hilfe, die ich gern annehme."

„Nun," entgegnete König Rother, „so habe ich auch noch eine Bitte. Laßt die Sendboten König Rothers, die ich soeben gesehen, da sie für einen Augenblick an das Tageslicht gelassen wurden, mit mir ziehen. Ich kenne sie als gar tapfere Helden und ich glaube, sie werden Euch unter meiner Führung treue Dienste leisten und Euch nicht gedenken, was Ihr ihnen angetan habt. Ich habe für sie gebürgt, ehe sie an das Tageslicht kamen, und ich bürge für ihre Treue auch im Streit."

„Eure Bitte sei gewährt!" entgegnete Kaiser Konstantin, „doch nach dem Kriege müssen die Sendboten wieder in den Turm, denn ich habe geschworen, daß sie dort verfaulen sollen."

„Euren Schwur müßt Ihr halten," sagte höhnisch der angebliche Herzog Dietrich, innerlich aber dachte er: „Das sollst du nicht erleben, daß die Boten wieder in den Turm zurückkehren. Wir werden schon Mittel und Wege finden, um deinen Schwur ungültig zu machen."

Dann aber eilte er zu den Genossen, um ihnen zu verkünden, daß sie ihre Glieder, die in dem feuchten Burgverlies fast erstarrt und verkrümmt waren, in einem fröhlichen Streite und in der Schlacht wieder recken und dehnen könnten.

Durch die Gassen Konstenopels aber dröhnten die Heerhörner, welche alle Bewaffneten aufriefen, damit möglichst viele auszogen gegen König Imelot von Wüstenbabylon.

V.

Am nächsten Tage zog das kampflustige Heer aus den Toren Konstenopels hinaus. König Rother war vom Kaiser Konstantin zum Scharmeister ernannt worden, und der Riese Asprian trug die Sturmfahne dem Heere voran. Bald stieß man auf den feindlichen Vortrab. Dieser zog sich zurück. Als es Abend wurde, sah man in hügeliger Gegend das ungeheure Lager des Feindes.

König Rother befahl dem Heere, das er führte, ebenfalls Halt zu machen und ließ die Zelte aufschlagen. Kaiser Konstantin zog sich sofort in sein Zelt zurück, um sich von den Strapazen des Tags durch reichliches Trinken von griechischem Wein zu erholen, und bald schlief er auch, überwältigt von Wein und Müdigkeit, ein. König Rother hatte bei der Vorwacht des Lagers in nächster Nähe des Feindes sein Zelt aufgeschlagen. Von einem Hügel aus beobachtete er das Heerlager des Königs Imelot. Seinem scharfen Auge entging es nicht, daß mitten im feindlichen Lager auf einem Hügel ein prächtiges Zelt errichtet war, dessen vergoldete Stangen und Zierate im Lichte der untergehenden Sonne funkelten. Die Seide des Zeltes blähte sich im Abendwinde, und König Rother vermutete richtig, daß dieses Zelt dem Könige Imelot von Wüstenbabylon gehöre.

Er berief seine getreuen Recken und dazu den Riesenkönig Asprian mit seinen Begleitern; zeigte ihnen das Zelt und forderte sie auf, sich genau die Richtung zu merken, da er beschlossen habe, in der Nacht den König Imelot mitten aus seinem Heere herauszuholen. Es war ein kühnes Unternehmen, aber die Recken und Riesen stimmten ihm jubelnd bei. Widolt mit seiner Eisenstange wollte sofort in das Lager des Feindes gehn und den König Imelot holen. Aber das wurde ihm untersagt, so sehr er auch brummte und schimpfte.

Die Nacht senkte sich hernieder, die Lagerfeuer flammten bei beiden Heeren auf, und unten am Horizont, aber jenseits des Lagers des Königs von Wüstenbabylon, lief in den Wolkenrändern der elektrische Funke entlang; es zeigte sich ein starkes Wetterleuchten.

Das war die richtige Zeit zu dem kühnen Unternehmen, das König Rother plante. Mit den Sendboten, die aus dem Turmverlies befreit waren, mit dem Grafen Arnold und Herzog Berchter, mit Asprian und Widolt schlich sich König Rother durch die Vorwacht des Feindes in das gegnerische Lager ein.

In tiefem Schlafe lag das Heer. Da zuckte ein greller Blitz des heraufziehenden Gewitters durch die schweigende Nacht, und einer der Posten, die im feindlichen Lager in der Nähe des Königszeltes standen, sah die Fremden und griff nach dem Heerhorn an seiner Seite. Aber schon sauste Widolts Eisenstange auf ihn nieder und schmetterte den Wachtposten zu Boden. Unangefochten gelangten die kühnen Männer bis zum Zelte des Königs Imelot. Die Leibwächter des Königs sprangen auf, als sie das Geräusch der herannahenden Schritte hörten; aber bevor sie einen Laut von sich geben konnten, waren sie gefesselt. Dann trat König Rother mit seinen Leuten in das Gezelt des Königs Imelot. Als dieser erwachte, sah er neben seinem Lager die Riesen Asprian und Widolt stehn. Er war über ihren Anblick so entsetzt, daß er nicht einen Laut von sich zu geben wagte. Ehe er sich besann, war er gefesselt. Dennoch gelang es ihm, einen einzigen furchtbaren Hilferuf auszustoßen.

„Schweig!“ schrie ihm König Rother zu, „oder du bist ein Kind des Todes!“

Nun wurde dem gefangenen König mit Gewalt der Mund verstopft; Widolt wickelte ihn in den Königsmantel, der im Gezelt lag, nahm den König, als sei er ein Kind, auf seine Arme und schritt mit ihm aus dem Zelt hinaus.

Aber der Schreckensschrei des Königs war in der Nähe des Zeltes gehört worden. Außerdem wurde das ganze Lager durch das entsetzliche Gewitter, das jetzt losbrach, lebendig. Das sekundenlange Leuchten der grellen Blitze zeigte den im Lager verstört umherlaufenden Leuten König Imelots die sonderbare Gruppe der Fremdlinge.

„Verrat, Verrat!“ gellte es von allen Seiten, „zu den Waffen, zu den Waffen! Die Feinde sind im Lager! Der König ist gefangen!

Rette sich wer kann! Es sind Ungeheuer im Lager! Wehe die furchtbaren Riesen! Gottes Zorn ist über uns gekommen! Verrat, Verrat!"

Zuckende Blitze schlugen in das Lager ein, töteten eine Anzahl der Krieger Imelots und machten die Verwirrung noch größer.

Wenige kühne Männer versuchten sich den Fremdlingen, die den König gefangen genommen hatten, in den Weg zu stellen. Den furchtbaren Schwerthieben König Rothers und seiner Getreuen, den wuchtigen Schlägen der Eisenkeule Widolts erlagen sie schnell. Heerruf und Heerhorn verhallten im Krachen und Rollen des Donners. Unsägliche Verwirrung brach im feindlichen Lager aus, und als König Rother mit seinem Gefangenen das eigne Lager erreicht hatte, waren die Leute Imelots längst gepeinigt von Schrecken, gejagt von Angst, auf der Flucht und niemand vermochte mehr sie aufzuhalten.

König Rother befahl, den gefangenen König Imelot sicher zu verwahren und legte sich dann in seinem Zelt zum Schlafe nieder. Kaiser Konstantin hatte im Schlafe, der durch seinen Rausch besonders schwer war, auch das furchtbare Toben der Elemente gehört, doch war er nicht davon erwacht. Aber seine Träume beeinflußte das furchtbare Krachen des Donners. Entsetzliche Traumgesichte quälten den Kaiser, und als er am Morgen erwachte, zitterte er am ganzen Leibe und war in Schweiß gebadet. Unmittelbar nach dem Erwachen konnte er sich nicht besinnen, wo er sei, und rief um Hilfe. Sofort eilten seine Trabanten herbei und beruhigten den Kaiser, dem geträumt hatte, der Feind sei bereits in seinem Zelte. Kaiser Konstantin schämte sich seiner Furcht, und als er vor das Zelt trat und die leuchtenden Strahlen der aufgehenden Sonne erblickte, zog wieder Ruhe in sein Herz ein. Als die Sonne strahlend am Firmamente stand, faßte er sogar wieder Mut, denn das Licht des Tags verscheucht die Furcht und die Sorge jedes Ängstlichen.

Jetzt schien es dem Kaiser Konstantin Zeit, das Lager des Feindes anzugreifen, dessen Zelte er drüben noch stehn sah. Mit dem Mut aber kam dem Kaiser auch wieder der Zorn und die üble Laune über den faulen Scharmeister, den angeblichen Herzog Dietrich, der nicht zum Angriff blasen ließ, sondern noch in seinem Zelte zu schlafen schien, als sei man im tiefsten Frieden. Begleitet von seinem Gefolge, sprengte Kaiser Konstantin hoch zu Roß zu dem Zelte des Scharmeisters und ließ diesen herausrufen.

„Habe ich Euch darum zum Heerführer gemacht?“ fragte er zornig den angeblichen Herzog Dietrich, „damit Ihr untätig schlaft?“

„Was soll ich tun?“ sagte König Rother.

„Den Feind angreifen!“ schrie Kaiser Konstantin im höchsten Zorn.

„Welchen Feind?“ fragte ruhig König Rother. „Da drüben im Lager ist kein Feind mehr zu sehen, dort stehn nur noch die Zelte, dort findet Ihr nur noch verlassene Waffen und Rosse, sowie das Gepäck des Feindes. Er selbst ist entflohen.“

„Und König Imelot?“ fragte Kaiser Konstantin.

König Rother winkte dem Riesen Widolt und dieser brachte, wie ein Kind in einem Arme, den noch immer fest in seinen Königsmantel eingewickelten Imelot herbei und legte ihn zu den Füßen Kaiser Konstantins nieder.

„Bei meinem Barte!“ schrie Kaiser Konstantin, „das ist mein Feind Imelot, gefangen und gefesselt und sein Heer entflohen. Wer tat das?“

„Ich vollendete nachts die Tat mit meinen getreuen Mannen, die Ihr im Turmverlies gefangen hieltet, und mit den Riesen. Das Gewitter unterstützte mich dabei.“

„So bin ich Euch zu hohem Danke verpflichtet!“ sagte Kaiser Konstantin, „und Ihr sollt auch die Ehre des Sieges haben. Eilet nach Konstenopel zurück und verkündet meiner Gattin und dem Volke, daß König Imelot gefangen, daß der Feind geflüchtet und das Land befreit sei. Wir aber wollen das Lager des Feindes plündern nach Herzenslust.“

„Es geschehe nach Eurem Willen!“ antwortete König Rother, und brach so eilig gen Konstenopel auf, daß selbst Kaiser Konstantin zufrieden war, weil er sah, mit welchem Eifer der angebliche Herzog Dietrich seine Befehle erfüllte. Hatte er ihn doch nur weggeschickt, damit die Fremden nicht teilnehmen sollten an der Beute, die der Kaiser im Lager Imelots vermutete.

Was die Pferde laufen konnten und so eilig, daß selbst die Riesen kaum Schritt zu halten vermochten, zog König Rother gen Konstenopel. Unterwegs aber enthüllte er seinen Genossen den Plan, den er sofort gefaßt, als der Kaiser ihn beauftragt hatte, die Siegesnachricht nach der Hauptstadt zu bringen.

Schon in den Abendstunden trafen die Eilfertigen in Konstenopel ein. Aber nicht ließen sie auf den Heerhörnern Siegesrufe blasen, sondern das Zeichen der Gefahr geben. Dazu schrien die Recken und Riesen:

„Rette sich wer kann! Das Heer Kaiser Konstantins ist vernichtet, Kaiser Konstantin ist gefangen, racheschnaubend nähert sich Imelot mit seinem schrecklichen Heere der Stadt!“

Dann eilte König Rother nach der Kaiserburg, während seine Getreuen nach dem Hafen liefen und hier die Schiffe zur Abfahrt fertig machten.

Auch in der Kaiserburg erklärte König Rother, er sei gekommen, um die Kaiserin und deren Tochter Oda zu retten und mit den besten Kostbarkeiten auf die Schiffe zu bringen, damit sie der schrecklichen Rache des Königs Imelot entzogen würden.

In Angst und Schrecken folgten ihm die Frauen. Oda war bereits auf dem Schiffe, und die Kaiserin wollte eben das Schiff betreten, als ihr König Rother sagte:

„Ihr wart stets meine Freundin und bereit, mir Eure Tochter zu geben. Wisset nun, daß alles erlogen, daß keine Gefahr für Euch und die Stadt vorhanden ist und daß vielmehr morgen in der Frühe Euer Gemahl siegreich hier einziehen wird. Mir lag daran, meine Sendboten nicht wieder in das Turmverlies bringen zu lassen und Oda, die Ihr mir zur Gemahlin gönnt, mit mir zu nehmen, auch ohne Erlaubnis ihres Vaters. Wenn ich Euch zuerst belog, so geschah dies nur, damit Ihr nicht von Eurem launenhaften und grausamen Gemahl für meine Mitschuldige gehalten werdet.“

„Meinen Segen habt Ihr," sprach die Königin, „macht meine Tochter glücklich!"

Dann winkte sie noch Oda freundlich zu und sah sie mit den Schiffen der Lampartenhelden abfahren.

Die Kaiserin kehrte nach der Burg zurück und ließ dem Volke sagen, es solle sich beruhigen, denn es seien neue Nachrichten eingetroffen, wonach das Unglück nicht so groß sei.

Kaiser Konstantin aber wunderte sich nicht wenig, als er am nächsten Morgen in die Stadt einzog und nirgends Vorbereitungen zu seinem Empfang getroffen sah. Menschenleer waren die Straßen, alle Basare und Häuser waren aus Angst vor dem anrückenden Feinde geschlossen. Ohne eine Begrüßung, ohne einen Glückwunsch empfangen zu haben, gelangte der Kaiser bis zu seiner Burg. Hier begrüßte ihn mit einem lauten Aufschrei die Kaiserin und erzählte ihm, wie sie ihn gefangen geglaubt und wie alle Welt die Ankunft des schrecklichen Königs Imelot erwarte.

Der Kaiser ahnte nichts Gutes.

„Wo ist meine Tochter?" fragte er.

„Herzog Dietrich mit seinen Riesen und Recken hat sie auf seinem Schiffe fortgeführt, damit sie nicht in die Hände des siegreichen Königs Imelot falle."

Da wußte Kaiser Konstantin, daß er schändlich von dem angeblichen Herzog Dietrich betrogen, und daß seine Tochter entführt worden war. Er brüllte so entsetzlich auf, daß das Gemäuer der Kaiserburg erzitterte. Dann sank er, überwältigt von Schmerz und Zorn, ohnmächtig zu Boden.

VI.

Glücklich kam König Rother mit seinen Getreuen und seiner Braut nach Bari zurück. Hier wurde die schöne Oda dem König Rother als Gemahlin angetraut. Prunkvolle Feste wurden aus Anlaß der Hochzeit und zu Ehren des Siegs gefeiert, und König Rother leerte seine Schatzkammer fast gänzlich, um ihre Kostbarkeiten als Belohnung an seine getreuen Recken, aber auch an

die Riesen zu verteilen. König Asprian mit seinen Riesen schwur dem Könige Treue und Heeresfolge für immer und erklärte, er sei jederzeit seines Winks gewärtig, wenn er der Riesen bedürfe.

Doch König Rother dachte nicht an Streit und Kampf. Vor allem genoß er das Glück an der Seite seiner geliebten, schönen Gemahlin. Dann ordnete er die Angelegenheiten seines Reichs, regierte mit Weisheit und Milde, half den Unterdrückten, förderte die Guten, und überaus beliebt waren er und seine Gemahlin bei allen Untertanen. Wohl wagten hin und wieder unruhige Nachbarn das Lampartenland anzugreifen, doch dann erfocht König Rother leichte Siege über sie. Das Glück war mit ihm, seitdem die schöne Oda an seiner Seite lebte.

Während hier am Königshofe zu Bari das Glück herrschte, wob das Unglück seine Kreise um die Kaiserburg von Konstenopel. Vor Zorn und Gram um die Tochter war Kaiser Konstantin erkrankt. Launenhafter und schrecklicher war er, als je vorher. Seine getreusten Diener verstieß er, seine besten Freunde ließ er hinrichten. Niemand wagte sich ihm mehr zu nahen, denn die schlechte Laune des Kaisers wich nicht, da alle seine Unternehmungen fehlschlugen. Zuletzt schloß sich der Kaiser in sein Gemach ein und wollte keines Menschen Antlitz mehr sehen.

Da erschien eines Tags ein listiger Grieche, ein Spielmann, auf der Kaiserburg und sagte, er habe gute Kunde für den Kaiser. Erst auf langes Bitten der Kaiserin ließ der Kaiser den Spielmann ein und fragte ihn barsch, was er wolle.

„Ich weiß ein Mittel," erklärte der griechische Spielmann, „um Eure Tochter wieder in Eure Arme zurückzuführen. Gebt mir ein Schiff, gebt mir einen Teil der Kostbarkeiten Eurer Schatzkammer, und ich will gen Bari fahren und mit List Eure Tochter auf das Schiff locken und wieder nach Konstenopel bringen."

Diese Worte des Spielmanns waren der erste Hoffnungsschimmer, welcher dem Kaiser Konstantin winkte.

„Du sollst haben, was du willst," sagte er dem Spielmann, „und gelingt dir dein Plan, bringst du meine Tochter wieder zu mir zurück, so sollst du der Erste in meinem Reiche werden. Ich will dich halten, wie meinen Bruder, ich will meine kaiserliche Macht mit dir teilen."

Schon am nächsten Tage wurde in aller Heimlichkeit das Schiff für den Spielmann ausgerüstet; es war das schnellste Schiff, das Kaiser Konstantin im Hafen hatte. Mit reichen Schätzen wurde dieses Fahrzeug beladen, und der Spielmann fuhr damit gen Bari und legte hier im Hafen an. Durch seine Leute, die er ans Land schickte, ließ er mitteilen, daß er ein fremder Kaufmann sei, der von einer langen Reise nach Arabien und Syrien mit wunderbaren Schätzen und geheimnisvollen Amuletten zurückgekehrt sei. Der Rand des Schiffs wurde durch eine Brücke mit dem Ufer verbunden, ein seidenes Dach wurde über dem Verdeck errichtet, und auf Tischen wurden hier kostbare Stoffe, goldene und silberne Kleinodien und edelsteinbesetzte Schmucksachen ausgebreitet. Auf einem kostbaren goldenen Teller aber lag ein gewöhnlicher Kieselstein, der durch eine Glasglocke geschützt war.

Schüchtern wagten sich die ersten Käuferinnen und Käufer an Bord. Aber als sie Einkäufe gemacht hatten und den Leuten am Lande erzählten, um wie billiges Geld man die herrlichsten Sachen bei dem fremden Kaufherrn erstehn könnte, wurde der Andrang der Kaufenden sehr groß.

König Rother war nicht in Bari. Er war nach den Grenzen des Reichs mit einem Heere gezogen, um dort bei den Nachbarn Frieden zu stiften. Der getreue Lupold von Meran war zum Schutze der Stadt und der Königin Oda zurückgeblieben.

Ein Ritter aus dem Gefolge der Königin kam, angelockt durch die Nachricht, die er von den Schätzen des fremden Kaufherrn erhalten hatte, auch an Bord und besichtigte hier die Kostbarkeiten. Endlich sah er den Kieselstein auf dem goldenen Teller und fragte den Kaufherrn, was das bedeute.

„O Herr," sagte der ränkevolle Kaufmann, „das ist der größte Schatz, den Arabien und Syrien jemals hervorgebracht haben, und ich preise mich glücklich, daß er in meinen Händen ist.

Es ist ein Zauberstein von himmlischer Kraft. Wenn eine Königin ihn in der Morgenstunde in ihre Hand nimmt, so verwandelt sich dieser Kiesel in einen Demantstein, der in den herrlichsten Farben strahlt. Wenn aber eine Königin mit diesem Stein einen Kranken berührt, so weicht von ihm in demselben Augenblick jede Krankheit, hätte sie selbst jahrelang bestanden und sei sie die schrecklichste, die jemals einen Menschen befallen."

Mit Erstaunen und Freude hörte der Ritter diese Nachricht, denn er besaß zwei liebliche Knaben, deren Glieder zum Teil gelähmt waren, so daß sie sich nur mühsam auf Krücken fortbewegen konnten.

„Leihet mir diesen Stein!" bat er, „und ich werde unsre gute Königin bitten, daß sie mit ihm meine kranken Knaben berühre."

Doch der Kaufherr schüttelte den Kopf.

„Der Stein darf nicht von Bord. Nur auf dem Schiffe äußert er seine Zauberkraft. Der längst verstorbene Zauberer, der ihn bildete, hat nämlich den Schwur getan, daß der Stein nicht auf dem Lande und nicht auf dem Wasser wirken solle. Hier an Bord ist er nicht auf dem Wasser und nicht auf dem Lande, und deshalb muß der Stein, auch wenn er nicht wollte, seine Zauberkraft bewähren. Bittet Eure gute Königin, von der auch ich viel Rühmliches gehört habe, daß sie in den Morgenstunden auf einen Augenblick an Bord komme, damit sie den Stein nehme und Eure kranken Knaben berühre."

„Das will ich tun!" rief der Ritter freudig, „und unsre gute Königin wird gewiß meine Bitte erfüllen."

Dann eilte er ans Land und zur Königin.

Der betrügerische Spielmann aber befahl seinen Leuten, das Schiff so fertig zu machen, daß es in einem Augenblick vom Ufer abstoßen könnte.

Die gute Königin Oda erfüllte in ihrer Freundlichkeit gern die Bitte des Ritters. Sie kam ans Ufer, gefolgt von dem Ritter und seinen beiden bresthaften Söhnen. Die Königin betrat zuerst das Schiff, und mit tiefer Verbeugung begrüßte sie der Spielmann und geleitete sie zu den Tischen, auf denen die ausgestellten Kostbarkeiten sich befanden. Als aber der Ritter mit seinen beiden kranken Söhnen und das Gefolge der Königin das Schiff betreten wollten, wurde die Brücke plötzlich fortgerissen, mit den Ruderstangen stieß man das Schiff vom Ufer ab, die Segel fuhren rasselnd am Maste empor und blähten sich sofort im Winde, und in raschem Laufe eilte das Schiff mit der entführten Königin Oda aus dem Hafen hinaus.

Mit Windeseile aber verbreitete sich in Bari die schreckliche Nachricht, daß die Königin Oda von einem listigen Kaufherrn auf seinem Schiffe entführt worden sei. In namenlose Bestürzung versetzte diese Nachricht den Hofstaat König Rothers, vor allem aber den Grafen Lupold von Meran, dem die Bewachung der Königin Oda anvertraut worden war.

VII.

Sieben Tage waren seit der Entführung der Königin Oda vergangen, als König Rother von seinem Heerzuge zurückkehrte. Bestürzung ergriff ihn, als er die unheimliche Stille in den Straßen von Bari bemerkte, als er das Volk bei seinem Einzug scheu zur Seite schleichen sah, und als niemand seiner Getreuen, wie auch die Königin ihn nicht empfing.

Im Königspalaste trat ihm Lupold von Meran entgegen und erzählte ihm, was geschehen war.

„Mich allein trifft die Schuld,“ sagte Graf Lupold, „ich habe die Königin selbst zum Hafen geleitet, nicht ahnend, welch ein Schurke und Betrüger der angebliche Kaufherr war, den Kaiser Konstantin gesendet hatte, damit er ihm seine Tochter wieder nach Konstenopel zurückhole. Ich trage die Schuld, ich ganz allein. Mein Leben steht in Eurer Hand, straft mich nach Gebühr!“

Keines Wortes mächtig stand König Rother vor dem tiefgebeugten Grafen. Da trat der jüngste Bruder Lupolds, Erwin, vor ihn und sagte:

„Mein Herr und König, wenn mein Bruder sterben soll,

so laßt mich mit ihm sterben. Ich habe mit ihm zusammen im Burgverlies von Konstenopel Leid, Sorgen und Schrecknisse getragen, da wir als Eure Sendboten gen Konstenopel fuhren, um dort die Kaisertochter zu freien. Laßt mich jetzt mit ihm auch das gleiche Schicksal teilen."

Die kluge Rede Erwins, welche König Rother an die Dienste, die ihm Lupold bereits erwiesen und was er um seinetwillen gelitten hatte, erinnerte, rührte König Rothers Herz. Er umarmte und küßte den jungen Erwin und zog dann auch den Grafen Lupold an seine Brust.

„Du hast gefehlt, aber nicht aus böser Absicht," sagte er, „dein ehrliches Herz, Graf Lupold, ahnte nicht die Hinterlist, die der Abgesandte meines Schwiegervaters im Busen hegte."

Das Beifallsrufen aller in der Burg Anwesenden beantwortete die milden Worte des Königs. Die Kunde von der Gerechtigkeit Rothers flog durch die Stadt und weit in das Land hinaus, und überall pries man König Rother als einen milden und guten Herrscher. Von selbst eilten die Krieger des Landes herbei, um sich dem Könige zu einem Kriegszuge gen Konstenopel zur Verfügung zu stellen. Als eines Morgens König Rother nach einer Nacht voll Gram und Sorgen erwachte und an das Fenster seines Gemaches trat, sah er unten im Burghofe Kopf an Kopf die Mannen stehn, die freiwillig kamen, um mit ihm zur Wiedergewinnung der schönen Königin auszuziehen.

Mit Jubelgeschrei empfingen die Tapferen ihren König, als er unter sie trat.

„Habet Dank, Ihr meine Getreuen," rief König Rother, „habet hundertfachen Dank für Euren guten Willen. Ja, wir wollen gen Konstenopel ziehen und meine teure Gattin wieder befreien."

„Heil dem König Rother und seiner Gemahlin!" schrien die Tapferen und schlugen zum Zeichen des Beifalls an ihre Schilde. Das Klingen des Erzes aber wurde laut übertönt durch ein furchtbares Gebrüll, das vom Hoftor her erschallte. Widolt war es mit der eisernen Stange, der im Gefolge des Königs Asprian herangezogen kam. Auch der Riesenkönig hatte von dem Unglück gehört, das König Rother betroffen hatte, und freiwillig kam er mit seinen Mannen, um am Kriegszuge gen Konstenopel teilzunehmen.

Jetzt galt es nur noch die Schiffe zu rüsten, und nach wenigen Tagen segelte das Heer König Rothers nach Konstenopel ab.

VIII.

In einer tiefen, waldumgrenzten Meeresbucht landete die Flotte der Befreier in aller Heimlichkeit.

Noch ahnte Kaiser Konstantin in Konstenopel nicht, wie nahe die Feinde waren. Durch die Wälder schlich sich das Heer König Rothers bis in die Nähe der Stadt. Dann sollten aber Kundschafter nach Konstenopel gehn, um die beste Gelegenheit zum Angriff auszuforschen. Herzog Berchter und sein Sohn Lupold erboten sich sofort dazu. König Rother aber sagte ihnen:

„Ihr geht nicht allein in die große Gefahr, ich gehe mit euch.“

Wohl baten ihn seine Getreuen, sich nicht mutwillig in solch Wagnis zu begeben, doch König Rother erklärte:

„Es gilt die Befreiung meines geliebten Weibes und nichts soll mich abhalten.“

Als Pilger verkleideten sich die drei Späher und zogen nun gen Konstenopel. Als sie noch eine halbe Tagereise von der Stadt entfernt waren, begegnete ihnen ein Krieger hoch zu Roß, den sie freundlich grüßten und nach dem Wege fragten. Von ihm erfuhren sie, daß in Konstenopel ein großes Fest gefeiert werde, nämlich die Vermählung der schönen Oda mit dem Sohne des Königs von Wüstenbabylon, mit dem häßlichen und widerwärtigen Basilistium.

„Am Nachmittag findet die Hochzeit statt,“ erzählte der Krieger.

Diese Nachricht beflügelte die Schritte König Rothers und seiner Genossen. Sie kamen in der Kaiserburg in Konstenopel an, als man sich im großen Saale zum Speisen niedersetzte, um nach der Tafel dann Königin Oda mit dem häßlichen Basilistium zu verheiraten.

Wie kam Kaiser Konstantin dazu, solchen Frevel zu begehn, eine bereits verheiratete Gattin einem andren zu vermählen, und noch dazu seine eigne Tochter?

Er hatte Unglück gehabt. Wiederum war König Imelot von Wüstenbabylon, den Kaiser Konstantin nach der ersten Gefangennahme gegen hohes Lösegeld entlassen hatte, mit einem riesigen Heere gen Konstenopel gezogen. Diesmal fehlten die tapferen Scharen König Rothers. Das Heer Konstantins war geschlagen worden, und als Friedenspfand verlangte König Imelot für seinen Sohn die Hand der schönen Oda. Wollte sich Kaiser Konstantin nicht fügen, so sollte er des Thrones und des Landes verlustig gehn.

Unauffällig drängten sich die drei Pilger in den Saal. König Rother sah seine Gemahlin mit verhärmtem Antlitz und verweinten Augen oben an der Tafel sitzen; neben ihr den häßlichen und widerwärtig grinsenden Basilistium. Langsam und vorsichtig schlich König Rother bis in die Nähe seines unglücklichen Weibes. Dann warf er geschickt einen Ring in ihren Schoß, und als Oda erstaunt diesen Ring ergriff, erkannte sie ihn als den ihres Gemahls, des Königs Rother.

Das jähe Rot der Freude glitt über ihr Antlitz und suchend schweifte ihr Auge umher. Freudig zuckte sie zusammen, als sie im Pilgergewande den Gatten erblickte.

Aber auch Basilistium hatte gesehen, was geschehen war. Plötzlich erhob er sich und schrie:

„Kaiser Konstantin, lasset die Türen besetzen, es sind ungebetene Gäste im Saal! Ich vermute, König Rother von Lampartenland hat Abgesandte hier im Saal, welche die Hochzeit stören sollen!"

Auf einen Wink des Kaisers stürzten die Trabanten nach den Türen und besetzten dieselben, damit niemand mehr heraus konnte. Kaiser Konstantin aber erhob sich und rief:

„Sind Abgesandte des Königs Rother von Bari hier, so mögen sie vortreten!"

Furchtlos trat König Rother vor den Kaiser und warf sein Pilgergewand ab.

„Hier bin ich!“ sagte er, „und man wird mir wohl das Recht nicht nehmen, auf der Hochzeit der eignen Gemahlin zu erscheinen!“

„Rette mich, Geliebter!“ schrie Oda, sprang auf, stieß Basilistium, der sie aufhalten wollte, beiseite und sank an die Brust ihres Gatten.

„Habe ich dich endlich!“ schrie Kaiser Konstantin, „habe ich dich, Elender, der mir so viel Herzeleid zugefügt hat!“

„An den Galgen mit ihm!“ schrie Basilistium, „an den Galgen! Dann kann er nicht mehr Einspruch erheben gegen die Verheiratung seiner Gattin.“

„Ja, am Galgen soll er sterben!“ rief Kaiser Konstantin in wildem Tone. „Zu viel habe ich durch ihn gelitten! An den Galgen mit ihm, und zwar sofort!“

„An den Galgen, an den Galgen!“ schrie Basilistium, und eine Viertelstunde später zog eine gewaltige Schar aus der Kaiserburg zur Richtstätte. Bewaffnete Reiter eröffneten den Zug, dann folgten der Henker und seine Gesellen mit den drei verurteilten Pilgrimen. Der elende Basilistium ritt auf prächtig gezäumtem Rosse neben König Rother und verhöhnte ihn auf dem Wege zum Galgen. Hinter den Verurteilten ritt Kaiser Konstantin mit seinem ganzen Gefolge.

Vergeblich hatten die Kaiserin und Oda den Kaiser beschworen, König Rother und seine Getreuen zu begnadigen. Der Kaiser ließ die jammernden Frauen in ein Zimmer sperren und zog mit hinaus zur Hinrichtung, um sich an der Todesqual seines Feindes zu weiden.

Wohltun trägt Zinsen, das sollte König Rother jetzt erfahren. Nicht umsonst hatte er einst Gutes an dem Grafen Arnold getan. Der Graf Arnold war unter den Hochzeitsgästen im Saal gewesen. Als er erfuhr, daß sein Wohltäter zum Galgen geführt werden sollte, raffte er seine in den Herbergen der Stadt verstreuten Mannen zusammen, und gerade als die Richtstätte schon in Sicht kam, überfiel er plötzlich die Bewaffneten an der Spitze des Zugs. Wie der Sturmwind warf sich Graf Arnold mit seinen Leuten auf die Trabanten. Ein unbeschreibliches Durcheinander entstand. Plötzlich fühlte König Rother, wie die Fesseln seiner Hände durchschnitten wurden. Sofort ergriff er das Heerhorn, das an seiner Seite hing, und stieß übermächtig hinein. Das war das Zeichen für die im Walde versteckten Getreuen und wenige Minuten später kamen sie zu Roß und zu Fuß herangejagt, alles vor sich niederwerfend, alles niederschmetternd, nur auf die Rettung ihres Königs bedacht.

Ein gewaltiger Schreck ergriff den Kaiser Konstantin und seine Leute, als sie die Riesen, unter ihnen den schrecklichen Widolt mit der Eisenstange herannahen sahen. Mit einem einzigen Hiebe seiner eisernen Keule zerschmetterte Widolt den arglistigen Basilistium. Dann wütete er unter den Trabanten Kaiser Konstantins, wie die Sense des Schnitters unter den Halmen im Ährenfeld. Allerdings, Kaiser Konstantin sah davon nichts mehr, denn er hatte sich zur Flucht gewendet. Doch vergeblich war sein Laufen und Eilen. König Asprian überholte ihn, nahm ihn wie ein Kind auf den Arm und warf ihn mehrmals zum Spaß in die Luft, daß dem Kaiser Hören und Sehen verging.

Mit dem gefangenen Kaiser Konstantin und seinem Gefolge zog König Rother, gefolgt von seinen Getreuen, in die Kaiserburg zu Konstenopel ein. Niemand wagte sich ihm zu widersetzen. Die eingeschlossene Kaiserin und Oda wurden aus ihrem Zimmer befreit, und jubelnd warf sich Oda an die Brust ihres Gatten.

König Rother aber wendete sich an den grausamen und launischen Kaiser Konstantin und sagte zu ihm:

„Was soll nun mit dir geschehen? Du bist in meiner Hand. Zum Galgen wolltest du mich führen, und eines schimpflichen Todes wolltest du mich sterben lassen. Was soll nun geschehen?"

Da trat die kluge Kaiserin zwischen den Gatten und den Schwiegersohn und sagte:

„Ei, was nun geschehen soll? Ich denke, das beste ist, wir feiern die Hochzeit König Rothers und unsrer Tochter Oda. In der Burg ist alles zur Hochzeit vorbereitet. Begeben wir uns nach dem Speisesaal, um dort das unterbrochene Hochzeitsmahl fortzusetzen. Ich weiß gewiß, mein kaiserlicher Gemahl Konstantin wird dem tapferen König Rother seine Tochter jetzt nicht mehr als Gattin verweigern."

„Gewiß nicht,“ sagte Kaiser Konstantin, dem in diesem Augenblick nichts andres übrig blieb, als den Worten seiner Frau zuzustimmen.

„Dann ist alles gut!“ rief König Rother; „auf zum Hochzeitsmahl!“

Die Drommeten tönten und die Pauken klangen, als umjubelt von den getreuen Lamparten König Rother mit seiner wiedergewonnenen Gattin zum Hochzeitsmahle in den Burgsaal einzog, und Jubelruf, Drommetenton und Paukenwirbel klangen bis tief in die Nacht hinein zur Feier des fröhlichen Ereignisses.

Gudrun.

Ger, der König von Irenland, war gestorben. Witwe wurde seine Gattin Ute und beider Sohn Siegband bestieg den Königsthron des Irenlandes.

Sieben Fürsten mit viertausend Recken waren untertan dem jungen Könige. Unter all diesen Recken aber war im Kampfspiel der beste Jung-Siegband, des Landes König. Als nun die Trauerzeit vorüber war, mahnte Frau Ute ihren königlichen Sohn, nach den Sitten des Landes ein Weib zu freien. Genug Trauer sei im Lande gewesen und in Freude solle sich der Schmerz verkehren. Frau Ute warb für ihren Sohn um eine Jungfrau von Noregs Felsenstrand, die gleich ihr Ute genannt wurde. Mit siebenhundert Recken kam zu Schiff die Braut nach Irenland, und „Schön-Ute" nannte man sie allenthalben, sobald man sie erblickte. Mit Turnieren und Kampfspielen wurde die Hochzeit gefeiert und in Frieden und Gerechtigkeit regierte König Siegband an der Seite der schönen Ute. Den Armen helfen, den Bedrängten beistehn, Recht zu sprechen, ehrlich erworbenes Gut durch Sparsamkeit aufzuhäufen, das war die Lebensaufgabe Siegbands.

Im dritten Jahre der Ehe ward dem Königspaare ein Knäblein geboren, welches Hagen genannt wurde. Weise Frauen und schöne Mädchen erzogen den Knaben mit allem Fleiß. Doch kaum war er sieben Jahre, als er sich der Hut der Pflegerinnen zu entziehen suchte. Wo er Wehr und Waffen sah, Helmzierat und Panzer, Schwert und Speer, da eilte der Knabe hin; denn nur nach Waffenspiel und Kampf stand schon im zarten Alter sein Sinn.

In Glück und Frieden waren dem Königspaare Siegband

und Ute wohl zwölf Jahre dahingeflossen, als die Königin erfuhr, daß man im Lande nicht zufrieden sei mit dem friedlichen Leben König Siegbands. Die Recken klagten, daß es keinen Krieg gebe, der Sieg und Beute brachte. Nicht einmal Kampfspiele veranstaltete der König, bei denen Ehre und herrliche Preise zu erwerben waren. Sie sagten:

„Es ist von einem König
Kein echter Fürstenmut,
Zu sammeln und zu raffen
Ohn' Maßen Gold und Gut,
Wenn er's mit seinen Recken
Nicht teilt auch williglich."

Mit schmeichlerischen Reden brachte Frau Ute dem Könige, ihrem Herztrauten, vorsichtig bei, was man im Lande von ihm sprach. Sie meinte, er solle wenigstens öfter große Kampfspiele veranstalten, um den Recken Gelegenheit zu geben, ihre Kraft, Kunst und Gewandtheit zu betätigen. Wohl sah der König ein, wie recht seine kluge Frau hatte, und treulich antwortete er:

„Ich will auf solche Dinge
Gern mehr beflissen sein,
Dieweil nach deinen Wünschen
Mein Herze stets sich kehrt.
Der Mann, der ehrt sich selber,
Der seine Fraue ehrt.
Drum will ich gerne folgen
In diesem deinem Rat;
Für Spiele und für Feste
Deucht mich's noch nicht zu spat."

König Siegband, der so lange gesäumt hatte, ein Festspiel zu veranstalten, gedachte nun ein Fest zu rüsten, wie man's im Lande noch niemals gesehen. Boten entsendete er durch das ganze Land und selbst über das Meer, daß sich edle Helden zum Feste zu bestimmter Frist einfinden sollten. In der Nähe der Königsburg Balian ward ein ganzer Wald abgetragen, um den Grund und Boden zum Festplatze herzurichten. Schranken und Gestühl wurden aufgeschlagen, so daß wohl sechzigtausend Helden teilnehmen konnten an dem Kampfspiel. Zu Roß und zu Fuß, aus allen Teilen des Irenlandes, auf hohen, festgefügten Schiffen kamen auch von den Nachbarreichen Ritter und Knappen herbei.

Neun Tage dauerten die Feste. Im Buhurd und im Tjost*)

*) Tjost ist ein Turnier in dem zwei Ritter, Buhurd ein Kampfspiel, in welchem mehrere Paare gegeneinander fechten.

wurde gekämpft, und Frau Ute, die Königin, verteilte des Abends selbst die kostbaren Preise, die der König gestiftet hatte, an die Sieger. Fahrendes Volk, insbesondere Sänger hatten sich eingefunden, und nachdem man sich am Kampfspiel und an der Kraft der Recken ergötzt hatte, erfreute man sich an den Künsten des fahrenden Volks, am süßen Gesang und am Wohlklang der Musik, welche die fremden Spielleute zu Gehör brachten.

Am zehnten Morgen aber erschien ein Spielmann, der die Harfe mit solchem Wohllaut schlug, daß er die Sinne aller, die ihn hörten, gefangen nahm. Um die Stelle, an der er spielte und sang, drängte sich alles Volk. Atemlos lauschte es seinem Sang und Saitenspiel, und selbst die Hüterinnen, die den Knaben Hagen bewahren sollten, eilten herzu, um sich von dem Schmeichelton des Spiels bezaubern zu lassen.

Plötzlich verfinsterte sich die Sonne, ein Brausen und Rauschen ertönte durch die Luft und als erschreckt und entsetzt die Menge emporsah, erblickte sie einen riesigen Greifen, der, einem Sturmwind gleich, daherfuhr. Zur Erde nieder schoß der Greif, mit seinen fürchterlichen Krallen umfing er den Knaben Hagen und entführte ihn in die Lüfte. Tausendstimmiges Wehgeschrei ertönte, doch mit gewaltigem Rauschen flog der Greif davon auf das Meer hinaus, bis er am blauen Himmel nur noch wie ein Punkt erschien und verschwand.

In Jammer waren verkehrt Fest und Freude; die Gäste zerstoben und schmerzgebrochen saßen im Schlosse Balian die Eltern Hagens, des unglückseligen Kindes, das der Greif davongeführt hatte. —

Gottes Hut schützte das unglückliche Kind in den Klauen des Greifen. Bis zur öden Küste einer Felseninsel rauschte der Greif über die See dahin, wo zwischen Felsenwänden sieben halbwüchsige Junge, die Brut des Räubers, hausten. Diesen Jungen warf der Greif den Knaben Hagen zu und flog dann davon, nach neuer Beute ausspähend. Mit Schnäbeln und mit Krallen fielen die jungen Greifen den Knaben an, und jeder von ihnen wollte ihn als Beute verzehren. Doch der stärkste junge Greif packte mit seinen Krallen den Knaben und flog mit ihm aus dem Nest. Zu schwer aber ward ihm die ungewohnte Last. Auf einem Baumast setzte sich der junge Greif nieder. Doch war der Ast zu schwach, um die doppelte Last zu tragen — er brach. Mit zuckenden Flügelschlägen bewahrte sich der junge Greif vor dem Falle; aber er mußte aus seinen Krallen den Knaben Hagen zu Boden stürzen lassen. Übel zerschlagen kam Hagen auf dem Boden zwischen Buschwerk und Dornen an, dort konnte ihn der Greif nicht mehr sehen und mußte ohne Beute zum Horste zurückstreichen.

Betäubt vom Sturze lag Hagen lange Zeit. Dann kroch er einer Schlange gleich durch Buschwerk und Gras fort aus der Nähe des Greifenhorstes. Als die Nacht kam, wagte er wieder auf seinen Füßen zu stehn, und rastlos wanderte er weiter. Die Quellen des Waldes, in den er immer tiefer hineinging, stillten am Morgen seinen Durst; doch fürchterlicher Hunger quälte den Knaben. Als es Tag wurde, stand Hagen vor einem Felsentor, das sich nach dem Innern zu einem schmalen Spalt verengte, der wohl in eine Höhle hineinführte. In dem engen Eingang sah der Knabe drei liebliche Mädchenköpfe. Aber die drei Kinder, die ihn erblickten und die ihn für einen bösen Zwerg hielten, schrien laut auf und verbargen sich im Innern des Steins.

„Wer ihr auch seid, Meerfrauen oder Nixen oder sonstige Wesen, helft mir!“ rief Hagen in die Höhle hinein; „gebt mir zu essen. Seit drei Tagen ist keine Nahrung über meine Lippen gekommen. Ich sterbe vor Hunger!“

Ermattet sank er zu Boden und weinte bitterlich. Da nahte ihm eins der Mädchen, das in Moos gehüllt war und ihren Leib mit Gras bedeckte, und bot ihm freundlich Speise von bitteren Wurzeln und Kräutern. Auch die andern Mägdlein wurden zutraulich und kamen herbei, um den unglücklichen Wandrer zu stärken. Doch vergeblich fragte Hagen nach kräftiger Kost, nach Fleisch und Brot.

Seit länger als Jahresfrist lebten die drei unglücklichen Mädchen in der Höhle, denn auch sie waren gleich Hagen Opfer des Greifen. Das schönste der jungen Mädchen hieß Hilde und war eine Königstochter aus India. Die zweite war aus Portugal, die Tochter des Landesherrn, und der Vater der dritten war König im Reiche Iserland.

„Gott tut oft große Wunder,
Das darf man wohl gestehn,
So war's durch seine Fügung
Schon vor der Zeit geschehn,
Daß die drei Königstöchter
Aus fernem, fremden Land
Vom Greif getragen wurden
An diesen wilden Strand.
Sie wären nicht am Leben
Geblieben Jahr und Tag,
Wenn ihrer nicht gleich Hagen
Der Herr im Himmel pflag."

Sie waren in die Höhle geflüchtet, die im Dickicht des Waldes lag. Durch die dichten Baumkronen konnte der Greif nicht zu Boden niederstoßen, und so waren sie gesichert. Aber nicht in den lichten Wald, noch weniger aber an die Küste der Insel durften sie sich wagen, weil sie dort die sichere Beute des Greifen geworden wären.

Jahr und Tag lebte Hagen mit den drei Königskindern zusammen im Waldesdickicht; doch getraute sich der Knabe öfter bis an den lichten Wald und an den Rand desselben, von wo aus er auf das Meer hinausblicken konnte. Wohl sah er dort die Greifen fliegen, doch lernte er durch Beobachtung kennen, daß nur zu bestimmter Zeit die Greifen den Strand absuchten und zu gewissen Stunden am Ufer nicht erschienen.

Ein wilder Sturm trieb eines Tags donnernd die Meereswogen gegen die felsige Küste der Insel. Schiffe mit stattlichen Rittern schwammen daher auf den empörten Fluten des Meeres, und der Sturm warf sie an die Küste und zerschmetterte sie.

Hei, wie da die Greifen mit ihrer Brut herbeieilten, um sterbende und tote Helden, die am Strande lagen, zu ergreifen und als willkommene Beute nach dem Horste zu schleppen! Von seinem Versteck aus sah der Knabe Schiffstrümmer und Menschenleichen auf dem Strande liegen, und als die Zeit kam, in der die Greifen nicht das Ufer abzusuchen pflegten, wagte er sich in Gottes Namen hinaus. Er hoffte Gerät zu finden, auch Nahrungsmittel, wie er seit Jahr und Tag sie nicht genossen. Doch fand er nichts, als die Leiche eines Ritters. Dem nahm er die Waffen ab und gürtete sich mit ihnen. Auch den Bogen mit den Pfeilen nahm er an sich, und so groß war die Kraft des Knaben, daß er die schweren Ritterwaffen nicht nur tragen, sondern auch regieren konnte.

Von seinem Horst her aber hatte wohl der alte Greif das lebende Wesen am Strande bemerkt und pfeilschnell kam er herbeigeflogen. Doch Furcht lebte nicht in Hagens Herz. Den Pfeil legte er auf den Bogen, schoß ihn mit Sicherheit ab und traf auch die Brust des Greifen. Doch von dem dichten Gefieder des Riesenvogels prallte der stark bewehrte Pfeil gleich einem Strohhalm ab. Da zog Hagen sein Schwert und hieb nach kurzem Kampfe dem Greifen den rechten Fittich ab. Zu Boden stürzte das Untier und wehrte sich hier noch mit Klauen und Schnabel; aber unter den fürchterlichen Streichen des Heldenknaben erlag der Greif. Doch als Hagen den Helm lüftete, um nach dem schweren Kampfe Atem zu holen, erschien der weibliche Greif und fiel ihn an. Auch diesen Riesenvogel tötete Hagen, jedoch nur, um dann sofort mit den sieben jungen Greifen neue, schreckliche Kämpfe zu bestehn.

Zerhackt lagen am Strand endlich sämtliche Greifen, und Hagen trat, nachdem er sich von des Kampfes Mühe erholt hatte, den Weg zur Felsenhöhle an, wo die drei Königskinder in Furcht und Sorge hausten.

Wie schrien sie auf, als sie ihn erblickten in der Waffenzier und Rüstung! Doch als er sich ihnen zu erkennen gab, als er ihnen sagte, daß die Greifen getötet wären, daß die Insel nun sicher sei und sie hingehn könnten, wohin sie wollten, dankten sie ihm unter tausend Freudentränen.

Am nächsten Tage schon begann Hagen, gerüstet mit seinen Waffen, die Insel zu durchforschen, um einen besseren Ort zu entdecken, der den Königskindern und ihm hätte als Aufenthalt dienen können, als, wie bisher, die feuchte Höhle. Nichts ahnend ging er in des Waldes Tiefen suchend einher, als plötzlich ein drachenartiges Ungeheuer, ein Gabilun, auf ihn losfuhr. Doch blitzschnell zog Hagen sein Schwert und war er auch ungeübt in der Führung der Waffe, so lehrten ihn doch Kraft und Kühnheit dieselbe gebrauchen. In mehr als einstündigem Kampfe besiegte er den schrecklichen Gabilun. Verschmachtet vor Hitze und Anstrengung sank aber neben der Leiche des Feindes Hagen zu Boden. Da trank er das Blut des Gabilun, um den Durst, der ihn zu töten drohte, zu stillen, und siehe da! Hagen fühlte sich wunderbar gestärkt; er fühlte, wie gewaltige Kraft seine Adern und sein Gebein durchdrang, wie wilder Mut ihn durchlohte und durchglühte. Noch ahnte er nicht, daß die Kraft von zwölf Männern durch das Blut des Drachen auf ihn übergegangen war, aber riesenstark fühlte sich Hagen. Er hob die Leiche des Gabilun auf und schleppte sie durch den Wald bis zur Steinhöhle, in der die Königskinder hausten. Wohl entsetzten sich die Mägdlein zuerst vor der scheußlichen Gestalt des Gabilun; doch Hagen wies lachend darauf hin, daß jetzt endlich Fleischspeise vorhanden wäre. Dürres Gras sammelten die Mägdlein; mit der Schärfe des Schwertes hieb Hagen aus dem kieselharten Panzer des Gabilun Funken, die in dem Gras aufgefangen wurden. Helles Feuer sahen die Vereinsamten zum ersten Male seit langer Zeit wieder. Hagen zog dem Gabilun die Haut ab, und in Stücken wurde das Fleisch am Feuer gebraten. Die Mädchen und Hagen aßen von dem Fleisch des Gabilun, und sie wurden schöner als je, und kräftiger und mutiger, als sie vormals gewesen waren. Tagelang gab das Fleisch des Gabilun ein leckeres Mahl. Die Mägdlein aber hüteten das Feuer, damit es nicht wieder ausging.

Hagen begann nun, gierig nach Fleischnahrung, das Wild der Insel, das sich jetzt aus dem Dickicht des Waldes hervorwagte, nachdem die Greifen getötet waren, zu jagen. Wohl fiel es ihm zuerst schwer, das flüchtige Wild im Laufe zu erreichen; aber die übernatürliche Kraft, die Hagen durch das Blut und Fleisch des Drachen gewonnen hatte, befähigten ihn, schneller im Laufe zu werden, als das schnellste Wild. —

So waren wiederum Jahr und Tag vergangen; die neue Nahrung hatte die abgehärmten und durch Wurzeln und Kräuter nur schlecht ernährten Königskinder wunderbar gestärkt, und ihr Sinn stand nach Höherem, als nach guter Nahrung. Sie sehnten sich nach der Heimat.

An der andren Seite der Insel glaubte Hagen wohl Schiffe

finden zu können, welche dort von alters her anlegten, während die Seite, wo der Greif gehorstet hatte, aus Furcht vor dem Untier von den Schiffern gemieden worden war. Wie in allen Dingen, so folgten auch jetzt die Königsmägdlein dem gewaltigen Hagen, der zwanzig Tage mit ihnen wanderte durch Wald und Heideland bis zur andren Seite der Insel. Und nicht umsonst war diese Mühe. Kaum hatten sie den Strand betreten, so sahen sie ein schwerbeladenes Schiff, das dicht unter der Küste dahinzog.

Bis in die Meeresflut hinein trat Hagen, und mit dröhnender Stimme rief er den Schiffern zu, ihn aufzunehmen. Doch der Herr des Schiffes und seine Mannen hielten die Mägdlein für Wasserweiber, und erst als Hagen „um Christi willen" bat, sie aufzunehmen, als er schwur, daß auch die Mägdlein getaufte Christen seien, kam der Schiffsherr mit seinem Fahrzeug näher heran.

Es war der Graf vom Garadinerland mit einer großen Zahl seiner Recken, der auf einer Meerfahrt begriffen war. Mit Speise und Trank versah er die Flüchtlinge und Pilgerkleider gab er ihnen, auf daß sie ihre Gewänder von Moos und Gras ablegen könnten. Dann nahm er sie in das Schiff, und dieses fuhr nach dem Garadinerland.

Nachdem aber der Graf die Pflichten der Gastfreundschaft erfüllt hatte, wollte er wissen, wer die Geretteten seien, und die Mägdlein erzählten ihm, wie sie durch den Greifen aus fernen Ländern geraubt worden waren. Stolz aber sagte Hagen:

„Des Königs Siegband Sohn, des Herrschers des Irenlandes, bin ich. Die Greifen habe ich getötet und die Mägdlein habe ich beschützt und zur Küste gebracht."

Da riefen die Männer auf dem Schiffe Heil und priesen den Knaben, der gegen die Greifen vollendet, was Hunderte von Recken nicht hatten leisten können.

Doch der Graf vom Garadinerland sprach lachend:

„So kann ich denn endlich all das Ungemach rächen, das König Siegband und seine Mannen mir seit Jahren angetan. Als Geisel will ich dich mit mir führen in mein Land, dich,

Hagen, König Siegbands Sohn, und die drei Mägdlein sollen Dienerinnen meiner Frau werden."

Des jungen Hagen Blick verfinsterte sich und er antwortete: „Ich tat Euch nichts Böses, Herr Graf, und was meines Vaters Leute Euch getan, könnt Ihr mir nicht anrechnen. Gott hat mich Euch zugesendet, damit Ihr mir Gastfreundschaft erweist und mich in ehrlichem Geleite nach der Heimat führt. Lenkt Eures Schiffes Bug nach Irlands Küste, und bringt mich mit diesen Mägdlein zu meinen Eltern."

Doch der Graf lachte ob der Rede des Knaben und sagte: „Dein Vater soll dich lösen aus meiner Hand, und wenn er nicht so viel Schätze hat, um das zu zahlen, was ich haben will, so sollst du zeit deines Lebens mein Sklave sein!"

Da erwachte der Drachenmut in Hagens Blut, und wütend stürzte er sich auf den Grafen. Dreißig Mann warf er in das Meer, und er hätte den Grafen getötet, wenn nicht die Mägdlein flehentlich für ihn gebeten hätten.

Entsetzt sahen der Graf und seine Leute die fürchterliche Kraft, den kühnen Mut des Knaben. Mit Mühe und Not wurden die ins Wasser Geschleuderten herausgefischt, und jetzt ließ es sich der Graf vom Garadinerland gefallen, daß Hagen den Befehl auf dem Schiffe übernahm. Nach Irenlands Küste zu wurde das Schiff gewendet, und Hagen schwur, nachdem sein Zorn verrauscht war, er würde den Grafen und seine Leute mit herrlichen Gaben belohnen, wenn sie ihn und die Mägdlein glücklich nach Hause brächten, auch würde er es durchsetzen, daß sein Vater sich mit dem Grafen wieder versöhnte.

„So ging es siebzehn Tage
Und Nächte durch das Meer,
Da ragten grüne Berge
Und Burgen stolz und hehr.
Es war die alte Heimat,
Das traute Irenland,

Von fern schon hatte Hagen
Des Königs Schloß erkannt.
Er sah den hohen Pallas
Auftauchen aus der Flut,
Die Söller und die Zinnen,
Die Türme fest und gut."

An der Küste Irlands ging das Schiff vor Anker. Zwölf Garadiner wurden ausgewählt, um nach dem Schlosse des Königs

Siegband zu gehn, und ihn zu fragen, ob er wohl Hagen, seinen Sohn, sehen möchte, mit dem dereinst so großer Jammer geschehen. Wenn aber König Siegband nicht glauben wolle, daß sein Sohn noch am Leben sei, so solle der Königin Ute zum Zeichen gesagt werden, daß der Jüngling, der jetzt an Stelle des verschwundenen Knaben wiederkehre, ein Kleinod, ein Kreuz von Golde, an seinem Halse trage, an welchem ihn die Mutter erkennen würde.

Abend war es, die Sonne wollte zur Rüste gehn, als die Boten die Königsburg erreichten. Herr Siegband und Frau Ute saßen vor dem Tore und wunderten sich über den Besuch, der zu so später Stunde kam. Als die Boten sagten, daß sie Garadiner seien, verfinsterte sich des Königs Antlitz. Doch die Boten baten züchtiglich den König und die Königin, an den Strand zu kommen, da ihr Sohn Hagen aus weiter Ferne zurückgekehrt sei. König Siegband senkte in Trauer und Schmerz sein Haupt und wollte die Freudennachricht nicht glauben. Für ihn war der Sohn für immer verloren. Aber im Herzen der Mutter lebte die Hoffnung noch. Freudig sprang Frau Ute auf und drängte den König, zum Strande zu gehn, um den Fremdling zu prüfen, der sich für ihren Sohn ausgebe.

Vom Schlosse Balian herunter wallte ein Zug zum Strande, wo die Garadiner mit ihrem Grafen und Hagen mit den Königsmägdlein standen. Mit zweifelndem Blicke reichte Siegband dem Jünglinge die Hand, der sich für seinen Sohn ausgab.

„Das Volk zurückzuweichen,
Die edle Ute bat,
Indes sie zu dem Jüngling
Mit schnellem Schritte trat;
Sie schaut sein Aug', sein Antlitz,
Und sie erkennt ihn schon:
‚Nicht braucht's das Kreuz von Golde,
Der Hagen ist's, mein Sohn!'

Ruft sie mit heißen Zähren
Und küßt ihn auf den Mund.
‚Wie lang ich krank gewesen,
Heil bin ich und gesund,
Nun ich dich wieder halte
In meinen Armen lind.
Willkommen, Gott willkommen,
Mein einzig Herzenskind!'“

Erst jetzt wichen die Zweifel König Siegbands. Tränen stürzten aus seinen Augen, und voll inniger Vaterliebe zog er den jungen Helden an seine Brust.

Zur Burg hinauf bewegte sich nun der festliche Zug. Die Königin

Ute nahm sich mütterlich der Mägdlein an, die mit dem Sohne gekommen waren. Köstliche Gewande und Pelzwerk schenkte sie ihnen, und erst als die Mägdlein königlichen Schmuck trugen, sah man deutlich auch ihre königliche Schönheit. Hagen aber bat den Vater, Frieden zu schließen mit den Garadinern, die ihn und die Mägdlein wieder zu Irlands Küste gebracht hatten. Feierlichst gelobten einander der Garadinergraf und König Siegband für sich und ihre Völker Frieden, Freundschaft und Treue. Dann aber begann eine Reihe von glänzenden Festen, denn das ganze Land nahm teil an der Freude der Königsfamilie über die unverhoffte Rückkehr des längst verloren geglaubten Hagen. Gelage und Kampfspiele wechselten miteinander ab, bis nach mehreren Wochen die Garadiner, überreich beschenkt mit Kleidern und Kleinodien, wieder ihre Schiffe bestiegen, um heimzufahren.

Im irischen Königsschlosse, treu gehalten wie Kinder, blieben die drei Königsmägdlein. Die Jahre schwanden dahin, aus Hagen wurde ein Mann, dessen Ruhm und Ruf weithin drang. Kam ihm doch an Körperstärke, an Mut und Kühnheit, an Gewandtheit im Springen und Laufen kein andrer Recke gleich.

Es nahte die Zeit, daß die Eltern Hagen baten, um ein Weib zu werben. Lächelnd wies Hagen auf die schöne Hilde von India, der er in Treue und Liebe immer zugetan gewesen. Gern gaben Herr Siegband und Frau Ute, welche Schön-Hildes Vorzüge kannten, ihre Erlaubnis zur Verheiratung. Nach Landessitte wurde Schön-Hilde der Königskrone geweiht, und dann fand eine Hochzeit statt, die mit Festen wochenlang gefeiert wurde. Bald nach der Hochzeit übergab König Siegband dem Sohne Reich und Krone, und Hagen mit Schön-Hilde bestieg den Königsthron.

Ein Töchterlein ward ihnen geboren, „Jung-Hilde“ nach der Mutter genannt, welchem als Erbteil die Schönheit der Mutter und Großmutter zuteil wurde. Die Prinzessin von Portugal, welche mit Hilde zusammen nach Irland gekommen war, wurde die Erzieherin und Pflegerin Jung-Hildes. Die Prinzessin vom Iserlande aber zog als Gattin eines Fürsten hin nach Noregs Felsenstrand.

Die Freude, welche die Eltern an Jung-Hilde hatten, verwandelte sich bald in Sorge. So bestrickend war die Schönheit des heranblühenden Mädchens, daß sich der Ruf derselben weit über die Länder und Meere verbreitete. Noch war Jung-Hilde nicht zur Jungfrau herangereift, als schon die ersten Freier erschienen, welche um sie werben wollten.

Doch viel zu sehr liebte Hagen sein einziges Kind, als daß er es jetzt schon fortgegeben hätte, und als der Freier immer mehr wurden, als wohl zwanzig rasch hintereinander kamen, da verbot Hagen die Werbung und setzte auf das Verlangen, Hilde zu heiraten, schwere Strafen. Mit Beil und Strick wurden die Boten hingerichtet, die es noch wagten, im Auftrage mächtiger Königssöhne um Jung-Hilde zu freien.

Diese Hoffart Hagens sollte ihm bitter heimgezahlt werden. Schon rüstete sich ein gewaltiger König mit seinen Mannen, um Hilde mit List oder Gewalt zu seiner Gemahlin zu machen, wenn es in Güte und Freundschaft nicht ging.

Das Land der Hegelingen in Dänemark wird Ortland genannt. Hier saß zur Zeit, als Jung-Hilde zur herrlichsten Jungfrau erblüht war, der König Hettel. Auch zu ihm drang der Ruf von Jung-Hildes Schönheit, und da Hettel vater- und mutterlos war und dem Lande eine Königin geben wollte, gedachte er, die schöne Hilde zu heiraten. Morung von Nifland (Friesland), einer der Vasallen König Hettels, hatte bei einem Besuch in Irland aus weiter Ferne am Fenster der Burg Balian die schöne Hilde gesehen und wußte sie so zu preisen, daß König Hettel schwur, keine andre solle den Thron mit ihm teilen, als Jung-Hilde. Zu Morung, dem tapferen Degen, sprach König Hettel:

„Fahre gen Irland zu König Hagen und wirb für mich um seine Tochter!“

Doch Morung schüttelte den Kopf, denn er wußte, wie gefährlich die Sendung war, und entgegnete:

„Nicht bin ich würdig, solch schwierig Werk zu vollbringen. Dein Vetter ist Horand, der Sänger, der Meister der Musik und des Gesanges. Ihm wird es gelingen, was keinem andren möglich wäre, Hildes Herz durch Saitenspiel für dich zu gewinnen."

König Hettel entsendete Boten zu Horand, damit er nach Kampatille, der Burg König Hettels, komme. Auch Horand hatte von der Schönheit Jung-Hildes gehört. Fahrende Sänger hatten den Ruhm von Hildes Schönheit durch alle Länder getragen, und in der Burg Horands waren die fahrenden Sänger stets willkommen. Mit schmeichlerischen Worten bat König Hettel den Vetter Horand, nach Irland zu gehn und um Schön-Hilde zu werben. Doch auch Horand fürchtete ebenso wie Morung das Beil oder den Strick, mit welchem König Hagen von Irland die Werber um seine Tochter bedachte. Er erklärte sich bereit, auszuziehen, aber nur wenn Wate, der beste der dänischen Recken, welcher einst, als König Hettel noch ein Knabe war, diesen erzogen und im Waffenspiel ausgebildet hatte, mitginge.

Sogleich ließ König Hettel Boten zu Wate gehn, er möchte zu ihm nach Kampatille kommen, da er ihn so lange nicht gesehen habe. Mit reisigem Geleite kam der Weißbart Wate nach Kampatille. Wie es sich geziemte, ward er mit allen Ehren und freundschaftlich vom König Hettel empfangen. Aber schon am Abend, als man nach gastlichem Mahle beim Weine saß, enthüllte König Hettel dem greisen Wate seinen Plan, nämlich daß er als Freiwerber für ihn nach Irland gehn sollte. Da zürnte Wate, denn er wußte wohl, wer ihn dem Könige empfohlen hatte. Doch wollte er nicht dem Wunsche seines ehemaligen Schülers und jetzigen Königs entgegen sein und so sagte er denn:

„Wohlan, ich will nach Irland fahren, aber nur unter der Bedingung, daß du mir Morung, den Recken, und Horand, den Spielmann, mitgibst."

Unfroh waren dieser Worte Morung und Horand; doch wollten sie nicht feige erscheinen, so mußten sie mit Wate gehn. Auch den Dänen Frute wählte Wate aus und den tapfern Kämpen Irolt. Dann bat er den König, Schiffe erbauen zu lassen, stark genug, um die Gefahren der See zu überstehn, doch auch gerüstet zur Verteidigung. Morung und Frute gedachten durch List

Schön-Hilde zu gewinnen; Horand verließ sich auf seine Spielmannskunst und nur Wate erklärte, ihm sei jeder krumme Weg verhaßt, er sei ein ehrlicher Kämpe und er wolle Schön-Hilde, wenn es sein müsse, mit dem Schwert in der Hand für seinen König erobern. Er bat, für seinen Zweck ein besonders stark gebautes Schiff zu rüsten, unter dessen Deck er dreihundert tapfere Recken verbergen könne.

Noch im Herbst ließ König Hettel mit dem Bau der Schiffe beginnen, und zum Frühjahr lagen zwei große Galeeren mit zwei Begleitschiffen fertig zur Abfahrt auf der Flut. Die Galeere mit den versteckten Reisigen befehligte Wate, die andre hatten Irolt, Horand, Morung und Frute für sich. Aus des Königs Schatzkammer ließen sie goldenen Schmuck, Becher und Kleinodien auf die Schiffe bringen, weil sie unter der Maske fremder Kaufleute, die mit solchen Dingen handelten, in Irland auftreten wollten. Waffen und Rosse, köstliches Geschmeide und Kleidung zu eignem Gebrauch nahmen die Getreuen des Königs Hettel und ihre Begleiter mit sich. Tränenreichen Abschied nahm Hettel von den Recken und Freunden. Die Abfahrenden aber baten den König, ihr Erbe und ihr Vermögen während ihrer Abwesenheit getreulich zu bewahren.

Dreißig Tage lang dauerte, trotz gutem, von Norden her wehendem Winde, die Fahrt nach Irland, denn die See ging gar schwer. Endlich war Schloß Balian in Sicht, und unterhalb der Burg, wo einst Hagen selbst, als er aus dem Greifenlande zurückkehrte, gelandet war, machten die Hegelingen ihre Schiffe fest. Bald schlugen sie am Strande hölzerne Buden auf und, den Kaufleuten gleich, trugen sie Kleinodien und kostbare Gewande in diese Buden. Des Strandes Vogt kam und fragte die Fremdlinge nach ihrem Begehr. Frute sagte, sie seien Kaufleute, welche nach dem Irenlande gekommen seien, um ihre Waren zu verkaufen; doch hätten sie auch vornehme Herren in Dänemark mit an Bord genommen. Sie bäten um freies Geleit und Marktrecht. Sie wären in Frieden gekommen und gedächten in Frieden wieder zu scheiden. Mit der Kunde eilte der Vogt zu König Hagen und dieser ließ den Fremden seinen Schutz entbieten.

Wate, Horand und Irolt zogen mit ritterlichem Schmuck auf stattlichen Pferden nach Balian, während Frute und Morung bei den Verkaufsbuden zurückblieben.

Wohl erstaunte König Hagen, solch herrliche, reichgeschmückte Helden in seiner Burg zu sehen. Man merkte es ihnen an, daß sie keine Krämer, sondern selbst reiche Landesherren seien. Der König nahm die Gäste freundlich auf, und nachdem er sie mit Speise und Trank gelabt, fragte er, wer sie seien.

„Hegelingen sind wir," antwortete Irolt, „und aus König Hettels Land in Dänemark sind wir geflüchtet. Der Zorn König Hettels hat sich gegen uns gewendet. Wir mußten nicht nur unsre Burgen, sondern auch das Land räumen. Mit den fremden Kaufleuten, die gerade Ortland besucht hatten, kommen wir hierher und bitten dich um Geleit und Freundschaft. Wir fürchten auch hier noch König Hettels Zorn und Verfolgung."

Da schüttelte König Hagen ingrimmig sein Haupt und sprach:

„Hier seid ihr sicher, bis hierher reicht nicht König Hettels Macht. Seid mir willkommen, Recken, ich nehme euch gern für immer in mein Land auf. Wundern aber muß ich mich ob König Hettels Torheit, daß er solche Helden von sich wies."

Die wassermüden Recken vom Hegelingenland nahmen gern die ihnen gebotene Gastfreundschaft an. Der Wunsch König Hagens aber, den Gästen ein Unterkommen zu bieten, war den Bürgern, die sich um Balian angesiedelt hatten, Befehl. Vierzig ihrer Häuser räumten sie aus, um sie Wate und seinen Genossen nebst deren Gefolge anzubieten. Täglich waren nun die Helden Gäste in der Königsburg, und ihnen zu Liebe und Ehren wurden Feste und Kampfspiele veranstaltet. Unterdes aber waren Frute und Morung in ihrer Kaufmannsverkleidung auch nicht müßig. Sie erwarben sich Freundschaft unter den Bürgern, die in der Nähe von Balian angesiedelt waren. Den vornehmsten unter ihnen machten sie reiche Geschenke; den Frauen und Töchtern der andern verkauften sie Geschmeide und Kleider zu solch billigem Preis, wie er für so kostbare Dinge in Irland bisher unerhört gewesen war. So warben der listige Frute und Morung Freunde und Gönner für sich, und da auch der König und Frau Hilde mit reichen Geschenken bedacht wurden, konnten die Fremden sorglos im Lande verweilen und ihre Pläne ausführen.

Bei einem großen Kampfspiel, das König Hagen veranstaltete, sahen die Fremden zum erstenmal Schön-Hilde und waren hingerissen von ihrer Schönheit. Horand sang zu ihrem Preise ein Lied, wie er es so schön noch nie gesungen, und atemlos hörten ihm nicht nur die Hegelingen, sondern auch die Iren mitsamt der Königsfamilie zu. Jung-Hilde bat Horand das Lied noch einmal zu singen, weil es so schön sei, daß sie es nimmer vergessen wolle. Horand tat ihr den Willen und sang noch manches schöne Lied dazu, durch das er sich die Gunst Jung-Hildes erwarb.

Noch hatte die Morgenröte den östlichen Horizont nicht erhellt, als an einem der nächsten Tage Horand im Hofe der Burg zum Harfenspiel wieder sang. Aus dem Schlafe fuhren alle Männer und Frauen im Schlosse, um wie gebannt dem Liede zu lauschen.

„So lang er sang, vergaß man
Des Tagwerks ernste Pflicht;
Ritt einer tausend Meilen
Derweil, man achtet's nicht.
Die Tiere in dem Walde
Die Weide ließen stehn,
Und das Gewürm im Grase
Stand still bei dem Getön.
Des Stromes flinke Fische
Die lauschten in der Flut,
Und schwammen niemals weiter
Ob diesem Sänger gut."

Doch kaum hatte Horand geendet, als ein wüstes Schimpfen sich aus einem der Fenster erhob. Frute war es, der Landsmann und Genosse Horands, der so erzürnt war, weil der Gesang ihn im Schlafe gestört hatte. Doch war sein Zürnen nichts als eine verabredete List, und nach dieser Verabredung tat nun auch Horand erzürnt und leistete einen Schwur, daß, nachdem man ihn so beleidigt, er nie wieder öffentlich im Schlosse Balian singen würde. In erheucheltem Zorn verließ er das Schloß und nahm seine Wohnung jetzt auf den Schiffen am Ufer.

Doch Hilde vermochte die süßen Lieder Horands nicht mehr zu entbehren. Sie ging zu ihrem Vater, und mit schmeichlerischen

Worten und zärtlichen Küssen bat sie ihn, Horand zu sagen, daß er wieder bei Hofe singe. Doch Hagen konnte den Wunsch der Tochter nicht erfüllen.

„Gern gäbe ich ihm reichen Lohn," sprach er, „wenn er wieder singen wollte. Doch er ist so stolz und hochgemut, daß er sich weigert zu singen, selbst wenn ich, der Gastfreund, ihn darum bitte."

In Sehnsucht und Trauer verbrachte Jung-Hilde die nächsten Tage. Endlich fand sie einen Kämmerer, der für den Lohn von zwölf Ringen, schwer von Golde, ihr versprach, den Gast zu verschwiegener Stunde in ihre Kemnate zu bringen.

Nun hatten die listigen Hegelingen ihre Absicht erreicht. In später Abendstunde wurde Horand, begleitet von Morung, in Jung-Hildes Kemnate gebracht, und hier sang er ihr die Wunderweise des Liedes von Amile. Tränen flossen aus den Augen Jung-Hildes, als sie das herrliche Lied vernahm.

„O, bliebet Ihr immer hier, Horand, um mich mit solchen Liedern zu erfreuen!" seufzte Jung-Hilde.

Da sah sich Horand ängstlich in der Kemnate um und sagte dann halblaut:

„Gebe Gott, daß ich Euch dienen könnte als meiner Herrin jederzeit! Wie glücklich und froh wär' ich und wie glücklich wäre mein Herr, der gleich mir Euch dienen möchte."

„Wer ist dein Herr?" fragte Jung-Hilde.

„Der König vom Hegelingenland ist es, König Hettel, der Euch liebt und uns heimlich gesendet hat, damit wir um Euch werben. Wohl wußte unser König und Herr, in welche Gefahr er uns brachte; doch hat der Ruf von Eurer Schönheit und Eurem Liebreiz solch heiße Glut in seiner Brust entfacht, solche Minne zu Euch entzündet, daß er uns aussendete, den Gefahren des Todes zu trotzen, um Euch seine Liebe zu gestehn."

Jung-Hilde errötete und sprach:

„Wohl muß es ein gewaltiger König sein, der solche Sänger hat, wie dich."

„Zwölf solcher Sänger, wie ich bin, nennt er sein, ja bessere noch als ich, dienen ihm," erklärte Horand. „Wüßtet Ihr, wie sehr er Euch liebt, Ihr würdet mit uns ziehen und glücklich an der Seite des edlen Königs Hettel werden."

Jung-Hilde schwieg; doch sah man wohl, daß Minne einzog in ihr Herz, und wie dies Herz zu Gunsten sprach des ihr unbekannten Königs Hettel.

Da nahmen Morung und Horand wohl die Stunde wahr, um in Jung-Hilde zu dringen, daß sie sich von ihnen entführen lassen sollte.

„Begehret," sagten sie ihr, „das Innere unsrer Schiffe zu besehen, die unten am Meeresstrande liegen. Wenn Ihr auf den Schiffen seid, spannen wir die Segel auf und führen Euch nach Ortland, wo König Hettel Euch sehnsüchtig erwartet."

Wohl widersprach Hilde und wollte nicht solch Unrecht an ihren Eltern begehn. Doch immer mehr drangen die Hegelingen in sie, bis der Kämmerer erschien und die Helden ängstlich bat, die Kemnate zu verlassen, damit sie nicht entdeckt und ihnen und ihm schwere Strafen von König Hagen zuteil würden.

Morung und Horand aber schlichen in der Nacht noch zu Frute und sagten ihm, wozu sie Jung-Hilde bestimmt hatten. Auch dem Helden Wate wurde am nächsten Morgen der neue Plan kundgetan.

Zwei Tage später ritten hoch zu Roß die Hegelingen zu Hagens Schlosse Balian, um sich von ihm zu verabschieden.

„Warum wollt ihr plötzlich fort?" fragte Hagen erstaunt. „Schon längst hatte ich bei mir beschlossen, ihr solltet für immer in meinem Lande bleiben. Ihr seid mir Helden lieb und wert, und gern hätte ich euch dauernd bei mir gehabt. Was ficht euch an, daß ihr von dannen ziehen wollt?"

„Wir scheiden ungern," antwortete Wate listig; „doch treibt uns die Sehnsucht fort nach Weib und Kind und Vaterland. König Hettel, der Herr von Hegelingen, hat uns Botschaft gesendet, daß er uns verziehen hat und uns wieder aufnehmen will in unsre heimatlichen Burgen."

„So muß ich euch denn scheiden lassen," sagte der Irenkönig; „aber ihr sollt nicht mit leeren Händen gehn. Roß und Kleid,

Gold und Gestein sollen euch zuteil werden, denn das, was ihr für mich und mein Volk getan habt, verdient Ehrung und Gegengeschenk."

„Herr König," entgegnete der alte Wate, „laßt Eure Geschenke sein. Wir wissen wohl, daß Ihr uns Ehrung wollt erweisen; doch würde König Hettel zürnen, erführe er, daß wir von Euch so viel der Huld und Gnade hier genossen haben. Nur eine Bitte haben wir an Euch: Bevor wir abfahren, geruhet Ihr vielleicht mit Euren edlen Frauen zum Ufer zu kommen, um dort die Schiffe zu beschauen, mit denen wir hierhergekommen sind, und um den Abschiedstrunk mit uns am Ufer noch zu halten."

„Wohlan, so soll es sein!" rief König Hagen. „Mit hundert Rossen und vielen edlen Frauen will ich morgen zum Strande kommen, die Schiffe zu besehen."

Fässer köstlichen Weins, Vorräte an Speisen, alle Geschenke, die noch in den Schiffen lagen, wurden an das Ufer geschafft. Man wollte dadurch die Schiffe erleichtern und gleichzeitig die Gäste, die am nächsten Morgen kamen, sicher machen.

Nach der Messe kam vom Schloß herunter der Königszug. Auf Wates Schiff ging Jung-Hilde mit zwanzig Mägdlein, die sie begleiteten. Am Ufer feierten König Hagen und die hundert Reisigen, die mit ihm gekommen waren, mit den Hegelingen den Abschiedstrunk. Doch während der König und seine Mannen all die Kleinodien und das Goldgeschmeide betrachteten, das die Hegelingen am Ufer aufgestapelt hatten, und während die älteren Frauen Kleider und Geschmeide prüften, begaben sich die Hegelingen unauffällig an Bord ihrer Schiffe.

Plötzlich ertönte ein lauter Trompetenstoß, die Hegelingen wanden die Anker auf und stießen die Schiffe vom Lande ab. Die verborgenen Reisigen auf Wates Schiff erschienen, mit Schwert und Schild bewaffnet, auf Deck und umringten Jung-Hilde nebst ihren Gespielinnen.

Wohl merkten jetzt Hagen und seine Recken, daß sie schmählich betrogen waren; aber vergebens schleuderten sie ihre Speere gegen die davoneilenden Schiffe; vergebens stürzte sich König Hagen mit seinen Mannen in die Flut. Ungehindert, Schwänen gleich, schwammen die Schiffe davon.

Mit guten Winden kamen die Hegelingen bis zum Waliser-Land, wo Rast gemacht wurde. Eilende Boten aber gingen nach Ortland zum Könige Hettel, um ihm zu melden, daß die Braut glücklich entführt sei und im Waliser-Land des Königs harre.

Da kam nach wenig Tagen in prunkvollem Zuge König Hettel nach dem Waliser-Land und begrüßte seine Helden, die glücklich aus dem Irenland zurückgekommen waren, und begehrte dann Jung-Hilde zu sehen. Zwischen Horand und Morung, die ihre Vertrauten gewesen waren, trat sie aus ihrem Zelt dem Könige entgegen, und die Liebe, die in dem Herzen des Königs und Jung-Hildes lohte, trieb sie einander in die Arme. Weinend umschlangen sie sich und fanden sich ihre Lippen in heißen Küssen.

Noch desselbigen Tags verband der Priester, der von Ortland gekommen war, König Hettel mit Jung-Hilde zu Gatten, und man feierte die Hochzeit mit Trunk und Festmahl, mit Kampfspiel und Gesängen.

Unter seidenen Gezelten schliefen am nächsten Morgen die Festteilnehmer länger als sonst. Doch Horand, der Unermüdliche, ging zum Strande und spähte hinaus auf das Meer. Da sah er eine gewaltige Schar von Schiffen ankommen, die auf ihren Segeln ein Kreuz zeigten.

„Auf, auf!" schrie Horand den Helden Morung und Irolt zu, „eilt zum Könige, weckt die Recken, ruft alle Mannen zu den Waffen! Das sind die Segel der Flotte des Königs Hagen, der wutentbrannt kommt, um uns unsre junge Königin wieder abzujagen!"

In Schlachtordnung standen die Hegelingen um ihren König Hettel, als der Iren Flotte am Waliser-Strande vor Anker ging. Der erste, der aus dem Schiffe in das Wasser sprang, war König Hagen, denn Grimm und Zorn duldeten ihn nicht länger mehr an Bord. Mit hoch erhobenem Schild und Schwert und lautem Schlachtruf stürmte er zum Ufer.

„Mir nach zum Siege, mir nach, ihr Helden gut!" rief er.

Wohl wurden hundert Speere auf einmal von den Hegelingen nach ihm entsendet, doch keiner traf ihn.

Wutentbrannt folgten die Iren ihrem König und kurze Zeit darauf kam es zu einer furchtbaren Schlacht. Hagen wütete unter den Hegelingen, wie des Schnitters Sense im Ährenfeld. Dunkelrot färbte sich das Meer von Blut, zu Hunderten sah König Hettel seine Getreuen fallen. Da warf er sich König Hagen in den Weg und kreuzte mit ihm das Schwert. Doch konnte König Hettel nicht der furchtbaren Wucht der Hiebe, die Hagen gegen ihn führte, widerstehn. Verwundet sank er zu Boden und Hilde, seine junge Gattin, jammerte auf in Schreck und Pein.

Doch Wate warf sich zwischen den stürzenden König Hettel und den grimmen Hagen, und ein furchtbarer Kampf erhob sich jetzt zwischen Hagen und Wate. Da brach Hagens Speerschaft auf Wates gutem Schild; doch Hagen traf mit dem Schwerte Wate so auf den Helm, daß das Blut darunter hervorfloß. Auch unter Wates furchtbaren Gegenschlägen quoll das Blut unter König Hagens Helm hervor. Von Rost und Blut war das Antlitz des Königs entstellt.

Da schrie Jung-Hilde noch mehr und rief:

„Erbarmt Euch des Königs, meines Vaters! O König Hettel, du mein Gemahl, laß nicht den Vater töten!"

Da warf sich König Hettel, der sich aufgerafft hatte, zwischen Wate und Hagen und rief mit lauter Stimme dem Irenkönige zu:

„Halt ein mit deinen Hieben! Wir werben in Ehren um Hildes Herz und Hand!"

Darauf senkte Hagen sein Schwert und rief:

„Wenn Ihr in Ehren werbt um mein einziges Kind und nicht in List sie nur entführt, mir und ihr zur Schande, so sei sie Euch als Gattin gewährt!"

Nun ertönten die Trompeten und ringsum senkten sich Speer und Schwert. Frieden ward zwischen den Iren und Hegelingen.

Doch als König Hagen den Helm vom Haupte nahm und rotes Blut aus seiner schweren Kopfwunde troff, warf sich Jung-Hilde auf die Knie und rief:

„Warum darf ich nicht zu meinem Vater und ihn verbinden,

ihn trösten in dieser Stunde der Pein und Qual? Doch er zürnt mir, und ich darf nicht vor seine Augen treten."

Der edle Held Horand aber führte Hilde zu ihrem Vater, der bleich und blutend an einem Baume stand, und bittend hob Hilde die Hände zu ihrem Vater empor. Da leuchteten König Hagens Augen auf in Vaterliebe.

„Ich kann dich ja nicht lassen,
O, du mein einzig Kind!
Willkommen, liebe Hilde,
Du süßes Angebind'!"

Wate verband mit einem Balsam die Wunden Hagens und Hettels. Dann begrub man die dreihundert Leichen, die der Kampf gekostet hatte, am Meeresstrand und hielt den Friedenstrunk. Hettel bat König Hagen mit in das Land der Hegelingen zu fahren, damit er sehe, daß für seine Tochter ein würdiges Heim und ein würdiger Thron bereit seien. Mit seinen Mannen fuhr Hagen nach Ortland, um dort elf Tage an den Festlichkeiten teilzunehmen, die ihm und seiner Tochter zu Ehren veranstaltet wurden. Am zwölften Tage nahm er Abschied, zu seiner Tochter aber sprach er:

„Trage die Krone so, daß dich niemand jemals fürchten oder hassen mag! Nie will ich hören schlimme Mär von dir, denn schlimm stünde es dann nicht nur um deinen, sondern auch um meinen Namen." —

In zwanzig Tagen fuhr König Hagen zurück zum Irenland und tat Schön-Hildes Mutter kund, was geschehen war. Da hob andächtig Hagens Gattin die Hände zum Himmel empor und rief:

„Gelobt sei Jesus Christ,
Daß es mit unsrer Tochter
So gut gelungen ist!"

Auf Kampatille im Ortland lebten glücklich und frohgemut Hettel und Jung-Hilde. Zwei Kinder wurden ihnen vom Himmel geschenkt, zuerst ein Knäblein, genannt Ortwein, dann aber ein Mägdlein, Gudrun zubenannt. Der greise Held Wate erzog den Knaben Ortwein, die schöne Gudrun aber erhielt Horand, den Sänger, zum Erzieher.

„Es wuchs das edle Mägdlein,
Und war gar schön zu schau'n,
So daß voll Lobes waren
Die Männer und die Frau'n.
Sie ward so stolzen Wuchses,
Daß wohl sie trüge Schwert,
Wenn hei! statt einer Jungfrau
Sie wär' ein Ritter wert.

Wie hold und schön auch Hilde
Sich zeigte, Hettels Frau,
So blühte doch noch schöner
Gudrun auf Ortlands Au;
Selbst schöner als die Ahne
War sie im Irenreich,
Ihr kam, das sagte jeder,
An Schönheit niemand gleich."

An Gudrun sollte sich der Mutter Schicksal wiederholen. Der Ruf ihrer Schönheit drang über Meere und Länder. Kaum war Gudrun dem Kindesalter entwachsen, als Herr Siegfried von Mooreland in Kampatille als Werber um Gudruns Hand erschien. Doch auch Herr Hettel wollte, wie einst sein Schwiegervater König Hagen, der Tochter Gegenwart nicht entbehren. Hart wies er den Freier ab, und Siegfried von Mooreland schwur in Zorn und Groll, daß er wiederkehren werde nicht als Freund, sondern mit Krieg und Brand.

Wenige Wochen waren seit Siegfrieds Fortgang verflossen, als neue Boten kamen, die hundert Tage über Land und Meer gereist waren, um Briefe dem König Hettel zu überbringen, in denen um Gudruns Hand für den jungen Hartmut von Normannenland geworben wurde. König Hartmut herrschte im Garadinerland und in einem Teile des Normannenlandes, während der andre Teil des Normannenlandes von seinem Vater Ludwig und dessen Gattin Gerlind beherrscht wurde. Gerlind hatte ihrem Sohne Hartmut geraten, um die vielgerühmte schöne Gudrun zu werben. Wohl riet König Ludwig von solcher Werbung ab. Er erinnerte daran, wie Gudruns Mutter aus Irland geraubt wurde, und welch ein übermütig Volk die Hegelingen seien. Doch der junge Hartmut schwur, daß Gudrun die Seine werden sollte, und müßte er sie mit einem ganzen Heere erobern. So entsendete er denn die Boten mit Briefen, die dem Könige Hettel überreicht wurden.

Freundlich empfing König Hettel die prächtig gekleidete Gesandtschaft. Doch als er die Briefe gelesen hatte, war er entrüstet ob der Kühnheit Hartmuts und erklärte, daß er nimmermehr seine Tochter dem Normannenfürsten geben würde. Auch Königin

Hilde von Ortland war erzürnt über die Werbung. Ihr Vater Hagen hatte Land und Lehen im Garadinerland vergeben. Mit gewaffneter Hand hatte Hartmut zwar das Garadinerland erobert; doch betrachtete sie ihn immer noch als Lehnsfürsten, und einem Untergebenen ihres Vaters wollte sie nimmermehr ihre Tochter zur Frau geben.

So erhielten die Boten schnöde Antwort und zogen betrübt den weiten Weg nach Normannenland zurück.

König Ludwig und Königin Gerlind waren erzürnt über die Abweisung; doch König Hartmut wollte wissen, ob Gudrun, welche die Boten gesehen hatten, wirklich so schön sei, wie man sagte, und als er erfuhr, daß sie noch schöner sei, als alle Worte sagen könnten, daß sie in Tugend strahle vor allen andern Frauen, da schwur König Hartmut, daß er nimmermehr von Gudrun lassen würde.

Mehr als ein Jahr war verflossen, seit König Hartmut um Gudrun hatte werben lassen, als im Hegelingenland ein fremder Held erschien, an dessen Kleid und Rossen und königlichem Gebaren man wohl sah, daß er edler, hoher Abstammung sei. Er gefiel den Recken, huldigte in Züchten den Frauen, und binnen kurzem war der Fremdling bei König Hettel ein gern gesehener Gast und lieber Freund.

Doch eines Tags nahm der Fremde eine günstige Stunde wahr und offenbarte sich Gudrun. Hartmut war es, der König vom Normannenland, der als Fremdling zu Gudrun gekommen war, um ihre Minne zu gewinnen. Doch Gudrun wies König Hartmut auch jetzt ab; sie bat ihn, so bald als möglich des Vaters Burg zu verlassen, da ihm sonst Schlimmes drohe, sie selbst aber könne nimmermehr sein Weib werden.

Mit Trauer schied Hartmut vom Hegelingenlande und fuhr zurück nach der Normandie, um Vater und Mutter zu berichten, wie wenig Erfolg seine Brautfahrt gehabt hatte. —

Dem Hegelingenlande benachbart liegt das kleine Seeland, dessen König nur über dreitausend Mannen gebot. Herwig war sein Name, und auch er stellte sich als Freier ein. Mit Hohn und Spott aber wurde er abgewiesen, da er nicht würdig sei, um des reichen und mächtigen König Hettels Tochter zu werben. Doch

Herwig raffte seine gesamten Mannen zusammen, und als eines Morgens die Sonne aufging, stand er vor Hettels Burg Kampatille und stürmte sie. Vergebens warfen sich ihm die tausend Recken Hettels entgegen. Mit Ungestüm drang Herwig an der Spitze seiner Helden in die Burg ein und erschlug den größten Teil der Hegelingen. Mit König Hettel selbst hatte er einen Kampf, in dem er den König schwer verwundete.

Da schrie vom hohen Söller Gudrun herunter in das Kampfgetümmel, Herwig solle Frieden geben, da sie mit ihm zu sprechen habe. Sofort gebot König Herwig seinen Mannen, den Kampf einzustellen, und ungewaffnet nahte er sich der schönen Gudrun. Errötend gestand ihm die Maid, daß sie ihn liebe, und daß er der Mann sei, dem sie angehören wolle. Frau Hilde und Hettel gaben ihren Segen und verlobten Gudrun dem Könige Herwig. Doch behielt sich Frau Hilde vor, daß erst in Jahresfrist die Hochzeit sein sollte und ein Jahr noch Gudrun in Kampatille verbleibe.

Ungern fügte sich König Herwig, doch versprach er, erst in Jahresfrist wiederzukehren. Kaum aber hatte König Siegfried von Mooreland erfahren, daß Herwig der schönen Gudrun verlobt sei, als er Schiffe rüsten ließ und mit den Helden von Abaik und Alzabe nach Seeland fuhr, um König Herwig anzugreifen. Vergeblich fochten die Seeländer tapfer gegen die Übermacht des Königs von Mooreland. Für jeden Feind, den sie erschlugen, erstanden zehn andre, und schließlich war Siegfried Herr von Seeland, und nur noch in seiner Burg hielt sich mit den letzten Mannen König Herwig. Vom Turm der Burg aus sah er rings das Land verwüstet und die andern Burgen zerstört. Da sendete er in seiner höchsten Not Boten zum König Hettel und bat ihn um Hilfe, da er sonst verloren sei.

Nicht säumte König Hettel, dem zukünftigen Schwiegersohne zu Hilfe zu eilen. All die Helden, über die König Hettel gebot, fanden sich ein. Nicht fehlte der alte Wate, nicht Horand, Morung, Frute, Irolt und auch Gudruns Bruder Ortwein führte viertausend Kämpen auf flinken Schiffen herbei.

In heißer Schlacht wurde König Siegfried von Mooreland

geschlagen und Herwig aus der belagerten Burg befreit. Obgleich aber noch in zwei weiteren Schlachten Siegfried völlig geschlagen wurde, war doch der endgültige Sieg noch nicht erfochten. In das Gebirge warf sich Siegfried mit dem Reste seines Heeres und errichtete ein festes Lager, einer Burg gleich, in dem er sich gegen Hettel und Herwig, die ihn umzingelt hielten, verteidigte. Da schwur König Hettel einen furchtbaren Eid, er würde nicht vom Platze weichen, bis Siegfried sich gefangen gäbe und als Geisel für ferneren Frieden diene.

„Der Eid war unbesonnen
Und wurde schlimm gewandt.“

Hettel sendete Boten an seine Gattin und Tochter, daß er so bald nicht aus Seeland zurückkehren werde. Diese Kunde verbreitete sich bis zur Normandie und König Ludwig und sein Sohn Hartmut hielten nun die Zeit für gekommen, um endlich Rache für die wiederholten Abweisungen Hartmuts zu nehmen. Mit einem Heere von zwanzigtausend Mann fuhren sie nach dem Lande der Hegelingen und legten ihre Schiffe hier ungehindert an, da sämtliche waffenfähige Männer mit König Hettel in Seeland waren.

Noch einmal erschien als friedlicher Bote Hartmut selbst auf der Burg Matelane, in welche sich Hilde und Gudrun zurückgezogen hatten. Noch einmal bat und flehte er Gudrun an, seine Gattin zu werden. Doch die Maid wies darauf hin, daß sie die Verlobte König Herwigs sei, und bat König Hartmut, die Burg zu verlassen. Da stürmten die Normannen am nächsten Tage Matelane, erbrachen die Burg, verbrannten sie, erschlugen die sich ihnen entgegenstellenden Männer und führten Gudrun mit vielen edlen Mädchen der Hegelingen auf ihren Schiffen davon. Hilde ließen sie zurück und taten ihr kein Leid. Nicht raubten und plünderten sie, hoffte doch Hartmut noch immer, Gudrun würde ihren Sinn ändern und seine Gattin werden. Weinend kniete Hilde am Ufer und streckte vergeblich ihre Hände nach der Tochter aus, die auf den schnellen Schiffen der Normannen als Gefangene von dannen fuhr. —

Beim Kampfspiel waren im Lager König Hettel und seine Mannen, als Boten mit trübseligen Gesichtern nahten und verkündeten, daß Matelane verbrannt, die zurückgebliebenen Recken getötet und Gudrun mitsamt den edlen Frauen entführt sei. Da weinte Hettel Tränen des Schmerzes um Gudruns Verlust. Nichts lag ihm daran, daß Matelane verloren war; doch die grimme Not über der Tochter Gefangenschaft erpreßte ihm Tränen.

Wieder war es des alten Wates Klugheit, die auch in dieser schlimmen Stunde den richtigen Rat gab. Boten wurden an Siegfried, den eingeschlossenen Moorenkönig, gesandt und es wurde bei ihm angefragt, ob er Frieden schließen wolle unter ehrenvollen Bedingungen und bereit sei, den Hegelingen gegen die Normannen zu helfen, oder ob er es auf einen letzten verzweifelten Sturm und seine Vernichtung ankommen lassen wolle.

Als Siegfried erfuhr, daß Gudrun von dem Normannenkönige geraubt sei, bot er die Hand zum Frieden und erklärte sich bereit, sofort mit den Hegelingen den Normannen nachzuziehen. Es fehlten aber Schiffe, um die beiden Heere sogleich zur Verfolgung aufbrechen zu lassen; und wiederum wußte Wate Rat. Siebzig Schiffe mit Pilgern hatten an der Küste Seelands auf der Fahrt zum Heiligen Lande Rast gemacht, und diese Schiffe nahm Wate trotz des Jammerns und Schreiens der Pilger fort. Er versprach ihnen Schadenersatz und bedeutete sie, ihr Jammern helfe nichts, sie müßten mit der Weiterreise warten, bis die Schiffe nach der Besiegung der Normannenkönige zurückgekehrt sein würden.

„Es liegt im Schilf ein Werder,
Der heißt der Wülpensand,
Dort lagerten die Fürsten
Aus dem Normannenland
Mit Mannen und mit Rossen
Von ihrer schnellen Fahrt;
Auch Gudrun mit den andern
Zum Strand geführet ward.
In Leid versunken standen
Einsam die holden Frau'n,
Nicht mochten ihre Tränen
Den Feind sie lassen schau'n.

Die Lagerfeuer glänzten
Hinaus aufs weite Meer;
Herr Hartmut und die Seinen,
Die eilten jetzt nicht mehr.
Von Matelane waren
Die Schiffe nun so weit,
Daß er sich sicher dünkte
Vor Überfall und Streit;
Drum wollt' er auf dem Eiland
Hier sieben Tage nun
Ausruh'n mit seinem Kleinod,
Der lieblichen Gudrun."

Am nächsten Tage schon meldeten die Wächter am Strande, daß eine Pilgerflotte sich nahe, deren Segel mit weißen Kreuzen, dem Abzeichen der Pilger, versehen waren. Nicht kümmerten sich die siegreichen Normannen um diese Flotte, die ihren Lauf direkt auf den Strand zu nahm, und erst als sie bewaffnete Männer auf dem Deck der Schiffe erblickten, wußten sie, daß die rachedurstigen Hegelingen landen wollten. Vergeblich warfen sich die Normannen dem anstürmenden Feinde entgegen; Siegfried, Hettel und Ortwein sprangen mit ihren Mannen aus den Schiffen und erreichten glücklich das Ufer.

Eine furchtbare Schlacht begann, die den ganzen Tag bis in die sinkende Nacht hinein währte. Normannische Kraft und der Hegelingen Tapferkeit rangen miteinander. Wate verwundete den König Ludwig, doch wurde dieser durch seinen Sohn im letzten Augenblick vor dem Schlimmsten bewahrt. Irolt kämpfte mit König Hartmut und beide wurden verwundet; Horand und Morung verrichteten Wunder der Tapferkeit, doch wichen die Normannen nicht. Ludwig, der Normannenkönig, hatte sich von der schweren Wunde, die ihm Wate beigebracht, erholt; mit verbundenem Haupte stürzte er sich, einem Rasenden gleich, aufs neue in die Schlacht und traf auf König Hettel. Furchtbar war der Kampf, der sich zwischen beiden entspann. Da brach König Hettels Schwert am Schilde König Ludwigs und der Normanne schlug den Waffenlosen auf das Haupt. Lautlos sank König Hettel als Leiche zu Boden.

Wohl versuchte Wate den Tod seines Königs zu rächen, wohl stürzten sich die Hegelingen verzweifelt auf die Normannen, wohl half König Siegfried mit seinen Helden ihnen getreulich — die Normannen wankten und wichen nicht.

Es wurde Abend, und als in der Dunkelheit die Hegelingen nicht mehr Freund und Feind unterscheiden konnten, aufeinander selbst losschlugen und sich töteten, wurde der Kampf abgebrochen. Aug' in Auge mit dem Feinde lagerte man, um in der Morgenfrühe den Kampf aufs neue zu beginnen. Furchtbar waren die

Verluste der Hegelingen; der größte Teil der waffenfähigen Männer lag tot oder schwer verwundet am Boden. Doch war es ihr einmütiger Beschluß, am nächsten Morgen die Schlacht wieder aufzunehmen. Aber auch die Normannen hatten schwer gelitten, und König Ludwig hielt es für besser, heimlich in der Nacht das Schlachtfeld zu räumen. Die Gefangenen und die Verwundeten wurden auf die Schiffe gebracht, in aller Stille begaben sich die normannischen Krieger selbst an Bord und fuhren nachts, geschützt durch die Dunkelheit, davon.

Als beim Morgengrauen sich die Hegelingen in Schlachtordnung stellten, und Wate sein Kriegshorn ertönen ließ, waren die Normannen schon mehr als dreißig Meilen weit, und als die Sonne aufging, sahen die Hegelingen, daß nichts als einige gestrandete Schiffe der Normannen auf Wülpensand zurückgeblieben waren. Der Wind sprang plötzlich um und machte es den Schiffen der Hegelingen möglich, den Normannen nachzujagen. Sie begruben die Toten und taten auch den gefallenen Normannen die Ehre eines christlichen Begräbnisses an. König Hettel begruben sie am Strande und errichteten ihm ein gewaltiges Grabmal aus Felsblöcken. Dann hielt man Kriegsrat, was weiter zu geschehen habe. König Ortwein fragte Wate um Rat und dieser sagte:

„Zu viele der Unsrigen sind gefallen, wir sind zu schwach, um die Normannen noch einmal mit Erfolg anzugreifen. Es bleibt uns nichts andres übrig, als heimzufahren.“ —

Vom Turm von Kampatille sah Frau Hilde die Schiffe der Hegelingen zurückkehren, und ihr Herz zog sich in Angst und Sorge zusammen, als sie bemerkte, daß keine Siegeszeichen von den Masten der Schiffe flatterten. Trübselig sah sie die Hegelingen, nachdem sie gelandet waren, nach Kampatille kommen, und bald stand Wate vor ihr im Saale, um die schreckliche Kunde zu bringen, daß Hettel sein Land und seine Gattin nie wiedersehen würde, da er erschlagen sei und begraben am Strande von Wülpensand läge.

Da jammerte die Königin, mit ihr die Frauen und das Ingesinde. Vergebens suchten Ortwein und König Herwig die

Trauernde zu trösten. Doch noch schlimmeres Leid sollte die Königin Hilde erfahren. Musterung ward gehalten im Lande und traurig war, was man fand. Als die Normannen Matelane stürmten, hatten sie die besten Helden der Hegelingen, die im Lande zurückgeblieben waren, getötet. Die Schlacht am Wülpensand hatte die letzte Kraft der Hegelingen verzehrt. So wenig streitbare Männer waren übrig, daß man nicht daran denken konnte, die Rachefahrt gegen die Normannen zu unternehmen, wollte man nicht jedem Feinde, der Ortlands Küste nahte, das Land wehrlos überlassen. Man mußte warten, bis die halbwüchsigen Knaben von Ortland zu Rittern herangewachsen waren und streitbar wurden, um dann erst mit ihnen in die Schlacht zu ziehen. Jahrelang konnte das noch dauern, und jahrelang mußte man Gudrun in der Hand der Feinde lassen. —

Bei gutem Winde näherten sich die Schiffe der Normannen der heimatlichen Küste. Schon erkannte man aus der Ferne das Bergschloß Kassian, in dem Frau Gerlind, die Normannenkönigin, die Rückkehr von Gatten und Sohn erwartete.

Da trat König Ludwig zu Gudrun und bat sie, ihre Tränen zu trocknen und sich in das Unvermeidliche zu fügen.

„‚So mäßiget‘, sprach Ludwig,
‚Jetzt Euern Schmerz und Gram,
Schenkt Eure Minne Hartmut,
Dem Degen lobesam.
Dann werden bei dem Helden
Euch Ehr' und Freuden viel,
Der alles, was sein eigen,
Euch gerne geben will.‘

Stolz sprach drauf Hildes Tochter:
‚Ihr macht umsonst Euch Not,
Eh' ich Herrn Hartmut nähme,
Wär' ich viel lieber tot.
Wer gab zu solchem Werben
Dem Kühnen denn das Recht?
Nicht wert ist meiner Minne.
Sein Stamm und sein Geschlecht!‘“

Solche Rede weckte in König Ludwig sinnlosen Zorn. Bei den Haaren ergriff er Gudrun und schleuderte sie vom Schiffsrand hinab in das Meer. In den wildbrausenden Wogen wäre sie ertrunken, wenn nicht Hartmut ihr nachgesprungen wäre und sie gerettet hätte. Scharf gerieten Hartmut und sein Vater aneinander, und nur mit Mühe wurde zwischen ihnen der Streit geschlichtet.

Als Gudrun mit den andern gefangenen Frauen das Schloß von Kassian betrat, nahte sich ihr ein niedliches Mägdlein mit Trostesworten und zärtlichem Kuß. Es war Ortrun, König Hartmuts Schwester. Auch die Königin Gerlind nahte sich freundlich Gudrun und wollte sie küssen. Doch zornsprühend trat Gudrun zurück und rief:

„Was wollt Ihr mich mit Euren Küssen beschimpfen, Ihr, die Ihr den Plan der Rache gegen mich und mein Land geschmiedet, die Ihr den Gatten und den Sohn ausgesendet habt, um Leid und Jammer über mein Land zu bringen und meinen Vater zu töten! Genug ist es der Schmach und Schande, daß ich gefangen bin, nicht sollt Ihr mich noch durch Eure Küsse schänden!“

Unbedacht war diese Rede von Gudrun, denn Gerlind war von diesem Augenblick an ihre Todfeindin. Wohl tat sie, als hätte sie die schwere Beleidigung nicht empfunden, denn noch immer hoffte sie, Gudrun würde ihren Sinn ändern und Hartmuts Gattin werden. Doch vergeblich war die Hoffnung auf Gudruns Sinnesänderung. Wochen vergingen, ohne daß Hartmut zum Ziele kam. Selbst Ortrun, die Liebliche, welcher Gudrun von Herzen zugetan war, vermochte nichts bei der Gefangenen, konnte sie nicht bewegen, Hartmut auch nur ein freundliches Wort zu gönnen.

Zu neuem Kampfe zog für lange Zeit Hartmut mit dem Normannenheere davon. Noch im letzten Augenblick hoffte er ein freundliches Wort des Abschieds von Gudrun zu erhalten. Allein nichts ward ihm zuteil, als schnöde Abweisung.

Kaum war er fort, so warf Königin Gerlind die Maske ab, die sie bisher getragen. Sie trieb Gudrun mit ihren edlen Frauen aus den Kemnaten, in denen sie bisher gewesen, sie nahm ihnen ihre Gewande und gab ihnen Mägdekleidung, und von diesem Tage an mußte Gudrun mit den edlen Töchtern der Hegelingen Magdsdienste tun und dem Gespött von Gerlinds Gesinde dienen.

„Schmachvolle Mägdearbeit —
Das ist gewißlich wahr —
Vollzogen so die Armen
Zwei und ein halbes Jahr;

Denn Hartmut, der war ferne
Schon längst mit einem Heer;
Drei schwere Kriegesfahrten
Vollbracht' der Recke hehr.“

Wohl erbarmte es König Hartmut, als er wiederkehrte und die schöne Gudrun in schmutzigem Mägdegewand die niedrigsten Dienste verrichten sah; doch seine Mutter Gerlind wußte ihn so zu betören, daß er ihr überließ, mit Gudrun zu machen, was sie wollte. Nur durch Strenge und Gewalt, sagte Gerlind, könne der Trotz und Hochmut von König Hettels Tochter gebrochen werden. Noch schwerere Arbeit trug Gerlind der armen Gudrun auf; Feuer anzünden, waschen, ausfegen, sowohl Gemächer, wie den Hof, mußte Gudrun, und Jahr auf Jahr verging, während die gedemütigte Tochter König Hettels klaglos Gerlinds Gebote erfüllte. Vergebens sprach Ortrun bei ihrem Bruder und bei der Mutter zu Gunsten Gudruns. Die Liebe Hartmuts zu Gudrun hatte sich in verletzten Stolz und Bitterkeit verwandelt, und der verschmähte Liebhaber zürnte jetzt Gudrun ebenso sehr, wie seine rachsüchtige Mutter.

Zehn Jahre waren dahingegangen. Aus den Knaben im Hegelingenland, deren Väter auf dem Wülpensand gefallen, waren Männer herangewachsen, und Königin Hilde hielt die Zeit für gekommen, um endlich den Rachezug gegen die Normannen zu unternehmen. Zu Herwig, dem Bräutigam der gefangenen Gudrun, sendete sie, und auch im Ortlandsreiche ritten die schnellen Boten umher. Ortwein, der Bruder Gudruns, Wate, Horand, Morung, Frute, Irold rüsteten sich und ihre Mannen zur Fahrt über das Meer. Auch Siegfried, der Held von Alzabe, war beschickt worden, damit er mit den Mannen der Königin Hilde unterwegs zusammentreffe. Schon seit Jahren hatte Königin Hilde Waffen vorbereiten lassen, hatte Schätze aufgespart, um Gold und Kostbarkeiten zur Verfügung zu haben, mit denen sie all die Tapferen bedachte, die zur Befreiung der Tochter ausziehen wollten. In den letzten Jahren hatte sie auch gewaltige Schiffe bauen lassen und außerdem Transportbarken, welche Pferde und Gepäck der Helden über das Meer tragen sollten.

Traurig genug war der Abschied, den Frau Hilde von all den Recken nahm. Wenn auch sie nicht wiederkehrten, dann waren Ortland und Seeland verwaist und wurden eine leichte Beute jedes Feindes.

Die stattliche Flotte lief von Ortland aus und machte Halt auf dem Wülpensande, auf der ehemaligen blutigen Walstatt, wo die furchtbare Schlacht mit den Normannen stattgefunden hatte. Einsam und trostlos lagen die weiten Felsenriffe, auf denen so viele Helden gefallen. Heiserer Geierschrei tönte nur hin und wieder durch die Einsamkeit, denn noch immer zogen die Geier, die einst so reiche Beute hier gefunden, nach dem öden Wülpensande. Unberührt stand das Grabmal König Hettels, und an diesem Grabe schwuren die alten und die jungen Helden vom Hegelingenland, daß sie den Tod des Königs und ihrer Väter rächen wollten an den Normannen.

In der düstren Einöde auf dem Wülpensand harrten die Hegelingen der Ankunft des Herrn Siegfried von Mooreland. Pünktlich erschien er auch mit vierundzwanzig stattlichen Schiffen, und zehntausend tapfere Degen brachte er mit. Die vereinigte gewaltige Flotte, die gegen das Land der Normannen zog, machte sich nun auf den Weg. Doch schwere Stürme, die von Süden kamen, trieben sie von ihrem Wege ab, und brachten sie in solche Not, daß die Hegelingen alles verloren glaubten ....

Auch das neunte Jahr des Leidens und der Dienstbarkeit war für Gudrun vergangen. Eine Besserung erfolgte, als Ortrun flehentlich von ihrem Bruder Milde für Gudrun erbat. Vor der Schwester Bitten schwand der Zorn Hartmuts, und er drang bei seiner Mutter darauf, daß Gudrun aus dem Gaden, der Mägdekammer, mit den andern Mägdlein, die gleich ihr Magddienste bei der bösen Gerlind taten, genommen wurde und in die Kemnate Ortruns kam. Von ihrer schweren Arbeit erholte sich Gudrun unter der treuen Pflege Ortruns. Doch nur eine kurze Frist der Erholung und der Ruhe war ihr beschieden. Zu neuem Krieg zog König Hartmut aus und Gerlind, „die Wölfin", hatte schon neue Schmach und harte Arbeit für Gudrun bereit. In den Gaden wurde Gudrun wieder gesteckt, und ihre frühere Arbeit mußte sie aufnehmen. In harter Fron hatte sie zu schaffen, doch niemals kam eine Klage über der stolzen Gudrun Lippen, niemals sah Gerlind eine Träne in ihren Augen. Dieser schweigsame Trotz empörte Gerlind mehr als alles andre.

„‚So sei denn,‘ höhnte Gerlind,
‚Von jetzt an Wäscherin!
Du kannst nun alle Tage
Hinunter an den Strand
Und mir und dem Gesinde
Dort waschen das Gewand
Am Meer mit bloßen Füßen.
Doch merk's! An keinem Tag
Die Wäscherin am Strande
Ich müßig finden mag.‘“

Tag für Tag mußte Gudrun nun mit den Gewändern Gerlinds und mit der ganzen Wäsche des Gesindes hinunter zum Strande und diese dort waschen. Jeden Abend schmälte und mäkelte Gerlind an der Wäsche herum, trotzdem dieselbe noch niemals so weiß und schön gewesen war, wie jetzt. Mit Ruten strich sie das Königskind vom Hegelingenland. Vergeblich flehte Ortrun für die Freundin.

Schrecklich war der Jammer der andern gefangenen Mädchen, der Freundinnen Gudruns, die im Hause beschäftigt wurden und wußten, zu welch harter Arbeit man Gudrun anhielt. Nicht länger konnte Hildeburg, die aus dem Galizierlande stammte und von ihrem Vater an Hildes Hof gesandt war, den Jammer mit ansehen. Mutig trat sie vor Gerlind und rief ihr zu:

„Gott im Himmel sei es geklagt, was Ihr gegen die arme Gudrun tut. Wir dürfen noch in Hof und Halle Mägdedienste verrichten, doch sie hat die schwerste Arbeit den ganzen Tag über, Schelte und Schläge von Euch und elende Kost. Denkt an des Himmels Rache und daran, daß Gudrun königlichen Blutes ist, wie Ihr!“

Doch Gerlind lachte teuflisch auf und rief:

„So kannst du von heut' ab deiner Freundin helfen! Von heut' ab ziehst du mit ihr hinunter zum Strande, und wenn der Winter mit Schnee und Sturm kommt, wird es dir wohl tun, im eisigen Wasser deinen frechen Mut zu kühlen.“

Das aber war es gerade, was die gute Hildeburg gewollt hatte. Nicht mehr allein sollte Gudrun die schwere Arbeit tun, sie wollte ihr helfen und sollte sie dabei ihr junges Leben und ihre Gesundheit mit einbüßen.

Als sie hinunter an den Strand zu Gudrun kam, küßte diese die Mutige und sagte ihr, wie glücklich sie sei, daß sie nun mit ihr zusammen die schwere Arbeit verrichten könnte. Diese Treue und Liebe der Freundin war ein großer Trost für Gudrun.

„‚Das lohne dir,‘ sprach Gudrun,
‚Im Himmel Jesus Christ,
Daß du in meinem Leide
Mir so zu Hilfe bist;
Wenn du jetzt mit mir wäschest,
Ist's gut mit mir bewandt,
Wir sprechen von den Freunden
Und von dem Heimatland,
Von Ortwin, meinem Bruder,
Und meinem Liebsten wert;
Will's Gott, rauscht bald ihr Ruder,
Will's Gott, klingt bald ihr Schwert!‘“

Der Herbst kam mit seinen Stürmen. Kälter und kälter wurde das Seewasser, das, vom Sturm ans Land getrieben, die dünnen Kleider der Wäscherinnen durchnäßte und ihre Glieder bis in das innerste Mark erkältete. Mit erstarrten, blutigen Fingern mußten sie waschen und waren doch keinen Abend sicher vor den Schlägen und dem Gekeife der „Wölfin“ Gerlind.

Doch noch nicht war aller Schrecken Ende für Gudrun und ihre Freundin Hildeburg gekommen. Als eines Morgens Hildeburg sich vom Lager erhob und durch das Fenster ihres Gemaches blickte, sah sie die Gegend mit fußhohem Schnee bedeckt. Am Strande schwammen die Eisschollen, und hatte sich ein Eisrand gebildet; dort unten lag der Schnee knietief. Barfuß und in dünnem Gewande sollten die Wäscherinnen hinaus.

Das zerriß der treuen Hildeburg das Herz. Um Gudruns willen wollte sie sich demütigen vor der grausamen Gerlind.

„Hin ging die Vielgetreue
Zu König Ludwigs Weib,
Zur warmen Kemenate,
Ihr zitterte der Leib
Vor Frost; sie sprach: ‚O Herrin,
Uns schafft die Kälte Weh,
Es starrt der Strand am Meere
Von Eis und tiefem Schnee;
Wollt Ihr nicht ohn' Erbarmen
Der Wäscherinnen Tod,
So sind uns heute Schuhe
Bei unsrer Arbeit not.‘
Die grimme Wölfin lachte:
‚Das wird niemals gescheh'n,
Ihr müsset barfuß wandern,
Wie es euch auch mag gehn;
Und waschet ihr nicht eifrig,
So strafe ich euch beid'.
Was liegt an eurem Tode?
Um euch ist mir's nicht leid!‘“

Noch bevor der Morgen graute, mußten die beiden Mädchen barfuß und in dünnem Gewande zum Meeresstrande hinunter. Der Wintersturm umbrauste sie, das Seewasser durchnäßte ihre Gewänder, während der Schnee ihre nackten Fußsohlen brannte, so daß sie vergehn wollten vor Kälte und Schmerz. Blutrot stieg die Sonne empor, und die Kälte nahm zu, wie immer bei Sonnenaufgang. Hildeburg war vor Erschöpfung und Frost in die Knie gesunken, und kraftlos lagen ihre erstarrten Hände in ihrem Schoß.

Da plätscherte es hinter den Felsenvorsprüngen, und durch Eisschollen und Schneesturm schob sich ein Kahn, von zwei Männern mit kräftigen Ruderschlägen herangetrieben.

Erschreckt schrie Hildeburg auf und mit Gudrun flüchtete sie vor den Fremdlingen vom Strande fort. Doch diese riefen:

„Ihr schönen Wäscherinnen, bleibet, weilet! Wir sind Fremde, die nichts Böses mit euch vorhaben. Kehrt ihr nicht zurück, so nehmen wir die Wäsche und alle Gewänder mit uns."

Zögernd blieben die Mädchen stehn. Die beiden Männer lenkten den Kahn ans Ufer und betraten den Strand.

„Von uns geschieht kein Weh holden Frauen!" rief der jüngere dieser Männer, „tretet näher! Sehet diese goldenen Spangen; sie sollen euer sein, wenn ihr uns Auskunft gebt."

Ängstlich traten die Mädchen näher, und Gudrun starrte die beiden Männer an, als wären sie überirdische Erscheinungen. Sie waren ihr fremd und doch kamen sie ihr so bekannt vor.

Vier goldene Spangen reichte der ältere dieser Männer den Mädchen.

„Nehmt sie," sagte er, „es sind goldene Spangen und sie sollen euer sein, wenn ihr uns Auskunft gebt. Verirrte Fremdlinge sind wir."

„Behaltet nur die Spangen," entgegnete Hildeburg, „nicht dürfen wir sie nehmen, eine schwere Züchtigung würde uns zuteil werden, fände man diesen Schmuck bei uns. Eilet fort von hier! hier ist ein Ort des Schreckens. Haltet uns nicht auf in unsrer Arbeit, denn schwere Strafe wartet unser, wenn bis zum Abend, der so bald hereinbricht, das Waschen nicht vollendet ist."

„Wer straft solch schöne, junge Wäscherinnen so hart?“

„Gerlind ist es, die Wölfin,“ sagte Hildeburg, „die wölfisch denkt und wölfisch handelt. Dort haust sie auf ihrer Burg, und viertausend Männer bewachen diese Burg.“

„Warum so viele der Männer?“ fragte der eine Fremdling; „fürchtet ihr Feinde?“

„Gerlind und König Ludwig, sowie ihr Sohn Hartmut fürchten die Rache der Mannen vom Hegelingenland, deshalb ist die Burg so stark besetzt.“

Nur zwischen dem jüngeren der beiden Fremdlinge und Hildeburg war diese Unterhaltung geführt worden. Der ältere der beiden Männer hatte Gudrun angestarrt als sei sie ein Zauberbild, und plötzlich rief er:

„Gudrun, du bist Gudrun! Du nur allein bist Gudrun, so schön wie du war keine je auf Erden! Herwig bin ich, dein Bräutigam. Sieh hier den Ring an meiner Hand, den du mir einst gegeben.“

Tränenden Auges und stumm wies Gudrun auf den Verlobungsring, den sie an ihrem Finger trug. Dann sank sie an die Brust König Herwigs.

Als er sie geherzt und geküßt, trat der jüngere der Fremdlinge heran und sagte:

„Kennst du nicht deinen Bruder Ortwein, Gudrun?“

„Ja, du bist's,“ sagte sie, „jetzt erkenne auch ich dich wieder. Wo kommt ihr her? Seid ihr allein? O flieht, denn furchtbare Gefahr droht euch, werdet ihr entdeckt.“

In hastigen Worten erzählten Herwig und Ortwein, wie die Flotten der Hegelingen und der Mooren endlich den Stürmen entronnen und an heimlicher Stelle, am Fuße eines Waldgebirges, an der normannischen Küste gelandet seien. Männer und Rosse tummelten sich, ohne daß der Normannenkönig etwas ahnte, bereits in seiner Nähe, denn von der langen Fahrt waren die Rosse so steif geworden, daß sie sich kaum bewegen konnten, als man sie an das Land brachte. Kundschafter sollten aus dem Lager der Hegelingen in die Nähe der Normannenburg gesandt werden, und trotz allem

Bitten und Flehen der Helden, zogen König Herwig und König Ortwein selbst als Kundschafter aus, indem sie meinten, daß keinen die Befreiung Gudruns und der edlen Mägdlein näher anginge, als sie.

„Nun ist alles Leid vorüber!" rief Herwig; „in unsrem Kahn nehmen wir Gudrun und die edle Hildeburg mit zu den Hegelingen, und schon morgen werden wir Abrechnung halten mit den Normannenfürsten."

„‚Nicht doch!' rief darauf Ortwin,
‚Denn solches tu' ich nie,
Und hätt' ich hundert Schwestern,
Eh' ließ ich sterben sie.

Ich mag nicht hehlings schleichen,
Wo ich als Heerfürst kam,
Und die dem Feinde stehlen,
Die er im Sturm uns nahm.'"

„Wie?" rief Herwig, „du willst die Schwester hier in der Gewalt der Feinde lassen, während wir sie entführen können? Wenn wir morgen mit unsrem Heer ankommen, wird man Gudrun mit den gefangenen Mädchen weit ins Land auf eine andre Burg bringen. Man wird sie vielleicht töten, man wird sie als Geiseln gegen uns behalten, während wir sie jetzt im Kahn entführen können."

Vergebens bat auch Gudrun, daß der Bruder und Bräutigam sie mitnehmen sollten. Doch Ortwein schwur, daß die Tochter der Königin Hilde, die Tochter des auf Wülpensand gefallenen Königs Hettel, nicht entführt werden dürfe, wie eine Sklavin, sondern daß sie mit Heeresmacht aus der Gewalt der Feinde befreit werden müsse. Er bewog den König Herwig, zu ihm in den Kahn zu steigen, nachdem Herwig seine Braut noch einmal an sein Herz gezogen und geküßt hatte. Dann umfuhren sie mit raschen Ruderschlägen die Felsenriffe, um zu dem Hegelingenheere zu eilen und dieses zur Befreiung der Mädchen aufzufordern.

Stumm gelitten und alles ertragen hatte bisher Gudrun. Jetzt brachen Stolz und Zorn zu heller Flamme in ihr aus. Sie schleuderte die reichen Gewänder der Königin Gerlind, die sie waschen sollte, in die Flut, ließ sie vom Meere entführen und schwur, daß sie nicht mehr Wäsche waschen würde, nachdem zwei Könige sie geküßt. Vergebens bat und flehte Hildeburg, Gudrun solle sich nicht dem furchtbaren Zorn der Königin Gerlind aussetzen. Gudrun

ließ sich am Strande nieder und starrte hinaus auf das Meer, ohne auch nur die Hand zu rühren.

Hildeburg arbeitete fleißig, wusch den Inhalt des Korbes, den sie mitgenommen hatte, und kehrte endlich am Abend zitternd vor dem, was nun kommen mußte, zu der Königsburg zurück.

Am Tore erwartete mit der Rute in der Hand die grausame Gerlind die beiden Mädchen.

„Wo sind meine Gewänder, wo ist die Wäsche, die ich dir gab?" herrschte Gerlind Gudrun an.

„Die Gewänder schwimmen draußen auf der See! Hol' sie dir, wenn du magst," sagte mit zornblitzenden Augen Gudrun.

Gerlind schrie auf vor Zorn und Wut. Sie befahl ihren Mägden, Gudrun zu ergreifen, ihr die Kleider vom Leibe zu reißen und sie mit Dornen zu peitschen, bis sie tot sei.

Doch Gudrun stieß die Mägde zurück und schrie:

„Wagt es nicht, mich zu berühren, oder ihr sterbt von König Hartmuts Hand! Von jetzt ab bin ich hier die Königin. Geändert habe ich meinen Sinn. Sendet Boten zu Herrn Hartmut, die ihm melden, daß ich sein Gemahl sein will!"

Da jubelte die Königin Gerlind auf, daß endlich der Trotz und Stolz Gudruns gebrochen seien. Boten sendete sie zu ihrem Sohn, der sich auf der Heimkehr vom Kriegszuge befand, und den sie für den nächsten Tag zurückerwartete. Gudrun aber gab sie reiche Kleider, und als das Mädchen sie bat, auch ihren Gespielinnen gnädig zu sein, wurden die dreiundsechzig adligen Frauen aus Hegelingenland mit Gudrun und Hildeburg endlich nach langer Trennung wieder vereinigt. In eine durchwärmte Halle brachte man sie; warme Bäder bereitete Gerlind eigenhändig für Gudrun und Hildeburg; prächtige Kleidung gab sie ihnen, köstliche Speisen und edler Wein wurden für die Mädchen aufgetragen.

Doch als Gerlind die Halle verlassen hatte, rief Gudrun:

„Schiebt die Riegel vor, macht die Türen fest, daß keiner hier eindringen kann! Die Stunde der Befreiung hat geschlagen. Unsre Freunde sind in nächster Nähe und morgen früh stehn sie vor der Burg. Keine verlasse mehr dieses Gemach, sonst ist sie verloren und wird von den Normannen getötet!"

Da jubelten die Mägdlein auf, daß die Rettung so nah sei, und Freudentränen weinten sie zu Gudruns Füßen.

Noch in der Nacht kamen Boten von König Hartmut mit der Nachricht, daß er sich beeile und schon in der frühesten Morgenstunde vor der Burg sein werde, um seine Braut zärtlich zu begrüßen.

Noch war die Sonne nicht aus dem Meere emporgestiegen, noch lagerte gelbliches Licht, das langsam in das Rot des Morgens überging, am östlichen Horizont, als der Türmer der Königsburg ins Horn stieß. Aus dem Schlafe fuhren die Bewohner der Burg; vor den Toren Kassians stand ein Heer mit hundert Bannern.

„Mit welch gewaltigem Heer kommt Herr Hartmut, der Bräutigam, angezogen!" rief Gerlind; doch Ludwig, der greise König von Normannenland, schüttelte den Kopf.

„Das sind nicht normannische Banner und Zeichen," sagte er; „das sind die Hegelingen, die vor den Toren stehn und gekommen sind, um Rache zu nehmen."

Erschreckt eilte Gerlind nach der Halle, wo die Mägdlein waren, denn sie wußte nun, daß Gudrun sie getäuscht hatte und daß dieser bekannt war, wie nahe die Rettung sei. Doch vergeblich suchte Gerlind in die Halle einzudringen, in der die Mädchen sich eingeriegelt und deren Tür sie so verbaut hatten, daß niemand eindringen konnte.

„Die Burg ist reich versehen mit Speis' und Trank, mit Waffen und Geschossen," rief Gerlind ihrem Gatten zu; „mögen die Hegelingen uns belagern, sie sollen müde werden der Anstrengungen, die ihnen keinen Erfolg bringen werden."

„Und unser Sohn?" rief König Ludwig; „denkst du nicht an Hartmut, der in wenigen Stunden, der vielleicht schon in diesem Augenblick draußen mit dem Feinde zusammenstoßen muß, von dessen Ankunft er nichts weiß. Nein, ich muß hinaus aus der Burg mit meinen Mannen, ich muß Hartmut entgegenziehen, um ihm den Eingang in die Burg zu ermöglichen."

Gleichsam als Antwort auf diese Worte König Ludwigs

ertönten draußen die Hörner, welche den Beginn der Schlacht zwischen dem anrückenden Heere Hartmuts und den Hegelingen verkündeten. Mit dreitausend Mann warf sich König Ludwig über die Zugbrücke von Kassian in die Reihen der Hegelingen. Zu fürchterlichem Kampfe fanden sich Herwig und der greise König Ludwig. Noch einmal schien das Glück den Normannen zu winken. Im Augenblick des schwersten Kampfes strauchelte Herwig und stürzte zu Boden. Verloren wäre er gewesen, denn schon schwang König Ludwig über ihm das Schwert zum tödlichen Streich, als Herwigs Mannen herbeikamen und ihn befreiten. Doch kaum stand Herwig wieder auf den Füßen, als er seinen Mannen befahl, zurückzugehn und er aufs neue König Ludwig angriff. Seine letzte Kraft nahm König Ludwig zusammen und schlug Herwig durch den Helm aufs Haupt, daß das Blut unter dem Helm hervorquoll. Doch Herwig erspähte eine Blöße des Königs, stieß ihm zwischen Helm und Schildrand das Schwert in den Hals, und mit furchtbaren Schlägen trennte er, als Ludwig stürzte, das Haupt des Königs vom Rumpfe.

Die Normannen sahen ihren König fallen, und furchtbarer Schreck bemächtigte sich ihrer. Sie drängten zum Tore zurück. Aber schon hatte Wate den Rückzug abgeschnitten. Ortwein und Hartmut kämpften miteinander, und fürchterlich war der Kampf der beiden Helden. Beide bluteten, und Ortwein wurde von Hartmut schließlich arg bedrängt. Doch die flüchtenden Normannen rissen Hartmut mit sich, damit er sich in die Königsburg hineinrette. Der Strom der Flüchtigen nahm Hartmut bis zu den Toren mit, wo der greise Wate stand, der einem Rachegott gleich wütete. Mit wenigen fürchterlichen Streichen schlug Wate Hartmut zu Boden. Dann fegte sein Schwert eine breite Gasse durch die Feinde. Achtzig normannische Ritter tötete er mit eigner Hand.

„Jetzt kam auch Hartmuts Feste
In Jammer und in Not:
Herr Wate hatte gewonnen
Das Tor in wildem Sturm,
Nichts half das Werfen, Schießen
Von Mauer und von Turm;
Es wurden aus den Mauern
Die Riegel aufgehau'n,
Da stand die Feste offen
Zum Jammer schöner Frau'n."

Wer ihm in den Weg kam, den tötete Wate, dessen Antlitz in Zorn und Rachedurst glühte und dessen Augen Blitze schossen der Vernichtung und Unbarmherzigkeit.

Auf den Knien lag im Gebet Gudrun mit ihren Mägden und flehte in der Halle, in der sie sich eingeschlossen hatten, um den Sieg der Hegelingen. Da klopfte es an die Tür und Ortruns Stimme rief:

„Rette uns, Gudrun, wir sind verloren! Die Hegelingen dringen ein und töten alles. Rette uns, Gudrun, ich bin dir stets Freundin gewesen!"

Da sprang Gudrun von ihren Knien auf, befahl die Türen frei zu machen und die Riegel zurückzuschieben, damit Ortrun sich zu ihnen flüchten könnte. Zärtlich umarmte und küßte Gudrun die treue Freundin, als sich diese mit dreiunddreißig Mägden in die Halle zu den Töchtern der Hegelingen flüchtete. Dann ward die Tür geschlossen, und vergeblich klopfte Gerlind an, als sie jetzt im Augenblick der höchsten Not und Gefahr bei Gudrun, die sie so schmählich mißhandelt und gepeinigt hatte, Hilfe suchte. Ein entsetzliches Jammergeschrei vernahmen die eingeschlossenen Mägdlein in der Halle. Wate war vor der Tür erschienen, hatte Gerlind erkannt, sie bei den Haaren ergriffen, zu Boden geworfen und mit einigen furchtbaren Schlägen des Schwertes in Stücke gehauen. Dann sprengte er die Tür und mit seinen rachedurstigen Scharen drang er ein, schreiend:

„Es sind noch mehr im Hause von dieser schändlichen Sippe, die ihr Haupt verlieren müssen!"

Doch Gudrun trat ihm entgegen und rief:

„Halt ein! Ich bin es, Gudrun, König Hettels Tochter, und diese Mädchen hier stehn unter meinem Schutz."

Wohl grollte Wate, denn von seiner Hand sollte alles sterben, was vom Geschlecht der Normannenfürsten war.

Gudrun ging mit ihren Mägden den Siegern entgegen, und kurze Zeit darauf lag sie an der Brust Herwigs, genoß sie die Liebkosungen ihres Bruders.

„Auf, verlaßt das Schloß!" schrie der rachedurstige Wate,

„verlaßt alle das Schloß! In Flammen soll es aufgehn und nicht ein Stein soll auf dem andren bleiben!“

Doch Frute war diesmal klüger als der weise Wate.

„Das wäre Torheit,“ sagte er; „dieses Schloß ist gut und fest, ein angenehmer Aufenthalt bei Wintersturm und Schnee sind seine Hallen. Laßt uns unsre Verwundeten hierher bringen, damit wir sie pflegen können, ebenso die Gefangenen. Auch unsre edlen Frauen mögen hier bleiben und in Ruhe und Behaglichkeit warten, bis wir den Rachezug in das Land der Normannen vollendet haben.“

Von allen Seiten rief man dem klugen Frute Beifall zu. Horand ward zum Wächter der Burg bestimmt, die Hegelingen mit Siegfried aber zogen in das Normannenland, um Burg auf Burg zu zerstören, und allen Widerstand zu brechen, der ihnen hier und dort noch von den Normannen vergeblich entgegengesetzt wurde. —

Als der Frühling kam, war die Normandie verwüstet, die waffenfähigen Männer fast ausnahmslos getötet, und mit den Gefangenen, unter denen sich der von seinen Wunden fast genesene Hartmut und Ortrun mit ihren Frauen befanden, segelten die Hegelingen mit Siegfried von Mooreland zu Frau Hilde zurück.

Das war ein Jubel im Ortlande, als die siegreiche Flotte sich nahte! Frau Hilde begrüßte die langentbehrte Tochter und ihre Schatzkammer leerte sie bis auf den letzten Rest, um die tapferen Männer zu belohnen, die Gudrun und die edlen Mädchen vom Hegelingenland befreit hatten.

Königin Hilde sollte über das Schicksal der Gefangenen bestimmen. Sie gedachte all des Leids und der Not, die sie erduldet, sie gedachte des erschlagenen Gemahls, der auf dem Wülpensande ruhte, und sie befahl, alle Gefangenen zu töten.

Doch Gudrun trat ihrer Mutter entgegen. Sie erzählte ihr, welch eine Freundin Ortrun ihr gewesen sei, und daß diese und ihre Mägde zum mindesten begnadigt werden müßten. Wohl schwankte Königin Hilde, denn sie hielt es für ihre heilige Pflicht, den Tod des Gatten furchtbar zu rächen. Doch da Ortrun ihrer Tochter so viel Gutes erwiesen, trat sie an diese heran und küßte sie.

„Du sollst meine Tochter sein, weil du die Freundin meiner Tochter gewesen bist.“

Unentschieden blieb vorläufig König Hartmuts Schicksal und mit ihm das der gefangenen Normannen, die sich in den Schiffen befanden.

Auf der wieder erbauten Burg Matelane aber rüstete man sich zur Hochzeit, die König Herwig mit Gudrun halten wollte. Gudrun aber, die Edle, wollte nur Glückliche um sich sehen. Sie ging deshalb zu ihrem Bruder und bat ihn, Ortrun zum Weibe zu nehmen. Keinen schöneren Dank könne er Ortrun, der Normannenmaid, dafür bringen, daß sie Gudrun so treue Freundschaft bewahrt, als wenn er sie zu seiner Gattin mache.

Die schöne Ortrun hatte schon auf der Überfahrt von Normannenland das Herz Ortweins gewonnen, und wohl zeigte er sich geneigt, den Wunsch der Schwester zu erfüllen. Gudrun führte der Mutter selbst das Brautpaar zu und als diese die Wahl des Sohnes billigte, rief Gudrun:

„Jetzt ist Ortrun doppelt deine Tochter, Mutter, jetzt bist du es ihr schuldig, ihren Bruder zu befreien, der nur aus Liebe zu mir gefehlt und Unglück über uns gebracht hat. Hartmut mit seinen Rittern sei frei, und sie werden von heut' ab nicht mehr unsre Feinde, sondern unsre Freunde sein. Damit sie aber mit doppelten Banden an uns gefesselt sind, soll Hartmut nur frei sein, wenn er Hildeburg, meine treue Freundin, zum Weibe nimmt.“

Am Abend ertönten die Trompeten mit lautem Schall zur vierfachen Verlobungsfeier, denn auf Veranlassung Gudruns, nahm auch Siegfried, der König von Mooreland, Herwigs blondhaarige Schwester zur Gemahlin.

„Ich aber sing' von Hochzeit
Und Heimfahrt jetzt nicht mehr,
Sonst würde wohl zu lange
Euch allen noch die Mär.

Der Sang, er ist zu Ende,
Der Kunde euch beschied,
Wie Liebe kommt aus Leide —
Das ist das Gudrunlied.“

Wolfdietrich.

Auf der Königsburg Salneck lebte der König Waldung mit seiner Gemahlin Liebgart. Sie hatten eine gar schöne Tochter, namens Hildburg, und so sehr liebten sie ihre Tochter, daß sie beschlossen hatten, sie solle sich nimmer von ihnen trennen und niemals eines Mannes Gemahl werden.

Hugdietrich, der König von Konstenopel, hatte von der Schönheit Hildburgs gehört und beschloß, sie mit List zu erobern. Er erschien eines Tags als junge Frau verkleidet auf dem Plan vor der Königsburg Salneck und schlug dort seine Zelte auf. Der junge König Hugdietrich war nämlich ein gar feiner Jüngling mit einem mädchenhaften Gesicht, so daß man wohl glauben konnte, er sei Hildegunde, die Schwester des Königs Hugdietrich, für die er sich ausgab. Begleitet war die schöne Hildegunde nur von dem Herzog Berchtung, der zu Meran herrschte.

König Waldung schickte den Recken Herdegen auf den Plan vor die Königsburg, um die schöne Hildegunde zu begrüßen, und sie in das Schloß zu geleiten. Hier gelang es der angeblichen Hildegunde bald, die Gunst der Königin Liebgart zu gewinnen, und besonders erfreut war die Königin darüber, daß die angebliche Hildegunde eine Meisterin in der Stickerei und in allen weiblichen Handarbeiten war. Sie bat selbst Hildegunde, die Lehrerin ihrer Tochter Hildburg zu werden, und so kamen Hugdietrich in seiner Verkleidung und Hildburg zusammen.

Nach kurzer Zeit schon verriet Hugdietrich der Prinzessin Hildburg sein Geheimnis, und sie vermählten sich heimlich miteinander.

Doch bald wurde Hugdietrich nach Konstenopel durch einen

geheimen Boten berufen, weil dort sein Thron und Reich in Gefahr waren. Der Turmwächter von Salneck war ein Vertrauter Hugdietrichs und diesem empfahl er seine Gemahlin an. König Waldung und die Königin Liebgart waren gar erstaunt, als Hildegunde, die Freundin der Tochter, plötzlich verschwunden war, doch machten sie sich darum weiter keine Sorge, zumal sie bald darauf für längere Zeit eine Reise antreten mußten. In dieser Zeit aber genas Hildegunde eines Knäbleins, und als dann König Waldung und Königin Liebgart von der Reise zurückkehrten und ihre Tochter in deren Kemnate aufsuchten, mußte das Kindlein verborgen werden. Die Kemnate Hildburgs befand sich in einem festen Turm, und der vertraute Turmwächter nahm das Kindlein an sich und ließ es für die Zeit des Besuchs, den die Königin ihrer Tochter abstattete, in einem Korbe vom Turme herunter bis in das Gebüsch, das am Fuße des Turmes wuchs. Hier entdeckte aber ein Wolf das Kindlein, riß es aus dem Korbe heraus und trug es bis zu der Stelle, wo die vier jungen Wölfe ihr Lager hatten. Die Wölflein waren nicht hungrig und zerrissen das Kind nicht, sondern versuchten mit ihm zu spielen. Unterdes war die alte Wölfin auf neuen Raub ausgegangen und sie lief dem Könige Waldung, der mit einigen Begleitern auf der Jagd war, gerade in den Weg. Der König verfolgte zu Pferde die Wölfin, erlegte sie kurz vor ihrem Lager mit dem Speer und fand dann in diesem die junge Wolfsbrut und inmitten derselben den kleinen Knaben. Die jungen Wölfe wurden von den Treibern erschlagen, den gefundenen Knaben aber nahm König Waldung zu sich auf sein Roß und er beschloß ihn „Wolfdietrich“ zu nennen, weil er ihn bei den Wölfen gefunden hatte.

Der König brachte den lieblichen Knaben nach Hause, und auch die Königin freute sich sehr über das gefundene Kind. Bald gestand ihr aber Hildburg, daß Wolfdietrich ihr Sohn sei, und kurze Zeit darauf kam auch Hugdietrich, nunmehr ohne Verkleidung, nach Salneck, um in allen Ehren um Hildburgs Hand zu bitten. König Waldung wies ihn schroff ab, als er aber erfuhr, daß der gefundene Knabe, den er in sein Herz geschlossen hatte, nämlich Wolfdietrich, sein Enkel sei, wurde er milder und gestattete die Heirat Hildburgs mit Hugdietrich.

Das Paar zog darauf mit Wolfdietrich nach Konstenopel und hier wurden ihm noch zwei Söhne geboren, Boge und Wachsmuth. Frühzeitig aber starb Hugdietrich und ließ seine Frau als Witwe zurück. Nach der Bestimmung seines Testaments wurde sein ältester Sohn, Wolfdietrich, sein Thronfolger und dem tapfern Herzog Berchtung von Meran zur Erziehung übergeben.

Während nun Wolfdietrich bei Berchtung in allen ritterlichen Künsten unterrichtet, und ein Meister in Führung des Speeres, des Schwertes, aber auch der Wurfmesser wurde, hatte die verwitwete Königin Hildburg in Konstenopel an ihren Söhnen Boge und Wachsmuth wenig Freude. Diese beiden Söhne neideten nämlich dem abwesenden Bruder Wolfdietrich das Anrecht auf die Krone. Wer weiß, sagten sie, ob er überhaupt unser Bruder ist. Er ist ein Findling. Bei einem Wolfe wurde er gefunden. Vielleicht ist er ganz gemeiner Abkunft, eines Knechts Sohn — und dieser soll König von Konstenopel werden? Es fanden sich schlechte Menschen, welche die Brüder Wolfdietrichs in ihrem Glauben bestärkten. Vergeblich warnte die Königin Hildburg ihre ungeratenen Söhne vor dem Laster des Neides und vor allen Feindseligkeiten gegen Wolfdietrich. Schließlich empörten sich die Söhne gegen die Mutter, ließen sich durch einige Getreue als gemeinsame Herrscher von Konstenopel ausrufen und entblödeten sich nicht, ihre gute Mutter aus Konstenopel zu vertreiben. Flüchtig, erschöpft von der langen Reise, gebrochen von Kummer und Sorge, kam Hildburg in Meran an, um dem ältesten Sohne mitzuteilen, daß er durch die Nichtswürdigkeit seiner Brüder um Thron und Heimat gekommen sei. Doch Herzog Berchtung ging in seine Rüstkammer, und holte hier das Schwert, das Hugdietrich, der kühne Recke, zeit seines Lebens geführt und das er als Erbteil für seinen ältesten Sohn dem getreuen Berchtung übergeben hatte. Dieses Schwert übergab Berchtung dem Wolfdietrich und sagte ihm:

„Das ist das Schwert Eures Vaters, das er als Erbteil

Euch hinterließ. Mit diesem Schwerte werdet Ihr die Tapferkeit, Kühnheit und Unerschrockenheit Eures Vaters annehmen, und diese Eigenschaften werden Euch befähigen, nach Konstenopel zu ziehen und mit gewaffneter Hand dort Euer Recht zu suchen. Ihr sollt die Fahrt nicht allein antreten. Sechzehn Söhne habe ich, die mit mir zusammen Euch folgen werden, und fünfhundert Recken sind mir untertan."

Da schwang Wolfdietrich freudig das Schwert seines Vaters, als sei es eine Feder, und rief:

„Auf nach Konstenopel, um mein Recht zu suchen!"

„Erinnere dich," bat hierauf Hildburg in Tränen, „daß die beiden Bösewichte, die dich um Krone und Heimat gebracht haben, deine Brüder sind, und wenn du Sieger bist, dann sei großmütig und mild gegen sie, und versündige dich nicht an dem eignen Blut. Denn sie sind Söhne deines Vaters und deiner Mutter gleich dir."

So fuhren die Helden hinüber nach Konstenopel, landeten heimlich in dem großen Walde in der Nähe der Stadt, und Wolfdietrich und Berchtung mit wenigen Begleitern ritten nach Konstenopel, um noch einmal mit den ungetreuen Brüdern in Güte zu unterhandeln.

„Wenn ihr mein Heerhorn hört," sagte Herzog Berchtung beim Abschied zu seinen Söhnen und zu den getreuen Recken, „dann wisset, daß wir in Gefahr sind. Dann eilet so schnell ihr könnt, herbei. Stellt euch jetzt gleich am Rande des Waldes mit euren Rossen auf, damit ihr zur Hand seid, wenn mein Heerhorn ertönt."

Sonder Furcht sprengten Herzog Berchtung und Wolfdietrich in den Hof des Königsschlosses von Konstenopel. Unangefochten traten sie in den Thronsaal, in welchem sich Boge und Wachsmuth, die falschen Brüder, vor den Thronsesseln aufgestellt hatten.

„Seid ihr erschienen, um uns zu huldigen?" fragte der freche Boge.

„Nein, wir sind gekommen, um mein gutes Recht zu suchen und euch zur Rechenschaft zu ziehen, Rebellen und Ungetreue!" rief Wolfdietrich.

„Lächerlicher Prahler!" antwortete Wachsmuth, „wahre deine

Junge! Wer will uns hindern, dich in den Turm zu werfen, wo er am tiefsten ist, und dich dort verfaulen zu lassen?"

„Das hindere ich!" schrie Herzog Berchtung und stieß mit der Scheide seines Schwertes derartig auf, daß die Halle erzitterte.

„Närrischer alter Ziegenbart!" rief höhnisch Boge, „du willst auch noch mitreden? Ich lasse dir alle Haare deines Bartes einzeln ausraufen, du Narr! Ergreift ihn, Trabanten, und sperrt sie beide in den Turm!"

Schon nahten sich die Schergen der beiden Brüder, als Wolfdietrich seines Vaters Schwert zog und so fürchterlich dreinschlug, daß nicht nur die Trabanten, sondern auch die bösen Brüder schleunigst entflohen; denn mit fürchterlichen Hieben leistete ihm Herzog Berchtung Gesellschaft.

Rechts und links alles niedermähend, gelang es auch den beiden tapferen Helden bis in den Hof zu kommen. Hier fanden sie ihre Rosse und wollten durch das Tor hinaussprengen; aber sie sahen dasselbe von Hunderten von Feinden besetzt. Da ergriff Herzog Berchtung sein Heerhorn und stieß mit aller Macht hinein, so daß die Rosse der Feinde scheuten und vor dem furchtbaren Schall zurückdrängten. In die Lücke, die in der Feinde Reihen entstand, warf sich Wolfdietrich mit seinem guten Schwert und suchte einen Ausweg mit Gewalt. Aber trotzdem ihm Berchtung half, konnten sie den Ausweg nicht finden, denn von allen Seiten kamen beständig neue Feinde herzu.

Wie ein plötzlicher Gewittersturm eilten aber auch die sechzehn Söhne Herzog Berchtungs mit den fünfhundert Recken herbei. Ein schreckliches Fechten und Ringen entstand. Im ersten Anlauf wurden zwei Söhne Berchtungs getötet. Aber der alte Herzog biß die Zähne aufeinander und focht an seines Herrn Seite weiter. Wie Sand am Meere war die Zahl der Feinde und sie vergrößerte sich fortwährend. In den Staub sanken die fünfhundert Recken des Herzogs Berchtung und noch vier seiner Söhne fielen nach tapferer Gegenwehr tot von den Rossen. So waren nur noch zehn Söhne Herzog Berchtungs, dieser selbst und Wolfdietrich übrig.

Sie hätten der Zahl der Feinde erliegen müssen, wenn nicht Berchtung im letzten Augenblick befohlen hätte, einen Keil zu bilden, um in dieser Form durch die gepanzerten Reihen der Feinde zu brechen. In einem letzten verzweifelten Ansturm gelang dies, und die zwölf Helden jagten aus der Stadt hinaus. Aber eine neue Schar von Feinden kam ihnen entgegen und drängte Wolfdietrich ab. Dieser floh, sich auf sein gutes Roß verlassend, quer über die Ebene, über Wiesen und Heide, und so groß war die Geschwindigkeit seines Hengstes, daß ihn die Feinde nicht einholen konnten.

Erst spät in der Nacht, als sich Wolfdietrich überzeugte, daß keine Verfolger mehr hinter ihm waren, legte er sich zur Ruhe nieder, und zwar in einem dichten Gebüsch. Neben ihm lag vollkommen ermattet sein treues Roß. Als der Morgen graute, fand Wolfdietrich zum Glück eine Quelle, aus der er seinen und seines Rosses Durst stillen konnte. Dann machte er sich eilig auf, und da er überall die Streiter seiner Brüder sah und die Feinde an ihren Feldzeichen erkannte, ritt er tagelang auf Schleichwegen durch Wälder und am Ufer des Meeres entlang, über unwegsame Gebirgspfade, bis er in ein Land kam, das gar lieblich anzusehen war und auf dessen Hügeln viele Burgen standen. Eine Burg aber zeichnete sich durch viele Türme aus, die im Sonnenglanze schimmerten.

Am Meeresufer traf Wolfdietrich einen Fischer und fragte ihn nach dem Namen des Landes.

„Alten-Troja", entgegnete der Fischer.

„Und wer ist der Herr des Landes?"

„Das Land hat keinen Herrn, der König ist gestorben. Aber in seiner Burg dort drüben herrscht seine schöne Tochter Siegeminne."

„Ist sie den Fremden feindlich oder kann man ihre Gastfreundschaft erbitten?"

„Gastfreundschaft findet am Herde der Burg jeder ehrliche Mann. Ausgenommen sind nur die Späher und Anhänger Drasians."

„Wer ist dieser Drasian?" fragte Wolfdietrich.

„Es ist der Häuptling eines wilden Gebirgsvolkes, ein Riese und Zauberer. Er trachtete schon lange danach, die schöne Siegeminne in seine Gewalt zu bekommen, um sie zu seinem Weibe zu machen, und unsre junge Königin darf es nicht einmal wagen, ihre Burg zu verlassen. Auch durch allerlei Listen, durch falsche Boten, die Drasian entsendet hat, versuchte er, unsrer Königin Siegeminne zu schaden. Deshalb wird sie aufs strengste von ihren Getreuen bewacht. Wenn Ihr aber ein ehrlicher Mann seid, der nichts gegen die Königin im Schilde führt, so könnt Ihr wohl um Gastfreundschaft dort in der Burg vorsprechen."

Als Wolfdietrich in die Burg kam, wurde er sofort von Bewaffneten umringt, die ihn nach Namen und Herkunft befragten und ihn nicht in das Innere der Burg lassen wollten, bevor er Rüstung, Schild und Schwert abgelegt habe. Doch Wolfdietrich hielt es eines fahrenden Ritters für unwürdig, vor die Burgherrin ohne Waffen zu treten, und er kam in einen lebhaften Streit mit den Burgwächtern.

Da nahte die junge Königin Siegeminne selbst, um zu sehen, was es gebe, und als Wolfdietrich sie erblickte, war er von ihrer Schönheit so bezaubert, daß er Schwert und Schild von sich warf und auf das Knie vor der schönen Siegeminne sank, um ihr zu huldigen.

Freundlich hob Siegeminne ihn auf und bat ihn, mit in das Innere der Burg zu kommen, damit sie ihn mit Speise und Trank erquicke. Acht Tage blieb Wolfdietrich in der Burg, bis er sich erholt hatte. Dann wollte er Abschied nehmen. Aber mit Tränen in den Augen bat ihn Siegeminne, noch bei ihr zu bleiben. Da wußte Wolfdietrich, daß Siegeminne ihn liebte, und da auch in seinem Herzen die Liebe längst zu ihr entbrannt war, beschloß er, bei ihr zu bleiben und sich ihr als Gatten zu vermählen.

So war das Glück Wolfdietrichs gemacht. Aber er vergaß seiner elf Genossen nicht, von denen er sich bei dem Gefecht in Konstenopel hatte trennen müssen. Er sendete zuverlässige Boten nach Meran, um sich nach dem Schicksal Herzog Berchtungs und seiner zehn überlebenden Söhne zu erkundigen. Die Boten brachten gar schlimme Kunde. Der Herzog mit seinen zehn Söhnen war von den Feinden gefangen genommen, schmachtete im Burgverlies zu Konstenopel, und Boge und Wachsmuth hatten geschworen, daß die Freunde und treuen Gefährten ihres Bruders nie wieder das Licht der Sonne erblicken sollten.

Die Nachricht von dem Unglück seiner Getreuen brach dem ehrlichen Wolfdietrich fast das Herz. Der Kummer drückte ihn so, daß seine Gesundheit litt und Siegeminne mit Schrecken sah, wie ihr Gemahl von Tag zu Tag mehr die Lust am Leben verlor. Sie beschloß, ihn aufzuheitern und bereitete heimlich eine große Jagd vor. Im Gebirge ließ sie ein herrliches Zelt aufschlagen, und alles zu längerem Aufenthalte einrichten. Wild wurde zusammengetrieben, damit Wolfdietrich ein Ergötzen beim Erlegen der Tiere haben sollte, und endlich bat Siegeminne schmeichelnd den Gemahl, er möge von seiner Traurigkeit lassen und mit ihr zum Walde ziehen, um dort wieder froh und lebenslustig zu werden.

Ungern folgte Wolfdietrich dem Wunsche seiner Gemahlin, aber nachdem er erst einige Tage im Walde gelebt und sich durch die Jagd gestärkt und erheitert hatte, kehrte sein Lebensmut zurück.

„Sei bedankt, geliebte Siegeminne," sagte er zu seiner Gemahlin, „daß du mich aus meinem Trübsinn und Verzweiflung herausgerissen hast. Der Lebensmut kehrt bei mir wieder, die Jagd hat mein krankes Gemüt geheilt. Laß uns noch einige Tage den Freuden des Waldes und der Jagd obliegen. Dann will ich nach Konstenopel aufbrechen, um meine geliebten Freunde zu befreien."

Glücklich war die Königin Siegeminne über das Gelingen ihres Planes. Mit fröhlichem Plaudern und Scherzen suchte sie die Heiterkeit ihres Gemahls zu steigern. Beide ahnten nicht, wie nahe ihnen das Unglück war.

Drasian, der nichtswürdige Riese, hatte seine bösen Absichten auf Siegeminne nicht aufgegeben. Von dem Felseneiland, auf dem seine Burg stand und auf dem er hauste, war er mit seinen Schiffen nach Alten-Troja gekommen und umlauerte Wolfdietrich und dessen Gemahlin. Die Zwerge, die im Dienste des Riesen standen, dienten ihm als Späher und benachrichtigten ihn über alles, was geschah. Sie teilten ihm mit, wie in dem Königsgezelt des Gebirgswaldes das glückliche Paar Wolfdietrich und Siegeminne hausten, und die Gelegenheit schien dem bösen Riesen günstig, um jetzt seine schändlichen Pläne auszuführen.

Ein herrlicher Morgen war angebrochen. Wolfdietrich hatte sein Gefolge auf die Jagd geschickt und blieb selbst noch, in heiterem Geplauder mit seiner geliebten Siegeminne, vor dem seidenen Zelte sitzen. Feierliche Stille, nur unterbrochen von dem Rauschen des Waldes, das wie ein Atmen der Natur klang, umgab das glückliche Paar, welches stumm, eng aneinander geschmiegt vor dem Zelte saß und sich des herrlichen Morgens erfreute.

Plötzlich raste über den freien Platz vor dem Zelt ein gewaltiger Hirsch mit goldenem Geweih. Drasian, der Zauberer, hatte diesen Hirsch gesendet, um seinen schändlichen Plan auszuführen. Erstaunt blickte Wolfdietrich auf das sonderbare Tier. Aber im nächsten Augenblick packte ihn die Jagdlust, er ergriff seinen Speer, sprang auf das gesattelte Roß und jagte hinter dem Hirsche her, der vor ihm durch das Dickicht des Waldes brach und ihn immer weiter von dem Zelte entfernte.

Noch stand Siegeminne vor dem Zelt mit der Hand die Augen gegen die Sonne beschattend und dem Gatten nachblickend, der soeben zwischen den Stämmen des Urwaldes verschwunden war, als eine schreckliche Hand sie packte und emporhob. Als sie aufsah, blickte sie in das grinsende, scheußliche Gesicht des Riesen Drasian.

„Hilfe! Hilfe! Wolfdietrich zu Hilfe!“ gellte der Schreckensschrei der unglücklichen Siegeminne.

Aber vergebens war ihr Rufen. Niemand hörte sie. Drasian schleppte sein Opfer in das Dickicht, wo sein Roß stand. Er schwang sich mit Siegeminne auf dieses Roß und sprengte dem Meere zu. Hier lagen seine Schiffe bereit. Er bestieg das schnellste derselben und segelte mit Siegeminne davon.

Länger als eine Stunde hatte Wolfdietrich den sonderbaren Hirsch mit dem goldenen Geweih verfolgt, als plötzlich das Wild vor seinen Augen verschwand. Es war, als ob die Erde es verschlungen habe. Getrieben vom Jagdeifer, suchte Wolfdietrich noch eine Zeitlang nach dem seltenen Hirsch; als er ihn aber nicht fand, kehrte er zu dem Gezelt zurück. Mit lautem Jagdruf kündigte er sich an, aber zu seinem Erstaunen kam Siegeminne nicht aus dem Zelt. Von Angst getrieben, eilte er in das Gezelt und riß den Vorhang, der die Tür bildete, zurück. — Das Zelt war leer, Siegeminne war verschwunden.

Wolfdietrich ergriff sein Jagdhorn und blies darauf so mächtig, daß von allenthalben seine Jäger herbeikamen. Niemand von ihnen hatte Siegeminne gesehen. Nach allen Seiten entsendete nun der unglückliche Wolfdietrich seine Jäger, um Siegeminne zu suchen. Er selbst durchstreifte das ganze Gebirge in den nächsten Tagen, sich kaum einen Augenblick Ruhe und Zeit zum Essen gönnend. Alles war vergebens. Man erfuhr nur, daß der Riese Drasian mit seinen Schiffen an der Küste heimlich gelandet sei, und daß er an dem Tage, an dem Siegeminne verschwunden war, eilig die Bucht, in der seine Schiffe vor Anker gelegen, verlassen hatte.

Nun gab es keinen Zweifel mehr, daß Siegeminne von Drasian geraubt war.

Wolfdietrich erlebte das, was man so oft auch heut' noch im Leben an sich erfährt: daß ein großer Schmerz, den wir empfinden, ein schweres Leid, das uns angetan wird, verschwinden, wenn ein noch größeres Leid uns überkommt, daß aber dieses noch größere Leid unsre Kräfte stärkt, unsren Mut hebt und uns Willenskraft und Unverzagtheit einflößt. Jetzt konnte Wolfdietrich nicht an die gefangenen Freunde in Konstenopel denken; er mußte darauf bedacht sein, sein unglückliches Weib aus den Händen des Riesen zu befreien.

Allein zog er aus, um Siegeminne wieder zu erobern. Über seiner kostbaren Rüstung trug er ein Pilgerkleid und als angeblicher Pilger durchzog er die Lande, bis er nach dem Eiland kam, auf dem sich die Burg Drasians befand.

Es war eine herrliche Insel, auf welcher der greuliche Riese hauste. Herrliche Wälder, in denen die duftigsten Kräuter wuchsen und seltene Vögel liebliche Lieder sangen, umgaben die Burg.

Vorsichtig schlich sich Wolfdietrich bis in die Nähe der Burg, und an einem Fenster sah er Siegeminne stehn, mit abgehärmtem Gesicht und verweinten Augen. Er sah, wie ein riesenhafter Mann, eben der Zauberer Drasian, zu Siegeminne trat und auf sie einredete, während Siegeminne den Kopf schüttelte. Er sah Siegeminne weinen und, als der Riese von ihr fortgegangen war, verzweifelt die Hände ringen. Das alles wollt' ihm schier das Herz brechen; aber der Anblick der unglücklichen Gemahlin erfüllte ihn mit übermenschlichem Mut. Er trat in die Burg des Riesen und bat um Gastfreundschaft. Man führte ihn in den Speisesaal, wo Drasian ihn erwartete.

„Wer bist du?" fragte Drasian.

„Ein müder Pilger, der aus fernen Landen kommt," entgegnete Wolfdietrich.

„Erzähle mir, was du Neues weißt," sagte der Riese Drasian; denn in jenen Zeiten war ein Pilger auf den Burgen ein hochwillkommener Gast, da er von fremden Menschen und Ländern berichten, sowie Neuigkeiten erzählen konnte, die er auf seinen Reisen erfahren hatte.

An einer Säule aufgehängt, erblickte Wolfdietrich ein Tuch, das Siegeminne an dem Tage getragen, als Drasian sie geraubt hatte. Wie gebannt hingen seine Augen an diesem Tuch.

„Was hast du mit dem Tuch?" forschte mißtrauisch Drasian.

„Es hat so schöne Farben," entgegnete Wolfdietrich, „es gefällt mir wohl."

Drasian lachte laut auf.

„Diejenige, der das Tuch gehört, würde dir noch besser gefallen, sie hat noch schönere Farben in ihrem Gesicht, in ihren Augen und in ihrem Haar," sagte prahlerisch Drasian. „Willst du sie sehen?"

„Wenn es mir verstattet wäre," entgegnete Wolfdietrich, „würde ich mich wohl freuen."

Drasian winkte einem der Zwerge, die ihm als Diener untertan waren, und befahl ihm, Siegeminne herbeizuholen.

Sofort bei ihrem Eintritt erkannte Siegeminne in dem Pilgrim den Gatten, aber sie beherrschte sich so wie Wolfdietrich und winkte ihm nur mit den Augen zu. Doch der mißtrauische Drasian hatte diesen Blick aufgefangen, und mit rauhen Worten und Schimpfreden befahl er ihr, sofort den Saal zu verlassen und in ihre Kemnate zu gehn.

Jetzt konnte sich Wolfdietrich nicht länger mehr beherrschen. Er warf das Pilgergewand von sich, zog sein Schwert und stellte sich zwischen Drasian und Siegeminne.

„Wolfdietrich!" schrie erschrocken der Riese.

„Ja, ich bin es!" rief Wolfdietrich, „und jetzt hat die Stunde der Rache geschlagen. Wehre dich, du Räuber!"

„Halt ein!" rief Drasian, „wenn du ein ritterlicher Mann bist, so warte, bis auch ich mein Schwert habe. Willst du einen Unbewaffneten anfallen?"

„Du bist ein Räuber und ein Dieb und hast kein Recht, ritterliche Behandlung zu verlangen. Doch soll niemand sagen, Wolfdietrich habe einen Unbewaffneten getötet. Hole deine Waffen und wir wollen kämpfen!"

Drasian winkte den Zwergen und sie brachten drei Rüstungen herbei, eine aus Silber, eine aus Gold und eine dritte aus verrostetem Stahl.

„Wähle!" rief Drasian, „da du dich ritterlich gegen mich verhältst, will ich es auch dir gegenüber tun. Wähle die Rüstung, die dir die beste scheint!"

Ohne Besinnen nahm Wolfdietrich die Rüstung von verrostetem Stahl, denn er hatte sofort gesehen, daß sie die stärkste und widerstandsfähigste war.

Drasian war erschrocken, denn er wußte wohl, daß Wolfdietrich die härteste Rüstung ausgewählt hatte. Dann legte er selbst die silberne Rüstung an, und schrecklich war der Kampf, der jetzt zwischen Wolfdietrich und dem Riesen begann. In einer Ecke des säulengetragenen Speisesaals, von dessen gewölbter Decke der Klang der Schwerter auf Schild und Rüstung widerhallte, lag Siegeminne auf den Knien und flehte zum Himmel um den Sieg des Gatten. In eine andre Ecke zusammengedrängt standen angstbebend die Zwerge, mit bleichem Antlitz den Ausgang des Kampfes erwartend.

Furchtbar waren die Hiebe, die Drasian austeilte. Dreimal sank Wolfdietrich in die Knie, aber immer wieder raffte er sich empor, und was Wolfdietrich an Kraft Drasian gegenüber abging, ersetzte er durch Gewandtheit und schnelle Hiebe. Auch Drasian taumelte, als ihn mit voller Wucht ein verzweifelter Hieb Wolfdietrichs traf, und diesen Augenblick benützte der Held. Noch hatte Drasian sich nicht wieder emporgerafft, als Wolfdietrich mit beiden Händen sein Schwert faßte und den Riesen so in die Lötung der Rüstung hieb, daß das Schwert durch die Rüstung in den Leib des Riesen drang und ihm das Herz zerschnitt. Mit einem zweiten furchtbaren Hiebe tötete Wolfdietrich seinen Gegner.

Unter lautem Wehgeschrei entflohen die Zwerge. Siegeminne aber warf sich jubelnd an die Brust des siegreichen Helden. Die Mannen des erschlagenen Drasian wagten nicht, dem Sieger ungehorsam zu sein. Nach seinem Befehl rüsteten sie einige Schiffe zur Abfahrt nach Alten-Troja. Alle Schätze, die in der Burg waren, wurden auf die Schiffe gebracht. Dann verbrannte Wolfdietrich die Burg Drasians mitsamt der Leiche des Riesen und fuhr mit den Schätzen Drasians und mit der wiedereroberten Siegeminne nach Alten-Troja zurück.

Doch nur kurze Zeit sollte sich Wolfdietrich seines Siegs erfreuen. Die ausgestandene Angst, der monatelange Kummer, welchen Siegeminne ertragen mußte, hatten ihre Gesundheit erschüttert, hatten ihre Kräfte aufgezehrt. Wenige Wochen nach der Rückkehr nach Alten-Troja erkrankte Siegeminne heftig und in kurzer Zeit verstarb sie.

Wohl trauerte das ganze Land um die schöne und liebenswürdige Königin, doch Wolfdietrich fand keine Tränen, und nicht eine Klage kam über seine Lippen. Es war ihm, als wäre sein Inneres vor entsetzlichem Weh versteinert, als wäre sein Herz abgestorben. Nachdem er aber der geliebten Gattin die letzte Ehre erwiesen, sie mit königlicher Pracht bestattet hatte, ordnete er die

Angelegenheiten seines Reichs und beschloß, die letzte Aufgabe seines Lebens zu erfüllen, nämlich die Gefährten in Konstenopel aus der Knechtschaft zu befreien. Allein und ohne jede Begleitung, ebenso wie zur Befreiung seiner Gattin, zog Wolfdietrich jetzt aus — gen Konstenopel.

Gen Osten nahm er seinen Weg und nach wenigen Tagen sah er vor sich eine gewaltige Burg. Dreißig Türme waren auf den dicken Mauern der Burg errichtet, und mehr als fünfhundert Köpfe erschlagener Recken waren zum Zeichen der Grausamkeit des Burgbesitzers auf den Zinnen der Türme aufgesteckt.

Falkeneis hieß die Burg und der Riese und Zauberer Belian hauste in ihr mit seiner schönen Tochter.

Wolfdietrich traf einen Landmann und dieser warnte ihn, die Burg zu betreten.

„Der Riese Belian ist ein Meister im Messerwerfen," sagte er, „jeden Gast fordert er zum Kampfe heraus und tötet ihn durch seine Kunst. Die fünfhundert Häupter auf den Zinnen der Türme stammen von den Opfern, die von der Hand des Zauberers Belian getötet worden sind."

Gerade diese Rede aber reizte Wolfdietrich, das Abenteuer mit Belian zu wagen. Hatte er doch von Herzog Berchtung die Kunst des Messerwerfens gelernt und es zur Meisterschaft in derselben gebracht. So sprengte er kühn durch das Tor der Burg und war verwundert über die Schönheit der Tochter Belians, die ihn freundlich empfing. Auch Belian übte Gastfreundschaft und nahm Wolfdietrich gut auf. Bevor sie sich aber zu Tische setzten, fragte er ihn, wer er sei.

„Ich bin ein Pilger, der aus dem Morgenlande kommt," antwortete Wolfdietrich.

„Kennst du den König von Alten-Troja, Wolfdietrich?" fragte Belian weiter.

„Niemals habe ich den Namen dieses Mannes gehört."

„Wärest du einer seiner Leute, so würde ich dich sofort töten," erklärte Belian; „denn von diesem Wolfdietrich wird mir großes Unheil kommen. In den Sternen habe ich gelesen, daß ich im Kampfe von ihm besiegt werden soll. Glaubst du an Machmet?"

Wolfdietrich schüttelte das Haupt.

„Ich glaube an den Gott der Christen," sagte er. „Wer ist Machmet?"

„Es ist der mächtigste Gott der Heiden und in meiner Burg ist sein Bildnis aufgestellt. Vor diesem Bildnis wirst du morgen beten oder du wirst mit mir im Kampfe des Messerwerfens dich messen."

„Lasset den Fremden jetzt in Ruhe Speise und Trank genießen," bat die schöne Tochter Belians, die Gefallen an Wolfdietrich gefunden hatte.

„So mag der Fremde morgen früh Machmet seine Verehrung erweisen," sagte Belian, „wir wollen jetzt zum Marmorsaale gehn!"

Wolfdietrich glaubte im Märchenlande zu sein, als er diesen Marmorsaal betrat. Mit den kostbarsten Stücken geschliffenen Marmors waren Decken, Wände und Fußboden des Saales ausgelegt. Vielerlei Gestalten aus purem Golde schmückten die Wände. In der Mitte der weiten Marmorhalle aber stand ein riesiger Baum, aus lauterem Golde gefertigt und auf den Zweigen desselben saßen Vögel, aus Gold und Edelsteinen gemacht und mit gar kunstreicher Einrichtung versehen. Wenn der Wind, der durch die Fenster kam, durch die Zweige des Baumes strich, begannen die Vögel wunderliebliche Weisen, einzeln und im Chore zu singen.

Unter diesem Baume nahm Wolfdietrich mit den Gastgebern Platz und labte sich an köstlichen Speisen und herrlichem Trank. Mit dem süßesten Lächeln kredenzte ihm die Tochter Belians den Wein in goldenem Becher. Sie errötete, wenn seine Hand ihre Finger berührte, wenn sie ihm den Becher reichte, und wenn Wolfdietrich seine Augen bewundernd auf der herrlichen Jungfrau ruhen ließ, dann sah er ihren leidenschaftlichen Blicken wohl an, daß sie von Liebe zu ihm, dem Fremden, ergriffen war.

Nach dem Mahle führte die schöne Jungfrau Wolfdietrich durch die nicht enden wollenden Räume und Hallen der Burg.

Auch in die Schatzkammern führte sie ihn und zeigte ihm den unermeßlichen Reichtum ihres Vaters. Zuletzt aber brachte sie ihn in einen tempelartigen Raum, in dem das Marmorbildnis Machmets, eines abscheulichen Götzen, stand.

Mit zärtlichem Blick sagte die schöne Jungfrau:

„Knie nieder mit mir, fremder Ritter, und bete Machmet an. Ich will deine Gemahlin sein und du wirst Herr dieser Burg, aller Schätze und des Landes werden."

„Nimmer kniee ich vor einem toten Stein," entgegnete Wolfdietrich, „und niemals werde ich um Machmets willen meinen Gott verleugnen."

Die schöne Jungfrau ward traurig und geleitete schweigend Wolfdietrich nach dem Marmorsaal zurück. Als man dann zur Ruhe ging, trat sie noch einmal zu Wolfdietrich und sagte ihm leise:

„Mag Euch im Schlaf eine bessere Einsicht kommen. Es ist von den Göttern so gefügt, daß nach durchschlafener Nacht uns bessere Entschlüsse kommen als am Tag, und daß weise Gedanken sternengleich aus dem dunkeln Schleier der Nacht den Menschen leuchten."

Als Wolfdietrich zur Ruhe ging, mußte er sich sagen, daß die Jungfrau nicht nur schön, sondern auch klug sei, wie ihre letzten Worte ihm dies bewiesen hatten. Doch nicht einen Augenblick dachte er daran, seinen Glauben aufzugeben, obgleich er wußte, daß am nächsten Tage ihm der Kampf mit Belian bevorstand.

Als sich nach stärkendem Schlaf Wolfdietrich am andren Morgen erhoben, begrüßte ihn die Tochter Belians mit schmeichlerischer Rede und zärtlichen Blicken.

„Wisse, daß dir heut' nacht große Gefahr durch den Zauber meines Vaters gedroht hat, und daß ich diese Gefahr durch meine Bitten von deinem Haupte abgewendet habe. Hat dir die Nacht bessere Gedanken gebracht und willst du mit mir vor Machmet beten? Siehe, ich liebe dich und ich will dein treues Weib sein, wenn du nur willst."

„Verzeihet, schöne Jungfrau," entgegnete Wolfdietrich, „wenn ich Eure Bitten nicht erfülle. Aber es ist mir unmöglich, meinen Gott zu verleugnen."

Da ergrimmte die Jungfrau. Der Zorn loderte in ihrem Herzen auf, färbte ihre Wangen dunkelrot, und mit fürchterlicher Stimme schrie sie Wolfdietrich zu:

„Wehe dir, daß du mich verschmäht hast!"

Gerüstet zur Abreise trat Wolfdietrich vor Belian. Doch dieser verlachte den Helden.

„Nicht sollst du lebend mehr meine Burg verlassen," sagte er; „in wenigen Stunden wird dein Haupt von der Zinne des höchsten Turmes herabgrinsen! Du hast meine Tochter verschmäht und Machmet beschimpft. Ich könnte dich ohne weiteres töten, aber ich will dir ritterlich einen Kampf gewähren."

Er geleitete Wolfdietrich hinaus auf den Burgplatz, wo bereits Belians Recken auf ihn warteten. In kurzer Entfernung voneinander standen da zwei Schemel und auf jedem lagen drei gewaltige haarscharf geschliffene Messer.

„Lege deine Rüstung ab!" rief Belian, „wir kämpfen nur im Linnengewand."

Während Wolfdietrich sich seiner Rüstung und seiner Waffen entledigte, befahl Belian seinen Recken, einen Kreis zu schließen, indem sie Schildrand an Schildrand sich um die beiden Schemel herum aufstellten. Sorglich deckten sich die Recken hinter ihren eisernen Schilden, um nicht von den Messern getroffen zu werden. Dann nahm Belian die drei Messer zur Hand und bestieg den Schemel; seinem Beispiele folgte Wolfdietrich.

„Deine letzte Stunde ist gekommen!" rief Belian; „mir gebührt, als dem Könige und dem Burgherrn, der Vorkampf. Wahre dich!"

Im nächsten Augenblick flog eins der Messer pfeifend durch die Luft, und hätte Wolfdietrich nicht den Kopf rasch zur Seite gebogen, so wäre er verloren gewesen. So schnitt ihm das Messer haarscharf nur eine Locke vom Haupt. Belian stieß einen Fluch aus, hob das zweite Messer auf und schleuderte es nach dem Herzen Wolfdietrichs, ebenso wie er das erste nach dessen Kopfe entsendet hatte. Aber wiederum bog sich Wolfdietrich geschickt zur Seite, und das Messer flog unter seinem linken Arm durch, ohne ihn zu berühren. Wütend schwang Belian das dritte Messer, um es nach den Füßen des Feindes zu schleudern. Aber in dem Augenblick, in welchem das Messer angesaust kam, machte Wolfdietrich einen ellenhohen Sprung auf seinem Schemel, und ohne Schaden flog das Messer unter ihm dahin und bis an das Heft jenseits des Schemels in den Sand.

„Jetzt ist deine letzte Stunde gekommen!" rief Wolfdietrich ernst, „nun sieh zu, ob dir Machmet hilft! Wahre dich!"

Wolfdietrich schleuderte das Messer nicht nach dem Herzen oder nach dem Kopfe des Feindes, sondern sofort nach den Füßen. Das hatte Belian nicht erwartet und in einem Augenblick war sein rechter Fuß mit dem Messer an den Schemel festgespießt. Schon folgte das zweite Messer und nagelte auch den andren Fuß des Riesen an den Schemel.

„Du bist Wolfdietrich!" schrie Belian, „ich stehe ab vom Kampfe!"

„Ja, ich bin Wolfdietrich!" rief der Held und entsendete das letzte Messer, welches Belian durch das Herz fuhr. Mit dem Schemel zusammen stürzte der tote Belian zu Boden.

Entsetzt standen seine Recken und waren wie versteinert über den unerwarteten Fall ihres Herrn. Aber Wolfdietrich schlüpfte in seine Rüstung, nahm Schild und Schwert und wollte aus dem Ring der Recken Belians hinaus. Da aber besannen sich diese, zogen die Schwerter und drangen auf ihn ein. Mit wilden Hieben brach sich Wolfdietrich Bahn. Fünfzig der gepanzerten Männer schlug er mit fürchterlichen Hieben zu Boden und die andern ergriffen die Flucht. Sein Roß stand gesattelt bereit, Wolfdietrich schwang sich auf den Rücken des Tieres und sprengte zum Burgtor hinaus.

Doch sofort zügelte er wieder sein Roß und riß es zurück. Der weite Wiesenplan vor der Burg war in eine brandende See verwandelt. Woge auf Woge kam zischend und rauschend heran und drohte Roß und Reiter zu verschlingen. Wohl ahnte Wolfdietrich, daß nur durch Zauberei die Wiese in ein tobendes Meer verwandelt worden sei. Er blickte um sich und sah auf den Zinnen der Mauer über dem Tore die Tochter Belians stehn und mit ihrem Zauberstabe weite Kreise in der Luft ziehen. Da sprang er vom Pferde, eilte hinauf, riß die Zauberin herunter und schwang sich mit ihr zusammen in den Sattel.

„Wenn ich und mein Roß ertrinken, so sollst du mit uns deinen Tod in den Wellen finden!"

Dann jagte er in die tobenden Fluten hinein.

„Halt ein, halt ein!" schrie die Tochter Belians. Dann streckte sie die Hand aus und murmelte einen Zauberspruch. Da klangen plötzlich die Hufe des Rosses auf einer gläsernen Brücke, die sich weit über die schäumenden Wogen wölbte.

„Laß mich frei!" bat die Königstochter, „du hast mich besiegt, wie meinen Vater."

Wolfdietrich ließ die Zauberin aus dem Sattel herabgleiten, und sofort verwandelte sie sich in eine Elster, die nach dem Burghofe zurückflog. Gleichzeitig aber brach die gläserne Brücke unter den Hufen des Rosses, und dieses stürzte mitsamt dem Reiter bergetief hinab.

Es war ein furchtbarer Fall, welcher Wolfdietrich fast der Besinnung beraubte, und als er endlich festen Boden unter den Hufen des Rosses bemerkte, sah er sich in einem Walde, dessen Bäume ringsum in hellen Flammen standen. Dem Tode geweiht schien der Held, denn das Feuer schloß ihn vollständig ein. Doch mutig sprengte er mit dem treuen Roß mitten in die Flammen, und dadurch war die Gewalt des Zaubers gebrochen. Das Feuer erlosch, und in einem friedlichen, sonnendurchglänzten Walde befand sich Wolfdietrich mit seinem Pferde.

An einer Quelle labten sich Roß und Reiter; dann setzten sie ihren Weg fort, und nach langer Reise durch ein wildes Gebirge kamen sie in eine große Ebene, wo hochgetürmte Burgen, große Städte und freundliche Ortschaften lagen, silberne Flüsse ein fruchtbares Land durchflossen, und große Viehherden von dem Reichtum des Bodens zeugten.

Ein Wandrer kam des Wegs daher und Wolfdietrich fragte ihn: „Welches Land ist dies?"

„Es ist das Lampartenland (Lombardenland)."

„Wer ist der König dieses Landes?"

„O Herr, der König dieses Landes ist tot. Der ruhmreiche König Ortnit ist nicht mehr."

„Wie?" rief Wolfdietrich erstaunt, „König Ortnit, der gewaltige Held, ist tot? Wer hat ihn überwunden?"

„Habt Ihr den herrlichen Helden gekannt?" fragte der Wandrer.

„Gewiß, er war ein Freund meines Pflegers, des Herzogs Berchtung, und hat diesen öfters besucht. Auch mir war er wohlgesinnt und mit reichen Geschenken hat er mich beehrt."

„Er ist nicht mehr," wiederholte der Wandrer traurig, „er ist das Opfer der Drachen geworden, die ein Zauberer in das Land gesendet hat. Mit seinem guten Schwerte Rosen, dem kein Panzer widerstehn konnte, zog König Ortnit aus, die Drachen zu erlegen, und wurde ihr Opfer."

„Und wer herrscht jetzt im Lampartenlande?"

„Die schöne Sidrat, König Ortnits Töchterlein, die vater- und mutterlose Waise, hat den Thron bestiegen. Dort jene herrliche Burg ist Garden und dort lebt Sidrat, unsre jetzige Königin. Schrecken und Trauer herrschen im Lande, denn noch immer fordern die Lindwürmer ihre Opfer, und wer jenen Wald dort betritt, ist verloren."

„Ich danke Euch für das, was Ihr mir berichtet habt," sagte Wolfdietrich und belohnte den Wandrer mit einer goldenen Spange, die er von seinem Arme zog. „Es scheint mir, ich bin zur rechten Zeit hierher gekommen."

Dann sprengte er zur Burg Garden und wurde gar freundlich empfangen. Als Sidrat ihm die Hand reichte und er ihr mitteilte, er sei ein alter Freund ihres Vaters, brach das schöne Mädchen in Tränen aus, denn es erinnerte sich wieder des lieben Toten.

„Weinet nicht," bat Wolfdietrich, ergriffen von der Schönheit Sidrats, „ich werde Euren Vater und all die Opfer an dem Lindwurm rächen."

„Wie, Ihr wolltet ausziehen, um den Lindwurm zu bekämpfen?"

„Das ist meine feste Absicht," sagte Wolfdietrich.

„Schon viele haben vor Euch das Abenteuer gewagt und haben ihr Leben dabei verloren. Auch der Graf Wildungen von Piterne ist seit gestern ausgeritten, um die Lindwürmer zu bekämpfen, und nicht wiedergekehrt. Wisset, die Edlen des Lampartenlandes haben beschlossen, daß demjenigen, der die Drachen besiegt, die Krone und meine Hand zuteil wird."

Mit Wonne blickte Wolfdietrich auf das errötende schöne Mädchen, als es ihm mitteilte, daß seine Hand der Preis des Siegers sein sollte.

„Und wenn es zehn Lindwürmer wären!" rief Wolfdietrich, „ich will es wagen!"

Zu seiner Stärkung nahm er ein wenig Speise und Trank zu sich. Dann brach er auf und ritt nach dem Walde, in dem der Lindwurm hauste. Nicht lange brauchte Wolfdietrich auf das Untier zu warten. Ein furchtbares Brausen und Getöse drang durch die feierliche Stille des Waldes. Das Brechen des Holzes im Waldesdickicht bezeichnete die Ankunft des Drachen, der die jungen Stämme des Waldes wie Strohhalme knickte und dessen glühender Atem das Laub versengte. Aus dem Gebüsch ragte plötzlich ein fürchterliches Drachenhaupt empor. Vor Schreck wieherte das Roß laut auf und blieb wie versteinert stehn. Auch Wolfdietrich sah mit bangen Blicken die schreckliche Gestalt des Drachen aus dem Gebüsch hervortreten. Doch schnell hatte sich der Held gefaßt. Er schwang seinen Speer und schleuderte ihn gegen den Lindwurm. Allein von der Hornhaut des Ungeheuers prallte die Waffe ab, wie von einer erzenen Wand. Da sprang Wolfdietrich aus dem Sattel und ging mit seinem guten Schwerte dem Ungeheuer zu Leibe. Doch ohne Wirkung blieben die fürchterlichen, hageldichten Hiebe, die Wolfdietrich auf die Hornhaut des Lindwurms führte. Begleitet von einem Wehlaut Wolfdietrichs zersprang das Schwert, und waffenlos stand er nun dem Ungeheuer gegenüber. Mit einem einzigen Biß seines furchtbaren Maules ergriff der Drache den treuen Streithengst und mit seinem Zagel (Schweif) umschlang er Wolfdietrich. Er eilte mit der doppelten Beute nach seiner Höhle, denn fünf Junge hatte der Lindwurm zu ernähren. Diesen warf er Roß und Reiter zu, und so gewaltig war der Sturz, daß Wolfdietrich besinnungslos wurde. Hungrig fielen die jungen Lindwürmer über das Roß her, während der alte Lindwurm davoneilte, um neue Beute zu holen. Auch Wolfdietrich wäre verloren gewesen, wenn er nicht durch den Zagel des Drachen in den hintersten Winkel der finsteren Höhle geschleudert worden wäre. Da er regungslos liegen blieb, bemerkten ihn die jungen Lindwürmer nicht, und so entging er ihren schrecklichen Rachen.

Durch ein gewaltiges Schnarchen erwachte endlich Wolfdietrich aus seiner Betäubung. Das Licht des Morgens fiel bereits in die Höhle, und allmählich gewöhnten sich die Augen des unglücklichen Gefangenen an das Halbdunkel. Da sah er nebeneinander fünf junge Lindwürmer liegen und schlafen, und in ihrer Nähe schnarchte fürchterlich der alte Lindwurm, der vom Fraß des Abends vorher noch schwerfällig und wie betäubt war.

Aus dem Winkel, in welchem Wolfdietrich lag, sah er etwas Rotes leuchten und strahlen. Waren das die Augen eines Lindwurms?

Vorsichtig streckte Wolfdietrich seine Hand nach dem glänzenden Etwas aus und fühlte den Griff eines Schwertes. Am Knauf desselben befand sich ein Karfunkel von übernatürlichem Glanz. Das war Rosen, das berühmte Schwert König Ortnits. Wohl kannte Wolfdietrich dasselbe aus früherer Zeit. Aber noch ein zweiter glänzender Gegenstand lag unter dem Schwert. Es war ein Fingerring mit glänzenden Steinen, ebenfalls das Eigentum König Ortnits. Und sieh da! auch ein Schild lag zwischen Menschenknochen, den Resten König Ortnits und der andern Opfer, welche die Lindwürmer verzehrt hatten.

Prüfend schwang Wolfdietrich das herrliche Schwert Rosen durch die Luft. Dann stieß er es durch das Herz des ersten jungen Lindwurms, der, ohne einen Laut von sich zu geben, verendete. Mit gleich sicherer Hand tötete Wolfdietrich drei weitere junge Lindwürmer. Als er aber den fünften und letzten erstechen wollte, glitt das Schwert an der festen Haut des Tieres ab, und das Herz wurde nicht sofort getroffen. Einen gellenden Schmerzensschrei stieß der junge Lindwurm aus, und mit furchtbarem Schnauben erhob sich jetzt der alte Drache aus dem Schlafe. Aber ehe er noch wußte, was geschehen war, stieß ihm Wolfdietrich das herrliche Schwert Rosen in die Weichteile des Unterleibs. Immer tiefer bohrte er es in die Eingeweide des Lindwurms, bis dieser mit einem gräßlichen Gebrüll emporsprang und sich an der Decke der Höhle den Schädel einschlug. Zur Sicherheit stieß auch ihm Wolfdietrich, nachdem er den fünften jungen Lindwurm vollständig getötet, noch das gute Schwert Rosen durch das Herz. Dann eilte er aus der Höhle, um aus dem entsetzlichen Gestank der Lindwürmer zu kommen. An einer Quelle stillte er seinen Durst und reinigte sich und die herrlichen Waffen des Königs Ortnit. Darauf ging er nach der Höhle, schnitt den toten Drachen die Zungen aus, verwahrte sie in seinem ledernen Vorratsbeutel und machte sich auf den Weg nach Garden zurück. Aber es fehlte ihm sein treues Roß, um ihn schnell aus dem Walde herauszubringen. Außerdem hatte sich Wolfdietrich, als er im Zagel des Drachen zur Höhle geschleppt worden war, die Richtung nicht merken können. So ging er gerade entgegengesetzt von der Burg, kam immer tiefer in den Wald hinein und schließlich in die Berge, in denen er tagelang umherirrte. Beeren und Wurzeln waren seine Nahrung und an den Felsenquellen löschte er seinen Durst.

Unterdes war Graf Wildungen von Piterne mit seinen Knappen ebenfalls in den Wald gekommen, hatte sich aber so vorsichtig der Höhle des Drachen genähert, daß er dort erst eintraf, nachdem Wolfdietrich bereits die Drachen erschlagen und die Höhle verlassen hatte.

Graf Wildungen von Piterne war ein Feigling, ein lüg=

nerischer und mißgünstiger Wicht. Er gedachte, den Lindwurm nicht in offenem Kampfe zu besiegen, sondern schickte seine Knappen fort, speicherte vor der Höhle des Drachen Reisig auf und zündete dieses an, damit der Rauch in die Höhle zöge und den Lindwurm ersticke. Der Graf selbst versteckte sich, um nicht von dem Drachen entdeckt zu werden, wenn dieser wütend aus der Höhle herausfuhr. Aber nichts rührte sich. Zum zweitenmal machte der Graf ein Feuer, um den Drachen auszuräuchern. Als aber auch dann noch kein Lebenszeichen aus der Höhle kam, wagte er es, in die Schlucht einzudringen. Zu seinem Erstaunen sah er hier den Drachen und seine Jungen bereits getötet.

„Um so besser!" dachte der mißgünstige und hämische Graf, „hier hat ein andrer bereits das Werk vollendet, aber ich werde die Früchte ernten, da jener andre so töricht war, nicht die Siegeszeichen mit sich zu nehmen."

Darauf hieb er mit vieler Mühe dem alten und den jungen Drachen die scheußlichen Köpfe ab, schleppte sie vor die Höhle und stieß dann mächtig in sein Jagdhorn.

Auf dieses Zeichen eilten seine Knappen herbei und sahen den Grafen in stolzer Haltung zwischen den abgeschlagenen Köpfen der Drachen stehn.

„Heil dem ritterlichen und tapferen Grafen Wildungen!" schrien die Knappen und der lügnerische Graf nahm diese Lobpreisung mit lächelndem Gesicht entgegen.

„Ich habe die Drachen in furchtbarem Kampfe getötet," erklärte Graf Wildungen; „nehmet diese Köpfe und traget sie an den Hof des ehemaligen Königs Ortnit. Ich gehe mit euch, um den Siegespreis zu heischen, die Krone Ortnits und die Hand seiner schönen Tochter."

Auf Tragbahren, die sie aus Zweigen zusammengeflochten, trugen die Knappen die Häupter der schrecklichen Ungeheuer vor dem Grafen her, der sein Roß bestiegen hatte und stolz wie ein wirklicher Drachentöter hinter seinen Ruhmeszeichen herzog.

Als man sich Garden näherte, lief das Volk herbei und als

es die Köpfe der gefürchteten Ungeheuer erblickte, brach es in ein lautes Freudengeschrei aus. Der Jubelruf pflanzte sich mit außerordentlicher Schnelligkeit fort:

„Die Drachen sind tot! Heil dem Helden und Drachensieger, dem Grafen Wildungen von Piterne!“

Alle Lamparten, Männer, Weiber und Kinder, die dem Zuge begegneten, schlossen sich ihm an, so daß er immer gewaltiger und größer wurde.

Noch ehe der Siegeszug Garden erreicht hatte, hörte Sidrat das Geschrei und bald verstand sie auch, daß der Sieger, der die Drachen getötet habe, herannahe. Da klopfte ihr Herz höher in Hoffnung und Freude, denn sie glaubte nicht anders, als daß Wolfdietrich siegreich zurückkehre, um die Krone und ihre Hand als Preis zu fordern. Sie liebte Wolfdietrich und mit Freuden wäre sie seine Gemahlin geworden.

Doch wie groß war die Enttäuschung Sidrats, als der Sieger nun in den Schloßhof einritt, und sie den Grafen Wildungen von Piterne erkannte! Das häßliche Gesicht des Grafen sah jetzt entstellt aus durch das Grinsen des Stolzes und des Triumphes. Mit lächerlich stolzer Gebärde näherte er sich der schönen Sidrat und sagte, auf die Köpfe der Ungeheuer deutend:

„Da seht Ihr, was ich getan habe! Die Krone des Lampartenlandes gehört mir, und Ihr werdet mein eheliches Gemahl. Lasset alles zur Hochzeit rüsten, denn in spätestens drei Tagen werdet Ihr mir angetraut.“

„Es sei, wie Ihr saget,“ antwortete Sidrat; „ich muß mein Wort halten und dem Drachentöter, der meinen Vater rächte und das Land befreite, meine Hand reichen.“

Dann entfernte sich aber Sidrat, um in ihrer Kemnate ihren Schmerz auszuweinen.

Welch eine Enttäuschung war ihr doch widerfahren! An Stelle des geliebten Mannes, des herrlichen Recken Wolfdietrich, sollte sie jetzt den häßlichen und widerwärtigen Grafen Wildungen von Piterne heiraten. Der Schmerz und Kummer machten Sidrat so krank, daß die Hochzeit verschoben werden mußte.

Wo war Wolfdietrich? Sidrat mußte annehmen, daß auch er ein Opfer der Drachen geworden sei, sonst wäre er doch längst wiedergekehrt. So kam zu allen ihren Sorgen auch noch der Schmerz um den Verlust des geliebten Mannes. —

Acht Tage waren schon vergangen, seitdem Graf Wildungen zurückgekehrt war, und nicht mehr länger konnte die Hochzeit aufgeschoben werden. Mit barschen und rohen Worten forderte der Graf sein gutes Recht, und so wurde denn für den Nachmittag das Hochzeitsmahl bereitet, nach dessen Beendigung vor dem Altar Sidrat die Gattin des Grafen Wildungen werden sollte.

Am Mittag jenes Tags hatte Wolfdietrich endlich nach langer Irrfahrt Garden wieder erreicht. Schon bevor er die Burg betrat, wußte er von den Leuten, denen er in seiner Pilgertracht begegnet war, welches Fest nachmittags auf Garden gefeiert werden sollte, und wie sich der freche Graf Wildungen als Sieger und Drachentöter preisen ließ.

Unerkannt trat Wolfdietrich in die Burg, und in seinem einfachen Pilgergewande konnte er es nicht wagen, bis an die Hochzeitstafel zu treten. Er mischte sich unter das niedere Volk, das an der Pforte stand, und die schönen Frauen und Helden anstaunte, die beim Mahle saßen. Freude und Grimm erwachten im Herzen Wolfdietrichs, als er die schöne Sidrat mit vergrämtem Gesicht und rotgeweinten Augen an der Hochzeitstafel sitzen sah. Freude erfüllte ihn, denn er sah, daß Sidrat nur widerwillig die Gattin des Grafen Wildungen werden sollte, weil sie wahrscheinlich an ihn (Wolfdietrich) dachte und ihn als Sieger zurückerwartet hatte. Grimm aber erfüllte ihn, weil durch das lächerliche Gebaren des Grafen Wildungen die schöne Sidrat in Kummer und Sorge gestürzt worden war.

Aber auch Sidrat hatte die stattliche Gestalt Wolfdietrichs, die alles Volk um Hauptеslänge überragte, bemerkt. Es fiel ihr eine Ähnlichkeit des ärmlich gekleideten Pilgers mit dem herrlichen

Wolfdietrich auf und sie sendete dem Fremden nach Landesart einen goldenen Becher, gefüllt mit Wein als Willkommgruß. Mit einem Zuge leerte Wolfdietrich denselben und warf dann den Ring des Königs Ortnit in den Becher, welcher der Königin gebracht wurde.

Laut schrie Sidrat vor Freude auf, als sie den Fingerreif mit dem blitzenden Steine erkannte, den ihr toter Vater einst getragen hatte.

„Kommt hierher, Fremder!“ sagte sie, „wer seid Ihr, wie kommt Ihr zu diesem Ring, den mein armer, verstorbener Vater trug und den er nie von seinem Finger ließ?“

„Er hat ihn auch nicht, solange er lebte, von seinem Finger gelassen. Er ist erst von dem Finger des Toten gefallen. In der Höhle des Drachen liegt das Gerippe König Ortnits und der andern Opfer, die der Drachen Beute wurden.“

„Wie? Ihr seid in der Drachenhöhle gewesen?“ fragte Sidrat.

„Ich war in der Drachenhöhle, als ich die Drachen erschlug,“ antwortete Wolfdietrich kurz.

Wütend fuhr Graf Wildungen auf und rief den Trabanten zu:

„Ergreifet diesen frechen Lügner und fesselt ihn, der es wagt, lügnerisch sich den Sieg über die Drachen zuzuschreiben.“

Mit wenigen kräftigen Stößen seiner Arme warf Wolfdietrich die herbeieilenden Trabanten zurück und rief mit dröhnender Stimme durch den Saal:

„Graf Wildungen von Piterne ist ein Lügner und elender Feigling! Eines andren Erfolge maßt er sich an und schämt sich nicht, einen Preis zu fordern, den er nimmermehr verdient hat.“

Wütend griff Graf Wildungen an sein Schwert. In diesem Augenblick aber warf Wolfdietrich das Pilgergewand von sich und stand in glänzender Rüstung inmitten der Hochzeitsgesellschaft da.

„Wolfdietrich!“ schrie jubelnd Sidrat auf.

„Ja, Wolfdietrich bin ich!“ rief der Held und zückte drohend das herrliche Schwert Rosen, das er in der Drachenhöhle gefunden hatte, gegen den Grafen Wildungen, der wie versteinert stehn blieb.

Dann beugte Wolfdietrich das Knie vor Sidrat und zeigte ihr das Schwert.

„Kennt Ihr diese Waffe?“ fragte er.

„Es ist Rosen, meines Vaters Schwert.“

„Ich fand es dort, wo auch der Fingerreif Eures Vaters lag, in der Drachenhöhle.“

„Hört nicht auf den frechen Lügner!“ schrie Graf Wildungen, „der mir meinen Siegespreis entreißen will! Habe nicht ich die Köpfe der Drachen mit mir gebracht, habe nicht ich die Beweise geliefert, daß ich die Drachen erschlagen?“

Ängstlich blickte Sidrat auf Wolfdietrich und sagte:

„Der Graf von Piterne brachte die Häupter der Drachen mit sich.“

„Sein Verdienst ist es, den Drachen die Köpfe abgeschlagen zu haben, nachdem ich sie getötet,“ entgegnete Wolfdietrich.

„Und wie wollt Ihr Eure frechen Lügen beweisen?“ schrie der Graf.

„Öffnet die Rachen der Ungeheuer!“ befahl Wolfdietrich.

Mit Grausen wagten es nur die tapfersten Männer, die mit fürchterlichen Spitzzähnen bewaffneten Rachen der Ungeheuer zu öffnen.

„Wo sind die Zungen der Drachen?“ fragte Wolfdietrich.

„Die Zungen?“ antwortete unsicher Graf Wildungen; „Drachen haben keine Zungen, das weiß jeder, der jemals mit Drachen zu tun gehabt hat.“

„Aber hier sind noch die Überreste der Zungen in den Rachen der Ungeheuer.“

„Die Drachenzungen sind nicht länger als das, was Ihr Überreste der Zungen nennt,“ versuchte Graf Wildungen sich herauszureden.

Da öffnete Wolfdietrich seine lederne Tasche, nahm die Zungen der Drachen heraus und fügte sie in die Mäuler der Ungeheuer.

Stumm schauten ihm Sidrat und die lampartischen Recken zu. Dann aber brach ein lautes Geschrei aus.

„Heil Wolfdietrich, dem Drachentöter!“ riefen die Helden und

Sidrat sank an Wolfdietrichs Herz. Dann aber schrien die lampartischen Recken:

„Tod dem Lügner, Tod dem ehrlosen Wicht!“

Von allen Seiten drangen sie mit gezogenen Schwertern auf den verlogenen Grafen Wildungen ein. Der feige Lügner warf sich Wolfdietrich zu Füßen und umklammerte jammernd dessen Knie.

„Rettet mich!“ sagte er, „ja, ich habe gelogen, ich fand die Drachen tot in der Höhle.“

„Steh auf!“ sagte Wolfdietrich großmütig zu dem verlogenen Gegner, „die Ehre hast du verwirkt und dein Leben dazu, doch das letztere schenke ich dir. Zieh von dannen und laß dich in diesem Lande nicht mehr sehen, denn hier giltst du für ehrlos, und vogelfrei bist du, dein Haupt ist verfallen jedem, der dich töten will.“

Gedemütigt schlich Wildungen aus dem Festsaal und verließ Garden sowie das Lampartenland.

Unterdes aber war die Krone Ortnits herbeigebracht worden. Sidrat setzte sie selbst auf das Haupt Wolfdietrichs, und die anwesenden Recken, die schönen Frauen und das Volk, das an den Pforten stand und den Burghof füllte, riefen laut:

„Heil Wolfdietrich, dem Könige vom Lampartenland, und seiner Braut, der schönen Sidrat!“ —

Mit Kraft und Weisheit herrschte Wolfdietrich im Lampartenlande. Reiches Glück blühte ihm an der Seite der schönen Sidrat, seiner teuern Gemahlin. Aber in seinem Glücke vergaß er nicht die treuen Genossen, die noch in Konstenopel schmachteten. Nachdem er die Angelegenheiten des Lampartenlandes mit starker Hand geordnet hatte, berief er dreitausend der tapfersten Ritter, um mit ihnen nach Konstenopel zu ziehen.

Wohl weinte die Königin Sidrat, als nach so kurzem Glück ihr Gemahl schon wieder zu Krieg und Abenteuern auszog. Aber sie konnte ihn nicht zurückhalten; sie wußte wohl, daß es seine Pflicht war, den Genossen die Rettung zu bringen, die er schon so oft versucht hatte.

Wohl hatten die bösen Brüder Wolfdietrichs, Boge und Wachsmuth, den Strand mit Spähern besetzt, weil sie seit der Vertreibung ihres Bruders Wolfdietrich dessen Rückkehr befürchteten. Doch Wolfdietrich kannte sein Heimatland zu gut, als daß er nicht die Aufmerksamkeit der Strandwächter getäuscht hätte. In einer abgelegenen Bucht in der Nähe von Konstenopel ging er mit seinen Schiffen vor Anker. Als sein Heer gelandet war, berief er dessen Führer zu sich und sagte:

„Ich führe euch bis in die Nähe von Konstenopel. Dort bleibet ihr im Walde verborgen. Ich selbst, der ich Wege und Stege in meinem Heimatland kenne, werde nach Konstenopel gehn und dort die Gelegenheit auskundschaften. Bleibet hier, bis ihr den Schall meines Heerhorns vernehmet. Dann eilet dorthin, woher der Schall kommt, denn ich bin dann in Not und Gefahr."

Das Pilgerkleid, das ihm schon so oft als Verkleidung gedient hatte, legte Wolfdietrich an und gelangte gegen Abend unangefochten und unerkannt in die Stadt. Er erkundigte sich bei den Kaufleuten des Basars nach den Gefangenen und erfuhr, in welchem Turme sie eingekerkert waren.

Schon war es Nacht geworden, als Wolfdietrich an die Pforte dieses Turmes pochte.

„Öffnet!" befahl er dem Hüter und Wächter des Turmes, „ich bringe Euch wichtige Befehle vom Herrn des Landes."

Erstaunt öffnete der Hüter des Turmes und wollte die Tür sofort wieder schließen, als er einen Fremden bemerkte. Aber mit Gewalt drang Wolfdietrich ein, warf das Pilgerkleid ab und herrschte den Hüter an:

„Ich bin Wolfdietrich, der wahre und wirkliche Herrscher dieses Landes, und du hast meinen Befehlen zu gehorchen, falls dir dein Leben lieb. Hole die Gefangenen aus dem Turme herauf!"

Zitternd gehorchte der Hüter und die zehn Söhne Herzog Berchtungs traten abgemagert, krank vor Not und Jammer vor Wolfdietrich.

Wie sie aufjubelten, wie ihre Freudentränen flossen, als sie Wolfdietrich erkannten!

„Wo ist euer Vater?" rief Wolfdietrich, „wo ist mein Meister, mein Lehrer und väterlicher Freund Berchtung?"

„Tot, verkommen in Jammer, Krankheit und Elend!" lautete die trostlose Antwort.

Da stürzten Tränen aus den Augen Wolfdietrichs, er bedeckte sein Angesicht mit den Händen, sank in die Knie und weinte bitterlich. Doch dann ermannte er sich, zog die Söhne Berchtungs an sein Herz, sagte ihnen, daß er gekommen sei, um sie zu befreien und ihnen alles zu vergelten, was sie um seinetwillen gelitten hatten. Er befahl dem Hüter des Turmes, Speise und Trank herbeizubringen, damit nach so langer Gefangenschaft und körperlicher Not sich die Söhne Herzog Berchtungs stärken konnten.

Bis zum Morgen blieben die Gefangenen mit Wolfdietrich zusammen, und als das Sonnenlicht emporstieg, begrüßten es die Söhne Herzog Berchtungs mit Freudentränen; hatten sie doch seit vielen Jahren die Sonne nicht mehr gesehen. Doch die Dämmerung des anbrechenden Morgens hatte der Hüter des Turmes benützt, um aus demselben zu entwischen und eiligst zu Boge und Wachsmuth zu laufen, damit er ihnen von der Anwesenheit Wolfdietrichs Mitteilung mache. Das Verschwinden des Hüters war aber bemerkt worden, und Wolfdietrich wußte wohl, welche Gefahr jetzt drohte. Er ließ das Tor des Turmes von innen verrammeln und so versichern, daß man nicht ohne weiteres eindringen konnte. Dann begab er sich mit den befreiten Gefangenen in das oberste Stockwerk des Turmes.

Als die Sonne aufging, war der Turm umringt von Bewaffneten, und unter der Menge entdeckte Wolfdietrich auch seine beiden verräterischen Brüder, welche ihre Getreuen anfeuerten, sich um jeden Preis der Gefangenen im Turme zu bemächtigen. War erst Wolfdietrich in ihrer Hand, dann sollte er sterben, damit sie auf immer von der Sorge befreit wurden, daß er sie doch einst wieder vom Throne stoßen könnte.

Vergeblich suchten die Bewaffneten im ersten Ansturm den Turm zu nehmen. Das Tor leistete Widerstand, und Wolfdietrich mit den Söhnen Berchtungs brachen Steine aus der Mauer und schleuderten sie von oben auf die Angreifer herab. Aber fortwährend vermehrte sich die Zahl derselben, und Boge und Wachsmuth gaben Befehl, Holz herbeizuschaffen, den Turm ringsum damit zu belegen und dann das Holz anzuzünden, damit die Insassen des Turmes zu Tode geräuchert würden.

Doch schon als die ersten Anstalten zur Verbrennung des Turmes und seiner Insassen getroffen wurden, wußte Wolfdietrich, was seine ehrlosen Brüder vorhatten, und daß die Stunde der höchsten Gefahr gekommen sei. Jetzt setzte er sein Horn an den Mund und blies, daß es über die ganze Stadt tönte.

Boge und Wachsmuth verlachten Wolfdietrich und verhöhnten ihn. Aber eine Stunde später, gerade als der Holzstoß in Brand gesetzt werden sollte, stürmte wie eine Windsbraut eine Reiterschar heran, die getreuen Mannen Wolfdietrichs, und hieb mit ihren Schwertern in die Schar der überraschten Turmbelagerer ein. Was nicht unter den Streichen der Lamparten fiel, mußte sich auf Gnade oder Ungnade ergeben. Noch waren die Bürger Konstenopels nicht vollständig aus dem Schlafe erwacht, als Boge und Wachsmuth gefangen in dem Turm saßen, in welchem sie ihren Bruder mit Herzog Berchtungs Söhnen hatten verbrennen wollen. Durch die Straßen Konstenopels aber gellte der Ruf:

„Wolfdietrich ist da, der wirkliche Herr von Konstenopel, und seine Brüder liegen gefangen im Turm!"

Begleitet von den Söhnen Herzog Berchtungs hielt Wolfdietrich seinen Einzug in die Burg seiner Väter. Von allen Seiten eilten die Großen und vornehmen Ritter herbei, um ihm zu huldigen.

„Es befinden sich unter euch Ungetreue!" rief Wolfdietrich den Vornehmen des Landes zu, „welche mich nicht für ihren König gehalten haben und meinen Brüdern beistanden. Liefert mir diese Leute zu verdienter Bestrafung aus!"

Zitternd und mit gesenkten Häuptern traten die Schuldigen vor.

„Ich bin nicht gekommen, um Schrecken und Tod unter euch zu verbreiten," rief Wolfdietrich, „ich will euch verzeihen, wenn ihr mir den Lehnseid leistet und mir schwört, von jetzt ab treue Vasallen zu sein."

Mit Freudentränen schwuren die Schuldigen den verlangten Eid. Dann wendete sich Wolfdietrich an die andern Ritter und sagte:

„Was soll denjenigen geschehen, die mir nach dem Leben trachteten, die mich um Thron und Vaterland gebracht haben?"

„Sie haben den Tod verdient, den schmählichen Tod durch Henkershand!" lautete die Antwort.

Jetzt ließ Wolfdietrich seine verräterischen Brüder Boge und Wachsmuth aus dem Turm herbeiholen und stellte sie ihren bisherigen Anhängern gegenüber.

„Sehet," sagte er zu seinen Brüdern, „wie sich das Glück wendet! Diese Leute, die gestern noch eure getreuen Recken waren, haben euch jetzt zum schmählichen Tode verurteilt. Zehnfach habt ihr diesen Tod verdient. Unheil, das nie wieder gut gemacht werden kann, ist durch euch über edle Menschen gekommen. Unsre Mutter Hildburg ist aus Gram über euer erbärmliches Verhalten gestorben. Den ritterlichen Herzog Berchtung, der Vaterstelle an mir vertrat, habt ihr im Turme zu Tode gepeinigt. Wahrlich, kein Tod ist grausam genug, um das, was ihr verbrochen habt, zu sühnen! Doch eure Mutter, die auch meine Mutter gewesen ist, hat mich, als ich zum ersten Male gegen euch auszog, beschworen, nicht zu vergessen, daß gleiches Blut in euren wie in meinen Adern fließt. Ich will nicht euren Tod. Ziehet von dannen, nehmet so viel Schätze mit euch als ihr braucht. Doch schwöret einen Eid, daß ihr nie wiederkehren, daß ihr nie wieder den Versuch machen werdet, den Thron, der euch nicht zukommt, an euch zu reißen!"

„Heil dem milden, dem großmütigen Herrscher!" riefen die im Saale Versammelten.

Boge und Wachsmuth leisteten den verlangten Eid, nahmen

mit, was sie brauchten, um im fernen Lande leben zu können, und verließen Konstenopel noch an demselben Tage. —

Nun war es Wolfdietrichs Pflicht, an den Söhnen Herzog Berchtungs wieder gut zu machen, was das Schicksal ihnen um seinetwillen auferlegt hatte. Nichts weniger hatte Wolfdietrich den Söhnen Herzog Berchtungs zugedacht, als sie zu Mitherrschern in seinem weiten Reiche zu machen. Herbrand, der älteste, erhielt Garden mit einem großen Teil des Lampartenlandes. Hache bekam die Herrschaft Breisach am Rhein. Berchter übernahm seines Vaters Herzogtum Meran und die andern Söhne Berchtungs wurden mit reichen Gütern und Herrschaften in Alten-Troja, im Lampartenlande, in Italien und in der Nähe von Konstenopel bedacht.

Als Sieger kehrte Wolfdietrich nach Garden zu Frau Sidrat zurück, die ihn mit unsäglicher Freude empfing. Da aber von jetzt an Herbrand in Garden herrschen sollte, verlegte Wolfdietrich seinen Regierungssitz nach Rom und lenkte von hier aus die Geschicke der weiten Länder, die ihm untertan waren. Lange und glücklich lebte Wolfdietrich mit Sidrat und es war ihnen ein Sohn geboren, der nach seinem Großvater Hugdietrich genannt wurde. Hochbetagt und lebenssatt starb Wolfdietrich zu Rom.

Doch sein und Herzog Berchtungs Geschlecht lebte fort und berühmte Helden sind aus ihm hervorgegangen. Herbrands Sohn war Hildebrand, der berühmte Meister Hildebrand, den die deutsche Sage preist und den auch das Nibelungenlied als getreuen Gesellen Dietrichs von Berne rühmt. Haches Sohn wurde der getreue Eckard, der Warner und Hüter aller Edlen, Unschuldigen und Wehrlosen. Hugdietrich, der Sohn Wolfdietrichs, hatte drei Söhne, Diether, Ermanarich und Dietmar. Dietmars Sohn aber war Dietrich von Berne, von dessen Heldentaten uns das Nibelungenlied berichtet.

www.ingramcontent.com/pod-product-compliance
Lightning Source LLC
Chambersburg PA
CBHW060806310726
48980CB00002B/260

* 9 7 8 3 8 4 6 0 6 3 7 2 9 *